21世紀の三島由紀夫

有元伸子
Arimoto Nobuko
＋
久保田裕子
Kubota Yuko
編

翰林書房

21世紀の三島由紀夫

目次

はじめに――新たな三島由紀夫研究の方向性を求めて 006

エッセイ／インタビュー

＊

I 三島由紀夫 作品の世界

II　三島由紀夫　作品へのアプローチ

III 三島由紀夫 作品を読むための事典

はじめに――新たな三島由紀夫研究の方向性を求めて

三島由紀夫の没後から四五年が経過し、三島文学は作家自身を直接は知らない世代や日本以外の地域の読者にも受容される時代に移行しつつある。没するとともに忘れ去られる作家も多い中、三島由紀夫は小説や評論が読まれるばかりではなく、世界各国で戯曲が上演され続けている。近年では、『金閣寺』『午後の曳航』『春の雪』などの小説作品が演劇や映画の領域において〈二次創作〉され、あるいはテレビドラマにおいて『潮騒』が変奏されて再び脚光を浴びるなど、自由な読み替えもなされるようになってきた。さらに作家・三島由紀夫自体も、小説や漫画、絵画、映像の領域において新たな表象として作品化され、今日もなお芸術的想像力の源泉としてのイコンであり続けている。

没後から半世紀近くが過ぎてなお三島由紀夫とその文学が変奏されつつ受容されているが、その一方で、三島由紀夫研究の現況は、どのような局面を迎えているのであろうか。

三島研究が二一世紀の到来とともに新しい段階に入ったことは、衆目の一致するところであろう。一九九九年には三島由紀夫文学館（山梨県山中湖村）が開館して生前未発表資料の収集や、一定の制約はあるものの資料の一般公開が始まり、企画展やシンポジウムなどの研究・普及事業が催されている。翌二〇〇〇年から二〇〇六年にかけては、未公開資料や旧全集には収録されていなかった書簡類・音声・映像資料をも含む『決定版三島由紀夫全集』全四二巻＋補巻・別巻（田中美代子編、佐藤秀明・井上隆史編集協力、新潮社）が刊行され、作家とテクストを読み解く環境が整備されてきた。同じく二〇〇〇年前後には『三島由紀夫事典』（松本徹・佐藤秀明・井上隆史編、勉誠出版、二〇〇〇・一一）や『三島由紀夫論集』Ⅰ～Ⅲ（同、二〇〇一・三）などの事典・研究書が刊行されて研究基盤が整い、現在もなお研究上の重要な手引きであり続けている。さらに二〇〇五年からは研究誌「三島由紀夫研究」（松本徹・佐藤秀明・井上隆史・山中剛史編、鼎書房）が継続刊行され、さまざまな視点から特集テーマが編成されると共に、生前の三島を知る世代による貴重な証言も相次ぐなど、三島研究が旧全集時代と比して大きく進展していることは間違いないだろう。

しかし従来の三島研究においては、作家の死のイメージが強烈なあまり、ともすれば作家論に傾きがちであると三島研究者自身によって解説されてきたという状況があった。先に挙げたような二一世紀以降の三島研究において、このような傾向は変容しつつあるが、文学・文化研究をめぐる状況に目を向けたとき、三島研究を研究史の中にどのように位置付けることができるかという問題が浮上してくる。

日本近現代文学研究の世界においては、作家論以後、作品論、テクスト論、文化研究といった方法論の推移に伴い、身体論、記号論、都市空間論、ポストコロニアル批評、ジェンダー批評、クィア批評、生成論など、さまざまな批評理論が取りこまれて模索と消長が繰り返されてきた。そして、多様な研究方法が拡散されつつ受容され、研究成果が蓄積されている今、研究方法論の再検討と検証、新たな可能性の模索がなされる時期を迎えている。作家の名前を冠した研究会や研究誌も創刊されるなど、既成の作家研究とは異なる方向性も模索されているようにも感じられる。また冒頭に示したような演劇・映画・絵画などのジャンルにおけるアダプテーションとしての創作の広がりや多様な受容のあり方は、研究の領域においても示唆を与えてくれるのではないか。

こうした研究の〈今、ここ〉において、三島由紀夫の人と作品を読む上で、種々の方法論はどのように影響しているのだろうか。そして、今後どのような三島研究の可能性が開かれていくのだろうか。――そうした検討が、本書の目的の一つである。

周知のごとく三島由紀夫の満年齢と昭和の年は重なっているが、三島はまさに昭和の申し子として、昭和初期から、太平洋戦争を経て、高度経済成長、東西の冷戦・核開発競争、一九六〇年代の世界的な政治闘争の時代に至るまでの時代の結節点において、小説・評論・演劇・映画などの多様な領域において表現活動を行ってきた。その活動は全集・週刊誌などの出版ジャーナリズムの隆盛といった同時代の日本の状況とも深くコミットしていた。一方で一九五〇年代から海外に赴き、現地を取材して海外を舞台とした小説・エッセイ・戯曲を執筆し、また海外における読者を視野に入れ、積極的に自作の翻訳出版事業を進めるなど、日本文学の国際的な評価の可能性を模索していた。従来の三島イメージに根強くあった観念的な美の世界に沈潜する〈天才〉〈鬼才〉といったカテゴリーには収まらない、現実的な広がりを持って活動をしていた作家だったのである。

本書においては、〈鬼才〉〈天才〉といった尊称で神話化することで、創作活動を個人の資質の問題に帰するのではなく、三島由紀夫という〈総合的文化現象〉が、どのように同時代の言説や文化・社会状況と接合していったかという視点から、没後四五年間にわたる三島由紀夫の多面的な活動の広がりと深みを考察したい。三島の生前とは政治・経済・文化・メディアをめぐる状況は大きく変わったが、今、三島を読むことにはどのような意味があり、どのような可能性を拓いていくことができるのか。三島文学の新たな可能性を探るために、主に二〇〇〇年以降のさまざまな研究の方法・批評理論を射程に入れた〈読書の現在〉と結び付ける視点を提供するために本書を企画した。『21世紀の三島由紀夫』と冠する所以であり、日本近現代文学の研究者や学生ばかりではなく、一般の読者や、三島のことをよく知らない若い読者にも手にとっていただきたいと願っている。

このような意図のもとで、本書は以下のように構成している。

巻頭には、さまざまな表現の分野において三島の作品に関わっておられる方や、日本文学以外の分野を専門とする立場から三島に言及しておられる方によるエッセイを掲載した。生前の三島由紀夫とも親交がおありで、三島歌舞伎や「班女」（『近代能楽集』）、『サド侯爵夫人』などにご出演されてきた名優・坂東玉三郎氏。宝塚月組『春の雪』公演の脚本・演出家として、三島の遺作の新たな解釈の可能性を示された生田大和氏。サブカルチャーを軸に戦後日本の文化史を俯瞰されてきた劇作家の宮沢章夫氏。ご寄稿いただいたお三方からは、改めて現在の演劇界における三島由紀夫の大きさを再確認させていただいた。また、英文学をご専門とする田尻芳樹氏とラカン精神分析学の福田大輔氏は、隣接領域の知見に基づいた新たな角度から照射することで、研究の自明性を揺るがしていくような清新なご論考を寄稿して下さった。

さらにクィア・スタディーズのキース・ヴィンセント氏、日本文学におけるタイ表象研究をされているナムティップ・メータセート氏の発言には、日本国内の状況とは異なる、海外における日本近代文学研究の多様な在り方について気付く契機を与えられたように思う。テクストの中で表象される側からの見返すまなざしを知ることが、相互の研究交流を行う上で必要となるとあらためて感じた。最後に生前の三島を知る編集者の藤田三男氏からは、親しい知己の方のみが知る記憶であると同時に、同時代の文壇状況の広がりの証言としても貴重なエッセイを寄稿していただいた。

続いて、演出家・宮本亜門氏のインタビューを登載した。青年期から三島由紀夫に惹かれていたという氏に、舞台『金閣寺』の意図や海外での評価、三島由紀夫の現代性などについて、真摯に、そして率直に語っていただいた。持参された小説『金閣寺』の拡大コピーは、手擦れがして無数の付箋が張られており、創作の現場において、一つの作品を作り上げるための壮絶な格闘のありようをうかがい知ることができた。このように巻頭のエッセイとインタビューには、三島をめぐる種々の問題を示唆いただき、今後の三島研究を進めていくための無数のヒントが内包されている。

本論となる研究編は、大きく三つのパートで構成している。

「I　三島由紀夫 作品の世界」では、三島作品の中で重要な位置を占めるキャノンとして論じられてきた八作品について、先行研究史を踏まえながら、新たな〈読み替え・読み直し〉の可能性を提案している。テクスト構築のありよう、テクストを読むという体験、テクストと外部との関係など、小説・戯曲・評論をめぐる新たな追究がなされている。三島研究以外の領域で活躍されている方々にもご執筆いただき、それぞれの分野の視点から刺激的なご論考を掲載することができた。

「Ⅱ　三島由紀夫 作品へのアプローチ」は、さまざまな研究方法（批評理論）を視座として、三島作品の新たな解釈可能性について論じた論考をおいている。歴史、戦後文学史、語り／テクスト、ポストコロニアル、ナショナリズム、ジェンダー／セクシュアリティ、二次創作など、三島由紀夫の作品を再検討する上で必須の視点から論じていただいた。

「Ⅲ　三島由紀夫 作品を読むための事典」は、三島作品と現在の研究状況を結び付けて読むための手がかりとなる用語や事項についての事典である。Ⅰ、Ⅱのパートでの論及の背景にある文学史的問題や分析ターム自体を解説するとともに、三島研究に援用できるような視点を提示している。さらに付録として、二〇〇〇年以降の研究動向を配置した。読者が個別の作品や研究方法に取り組むにあたって、『三島由紀夫事典』以後、決定版全集刊行以後の今世紀の新しい研究概況について確認できるようにした。

本書は、いずれのパートから読んでいただいてもかまわない。同じ作品が論者や援用する方法・モチーフにより異なった相貌を見せ、あるいは異なったパートのなかに連関性が見えることだろう。三島由紀夫の多面的な文学と営為をいかに捕捉し、いかに語り、論じていくのか、その模索の集積を味わっていただきたい。

Ⅰ～Ⅲの論考を通して、さまざまな研究領域を専門とされる方々のお力を借りることとなった。三島研究の成果を蓄積されてこられ、多くの学恩を与えて下さった方々、そして三島論をぜひ読みたいという編者の切なる希望に応えて下さった、三島研究以外の領域で活躍されている方々に、この場を借りてお礼申し上げたい。三島研究の新たな方向性への模索が、執筆して下さった方々の全ての論考に含まれている。今後はここに提示された問題を、読者の一人として分かち合っていきたいと考えている。

最後に、翰林書房の今井肇社長、今井静江さんに心より感謝申し上げたい。執筆者の人数が比較的に多く、エッセイやインタビューも含む本書に関して、このような仕事に不慣れな私たちに企画段階からさまざまなアドバイスや実務上のサポートをしていただいた。
本書を手がかりとして、二一世紀の現在における三島由紀夫文学の可能性を共に探っていきたいと願っている。

二〇一五年九月

有元　伸子
久保田裕子

本書において引用している三島由紀夫の著作物のなかには、今日の見地からは差別的だと受け取られかねない表現や語句があるが、著者が故人であること、またその意図が差別を助長するものではないことから、原文通りとした。

エッセイ
インタビュー

●1 *essay*

「サド侯爵夫人」

歌舞伎俳優
坂東玉三郎

三島先生と初めてお会いしたのは、私が玉三郎を襲名させて頂いた一〇代の後半で、その時期に先生が国立劇場の理事をなさっておられ、劇場にいらっしゃる時にお話させて頂く機会が有りました。特に印象に残っておりますのは、一九六七年の私の父（十四世守田勘弥）の「敵討天下茶屋聚」の公演の時でした。舞台に出演している俳優には初日の関係者席を二席頂けるのですが、その時私は国立劇場に出演しておりませんでしたので、母と一緒に客席に座って観劇をしていたその席の隣に三島先生が座っておられて、そっと目礼させて頂いたのが初めてでした。先生は歌舞伎との関係も深く、お若い時から数多く名優の舞台をご覧になっておられました。私が女形を目指していることをご理解下さって、先生が一九六九年にお書きになった「椿説弓張月」は、新しい国立劇場と、今後の歌舞伎のために書き下ろされたのですが、その白縫姫の大役に抜擢して下さったのです。

私が一九歳の時に「若草会」という若手の勉強会を国立劇場の小劇場で開催致しました時の観劇パンフレットに『玉三郎君のこと』というお言葉を寄せて下さいました。その会で私は「妹背山婦女庭訓」の「お三輪」を演じておりましたが、その後すぐに三島先生はお亡くなりになり、先生がご存命中に三島先生の作品に出させて頂いたのは「椿説弓張月」の「白縫姫」だけになってしまいました。

その当時、国立劇場小劇場では先生の近代能楽集の「卒塔婆小町」「道成寺」「班女」などいろいろな作品が上演されておりましたが、その後、一九七七年に日生劇場で「天守物語」と合わせて「班女」を上演させて頂きました。また一九八三年にはサンシャイン劇場で「サド侯爵夫人」を上演し、ルネ役を演じさせて頂き、後にはサン・フォン伯爵夫人も演じさせて頂いたのです。その他にも「黒蜥蜴」「恋の帆影」「地獄変」も上演させて頂きましたが、やはり「鰯売恋曳網」が歌舞伎様式の上演としては一番多く、恋人同士が幸せに終わるのは鰯売くらいではないでしょうか。三島先生の作品としては、主にこの六作品で「鹿鳴館」にも出演させて頂きましたが、私は「大徳寺侯爵夫人」を度々演じていながらも「影山伯爵夫人」はやらずに今日に至ってしまいました。

「サド侯爵夫人」を上演するにあたって先生に大変失礼なことを申し上げたエピソードがございます。「椿説弓張月」の公演が終りましてから国立劇場の会議室に三島先生がいらっしゃり、私をそこにお呼び下さったので、お伺いしましたら「君はこれから、どんな芝居がやりたいんだね?」とお聞きになったのです。その頃まだ私は、三島先生の作品などを申し上げるのは失礼な気がしまして「歌舞伎の古典以外でしたら、加藤道夫先生の「なよたけ」をやってみたいです」と申し上げてしまったのです。すると先生は「あれはね……思春期の青年が書くような戯曲なんだよ……」と笑いながらおっしゃられましたその時の先生の表情を忘れられません。それは、加藤先生を軽蔑していたということではなく、同世代の作家として「自分の方が巧妙な戯曲を書けるんだ」という思いとともに、あのような純粋な物はなかなか書けない……思想的にも違うという複雑なお気持ちでいらっしゃったのだと思います。すると先生は「君はね……将来これをやりなさい」と出来上がったばかりの「サド侯爵夫人」の豪華贈呈本を私に下さったのです。家に帰り、すぐに拝読しましたが、正直その頃の私には「サド侯爵夫人」の戯曲を十分に理解できませんでした。しかし数年経って上演させて頂きました時に、先生の作風や魂などを理解し、どんなことを言いたかったかを少し理解出来たような気がしました。

俳優が役を演じるということは、その作家の戯曲を毎日音読することでもあります。台詞に心を入れ、役を通して作者の中に入り込んで行くのです。それによって日々作家の魂に近寄って行ってしまうという不思議な体験をするのです。戯曲は作家の深層心理から滲み出る複雑な心境が相まって生み出されて行くのだと思いますが、三島先生の作品は常に「断絶された漠たるもの」に向かって、必死に言葉を投げかけて行きます。そして、この世では、人間とは深く関わらない……ということが「サド侯爵夫人」を上演してから理解するようになりました。三島先生は何を思ってこの世に存在し、何を生き甲斐としてこられたのかは謎に包まれてしまいます。

ある時、私と多くの共演をして下さった南美江さんとお話しをしたことがあります。南さんは三島先生を尊敬し、先生が作られた劇団「浪曼劇場」と永く共にしていらっしゃった方です。その南さんに私が「三島先生の作品をどのように理解し、どのように演じたら良いのでしょうね……」と問いかけました。すると南さんは「三島先生の作品はね……役者が上手く演じれば演じるほど、役者は消えて、三島先生が浮かび上がってくるのです……」と言われたのです。実にその通りでした。先生のどの作品を読んでも、どの芝居を演じても、その要素が散りばめられています。その先生の魂が自然と醸し出される「サド侯爵夫人」の中の台詞を最後に掲載させて頂きます。この原稿は現代の人々に三島先生を知ってもらうということでもあるようですが、この「サド侯爵夫人」の台詞を読んでいると、まるで先生が執筆されている姿が浮かび上がって来るように思えるのです。

「サド侯爵夫人」第三幕の一部分

牢屋の中で考へに考へ、書きに書いて、アルフォンスは私を、一つの物語のなかへ閉ぢ込めてしまつた。牢の外側にゐる私たちのはうが、のこらず牢に入れられてしまつた。私たちの一生は、私たちの苦難の数々は、おかげではかない徒労に終つた。一つの怖ろしい物語の、こんな成就を助けるためだけに、私たちは生き、動き、悲しみ、叫んでゐたのでございます。

そしてアルフォンスは……、ああ、その物語を読んだときから、私にははじめてあの人が、牢屋のなかで何をしてゐたかを悟りました。バスティユの牢が外側の力で破られたのに引きかへて、あの人は内側から、鑢《やすり》一つ使はずに牢を破つてゐたのです。牢はあの人のふくれ上る力でみぢんになつた。そのあとでは、牢にとどまつてゐたのはあの人が、自由に選んだことだと申せませう。私の永い辛苦、脱獄の手助け、赦免の運動、牢番への賄賂、上役への愁訴、何もかも意味のない徒し事だつたのでございます。

充ち足りると思へば忽ちに消える肉の行ひの空しさよりも、あの人は朽ちない悪徳の大伽藍を、築き上げようといたしました。点々とした悪業よりも悪の掟を、行ひよりも法則を、快楽の一夜よりも未来永劫につづく長い夜を、鞭の奴隷よりも鞭の王国を、この世に打ち建てようといたしました。ものを傷つけることにだけ心を奪はれるあの人が、ものを創つてしまつたのでございます。何かわからぬものがあの人の中に生れ、悪の中でももつとも澄みやかな、悪の水晶を創り出してしまひました。そして、お母様、私たちが住んでゐるこの世界は、サド侯爵が創つた世界なのでございます。（中略）

あの人の心にならついてまゐりませう。あの人の肉にならついてまゐりませう。私はさうやつて、どこまでもついて行きました。それなのに突然あの人の手が鉄になつて、私を薙ぎ倒した。もうあの人には心がありません。あのやうなものを書く心は、人の心ではありません。もつと別なもの。心を捨てた人が、人のこの世をそつくり鉄格子のなかへ閉ぢ込めてしまつた。そのまはりをあの人は鍵をじやらつかせながら廻つて歩く。鍵の持主はあの人ひとり。もう私には手が届きません。鉄格子から空しく手をさしのべて、憐れみを乞ふ気力も残つてはをりません。

格子の外で、お母様、小母様、あの人は何と光つてみえますこと！　この世でもつとも自由なあの人。時の果て、国々の果てにまで手をのばし、あらゆる悪をかき集めてその上によぢのぼり、もう少しで永遠に指を届かせようとしてゐるあの人。アルフォンスは天国への裏階段をつけたのです。

❷ essay

「春の雪」 ——宝塚歌劇による舞台化について

宝塚歌劇団・演出家
生田大和

二〇一二年の秋、宝塚歌劇団月組は「春の雪」をミュージカルとして上演する事となり、その脚本と演出とを私が務める事となった。歴史を紐解けば、「春の雪」の舞台化自体は三島さんの生前、一九六九年、菊田一夫氏の脚本・演出により東京日比谷の芸術座（現・シアター・クリエ）に於いて既に行われており、松枝清顕役に市川染五郎氏（現・九代目松本幸四郎氏）、綾倉聡子役に佐久間良子氏という配役であった。

いわゆる二次的な創作として再構築して行く試みには、演出家の解釈が介在する事となる。果たしてそのような恐ろしい試みが許されるのか、という逡巡に苛まれ続けていた私にとって、言うなれば三島さんの「お墨付き」であろうと思しき菊田版「春の雪」の脚本は「宝塚版」を構成するにあたって、重要な参考文献となった。

しかし物語を、侯爵家の子息と伯爵家の令嬢との悲劇的なラブ・ロマンスである事に焦点を絞る事は、勿論為すべき正道であると思われるが、それと同時に広大幽遠な世界観で描かれる「豊饒の海」の、その第一部である事を無視しては、四部作を通じて、そしてとりわけ「春の雪」に於いて三島さんが何を描こうとされていたのか、その真髄を描く事はおそらく叶わないであろう。

「春の雪」の中に鏤められたヒントを読み解いていく中で、恐れずに打ち明けてしまえば、私はテーマを「永遠性の獲得」と解釈した。ところが皮肉なもので、舞台演劇というものは時間と空間とが限られた、謂わば有限の世界である。その中で無限の時空を目指したのである。

作中に於いて、月修寺門跡の法話によって端を発する唯識論は、物語の本筋と交錯しつつ、遠い海鳴りの如き通奏低音を響かせ続け、その共鳴の果て、我々は「観察者」である本多繁邦と共に「世界との関わり方、或いは世界の捉え方」の考察を余儀なくされる。そしてまた、綾倉聡子による「世界内存在である事からの解脱／内的世界の獲得と構築」を目撃し、一方でその内的世界を焼き尽くす情熱（と呼べなくもないもの）の破滅を松枝清顕の姿を通して看取り、死と永遠との親和性を予感する。

劇場という有限な三次元の「匣」の中に如何に無限を現出せしめるか。その鍵の一つは舞台装置であり、平面的には「能舞台」を、また垂直方向的には積み重ねられた「匣」をテーマとした。「匣」には生けるものが囚われている「有限」のメタファーを託し、また二つの橋がかりが付いた能舞台をモチーフとした平面図の中心には穴を開けてみた。ちょっとした遊び心からの試みであったが、その欠落が聡子の至った境地、そして清顕の辿った道程を描くのに相応しいと私には思えたのである。

また、蛇足であろうかと随分と悩んだ演出ではあったが、聡子の身許を引き受けた月修寺門跡の手より、おろした髪を入れる為の「匣」を手渡すという一コマを付加し、我が子を抱くように匣を抱えた聡子という画面を作った。その刹那、綾倉聡子は匣の内と外とに存在し、誰にも触れられない場所で永遠を獲得し、松枝清顕を「忘れる事が出来る」……というのは過ぎた解釈だろうか。

実のところ「春の雪」とは何だろうか、という問いは今も尚、解決せずに私に纏わりついている。そしてその問いはそもそも舞台化の必要があったのか、という問いへと還る。なぜならば、解釈の固定されえぬ揺らめきもまた、読書の楽しみの一つであると思うからだ。それでも一読者として魅了され、縁あって「一つの解釈」を形作れた事は幸運であった。「春の雪」そして「豊饒の海」は、現世とは何か、歴史とは、意志とは何かを映しだす鏡、それもただの鏡ではなく陽の光を照り返す波の乱反射にも似て、私を幻惑し、魅惑し続ける。願わくば、観察者本多繁邦の一人として、豊饒の海に泛ぶ太陽と月の巡行を、経りゆく歳月と共に眺め続けていきたい。

❸ *essay*

挑発と昏いまなざし

作家
宮沢章夫

作家としての三島由紀夫よりも先に私はべつの三島を知ったし、そのことによって、むしろ文学について、はじめて意識的になった記憶がある。

つまりそれは一九七〇年の十一月だ。

まだ中学生だった私は学校から家に戻った。するとあがり框に、夕刊が届いていた。大きな見出しがあった。それが正しいか心許ないが、たしか、くっきりした黒い文字で「三島由紀夫自決」とあった。市ヶ谷の自衛隊のバルコニーでアジテーションする三島の写真があった。たとえばそこで、政治的なことを考えてもいいが、三島由紀夫という存在の、作家の部分について知らなかった私は、新聞をはじめ、報道が伝える、文学者としての大きな存在である三島をそのとき強く認識したのではないだろうか。

それ以前の記憶は、ＮＨＫが放送していたテレビ番組で、「日本人が選ぶ、理想の男性、理想の女性」といった種類のプログラムだ。男性として選ばれていたのが三島由紀夫だったはずだ。鍛えられたからだ、そのふるまい、姿勢は、理想の男性像なのだろうとその程度にしか感じていなかった。なにしろそれを見たのはたしか小学生のころで、政治思想にしろ、文学についても、なにもわかっていなかったのだ。

政治について意識したのは、三島の死から二年後の連合赤軍事件だった。まだ私は中学生だったが、アジトでの「総括」と呼ばれた同士殺しがなぜ起ったか、なにが起っているのか、背景にある政治思想を知りたいと思った。けれど、三島の死による文学への誘いのほうが魅力的に感じた。それはただの感傷ではまったくないし、政治思想への興味でもなく、三島由紀夫という人物になにか惹きつけられる興味を感じたからだろう。だから、七〇年十一月の事件のすぐあと、文庫本で『仮面の告白』を読んだ。中学生だった私がそのすべてを理解したとはけっしていえないが、それを読んでいる自分に酔うようなところがあり、少しずつ読んでページを閉じ、なにかを考え、また読み、しばらく手元に置いていた。

そして、次第に社会的なモラルや規範に対して、徹底的に抵抗する作家としての態度に興味を持ち、それはたとえば、沼正三の『家畜人ヤプー』を絶賛する評論にあるような、タブーやアンモラルさに文学の可能性を見いだす態度は刺激的だった。『家畜人ヤプー』など読んだこともなかった。後年になって読むが、三島は、「一つの倒錯を是認したら、ここまで行かねばならぬ、といふ戦慄を読者に与へるこの小説は、小説の機能の本質に触れるものを持つてゐる。そこでどんな汚穢が美とされようと、その美はわれわれ各自の感受性が内包する美的範疇と次元において少しも変りはしないのである」(『小説とは何か』)と書き、いってみれば小説世界を挑発し、文壇を戦慄させ、震撼させ、それを読む高校生をいたく感動させた。

三島由紀夫の美意識とはなんであるかを考えたが、それより過去、七〇年の十一月の市ヶ谷での事件における三島の制服姿は、もしかすると、「一つの倒錯を是認したら、ここまで行かねばならぬ」ということだったのかもしれないと、さらにあとになってこの言葉を解釈した。さらに、対談集『尚武のこころ』で寺山修司と対談するなかで（いやもちろんこの対談集のほとんどに通底しているが）、「戦後」への昏いまなざしを強く感じざるをえず、それが悲劇へと通じるとしても、この「昏いまなざし」を半分理解し、また半分は理解できなかった。作品を読むことからそれを知りたいと思っても、私にはその能力はなかった。能楽を元に書かれた『近代能楽集』は、演劇に関わる者として、あるいは、その後やはり能楽を元に新しい戯曲を書く仕事を私自身がするにあたって再読し参照したものの、それぞれに興味深く読みつつ、『近代能楽集』に書かれた数作以外に、能楽から新たに書き下ろす現代劇はないという意味の三島の言葉に、どのように対抗しようかという刺激を与えられた。三島の戯曲の作法においてはそうだった。またべつの作法で能楽は現代へと通じる可能性があるはずだ。

だが、私にはまだ、戦後への昏いまなざしを持った三島由紀夫を理解できていないとも思える。小説にしろ、戯曲にしろ、その作法の背後にある、政治思想とはべつの、文学への律し方を考えるにはもっと三島を読むことだ。三島は多くの言葉を様々なメディアを通じて発信した。けれど、モラルへの挑発、あたりまえの社会への憎悪、戦後への昏いまなざしを理解する手がかりは、作品のなかにしかないに決まっている。

三島由紀夫の初版本　99冊（写真提供：山中湖文学の森 三島由紀夫文学館）

essay ❹

三島由紀夫の「しんとした」世界

東京大学教授(英文学)
田尻芳樹

三島文学における聴覚の問題についてどのくらいの研究がなされているのか知らない。しかし、そんな研究が必ず考慮しなければならないのは、三島がよく使う「しんとした」という語句だろう。短編「スタア」で主人公の映画俳優水野豊がこれから死にに行くヤクザを演じ、そこで虚構のセットを現実だと錯覚する重要な場面で、夜の盛り場のその情景はしんとしている。「町はしんとしていて、どこにも人影がなく、こちらへ不規則な三本の小路の口を向けていた。(中略)何故この町はこうまでしんと静まり返っているのだろう」。水野はこれを自分自身の死の直前に見る情景だという奇妙な感覚にとらわれる。『鏡子の家』の画家夏雄は夏に富士山麓で、眼前に見えているはずの樹海が消え去って何もなくなるという危機的な体験をし、それ以降混乱してしまった世界を、意味だけが過剰に飛び交う「しんとした現実」と言う。終戦直前の心理を回想したエッセイ「八月十五日前後」(昭和三〇年)は、当時目前に見た風景を「目の前には夏野がある。遠くに兵舎が見える。森の上方には、しんとした夏雲がわいている」と描写し、戦争が終わったらそういう何げない風景も根本的に意味を変えるだろうと思ったことを記している。この「しんとした」夏の風景は直ちにあの『豊饒の海』の末尾を思い起こさせる。「庭は夏の日ざかりの日を浴びてしんとしている。……」そう、三島が最後の作品で最後に使った言葉が「しんとしている」だったのだ。

だが、この有名な終わりをもう少し子細に見てみると、実際にはこの庭は蝉の声に満ちているのだ。「これと云って奇巧のない、閑雅な、明るくひらいた御庭である。数珠を繰るような蝉の声がここを領している。/そのほかには何一つ音となく、寂寞を極めている。この庭には何もない。記憶もなければ何もないところへ、自分は来てしまったと本多は思った」とあった後で先の最後の一文に続くのである。つまり、現実には音があったとしても、ここでの本多の虚無との直面においては、それらは捨象される。いや、むしろ、蟬の声は「寂莫」を強調しているかもしれない。「しんとした」という言葉こそ使われていないが、同じような状況が初期の短編「岬にての物語」にある。夏を房総の海岸で過ごす十一歳の主人公は、あるとき家族から離れ一人さまよい始める。そのとき聞く波の音は不思議にも静謐だ。「めくるめく断崖の下に白い扇をひらいたりとざしたりしている波濤のさま、巌にとびちる飛沫、一瞬巌の上で烈々とかがやく水、それら凡ては無音の、不気味なほど謐かな眺望として映るのであった」。彼はこの後偶然美しい少女と青年に出会い、幸福感を抱く。彼女に支えられて断崖の下をのぞきこむとき、そこは再び不思議なほど静かだ。それは「先刻経験したのと同じ作用で、音が全く捨象されている故であろう。細かに明瞭に映された小型写真のように、その情景はあまりに小さいので、別世界の絵のようにみえたのである」。しばらくして二人の行方が知れなくなり（二人は身を投げて心中したらしい）、途方にくれた主人公は、引き寄せられるように三たび断崖の下を見る。「それは同じ無音の光景であった。私の目にはただ、不思議なほど沈静な渚がみえたのだ」（強調原文）。これは全編のクライマックスと言える所で、主人公は、二人が身を投げたときに発したらしい声（「神の笑い」）の意味について考えさせられ、人間の運命を支配する大きな力に思いをはせるのである。ところでこれらの場面で主人公はひたすら見ている。しかしその旺盛な視覚に随伴する聴覚では音は捨象されている。（先に引用した部分の直前で）庭に関する視覚的情報を豊富にもたらしている『豊饒の海』は「無音《ぶいん》」しかもたらさない。実際には波の音が響いているはずなのに、「小型写真」のように切り取られた情景末尾もそうだが、三島の主人公が根源的な体験をするときの時空間では、異様なほど緻密な視覚が、音が捨象された聴覚を必然的に要請するのかもしれない。「しんとした」は、眼の人三島における視覚への過度の没入との相関において考察されねばならないのだろう。

三島とラカン

青山学院大学准教授（精神分析）
福田大輔

フランス人による三島由紀夫についての精神分析的読解は、一九八〇年代に出版されたジャン・ミシェル・ラバテの『苦い美：美学的断章——バルト、ブロッホ、三島、ルソー』*1を皮切りに、主として一九九〇年代にかけて非常に大きな成果をもたらした。フロイト派精神分析家のポール・ローラン・アスンは、主著のひとつ『倒錯者と女性』*2のなかで『金閣寺』について詳細に論じており、とくに倒錯における法と侵犯行為、美と呪物《フェティッシュ》と昇華について論述した。ラカン派精神分析家のカトリーヌ・ミヨーは、『ジッド ジュネ 三島』*3という文学論集のなかで、『仮面の告白』、『金閣寺』、『太陽と鐵』、『豊饒の海』を論じ分け、三島の人生と作品に通底する無意識の論理を母親の欲望の観点から再構成してみせた。両者ともに精神分析概念の操作は緻密なものがあり一読の価値があるが、とくにミヨーの読解はそれ自体ひとつの作品となっており、現在でも評価が高い。

上記の精神分析家による文学研究は、あくまで一九五〇年代のラカン理論に立脚したものであり、現在では別の解釈が可能であると考えるむきもあろう。一九七〇年代後半のラカンは、無意識の象徴解釈の枠組みから外れた領域に注目して、たとえばジェイムズ・ジョイスの仮借なき言語遊戯と身体感覚の奇妙な欠落を指摘して、無意識の舫綱が切れていると述べている。それゆえ、「享楽」、「話す存在 parlêtre」、ボロメオの輪といった概念をわかりやすく駆使しながら、新たな三島解釈を提示する可能性はある。そこでの言語と身体のつながりを解き明かす操作は——三島作品を精神分析の理論把握の単なる材料として扱われなければ

——三島研究の分野にも影響を与えると考えられ、また逆に、三島読解はラカン理論の中期と後期のはざまを埋める役割を果たすかもしれない。

ふたたび上記の著書に話を戻すと、どちらも当時の日本の政治・経済・社会的考察なしの純粋な文学解釈となっており、三島の人生と作品を通して日本社会を読み解く批評——これは日本における三島読解のひとつの重要なあり方となっている——が展開されることはなかった。それは当時のフランスにおける日本研究の水準の問題にもよるが、そもそもアスンもミヨーも戦後の日本社会の批評ではなく、三島作品の精神分析的解釈に興味があったため当然のことではある。また未知の文化圏について言及するリスクを負いたくなかったというのも理解できる。しかしながら、ミヨーはラカンに非常に近しかった精神分析家であり、ラカンの日本についての印象批評を取り上げながら三島を読解することもできたはずである。というのも、ラカンはロラン・バルトの『表徴の帝国』の空虚の概念とアレクサンドル・コジェーヴの『ヘーゲル読解入門』に所収された日本のスノビズムについて興味を持っており、自らの論文「リチュラテール」でも参照していたからである。

ラカンの視座から三島を語り、そこから日本社会の症状を解釈する試みでは、すでに佐々木孝次[*4]や若森榮樹[*5]によって重要な論点が提示されているが、フランス語話者の多くがそうした知的蓄積を共有するところにまでは至っていない。とくに、漢字と翻訳語のもつ呪物性に楔を打ち込み、その見掛け《サンブラン》の構造を明示する佐々木の試みは、日仏双方で継承されるべき論点である。日本語に疎いフランスの精神分析家には伝わりにくい部分もあるため、この文字論を生かすために、具体的な文例もしくは文体例を取り上げたかたちで議論を展開していく必要があるだろう。その際に日仏の精神分析家に必要となるのは、日本語の機能に関する鋭敏な機知の感覚であり、逆説的にも、三島由紀夫はその機知の欠如ゆえに非常に興味深い道標となるだろう。

＊1　Jean-Michel Rabaté, *La Beauté amère : fragments d'esthétiques : Barthes, Broch, Mishima, Rousseau,* Seyssel Champ Vallon, 1986.

＊2　Paul-Laurent Assoun, *Le pervers et la femme,* Anthropos, Paris, 1995.

＊3　Catherine Millot, *Gide Genet Mishima. Intelligence de la perversion,* Gallimard, Paris, 1996.

＊4　佐々木孝次『三熊野幻想 三島由紀夫と天皇』、せりか書房、1989年。

＊5　若森榮樹『裏切りの哲学』、河出書房新社、1997年。

❻ essay

三島由紀夫はゲイ作家だったのか？

ボストン大学（日本文学、クィア・スタディーズ）
キース・ヴィンセント

「あれ、きつと同性愛だよ」と女性と腕を組んでいた若い「学生風の男」が、同じく男性の友人と腕を組んで歩いていた『禁色』の主人公南悠一に関して吐き出すように言うのである。「まあ、いやらしい」と女性のほうが聞こえよがしに応えると、「悠一の頰は羞恥と憤怒のために紅潮した。」

三島由紀夫による一九五一年のこの小説のこの場面、悠一の顔に現出する「羞恥と憤怒」は、異性愛が規範（ノーム）である文化における性的少数者の人生がどういうものであるかを強く提示している。

『禁色』ならびに一九四九年の『仮面の告白』は、男を愛する男たちへの差別的な視線が起こす孤独と苦悩とを痛烈な率直さで描き出している。この小説の持つ強烈な共鳴の波動は日本に限らず世界中に伝播し、それが三島をLGBTコミュニティのアイコン的存在に押し上げてきた。世界中の多くのゲイの人々にとって三島を読むことは一種の通過儀礼だ。サンフランシスコのパブリックライブラリーには、五〇人以上の〝LGBT〟の歴史上の人物たちが描かれる「Into the Light（光の中へ）」と題された天井画があるが、そこに、日本からは明治期の女流画家奥原晴湖とともに三島の姿がある。そればかりか同市のゲイ街であるカストロ地区には彼の肖像と名前が刻まれた飾り板までが設置されている。

しかし三島は「ゲイ作家」だったのか？　彼が他の男たちに惹きつけられていなかったと論ずるのは難しいだろう。『禁色』や『仮面』のような小説を書いたという事実だけから言っているのではなく、事実上彼のすべての小説の中に男性の肉体への種々の執着が窺えることからも明らかな話だ。また、猪瀬直樹の『ペルソナ』やダミアン・フラナガン Damian Flanagan の最近の英語の評伝で論じられているように、男性たちとの関係やゲイバー通いといった実生活上の明確な証拠もある。

しかし「ゲイ作家」とは単にゲイの欲望を持った作家のことではない。もちろんゲイのことを書く作家を指す言葉でもない。ゲイ作家とは、ゲイの人間としてどうやって自らの人生を実際に生きていけるのか、そのための何らかのポジティヴな視点を提示しうる作家のことなのだ。そして三島の作品群にそれらを見つけ出すのは難しいのである。

三島とほぼ同世代のゴア・ヴィダルは、三島が『仮面の告白』を書くわずか一年前に『都市と柱 The City and the Pillar』を書いた。ヴィダルのこの小説はアメリカ文学史上初めて、ゲイ男性が幸せな結末を迎える物語である。対して三島の小説は、性的少数者として生きる苦悶を描き出すに見事な才能を発揮してはいるが、人生におけるポジティブな意味を見出すには甚だしく欠格なのだ。

その一つはおそらく三島の人生と仕事における悲劇的なタイミングと関係しているのだろう。冒頭で私が引用した若い男女の言葉「同性愛」は、非難を共示する単語だ。元々は一八六九年にドイツで医学用語として作られたこの単語は、日本へは二〇世紀初頭に入ってきた。これが、従来はそれほど不名誉ではなかった同性間の性愛の理解を、時には寿がれさえした男性間の情交への理解を放逐し始めたのだった。これが江戸時代の、いや明治後期の二〇世紀に入ってすらも残っていた「男色」を取り巻く文化に起きたことだった。

少なくとも男性同士にとって、同性に欲望するか異性に欲望するかは、単にどちらにするかの問題だった。「男色」は、その人間の行為のことであって、その人間が何者かということではなかった——教わり育まれる「やり方 way」(時に「衆道」と呼ばれる「道 way」)であって、その人間を定義するアイデンティティではなかったのである。

例えば井原西鶴の『男色大鑑』には同性に情愛を抱く男性たちに向けられる偏見や断罪の類は一切見受けられ

ない。一九二〇年代以降も、例えば川端康成の『少年』や堀辰雄の『燃ゆる頬』のような作品では、男たちは互いの愛情を表現するのに羞恥も恐れもなかった。

三島の『禁色』からの前述の「男色」という言葉は語り手の声として表出されている。しかしそこに「家」という字が追加されて「男色家」となっていると、それはすでにその人そのものを表すアイデンティティのことに変わっている。「男色」という単語にはなおもその前時代からの余韻を引きずる趣きもあるのかもしれないが、しかしここではむしろドイツ語由縁の「同性愛」という翻訳された病理学用語の、より日本語たる言い換えのように読めるのだ。

戦後間もなく、「男色」モデルは決定的に医学モデルに取って代わられた。これは『仮面の告白』でさらに明白である。こちらの作品にはクラフト・エビングやマグヌス・ヒルシュフェルトといったヨーロッパの性科学者や、マルセル・プルーストらヨーロッパの同性愛をテーマにした作家への言及がちりばめられている。しかしそこには、二〇年代の日本においてまだ可能だった男性間性愛のより非汚名的である理解はおくびにも出てこない。語り手はあたかもこの過去から完全に切り離されたかのようであり、まるですべてが自分一人の問題であるかのようにさまよい、彼のような人間は日本で彼ただ一人なのだと確信している。『禁色』は『仮面』とは違い、ゲイバーや公園や私的なパーティーで出会うゲイ男性たちのコミュニティを提示しはじめはする。しかしその描き出すゲイ・ライフは寒々と憂鬱にさせるものだ。

これが『禁色』以降、三島が同性愛を一切書かなくなった理由であるかもしれない。その後の彼の作品で読者は多かれ少なかれ、異性愛規範社会へのそれとなしの批評、あるいは武内佳代が『潮騒』を論じる中で示したような「パロディ」を見て取ることができる。武内が指摘するように、三島はホモフォビアと異性愛規範性の素晴らしい批評家であった。*1 しかしその彼はゲイ・ライフに関する何らポジティブな視点を提示しなかったのである。

このことは彼が作家として生きた悲劇的な時代性を考えれば驚くことではない。彼は一九七〇年に自決する。それはゲイの現代史が始まって直後のことだった。ストーンウォールの暴動がニューヨークで起きたのは一九六九年だ。そしてそれは一切、当時の日本で報じられることがなかった。

彼が生きた時代は、男色により寛容な世界には遅すぎ、ゲイの行動主義やゲイのプライドといった文化の開花を経験するには早すぎた。そうではあるが、そしてそれゆえに彼の作品は、昭和日本として知られる性的な暗黒時代の歴史の、痛烈な記録として残り続けるのである。

（翻訳　北丸雄二）

注

＊1　「三島由紀夫『潮騒』と『恋の都』――〈純愛〉小説に映じる反ヘテロセクシズムと戦後日本――」
http://www.igs.ocha.ac.jp/igs/IGS_publication/journal/12/61-76.pdf
「ジェンダー研究」　第12号　2009

●7 *essay*

三島文学との出会い――原書と翻訳の間

タイ国立チュラーロンコーン大学助教授(日本文学)
ナムティップ・メータセート

私が初めてタイを舞台とした『暁の寺』を日本語で読んだのは、日本語を学習し始めてからほぼ二〇年近く経ったころ。

三島の作品は学生のころに「憂国」のタイ語訳を読んだきりであった。タイ語訳のタイトル「流血愛」の通り、血なまぐさい「愛」と「死」と作品を貫く究極の「サムライズム」について、少し気味が悪いような印象しか残らなかった。

死に対する憧憬とエロティシズムに貫かれる三島文学は「生」または「性」をめぐる経験値の少ないタイの女学生には(のみならず淑女の多いチュラーロンコーン大学の先生方にも)どうも刺激が強すぎるらしい。時には三島文学を研究したい!と主張する学生が出てきても、その指導を教官が引き受けたがらないので、研究もなかなか出来ない。タイにおいて唯一日本文学研究の修士課程を持つチュラーロンコーン大学日本語科の先生や学生に目を背けられては、三島作品の翻訳も研究も進まないはずである。

タイで日本文学が翻訳され紹介されたのは一九五四年の徳冨蘆花『不如帰』が最初だと言われている。英語からの重訳だった。二〇〇〇年代にポップカルチャー的な現代小説の翻訳がブームになるまで、いくつかの児童文学作品を除いてタイで翻訳され読まれた文学のほとんどが川端・三島・谷崎を中心とする著名な近代作家の作品であった。とは言っても一九七四年の『潮騒』以来、タイ語に訳された三島作品はごくわずかである。『潮騒』はその後一九七七年、二〇〇三年に別々の翻訳者による再訳があり、「憂国」を収録した短篇集については、一九七

九、一九八〇年に翻訳者の異なる二バージョンが出版された。一九七九年刊行の『流血愛――三島由紀夫短篇集』[*1]は三島作品の短篇集であり、一九八〇年刊行の短篇集は、三島以外の作家の作品も収録されている。その他の作品については、『午後の曳航』[*2]（一九七七）と『金閣寺』（一九九一）しか翻訳されていない。特筆すべきはそれらすべてが英語またはフランス語からの重訳であるという点だ。三島の作品研究に至ってはほとんどないという状況である。

元々タイは、読書人口が少なく、書籍市場の規模が小さいので、純文学の出版部数は多くても一度に五百冊から千冊がいい方だと言われている。三島作品の翻訳書は何度か再版されているが、果たしてどのぐらいの人がそれを目にする機会があっただろう。前述の作品も、図書館の蔵書目録に記載があったとしても、現物がすでにないことが多い。しかしそのような状況であるにも関わらず、三島由紀夫という作家の知名度は高い。彼の名前はしばしばタイの文人・知識人の書いた文章やブログなどに登場している。仏教と王室が重んじられるタイに三島が注目したのと同じように、愛国心の強いタイのロイヤリストたちもまた三島を愛国主義的作家として注目しているからである。ただし実際に三島の作品を読んだ上での賛美であるかどうかは少々疑問である。多くは恐らく西洋人の論文から得た知識を述べただけに過ぎないように思われる。従ってタイの批評家が三島を紹介する時には、具体的な作品分析や文学性よりも、その政治的思想性、皇国主義・軍国主義者であること、または武士道に傾倒する側面が決まって挙げられ、それに合わせて肉体美に対する

＊2

＊1

異常な拘りや同性愛的な側面も強調される。三島由紀夫という作家はそのエキセントリックな生き方と衝撃的な死により、作品そのものよりもその人物像と生き方がタイの人々の関心を引き、伝説と化して一人歩きしている感がある。

管見の限り、一九九一年の『金閣寺』と二〇〇三年の『潮騒』の再訳を除いて一九八〇年以降、新たな作品の翻訳はまったくない。逆に言うとなぜ一九七〇年代に集中的に取り扱われたかと考えてみると、川端のノーベル文学賞受賞による日本文学に対する関心が高まる風潮の中、日タイ貿易不均衡により反日感情が問題になった。当時の社会において日タイ文化交流、とりわけ日本文化の紹介を政策的に推進するために日本側の関係機関が翻訳事業を奨励したという事情があった。また、冷戦下の世界の中で左翼思想により王制や国家の存続が脅かされていたタイの社会状況において、国民の愛国精神を高めるのに三島作品の思想性が相まって関心が高まったのも要因だと思われる。しかし、一九八〇年代に入って、タイの政治経済が安定して来るとともに、政治性の強い文学に対する需要も弱まって来たためと考えられる。日本の文学作品が日本語からの直接翻訳が少ないのは、まず純文学の難しいテキストを理解し翻訳をこなせる技量をもつ翻訳者がまだ少なかった。また、二〇〇〇年以降の日本文学翻訳ブーム時代に入っても、出版社が利益重視で商業価値の高い大衆作品を選んで出版する傾向があるため、著作権がまだ残っている三島を含む純文学作家の作品はあまり出版されないという事情もある。

蛇足になるが、映画化された『春の雪』が二〇〇六年にタイでも公開され、その中でタイの人気若手俳優がシャム王子を演じたことで話題になり、美しい幻想的な恋愛小説風の作品に、これまでの三島由紀夫文学のイメージと違った別な側面が改めて注目されることになった。ただし話の複雑さや難解さゆえに、単純明快なストーリーを好むタイ人を惹きつけるのは難しく、三島文学の魅力に目覚めさせるには至らなかったようである。

ところで、話は冒頭に戻る。

大学で日本語を勉強したもののまだ日本文学を原書で読む力がなかった私は、数少ない翻訳作品の中から三島の「憂国」を読んでその強烈な作風に怯んでしまった訳だが、その後、日本での留学を経てやがて日本の小説を原書で読んだり翻訳したりする機会が増えた。そして大学で教鞭をとり、研究の一環としてタイを舞台とした作品を集めて読むことになったとき、『暁の寺』に出会った。三島文学体験二作目にして、初めて日本語で三島の作品に触れた。その重厚で緻密な構成はもちろんのこと、何より圧倒されたのは絢爛豪華な文章表現、描写の力である。その一例として、主人公の本多が暁の寺を訪れた場面における仏塔の描写を紹介したい。

近づくにつれて、この塔は無数の赤絵青絵の支那皿を隈なく鏤めているのが知られた。いくつかの階層が欄干に区切られ、一層の欄干は茶、二層は緑、三層は紫紺であった。（中略）

塔の重層感、重複感は息苦しいほどであった。色彩と光輝に充ちた高さが、幾重にも刻まれて、頂きに向かって細まるさまは、幾重もの夢が頭上からのしかかって来るかのようである。すこぶる急な階段の蹴込も、隙間なく花紋で埋められ、それぞれの層を浮彫の人面鳥が支えている。一層一層が幾重の夢、幾重の期待、幾重の祈りで押し潰されながら、なお累積し累積して、空へ向って躙り寄って成した極彩色の塔。

メナムの対岸から射し初めた暁の光りを、その百千の皿は百千の小さな鏡面になってすばやくとらえ、巨大な螺鈿細工はかしましく輝きだした。

この塔は永きに亙って、色彩を以ってする暁鐘の役割を果して来たのだった。鳴り響いて暁に応える色彩。それは、暁と同等の力、同等の重み、同等の破裂感を持つように造られたのだった。

読んでいて大きな衝撃を受けた。ここに語られている『暁の寺』の塔は、私の記憶にあった「ワット・アルン」（タイ語の暁の寺）と似ても似つかないイメージだったからだ。

そういえば、小学校に上がる前の一時期、私は「ワット・アルン」つまり「ワット・ジェーン」（地元住民が使っている呼称）の周辺に住んでいた。すっかり忘れ去られていた幼いころのぼんやりした記憶が『暁の寺』との衝撃的な出会いによって掘り起こされた。子供のころ家の庭先のごとく走り回り鬼ごっこなどをして遊んでいた私の記憶にあった「ワット・ジェーン」の仏塔は、苔の生えたくすんだ色の、外壁がぼろぼろ剥がれ落ち、今にも倒れそうな古ぼけた代物であり、本多が語ったような強烈な色彩と圧倒的な存在ではなかった。しかし、三島はその豊かな文章表現力で、私の日常空間だったはずの「ワット・ジェーン」を崇高で幻想的な「暁の寺」に再構築し、あたかもそれが実在しているように納得させてみせた。日本語原書を読まずに味わえない感動である。もちろん、修辞や文体などの芸術性以外にも、彼が作品に描いたタイのイメージも、日本人の対タイ認識を知る上で有用な参考資料になる。三島文学の素晴らしさとともに日本人はどのようにタイのことを考えて見ているかについてもいずれタイ人読者に紹介したい。

『王様と私』の上映を禁止するタイにおいて、『暁の寺』におけるタイ描写に対してタイ人読者がどんな反応を見せるか興味深い。

三島由紀夫『暁の寺』の舞台　タイ
上　バンパイン離宮内、アイサワン・ティッパヤアート宮殿
右下　チャクリー・マハー・プラサート宮殿（チャクリ宮殿）
左2枚　暁の寺（ワット・アルン）

essay ❽

最期の日

元編集者
藤田三男

最期の日、昭和四十五年十一月二十五日に向けて、三島由紀夫は着々と身辺の整理と死の準備を進めたようである。

しかし文壇の知友に、それとなく別れを告げるということは（師川端康成を除いて）なかったようである。安部公房、武田泰淳のような文学上の盟友に対しても、それとなく別れを告げることはしていない。ただ武田泰淳との対談「文学は空虚か」（「文藝」昭45・11）では、明らかに泰淳の懐で甘え、嘆き、珍しく本心を覗かせる三島由紀夫がいる。ここには明らかにそれとはなしの訣別と感謝の言葉の連なりがある。

川端の場合も、それとなく別れの場を設えた、ということではなかった。最期の年の十一月十七日（決起一週間前）、中央公論社の「谷崎賞」の授賞式にかなり遅れて出席した三島は、授賞式が懇親パーティに移ると直ぐに、川端の許に駈けつけるようにして二言三言挨拶をすると、あっという間に会場を後にした。その間、授賞式を含めても、二、三十分のことではなかったか。晩年、「楯の会」をめぐって、自ら絶対的な庇護者と信じていた川端から厳しく窘められたことは、三島にとって最後の拠り所の梯子を外された、という無念の思いが強くあったようである。

最期の年の夏、八月中旬のことであったか、私は伊豆下田の東急ホテルに三島さんを訪ねた。いつのころからか、例年八月の初めから二十日間ほど、瑤子夫人、お子さん方と下田へ避暑に出掛けるのが習いであった。

その年十月末刊行予定の『カラー版日本文学全集・三島由紀夫(二)』の口絵撮影のために、担当の石野泰造さんとカメラマンの榎本良介氏とともに下田へ赴いた。石野氏の日程を聞いて、私は飛び入りで出掛けることにしたのだ。一つにはその秋刊行予定の『埴谷雄高作品集』の推薦文をぜひ引き受けてほしいという願いもあった（三島由紀夫が「谷崎賞」の授与式に欠席しなかったのは、その年の受賞作が埴谷雄高『闇のなかの黒い馬』であったことに深い関わりがあると思う。この作の受賞は当時の文壇の衝撃的な事件といっていい）。

もちろん私は招かれて下田へ赴いたのではない。私の姿を見た三島さんは、一瞬、おやっという顔をした。

下田駅から東急ホテルへの道で、白絣（？）に袴形《はかまなり》の青年二、三人、いかにも「楯の会」の会員といった風の美青年たちと同道することになった。三島さんのいたプールには瑤子夫人の友人たちも多くいて、かなりの人が集まり、水に興じていた。三島さんはプールサイドにいることが多かったが、時たまプールに浮いているビニールのボートのようなものに乗っかったり降りたりしたが、決して泳ぎはしなかった。

三島さんには不思議な趣尚があって、作家が軽井沢に別荘をもつこと、自家用車をもっている文士をひどく軽蔑する風があった。例年避暑に出向く、それも多くの客人を招き宿泊させるとなると、その費用は莫大であることは明らかで、これは経費の問題ではない。

同じようなことが「自家用車」にもあって、ある時、社の車で（当時の河出書房新社には社長専用の運転手をはじめ三人の運転手がいて、いつも暇そうにしていたので）、三島邸を訪ねたことがある。帰りがけに後楽園のジムへ出掛けるという三島さんが、同方向なので同乗させてほしいという。ところが玄関先で黒塗りの「自家用車」を見た三島さんは、ぼく、タクシーで行くからいいよ、と言って家へ戻ってしまった。それ以来私は「自家用車」をやめて、タクシーか電車にバスを乗り継いで出掛けることにした。馬込山上の三島邸は交通の便がよくなかった。

下田東急ホテルのプールサイドでの三島さんは実に快活そのもので、時折、例の呵々大笑を発してご機嫌であった。『埴谷雄高作品集』の推薦文についても、「埴谷さんは尊敬する先輩ですから」と二つ返事で引き受けてくれた（三島さんは注文原稿をなかなか引き受けないことで有名であった）。

しかし、いざ撮影となって、プール裏手の海岸に降り、ニューヨークのゲイクラブに特注した、というご自慢のビキニパンツ（細紐のふんどし）の三島さんは「巌頭のプロメテウス」よろしく自らポーズをとったりして上機嫌であった――のはそこまでであった。

撮影が終って、海岸に戻ってきた三島さんは、それこそ唐突に全く思いがけない話を始めた。私が何か質問したことが気に障ったのであろうか。

――ノーベル賞のこと（三島さんは以前、最有力候補に擬せられていた）。ハマーショルド（国連の事務総長）の死が響いた。

――吉行（淳之介）の『暗室』は評判がいいようだが、「今業平」の物語になってしまったことが決定的にダメだ。

――日本の文壇は、これから丹羽（文雄）・舟橋（聖一）の時代になる。そのときの文壇はサイテイだ……

など私には応答の仕様もない話がしばらく続いた。独語のように、あるいは憤懣やる方ないという風に吐き捨てるような口調は、いままで聞いたことのないものであった。

このころすでに（後に分ったことだが）、『豊饒の海』の最終巻『天人五衰』を書き上げていた三島さんは、本来ならば数年越しの大作に決着をつけ、自信に溢れていていいはずである。心なしか鍛え上げた人工の筋肉もかなり張りを失っているように見えた。

「丹羽・舟橋の時代」の到来、そんなことにはなりはしませんよ、と私が一言口を挟むと、「それはキミが河出の編集者だからそう言えるんだよ。K社やS社の編集者だったら、そんな安閑なことは言ってられないよ」と苛々とした口調で言った。こういう話は、おそらくS社やK社の担当編集者にも漏らしていたのかもしれないが、私が三島さんより一回り年若の担当編集者であり、その上自分に文壇登場の機縁をつくってくれた出版社の人間という心安さもあったのであろうか。

——マルローはいいな、とぽつりと言った。二年ほど前、アンドレ・マルローの『反回想録《アンチ・メモワール》』の第一巻がフランスで出版され、文学界の枠を超えて、社会的事件として喧伝され、日本のジャーナリズムでも大きく取り上げられたことに強い羨望の思いをもっていたのである。「豊饒の海」が完結したとしても、精々文壇だけの話題（それもかなり批判的な）に止まるだろう、と悲観的に予感していたようである。

『埴谷雄高作品集』の推薦文の原稿は、約束の〆切り日よりかなり早く一週間もしないうちに届いた。達意の名文である。この短文は、「丹羽・舟橋の時代」到来に対しての、文学者三島由紀夫の明らかな異議申し立て《プロテスト》である。この短い文章が、生き急ぐ、死に急ぐ、三島さんの最後の文学的メッセージになってしまったことを、その時の私は全く分っていなかった。

Interview

宮本亜門　舞台版『金閣寺』と三島由紀夫の演劇

聞き手　有元伸子
久保田裕子

舞台版『金閣寺』と「NIPPON 文学シリーズ」

――今日は本当にお忙しいところ、ありがとうございます。宮本亜門さんが演出された舞台『金閣寺』の初演、再演、再々演を拝見しましたが、『金閣寺』という小説の読者にとっても、作品の新たな解釈可能性が提示されていました。また演劇ならではの身体的表現も付け加えられていて、エンターテインメントとしても楽しめる作品でした。今回は演出された『金閣寺』を中心に、三島由紀夫の演劇について、お考えをお聞かせいただければと思います。

舞台の『金閣寺』の初演はＫＡＡＴ神奈川芸術劇場のこけら落とし公演（二〇一一年一月二九日～二月一四日）ですが、宮本さんが主に演出されてきたミュージカルではなくてストレートプレイ、しかも戯曲ではなく、小説『金閣寺』を選択されました。舞台化に当たっては、「NIPPON 文学シリーズ」の一環として上演されましたが、テーマとしては、生きづらさを抱えた現代の若者の状況に共通するものとして三島作品を考えていきたいと述べておられました。小説『金閣寺』を戯曲化して上演された理由について、あらためておうかがいしたいと思います。

宮本亜門　最初に『金閣寺』を上演しようと決意した理由は、ネットなどで作品に関する書評や感想がいろいろある中で、若い人たちの感想が多かったからです。しかも日本文学の古典的名作という読み方ではなくて、辞書を引きながら読むのが大変だったなどと付け加えてあるなど、思春期を送っている彼らが、作品に描かれた世界を自分たちの生活と近いところでとらえている言葉が多く、読者の主人公に対しての共鳴や、疑問を感じている意見も含めて、この小説を等身大の世界として楽しんでいることがわかって、これは現代も上演する意味があると思いました。

僕自身も引きこもりの経験があり、自分と向き合わざるを得ない思春期があって、この『金閣寺』を読者と同様に等身大の話として高校生の時、感銘を受けました。

作品を執筆した当時、三十歳になっていた三島自身も、若い時はいろいろと自問自答したことでしょう。コンプレックスも強かった三島自身への問答が『金閣寺』にも反映されていると僕は感じていただけに、それが今の時代の若い人たちにとって古い問題ではないと確信したのが上演を決心した理由です。

また日本文学を取り上げたのは、インターネットですぐに物事の結論を求める時代では、文学を考察して楽しむことがなくなるのでは、という危惧を抱いたからです。誰が書いたかも分らないウィキペディアを信じ、わかったつもりになる。すると、小説本を読んでもわからない漢字一つで読む気を失ったり、辞書を調べなくなり、しみじみ脳裏に入れこむような時間も削る。もちろんネットは便利で僕もいつも使っていますが、この速さとスピードの時代に、三島の厖大で凝縮した重みのある言葉の連続は、いちいちブレーキを掛けないと読めなくなる。せめて舞台で知ってもらい、小説本を読むきっかけになって欲しいと思いました。何とかして三島の言葉の魅力やその視点の面白さを若い人たちにも伝えていかなくてはと。

私は海外で仕事をしますが、日本文学や文化について外国人の彼らのほうが知っていることも多々あるんですよ。三島の作品がどうだった、溝口健二の映画がどうだったなどと熱く話す人も知っています。彼らは、日本独特の文化にとても興味を持っている。共に仕事をしたブロードウェイミュージカルの作曲家スティーブン・ソンドハイムや台本作家も僕以上に話したら止まりません。

僕も幼い時から茶道とか日舞、それに神社仏閣に興味がありました。しかし思春期に西洋文化の面白さを知り、入れ込んで台本も西洋人が創ったものを多く演出をしてきましたが、いつかは本来好きだった日本文化に戻っていこうと思っていました。そしてこれからは、西洋から感じ得たスタイルと視点も含め日本文化を紐解き、世界に発信していくつもりです。演劇で言うなら、僕が好きな神社仏閣で行う日本的な儀式を混合させた上で、新たな和魂洋才で日本文学を紐解きつつ、現代人に感じやすく見せる方法はないか模索しているところです。僕がKAATで「NIPPON文学シリーズ」を始めた理由もそこにあるのです。

僕が芸術監督をしていた、KAAT神奈川芸術劇場のある横浜は、西洋文化を日本で初めて取り入れた場所です。目の前にある港から工学・医学・科学・文化が入ってきた。今度は日本から横浜を出発点として、世界に日本の良さを発信する、つまり逆輸出です。日本人自身が日本人の心を忘れかけていることが、自分の在り方と重なる点も多く、今この場所を起点に広げたいと思ったのです。それは、自分自身に対しての警告でもあり、日本の精神、われわれが持っているその特徴、特異なところ、その面白さを忘れないためにも『金閣寺』を上演しました。

若い俳優の身体性について

―― 今の日本の大学などでも日本文学の教育が沈滞化し、「文学はもう終わりだ」といった言葉が聞こえる中で、多くの若い人たちにとって、小説よりもむしろ演劇の方が三島の作品を目にする可能性が大きいと言えます。三島の作品も含めて日本文学を伝承していく時に、宮本さんがされたように、演劇を通して一種の「二次創作」として読み替え、読み直しを行い、新たなアプローチで表現の可能性を開いていくという方法には、私たちも大きな示唆を受けました。

宮本 なぜ今回、『近代能楽集』などの三島の戯曲ではなく、小説の『金閣寺』を演出したか、正直、三島の戯曲を演じる際に、身体を通して台詞を言える役者がとても少なくなったということもあります。それはここ二十年の大きな変化で、着物を着ない文化に育った役者が増えたことにも繋がります。僕は日舞を習っていたので、日本古来の腰の入り方などを身に付いているけれど、若い役者たちがそういった身体の訓練を一切経験していない。

撮影：阿部章仁　写真提供：株式会社パルコ

「金閣寺 -The Temple of the Golden Pavilion」公演概要

1. 2011年1〜3月
KAAT 神奈川芸術劇場、長野・まつもと市民芸術館、福岡・キャナルシティ劇場、愛知県芸術劇場、大阪・梅田芸術劇場

2. 2011年7月
ニューヨーク・ローズシアター（リンカーンセンター・フェスティバル）

3. 2012年1〜2月
大阪・梅田芸術劇場、東京・赤坂 ACT シアター

4. 2014年4月
東京・赤坂 ACT シアター

原作———三島由紀夫
演出———宮本亜門
原作翻案———セルジュ・ラモット
脚本———伊藤ちひろ、宮本亜門
出演———1 2 森田剛、高岡蒼甫、大東俊介　ほか
3 森田剛、高岡蒼佑、大東駿介　ほか
4 柳楽優弥、水橋研二、水田航生　ほか

戯曲の中の三島の言葉に関しても、一つ一つの言葉に念を入れながらも、テンポ良く話せず口跡が悪い。その点、平幹二朗さんなど三島と同世代に近い方々は実に見事です。またそれだけ、三島演劇の台詞をしゃべるには訓練がないと駄目だということです。これは日本の俳優教育の問題なのですが。役者たちは根本的に台詞の伝え方、たたずまいも含め良き日本を表現できにくくなった。それを復活しなくてはとも思いました。三島の台詞を言えば三島の世界が表現できたとは言えないのです。

　実は『金閣寺』は一度、劇団新派で舞台化されているんです。その村山知義氏脚色の戯曲も読ませていただきましたが、名場面集といった感じで、こぢんまりとまとまった『金閣寺』でした。それを読んで、長編小説を舞台にする難しさを感じたのも事実です。また、三島が小説に書いた絢爛たる言葉の煌めきをどう表現したらいいか悩みました。そこで僕は読者が小説でそれぞれの私小説のように、自分の頭の中で、良い意味で妄想を働かせながら自分と重ね合わせることができることを、演劇化で試みるべきだと思いました。新派が上演したときに三島が書いた文章[*1]がありますが、三島は舞台化を認めながらも、演劇と小説には違う魅力があると語っているのではと思い、僕は台詞を中心に舞台を創るより、それ以上に肉体としての煌めきも多く詰め込み、小説の濃縮度の凄みを肉体で埋めようと考えたのです。

　演劇は俳優の生の肉体を通した一つの表現です。小説とは違う魅力があり、その利点を活用するべきだと。三島自身肉体に拘った人でもあるし、彼は真の演劇人でした。演劇という生の表現ならではの、肉体にフォーカスしようと思ったのです。

創作過程について

　将来的にはニューヨークで上演したいので上演の権利を取らせてもらえるよう、演劇プロデューサーが映画プロデューサーの藤井浩明さんに相談してくれたのです。すると藤井さんは、快くやるべきだと言って下さり実現へ至りました。藤井さんと夕食をさせて頂いた際、お聞きしたのは、三島はニューヨークに半年も滞在して、『近代能楽集』を舞台化しようと必死だった。結果、三島の夢は叶わなかったが三島は、日本に帰国した後、亡くなるまで、ニューヨークでの自作の上演を夢見ていたと。

　そして、僕のようにブロードウェイで舞台をやった人が演出するなら、絶対に三島は喜ぶとも言って頂き、勇気をもらいました。また最後に、怖がらずにやって下さいというお言葉も頂戴し、心から感謝しました。

　安心したのもつかの間、それからが大変でした。プロデューサーの提案で、まずカナダ人の脚本家[*2]にお願いし

*1 「長篇小説の劇化――「金閣寺」について」
*2 セルジュ・ラモット氏

たのですが、僕は村上春樹は好きだが、三島は分からないと言い、出てきた台本も三島世界とはほど遠く、小説から選ぶ場所によって、こうも作品が変わってしまうのかと驚きました。それから何度も打ち合わせをしたのですが、結局、彼には辞退してもらいました。やはり、三島の個性を理解しようする人が必要だと、次に、『春の雪』の映画化をした時の脚本家伊藤ちひろさんに頼みました。自分も共に台本を作り上げていったのが、今回の『金閣寺』台本の基本となったのです。それから試行錯誤の連続で色々な段階を経て、現代の若い人たちにとっての等身大で共鳴できる作品を作るという目的を達成したと思っています。いつも心の中で、演劇を愛した三島なら許してくれる、演劇の可能性を信じてくれた三島さんならこうやるだろうと思いをめぐらし、創作させてもらいました。

小説を演劇へ再構築すること

―― 藤井浩明さんは『金閣寺』が原作の市川崑監督の『炎上』（市川雷蔵主演、一九五八年）の映画化の際にもプロデューサーとして関わっておられた方ですが、今回の舞台化にも力を貸された経緯をうかがうことができました。

ところで小説の演劇化にあたって、小説との違いはどのような点にあるでしょうか。小説『金閣寺』は溝口の内面の独白で、閉じられたテキストという印象があります。一方で演劇は、柏木、溝口、鶴川という、三者のアンサンブルによって、閉じたモノローグと言うよりは、もう少し開かれていったという印象を受けました。小説から戯曲へ再構築する過程で最も大切にされたのは、どういうところでしょうか。

宮本　まず、小説で出てくる娼婦まり子が登場する最後の場面をカットしました、それは三島のセクシャリティということも含めて、三人の男子学生に焦点を当てたかったからです。実際の事件においては、モデルとなった林養賢が放火の前に遊郭に行ったという事実があり、それが小説に反映されていると推測できますが、本当に三島はその時の溝口の心情がそれほど大切だと思っていたのか疑問を感じたからです。現実の女性との性的な関係以外のシーンの方がもっと小説の骨格を支えている重要な場面だと。もちろん、それは小説を読む人それぞれの感じ方があっていいものだと思っています。例えば、ATGで映画化した『金閣寺』（高林陽一監督、篠田三郎主演、一九七六年）では、母と有為子との関係が中心に再構成されています。あらわな女性の胸がいたる所で出て来る。女性との性的描写が中心になり、まり子のシーンこそ、終着点、それが全ての根源という描き方で、僕の小説を読んだ感じ方とは違うものでした。有為子や母との関係も性的すぎて違和感を感じたのも事実です。

なぜ舞台化に当たって鶴川と溝口と柏木の三人に焦点を当てたかというと、全員が三島自身の投影だと思ったからです。例えば鶴川は、東京のおぼっちゃまで、お母さまに大切に育てられたという点で、三島の祖母との裕福な家庭関係にも似ているし、三島の家族構成が投影されていると僕は理解しています。そして、鶴川は、暗さと表には見せない巨大なコンプレックスを抱え、自殺してしまう。

柏木と溝口の関係には、認識と行為との衝突があり、まさに、三島の中の二つの内面葛藤ではないかと思うのです。そして、この自問自答の葛藤がその後の三島の作品を、また三島由紀夫という人物を形成していくことになったのではと思いました。三者に象徴される三つの面は、三島自身の内面と環境から表れる状況であり、僕はこの三人に焦点を絞りたかった。三人の微妙な関係性が三島自身の内面も含め、きっと三島が体験してきたであろう人間関係とも重なると考えたのです。

―― 小説では溝口が述べている言葉についても、今回の舞台では他の二人の台詞として振り分けられたり、あるいは小説では見えにくかった鶴川の闇の部分が描かれていて、小説を大胆に読み替えた表現が見られました。今回、小説で描かれたディテールやテーマを取り出して再構成する方法によって、小説の中に内包されていた可能性を見直すきっかけを頂いたと大変感じました。

宮本 そう言っていただけると大変うれしいです。(書き込みのたくさんある『金閣寺』のテキストのコピーを提示して）小説の中のこの言葉が三島にとってどれほど大事なのか、またあまり大事ではないのか、これは大事、いや、これは違うと、何度も模索し読み返しました。そこで思ったのは、『金閣寺』という小説を舞台化するとしたら、焦点を当てる場所を変えれば、五つぐらいの違った解釈の舞台ができるのでは、ということです。これは、舞台だけではなく、小説を読んだ読者にも当てはまることでしょう。どの部分が心に触れ、どこに感じるか、それをどう選ぶか否かは、読者によって違っていい。強制的にこれが正しいと一つにするものではなく、あえて三島がその振り幅を意図的に創り上げた大衆小説なのだと思いました。『金閣寺』は一筋縄ではいかない作品で、あまりにも煌びやかで濃縮度が強い言葉のため、何十回も作品を読み、読むたびにまた違う印象を受ける。それが小説『金閣寺』の醍醐味でもあると思います。

ということは、読者の年齢を問わず、あるいはその時その状態によって、三島の『金閣寺』は永遠に読み続けていける作品の一つだということです。ある年齢を重ねたおじさまでも、突然、会社がうまくいかなくなって、ひきこもった時に読んだら、いろいろ考えるでしょうし、その時々によって、読者が感じられる要素が多い作品です。

——特に溝口を演じた森田剛さんの演技に加えて、柏木、鶴川を演じた俳優三人のアンサンブルの素晴らしさを感じました。従来、小説『金閣寺』は「美」とか「絶対」とか、溝口の観念的な内面のドラマが描かれていると評価されてきましたが、演劇では三人の関係性のドラマに変換されていました。演出では他者とコミュニケーションを取ることの難しさという、現代的なテーマに読み替えられていましたが、既に原作の小説の中に内包されていたテーマとも言えます。今回の舞台では、演出を通して一つの解釈を示してくださることによって、作品に対する新しい見方が拓かれたという印象を持ちました。

宮本　小説には一行二行しか書いてない文章に着目して、溝口と柏木が認識と行為をめぐる会話をする前の場面で、脚本を担当した伊藤ちひろさんが、二、三行のト書きを新たに膨らませてくれたんです。「私の避ける様子を見て、彼は面白さうに追つてきた。もし私が駈ければ内翻足の彼は追ひつく筈もないといふ考へが、却つて私を立止らせた」という箇所を拡大して、溝口が逃げ、柏木が追う無言のシーンを付け加えました。溝口と柏木の関係が対立し始める瞬間で、演劇で見る肉体性においても面白く、溝口が障害のある柏木をからかうという意味ではなく、放火をすると決意をした後、相手との距離を引き離そうとしている溝口の痛みと、何とか論理で溝口を引き止めようとしながら、それができず、意固地になっていく柏木の関係性が、認識と行為との対立という構造になっていく場面です。そういう試みは演出していて楽しいですね。

演劇人としての三島由紀夫

僕から見ると、三島さんは真の演劇人だと思います。というか、自分の人生そのものを舞台として見ていると思います。シェークスピアの言葉に「世界は一つの舞台のようなもの。そこでは男も女も一役者にすぎない。舞台を出たり入ったりしながら、それぞれに割り当てられた役柄を演じている」というのがありますが、まさに三島のことを言っていると思ってしまいます。三島は日本を、世界を自分の舞台とし、見事に役者として演じきったと思うのです。最後に自決する自衛隊の市ヶ谷駐屯地のバルコニー、それに「楯の会」の国立劇場の屋上での軍事訓練、どちらも劇場に見えるのは僕だけでしょうか。常に舞台のような独特な場所を選び、三島由紀夫という自分が創作した主人公を演じ、自分が求める自分を、演じきったように感じるんです。そういう意味で映画『憂国』は実に明確な三島のコンセプトが貫く名作です。能舞台で演じる二人、切腹をして内臓がだくだくと出て来る様は、痛みと言うより究極の美しさがあり、まさに舞台という一線が存在しているから、見られる名場面です。三島もその主人公の一人として人生を演じきったのではないでしょうか。

知れば知るほど、彼の生き方と作品がリンクしていて、実生活の中でこういう出来事があるが、直接言うことで結果に焦点があたってしまい、そこに至るまでの感情、混沌、想いがないがしろにされる。だから作品の中でこう書いたんだなとか推測できるし、彼自身のマイノリティの部分もセクシャリティの部分も含めて、作品に沁み入っていると読み解くと、三島さんは実に興味深く、単なる文学者以上の親しみさえ感じます。いつの間にか、彼が持っていた、戦後の日本のありように対する疑問、虚無感。しかし、それにも負けず、彼の生きるということに対する執着の凄みを見ると、本当にいとおしい人。一回限りの人生を嘘つくことなく、正々堂々と生きた方だなと思い、もし僕がお会いできたら、ノックアウトされてしまうだろうと思います（笑）。

演出の意図——大駱駝艦、ホーメイ

―― 小説に表現された三島の意図を読み取りながら、演劇として新たな表現を発展させている、舞台化に伴うプロセスについて興味深くうかがいました。例えば舞踏集団「大駱駝艦」の俳優を入れてみたり、『金閣寺』を擬人化するためにホーメイなどの音楽を使ってみたり、三島の言葉を基盤にしながら、音楽や身体演技を通して演劇として拓いていく手法が印象的でした。舞台化に伴う大胆な設定によって、『金閣寺』の世界が広がっていったと思いますが、その辺りの具体的な演出の意図などについて教えて下さい。

宮本　例えば溝口ですが、彼はこの物語の中で、どこが一番幸せな時期だったかと問うと、それは、太平洋戦争中、終戦直前の段階だと思うんです。それは鶴川と共に無心になって軍事訓練していた時で、溝口は自分が生きる価値があるかをずっと悩みつつ生きてきた。しかし、戦争突入というレールが敷かれ、何事も考える必要が無くなり、汗を流し集中し無になったときに、全てが最高の瞬間になっていく。そして、溝口は、いよいよ京都が攻撃されて、「私を焼き亡ぼす火は金閣をも焼き亡ぼすだらうという考へは、私をほとんど酔はせた」と、金閣寺も自分も鶴川も一緒に、全部が燃えて無になると考えます。僕はこの言葉に体が震えるほど驚いて、三島の自決と重なるようなところがあると思いました。一瞬にして自分の全てをなくして無になってしまうような、ある意味で最高の瞬間を捉えています。そこには必ず肉体という要素が入ってくる。三島は自決ごっこをしていたという噂もあるんですが、死というものをぎりぎりの状況で感じながら、俺は生きているんだって感じることができる男だったと思うんです。

　話を戻すと、例えば最初の場面に登場する真っ白の海軍機関学校の制服を着た学校の先輩は、これから死に向かって行くために見事に美しく目に映ります。舞台で相撲の試合で彼と体をぶつけ合った時に、その憧れゆえに大きく反転して、今度は溝口のコンプレックスが強く始まる。三島の作品では、生きることと、頭の中の認識だけで生きてきた彼自身の内面との葛藤が描かれている。その中心に位置するのが、絶対なる肉体です。

　生を通して人間同士が向き合える感覚、これが溝口には必要だったのでしょうね。ところが周囲の人々との間では、そのような関係が一切築けない。金閣寺の老師に対しても、俺を怒ってくれ、なぐり倒してくれてもええんやって言っているのに、適当に逃げられてしまう。向き合ってくれ、俺に怒鳴ってくれっていうのが彼の奥底からの叫びですよね。だからそれを引き出すためにもっと悪いことをしてしまう。この生でぶつかり合っていくということにはやはり肉体が伴い、それが人間の存在理由にもなるのです。だから「大駱駝艦」のあのグロテスクな感じ、生々しさ、肉体感というのは、今回の舞台に絶対必要と思って、出演をお願いしました。

　それから金閣寺という建築物を象徴的に表現するために、声だけを出して、言葉は出さないという方法をとりました。金閣寺は建物というより、完全に溝口との心象風景との対話なので、ある人物に仕立て上げているようなものだろうと思いました。その声は最も聖なる美しさであり、ある意味では一番俗悪な見苦しいものを示すというように、溝口の気持ちによって金閣寺は自由自在に変容していきます。それを表現できるのは、ホーメイの声を出すヴォイスパフォーマー山川冬樹さんだと思い一番最初にキャスティングをしました。ホーメイとはホーミーと似たもので、一人の声を倍音として出す不気味で且つ崇高な声の音楽です。時には頭蓋骨を振動させた音を出してもらったりして、山川さんには溝口の内面を表現してもらいました。


――宮本さんの明確な演出の意図を、舞台の上で実現した俳優さんたちの役割は、とても大きいと思いました。今回の舞台化では、若い俳優さんたちが頑張っておられましたが、若い俳優さんから見たとき、戦時中や終戦の状況や禅寺での修行生活、あるいは放火という犯罪行為を含めて、彼らの生活環境からは隔絶しています。そのような落差がある中で、今おっしゃったような演出の意図を、特に若い俳優たちの体と心に落とし込むためには、どのようなプロセスが必要だったのでしょうか。

宮本　役者が実際に経験していないことについて、どうやって想像力を駆り立てて、その世界の空気感を味わっていけるようになるかが大切です。具体的なことを説明して、その時に俳優が皆、単なるイメージではなく具体性を持って想像できなくてはなりません。当時のその環境の中にいることがどれほど厳しいことかも含めて。例えば剣道の場面にしても、俳優は現代人なので、肉体的についていかなかったら何回もやらせます、しつこく。「もう一回！」とか僕も大きな声で当時の人のように怒鳴ったりしないと必死の気が入らない時もあるんです。

穏やかにしている演技についても、芯を入れて形にしていくために、俳優に死はいつも目の前にあることを意識させます。戦争という時代の凄みを想像させるために、いつ死ぬか分からない、金閣寺が燃えた時にどう思うかといった話などを、しつこく、しつこく、粘り強く、僕自身もその中に入り込んでともに想像していきます。またその状況になったらと、色々な例を出したり、質問してみたり、人間が壮絶ながけっぷちに立っている究極の時間の孤独と痛みに入っていくのです。ただ、演技をして表面でなぞろうとしても全く意味がない。戦争とあまりも遠い現代のネット社会の若い俳優たちに対して、そういう具体例を出しながら演出をさせてもらってます。

アメリカの観客、日本の観客
――ブロードウェイの評価

――『金閣寺』は国内で高い評価を得た後、ニューヨークでも公演をされました。三島は海外、特にアメリカで自分の演劇を上演するということに強い執着を持っていたと思います。宮本さんが『金閣寺』をアメリカで上演された時に、アメリカの観客の反応について、日本の観客の反応との違いを含めておうかがいできればと思います。

宮本　ニューヨークでの批評は、いいものもあれば、悪いものもありました。基本的には好意的だけれども、悪い評価については、実を言うと、『金閣寺』や三島由紀夫について何も知らない人が批評を書いたんですね。そうすると、何でこんな不気味な話なのかという意見になってしまって、それは批評家としてどうなのって、アメリカ人たちも怒っていました。批評家なんだから、作家とか、歴史ぐらい少し勉強してから来て欲しいと言いたいです。

ただアメリカもそうですが、時代はどんどん変わっていて、舞台の中でも、本質的なところを突いていくということが薄くなっています。「ザッツ・エンターテインメント」みたいに軽くて分かりやすくて楽しく、というアメリカのテレビドラマのような舞台がニューヨークにも多くなり、『金閣寺』は現代のアメリカの観客にはちょっと重過ぎたかもしれません。むしろアメリカに住むヨーロッパ系の人たちがヨーロッパ演劇に近いという感じで共鳴していましたね。

実際、三島さんの作品の濃縮度が、世界的に今の感覚とそぐわなくなってきていると思ったのも事実です。どこの国へ行ってもネット社会で、答えをすぐ求める時代に、三島さんの作品が評価されるためには、よほど工夫した方法を使わないと難しくなってきた。

三島さんが生きている時代に上演したらもっと違うかもしれないけど、日本とアメリカという国の違いというより、現代という時代の変化は作品が作られた当時とは大きなギャップがあります。三島さんも戦後は軽くて薄っぺらな時代になっていくと危惧していました。現状はその通りになっている。何事も深いところには触れないようになってきているんです。そういう意味では、海外という場所より、時代のギャップが苦労する点です。

―― 観客の反応や受け入れ方は、日本とアメリカという場所よりは、時代の違いが大きいのですね。

宮本　僕たち自身の生き方も含めて。今朝、レコード店へ寄ってきましたが、レコードを掛けなくなっただけではなく、音楽もネットであっと言う間に週ごとに変化して、いつの間にか十年前の自分も想像がつかないぐらい早いリズムに移り変わって来ている。考え方も、言葉も、過去と現在では距離があるし、そういう意味では、自分たちがしっかり足場を捕らわれないようにしないと、ストンと引っ張られる速さになっている気がします。

でも、それは伝える方法次第だと思っているので、僕は『金閣寺』の演出の仕方も、それなりにいろいろな形式を取って、少しでも現代人に伝えるようにアプローチして努力しているつもりです。

ただ、ニューヨークで僕が思ったのは、三島さんは精一杯、西洋の論理性の中での日本の在り方を伝えようと考えた人だと思いました。彼は旅行で全世界を見てきた人で、日本の内部にいただけの人ではなかった。西洋文学やギリシアの神々の影響を受けた上で、自分なりの日本を築けないかというところから始まって、最後のああいう結末まで行ってしまった人だと思います。そういう意味では最初から日本だけを向いていた人ではないので、日本の作家の中でも外国人に受け入れやすい方だと思います。

ニューヨークで『金閣寺』を上演した時にお客さんが下を向き、あらわに嫌悪感を出したシーンは、米兵が娼婦の腹を蹴る場面です。「われわれアメリカ人は女性に親切にする、こんな米兵は現実にいないと」あるアメリカ人からは反感を買いました。まあ、その決めつけも沖縄の米兵事件をみれば有り得ないのですが、問題はこれは象徴として描かれていて、あくまでも戦後の占領期の時代に、日本人があのような扱いを受けていたことを表現するために描かれていたということです。これはアメリカ統治下のもと自ら民主化に手を貸したという意味合いの表現だと僕は思うんです。でも現代のアメリカ人が、そこまで日本の歴史を深く理解することは難しい。むしろ、客観的に距離を置いて見るヨーロッパ人のほうが、あ、象徴なんだなと理解していたようです。そういう点は、三島作品を海外で上演する面白さであり、難しさでもあります。

―― ご指摘のとおり、三島は西洋的な文化や文学を通過した上で日本というものを立ち上げていったというご意見は、本当になるほどと思いながら伺っていました。

日本の文化を海外に向けて表現していく芸術家の中で、宮本さんは現代の旗手のお一人でいらっしゃると思いますが、宮本さんからご覧になって、三島が試みた日本文化の海外への伝え方というのは、どういうふうに映っていますか。

宮本　三島は、あいまいな精神性ではなく、論理性を持って、自分の文学を海外の読者に訴えようとしていたんだと思うんですね。そういうふうにやっていくと、あるひずみが出てくると思います。

よく言うんですけど、岡倉天心の『茶の本』と同じで、大好きな本ではありますが、読んでいくととても無理がありますね。僕はずっと茶道をやっていたからわかりますが、お茶の良さをここまで論理的に伝えないと、考え方や環境が違う外国人に伝わらない。だから頑張ったんだな岡倉さん、みたいに読めてしまう。それと同じで、三島さんも相手に論理として伝えようとしたというような気はしましたね。それがきっと三島さんの魅力でもあり、三島さんが西洋の文体、文法を使いつつも日本の精神を異文化の相手に納得させようとした例が、いくつかの作品に残っているのではないでしょうか。

宮本演出の方法

―― 宮本さんの演出家としての表現や伝達の方向性は、三島が目指した演劇における表現の方向性と共通するところもありますが、むしろ三島演劇を演出を通して再構成、再構築しておられるという印象を受けました。その再構成の部分について、お聞かせ下さい。

宮本　やっぱり時代も違うし、とらえ方が違う以上、再構成は必要になります。それから僕が三島作品を演出する場合、どうしても三島の作った作品プラス三島由紀夫なんですね。三島が自決をしたことは、僕なりに言うと「あまりにもうまくやってくれた」ということになるんです。つまり、あの終末があったがゆえに、われわれは一生忘れることができない呪縛をかけられたわけなんです。三島由紀夫と自決というのは結び付いていて、つまり、彼自身が最後まで主役兼、演出家としてしっかり幕を閉じた、それも自分のしたいように、自分の手で。

舞台では普通は幕というのは他の誰かが閉じるのであって、役者が自分で閉じることはなかなかない。また現実の中の死も、神のみぞ知る寿命となるわけです。でも、三島がそのような強烈な閉じ方をしてしまった以上、われわれの脳裏に三島の死が混迷と憧れを持って焼き付いてしまうしかなかったのだと思います。小説家として、書いてきたことが認識であって、頭の中で物事を論理化してきた。また、三島は行動によって肉体の領域で、実際に動き、人とぶつかり自決までして、肉体と向かいあってきた。

僕も行動の部分について、演劇を通して表に出していくやり方をしています。芝居の中に音楽とか肉体の表現を多めに入れて、言葉による論理だけではなく、演劇を見ることで生の感覚として受け取れるように。三島の人生において、その匂い立つような生の感覚が最後まで必要だったと思うのです。それを、今回の舞台では溝口の目を通して、いわば彼の脳内を舞台の上で視覚化、聴覚化して、映像も使った変幻自在な手法で、溝口の脳内の世界を表現してみました。

演劇的な構成と結末の解釈

――三島由紀夫の死をふまえますと、『金閣寺』の舞台でたいへん印象深かったのは、鶴川と柏木が「生きよう」「生きよう」と語る後に、溝口も「生きよう」と観客席に下りていく結末場面でした。これは、溝口は特殊な人間ではなく、観客も溝口なのだというメッセージでしょうか。また、金閣に火をつけた溝口が生きる選択をしているのは、三島がこの時点では戦後社会を生き抜こうとしていたと、宮本さんはお考えでしょうか。

宮本　まず今回の舞台『金閣寺』は演劇的な構成から言うと、「プレイ・イン・プレイ」という、芝居の中の芝居の形を取っています。舞台の一番最初は朗読から始まる。あれは、あくまでも現代人の、つまりそこにいる森田剛であり、そこにいる役者たちが読み始めたのです。役者には、お客さんの姿を認識してくださいと伝えてあり、劇場に来ている皆さんに、今日は小説『金閣寺』を舞台でやりますよと確認してもらいます。役者たちは、そのうちにどんどん役に入っていく。そして最後は役を捨て、出ていく。ただ、主演の森田剛だけは、溝口と自分とが重なったり、離れたりしていくところがあるんですけども。

「生きよう」と柏木と鶴川役の二人が言ったのも、役者たちは全部みんな『金閣寺』を演じるのだと分かってやっているという構成になっているから、全員が机や椅子だけで舞台を作り、教室という、社会や教育によって締め付けられてしまった枠組を設け、それをどう壊していけるかという問いを示し、最後は溝口がエネルギーを外に激しく出すという構成になっています。ついには教室も崩壊して、溝口は開かれて本来の生の姿になっていくようにしたいと思ったんです。

もう一つ、「生きよう」と思ったという最後のところは、三島が読者のことが分っていて、あえて問いかけた言葉だと僕は思っています。だから舞台では、観客も世間の一人、という解釈で、観客たちに投げかけます。あとはやはり、三島が毛嫌いする戦後をぬくぬくと生きた皆さんがここにいるということですよね。今の皆さんは、僕も含めその戦後の産物です。溝口は、最後に、「一ト仕事を終へて一服してゐる人がよくさう思ふやうに、生きよう」と思うのですが、その解釈は、もう溝口は考えることを労働者のように放棄したということではと僕は思いました。金閣寺と向き合い、自分とは、生きるとは、何が大切なのかをずっと考え悩んできた溝口が、それをやめる。何も考えなくなるんです。

一仕事終えた時は、疲れ切って何も考えたくなくなる。「もういいや、ふうっ」と考えることが下らなくなる。だから本気で「生きよう」という強い望みがあるわけではないのではないかと思ったわけです。「今はいいや、まず一息して……」、「ああ、疲れた、一服するか……」、「生きるか、明日も……」みたいかなと。この無気力感は三島が最も嫌っていたものだと思います。それをあえて最後に持ってきた三島のしたたかさ、その見方、表現が三島の警告なのだと思いました。「みんな、そこまで深く考えなくても生きていけるよね。」……大変な皮肉だと思いませんか。

でも、この見方をあえて僕が今までインタヴューでも言わなかったのは、お客さんのご想像に任せたかったからです、三島と同じように。観客の中には「生きようと思った」を前向きにとらえて、「ありがとうございます。震災の後にあれを見られて、私も頑張ります」と言ってくださった方もいらっしゃる。もちろんその見方も素晴らしいです。何より大切なのは生きるということの意味合いが、みな違うこと、三島はただ「考えろ」「死を思え」と言いたいのではと僕は思うのです。

三島はきっとほくそ笑んでいたのではないでしょうか。彼はニヒルに、さあ後の解釈は任せるよ、どう思う？というふうに読者に投げかけたのではないでしょうか。

戦後日本を生きるということ

――作品の結末について、驚くべき解釈を示していただきました。小林秀雄が三島との対談（「美のかたち――『金閣寺』をめぐって」）で、『金閣寺』の主人公について「どうして殺さなかったのかね、あの人を」と言い、三島も「あれは殺しちゃったほうがよかったんですね」と答えていますが、小説自体は溝口が「生きようと思った」というところで閉じられています。それが作品の最大の謎ですが、宮本さんの舞台では、溝口が金閣に火をつけた末に憑き物が落ちたような顔をしていて、その理由が今のお話で理解できました。

宮本　実際、溝口は憑き物が取れたのだと思います。それが彼にとっていいことか悪いことかではなく、まずはそういう到達点まで来たのかなという感じですね。

――戦後を生きるとは思考しないことだという皮肉なのですね。しかし、それは一回理想である金閣を焼かないと、その段階に達しないということでしょうか。

宮本　三島さんが戦後について書いている、皆さんよくご存知の文章がありますよね。――「私はこれからの日本に大して希望をつなぐことができない。このまま行つたら「日本」はなくなつてしまふのではないかといふ感を日ましに強くする。日本はなくなつて、その代はりに、無機的な、からつぽな、ニュートラルな、中間色の、富裕な、抜目がない、或る経済的大国が極東の一角に残るのであろう。それでもいいと思つてゐる人たちと、私は口をきく気にもなれなくなつてゐるのである」(「果たし得てゐない約束」)。

あの強烈な言葉が僕の脳裏に常に焼き付いています。三島の言う「それでもいい」時期に日本がなってしまったと僕は思ってるんです。

もちろん僕は、現在の日本を全部否定するわけではないですよ。僕は自決する気はないし、何とか世界を変えたいと思っている人間です。変えたいと言うか、もっと世界が理解しあえる方法はあると思っているタイプで、生きていることを演劇を通して生でぶつかっていきたいと思います。ただ三島の指摘はこれはこれで一理あるなと感じますし、鋭いと思う。この無機的な感覚は虚しくはあるものの、三島の最後の感覚は僕に少し似ていてわかる気がします。

演劇における〈きっかけ〉と鶴川の思い

――先ほども「再構成」についてお話いただきましたが、とても印象的だったのは、溝口が金閣寺を出奔して舞鶴に戻っていく電車の場面でした。溝口の前に、死者たちの姿が次々と浮かび、続いて世俗を生きる人々が次々と出てきて、最後に父の火葬があって金閣を焼く想念が溝口に浮かぶ一連のシーンは、もう息もつかせぬ感じで、しかも『金閣寺』を構成する系列が鮮やかに整理されていて、素晴らしかったです。

宮本　ありがとうございます。原作の小説の中にはあまりにもいろんなことが書かれているので、登場人物の心情の転機のきっかけを示すことが必要になるんですね、特に演劇の場合は。

何がきっかけになって、ふっと金閣を燃やす心理に動いていくのか、世界を変えるのは認識ではなく行為だと溝口が柏木に言い返せるまでになるのかを示すには、あの旅がとても重要になるんですね。だから、原作を何回も読んで、これよりもこっちを取ったほうがいいか、こっちの方が分かるんじゃないかと、一つ一つ積み立てていって、最後、父親の幻想を見て　放火を決意していくようにしました。

あともう一つ、舞台で放火のきっかけとなるのは、その前の、葉っぱの先がもし尖らなくなったらと溝口が自問するところです。小さなきっかけかもしれないし、ふっとした疑問なのだけど、この葉先を折ったら生態が変わり、世界のすべてをひっくり返せるかもしれない。その可能性を小さいながら確信した瞬間だと思いました。草のほんの小さな先端を見たところから始まり、段階を踏みながら、最後は誰もが驚く巨大犯行へと広がっていく、この段階はきちんと自分の中で計算しておきたかった点です。

―― きっかけとなる草の葉は、溝口の背後にいた鶴川が持っていたものだったというのも、その段階に見事につながっているわけですね。

宮本　自殺した鶴川は魂となり、ずっと溝口のことを思い続けていたと僕は思っています。鶴川は、常に溝口には嘘をつき続けていて、柏木と会っていることも含めて、ずっと溝口に対する罪の意識を背負い続けて自殺したのでしょう。だから、鶴川の亡霊がずっと溝口の横に貼り付くように存在させるというのが、僕のプランでした。

―― 生前も鶴川は柏木と溝口が話してるところを後ろから見ていたり、鶴川が見ていることを知りながら柏木が溝口を抱き寄せる場面などもありました。あれは鶴川のほうが溝口を見ていたということですか。

宮本　学生時代の三人の場面は学生らしく勢いはあるものの、内面は繊細です。それは全員が違う形でコンプレックスを抱えているから。鶴川が溝口を見ている。その前に鶴川は、老師から溝口と離れろと言われ、意図的に離れているのに。溝口が娼婦のお腹を蹴った事件によって、溝口と話してはいかんと言われ、沈黙の食事のシーンも含め、寺でも溝口は全員から完全に突き放される。そして最後にとどめを刺したのが溝口の唯一の友人、鶴川だった。だから、鶴川は溝口に対して申し訳ないという思いを抱き続けたわけです。明るい顔をすればするほど。そして溝口が柏木と話しているところを、見れば見るほど、鶴川はいたたまれなくなる。そして東京に帰らなくてはならなくなった鶴川は思い切って最後に、「君は柏木と付き合わないほうがいい」と溝口に言う。しかし溝口をそれを受け入れず、一段と二人の心は切り裂かれます。

マッチの火に焦点を合せたい

――小説の言葉を視覚的に補って見せるのが、演劇の特質なのですね。

宮本　長編私小説である『金閣寺』は、ほとんどが溝口が黙って思っていることを文章にしている。実際には溝口が鶴川のそばにじっといたりして感じたことが、文となって表現されている。ではそれを、どうやって演技として観客にリアルに見せるか、そこが工夫しがいのあるところでした。またさきほども言った通り時間軸の流れが三島さんの中でもばらばらなところが少しある。だから、舞台として、生の役者が演じていくものとして、金閣に火をつけるまでの勢いをつけるため、どこをカットして、どういうふうにシーンを動かしていくかを大切にしなくてはなりませんでした。三島も大変だったと思います。国民が林が実際に放火したということが事実として分かっていて、みんなが、えっ、あの放火魔のことを三島由紀夫が書くの、という大期待のもとでスタートしたんですから。そうなると、三島も人間ですから、要らないけど付け足さないといけない箇所とか、たとえば放火魔が実際に行ったこと、新聞で国民が読んで知っている事実を入れるため、娼婦まり子のことだとかを、含ませなくてはならない。だから、後半の五章ぐらいからは十回連載調整のためのような部分が入ってきたのだと僕は思いました。

もっと面白いのは、後半から溝口からどんどん方言がなくなってきている。最初こんなに方言をしゃべった人たちが、後半は全部標準語になっている。だから僕は、特に後半は、本当にここ要る？　何カ所かそれほど要らないかも？　と小説と対話しながら作っていきました。ちなみにあえて最後まで方言だったらと稽古場で方言継続バージョンで稽古したこともあります。後半、緊迫感が出なくて驚きました。と考えると、三島は意図的に方言をなくしたのかもしれませんが。

――創作上の工夫ですね。ところで溝口の父と禅海和尚を同じ俳優さん（高橋長英）が演じたのも、禅海和尚を父の代理だと見たてておられるということですか。

宮本　禅海和尚が父と知り合いだったということもあるのですが、舞台の最後の最後に新たな登場人物、禅海和尚を出すと観客が戸惑うだろうと思ったからです。和尚は溝口に「子供のとき会ったことがあるのを覚えているか」と聞き、溝口は「お久しぶりです」と二人には知っている仲として現れます。物語では、列車に乗って過去の亡霊たちを見たところから、溝口はどんどん周りが見えなくなってきて、自分の内面世界に入ってきている。

そうした時に、新しい登場人物を出しても観客は受け入れにくい。特に溝口にとって禅海の発言によって最後の決意を固めるのは、唐突に感じられてしまうでしょう。だから、禅海は、父が最も輝いていた時と近い印象を背負っていると考え、父親の役者に二役演じてもらいました。

もともと溝口の父は、母がこんなに強くなければもっと違っていたでしょう。病気になり、男としての自信がなくなって、ぼろぼろになったところから作品がスタートしています。だから、弱くなる前の一番生き生きとしていた父、溝口が幼い頃に尊敬し敬愛した父と禅海は、溝口の中のイメージで重なっていたとも考えられます。

―― たしかに原作は非常に分かりにくいですね。

宮本　また、構成的にはいろいろな要素を全部散らしておいて、最後にマッチの一つの火に焦点を合わせたかった。それは煙草の火でもあるのですが、そこに辿りつくまでの流れのためにも、二人の人物を重ねたとも言えます。

『金閣寺』から『ライ王のテラス』へ

―― お話を伺ってきて、演出とは、読み替え・読み直しと言うか一種の創作であり、しかも元のテキストにあるものの存在に気付かせてくれる役割があることがわかりました。

宮本　ありがとうございます。ところで来年、僕は三島の戯曲の『ライ王のテラス』*3という舞台を演出しようと思っています。また、『サド侯爵夫人』と『わが友ヒットラー』は、将来ぜひやりたい作品の一つですね。

―― 三島の戯曲は、とくに若い俳優さんにとっては難解な用語の長ゼリフを言いこなすのが難しいこともあり、上演にはご苦労もあるのではないでしょうか。

宮本　おっしゃるとおりですね。『金閣寺』でもそうだったけれど、外国語を説明するぐらいに、この意味はこうだと紐解いてあげないと役者はやりにくいくらい時代が変化していますからね。まずは来年の『ライ王のテラス』を現地のカンボジアの人たちとワークショップなどして丁寧に一緒に作り上げていきたいと思います。

ご存知の通り、『ライ王のテラス』は、三島が自決する前に初演があり、自決後に一回再演された、三島由紀夫最後の戯曲です。その後上演もほとんどされていない。僕は、十五年ぐらい前から『ライ王のテラス』をやりたいと言い続けていたのですが、ハンセン病を扱っていることを理由に却下されて、なかなか上演に至りませんでした。しかし、やっと来年(二〇一六年)の三月に上演できることになりました。幻の三島の最後の名作、ぜひ見に来てください。

―― 『ライ王のテラス』は、これまで見る機会に恵まれなかった作品で、たいへん楽しみです。

本日は貴重なお話を、本当にありがとうございました。

宮本　こちらこそありがとうございました。

(二〇一五年三月二五日)

*3　三島による戯曲の原題は『癩王のテラス』。宮本氏の演出により、二〇一六年三月四〜一七日、赤坂ACTシアターで上演予定。出演は鈴木亮平ほか。

I

三島由紀夫　作品の世界

聖セバスチャンのイメージをめぐって——「仮面の告白」と引用

杉山欣也

1

「仮面の告白」（河出書房、一九四九年七月）がそれに先行する古今の文学作品や絵画の引用によって成り立っていることは改めて言うまでもないだろう。そのおびただしい引用はいささかペダンティックな味わいを読者に与えるが、一本調子になりがちな告白体小説に多義性を与える効果を生んでいるとも言える。

かつてロラン・バルトは「テクストとは、無数にある文化の中心からやってきた引用の織物である」と述べたが（「作者の死」、『物語の構造分析』一九七九年一一月、花輪光訳による）、ことさら引用として明示されなくても文学テクストには様々な文化記号が用いられ、その文化的意味が私たち読者の読みに付与される。たとえば「仮面の告白」幼少時のエピソードにある「松旭斎天勝」という人名は私の使っているインプッドメソッドに最初から登録されているが、それは「松旭斎天勝」という名前が文化的な背景を有する記号としてある程度は認知されていることを示していよう。しかし現在、松旭斎天勝の名を知らない人は知っている人よりはるかに多い。とすれば、読書行為によって創造される世界は、その記号に対して読者の有する知識の有無や程度によって変化する。そして自分にその知識が欠乏しているという認識はその記号の背景にある文化への探究へ私たちを誘うことになる。そうした知的好奇心に導かれてテクストを構成する記号の含有する文化に詳しくなることによって、私たちの読解はより深みを増す。それはまさに創造行為と言えるだろう。

文学テクストを構成する言葉には読者による創造を促す機能があり、テクストは本質的に引用の織物であるが、さきほど私が「ペダンティックな味わい」と述べた引用とは「仮面の告白」に明示的に表れている引用のことである。「仮面の告白」における引用は、エピグラムの「カラマーゾフの兄弟」にはじまり、語り手「私」自身の作品まで含めて、数多く明示されている。これらの引用が読者の知的探究心をくすぐる装置として機能するのであれば、先ほど述べた「ペダンティック」との誹りは不要かもしれない。明示的な引用の多さにうんざりするかしないかは私たちの好奇心の程度にもかかわっているからだ。そしてこれまでの「仮面の告白」研究はこの明示的な引用の文化的背景を探ってきた。

「仮面の告白」研究においてもっとも注目され、言及されてきた明示的な引用は本文第二章に登場する「聖セバスチャン図」であろう。「仮面の告白」に登場する聖セバスチャン殉教図はイタリアの画家グイド・レーニによって一六一五〜一六年ごろ描かれた油彩画で、「仮面の告白」にも書かれているとおり現在ジェノヴァのパラッツォ・ロッソに所蔵されている。その写真版は「仮面の告白」初版本に掲載されておらず、この絵によって初めての自瀆を行ったというエピソードのほかは、語り手による図像説明とヒルシュフェルトの言説、聖人に叙せられたセバスチャンの概略、さらには「聖セバスチャン（散文詩）」によって構成される一連の叙述によってその図は伝えられる。猪熊弦一郎による初版本のカバー画もとくに聖セバスチャンを連想させる絵柄にはなっていない。右に記したような語り手の言説から印象を作り上げるか、その言説に既知の聖セバスチャン図を加えて類推するか、さもなければ自ら画集を探してその図像を確認するというのがグイド・レーニの聖セバスチャン像を知らない多くの初版本読者の読み取りであったはずである。

三島由紀夫はこの聖セバスチャン図に並々ならぬ偏愛を示し、『アポロの杯』（朝日新聞社、一九五二年一〇月）ではローマの「パラッツォ・コンセルヴァトーリ」で見たレーニの「聖セバスチャン」を「（尤も写真版でかねて見ていたところでは、ゼノアにある同じ作品の複製のはうが、私は好きだ。写真版で見ても、この二つの間には微妙な違いがある）」と知識を披露している。また、一九六六年刊行のダンヌンツィオ『聖セバスチァンの殉教』（池田弘太郎と三島の共訳）は奥付に「霊験劇・名画集」とあるように三島が収集した複製画や写真版五十一点による「名画集　聖セバスチァンの殉教」を掲載しているが、ここに一点のグイド・レーニはあるものの、「図版目次」によればローマのカピトリーナ教会所蔵のもので、「仮面の告白」に描かれた殉教図ではない。また、三島は篠山紀信撮影の写真で自ら聖セバスチャンに扮して被写体となってもいる。こうして「仮面の告白」以降も三島は聖セバスチャンに関する読解上の参考資料をかなり明示的に読者に対して与え続けたが[*1]、パラッツォ・ロッソ所蔵の聖セバスチャン図を明示することはなかった。「仮面の告白」の叙述にしたがえば父親所蔵の画集なので、手近なところにあった可能性もあるのだが。

聖セバスチャンに関する叙述があってしかるべき作品で触れていない場合もある。『アポロの杯』の世界旅行におけるリオ・デ・ジャネイロの叙述は聖セバスチャンに触れていない。これは「仮面の告白」の作者としては奇異なことである。何故なら聖セバスチャンはリオ・デ・ジャネイロの守護聖人だからだ。染料の原木であり、のちに国名の由来ともなったパウ・ブラジルの木を求めてこの地に侵入したフランス人をポルトガル人が撃退したのは一五六七年一月二〇日のことだが、この日はカソリックにおけるセバスチャンの祭日でありポルトガル王ドン・セバスチャンの誕生日でもあった。以来この地は正式名称がサン・セバスチャン・ド・リオ・デ・ジャネイロになり、聖セバスチャンはこの地の守護聖人となったのである。三島のリオ滞在は一九五一年一月二七日から二月四日までと同年二月二〇日から二九日までで、聖セバスチャンの日には滞在していないが、リオ・デ・ジャネイロと聖セバスチャンの深い関連は三島も気が付いただろう。それはリオの街中にはいたるところに聖セバスチャンのイメージが溢れているからである。また聖セバスチャンが同性愛の守護聖人ともみなされることから、現在リオはゲイ文化の中心地ともなっている。カソリック国であるブラジルのこと、一九五一年当時のリオが現在のようにゲイ文化の発信拠点であったはずもないが、聖セバスチャンのイメージは当時のリオにも濃厚であった。

しかし三島はそれを『アポロの杯』に記さなかった。右のようなリオと聖セバスチャンの関係は現在のごく一般的な旅行ガイドにも記されているが、[*2]当時の日本において常識的な事柄であったわけではない。ブラジルと日本の国交回復はまさに三島がリオを訪れた一九五一年のことであり、当時の読者によく知られていた知識とは言えない。しかしこのことを知る現代の読者が、ジョン・ネイスン『三島由紀夫　ある評伝』（新版、新潮社、二〇〇〇年八月）にある茂木政（朝日新聞社海外移動特派員）の証言や佐伯彰一『評伝三島由紀夫』（新潮社、一九七八年三月）における同性愛体験に関する推測をも知っていれば、三島が『アポロの杯』で聖セバスチャンについて触れなかった理由もおおよそ想像できるのではないか。

『アポロの杯』におけるリオ・デ・ジャネイロの叙述には明示されない引用として聖セバスチャンのイメージが伏流していると言ってよい。この例についてはいずれ別稿にて詳述したいと思うが、ともあれ、聖セバスチャンのイメージが「仮面の告白」一編にとどまらず、三島の生涯に渡って明示的あるいは非明示的に引用され続けたことを強調しておきたい。

2

前章で記したように、パラッツォ・ロッソ所蔵グイド・レーニ「聖セバスチャン図」は「仮面の告白」において徹底して言葉で叙述される。そのことは「仮面の告白」の叙述の隅々に影響を与えているというのが私の仮説である。

グイド・レーニの「聖セバスチャン図」はいうまでもなく絵画であるが、「仮面の告白」においては図像ではなく、文字テクストとして表現されている。また「仮面の告白」においては、同様に絵画の主題となりうる身体を文章で叙述した箇所が数多くある。その代表例は語り手の幼少時の記憶を描いた第一章で「第一の前提」と分類されたエピソード群である。

いま「エピソード群」と述べたが、私はこれらのエピソードの描写が絵画的な描写であり、第二章において聖セバスチャン殉教図を導き出すための周到なしかけであると考える。さらには三島の絵画観・芸術観がその叙述に反映しているとも考えている。これを説明するために、まずは「仮面の告白」第二章における聖セバスチャン図の描写についての私の読み取りを説明したい。

暗い大地から空へ向かって伸びた「や、傾いた黒い樹木の幹」に縛られたセバスチャンはまなざしを「天の栄光」に向けている。彼の視線の先にある「夕空」は背景として描かれた青空で代置されている。その視線から少しずれるが、「白い比ひない裸体」を背景から浮かび上がらせている薄暮の日差しがセバスチャンに対する神の恩寵と彼自身の栄光を表現している。この構図は、黒い大地から樹木の幹に縛られたセバスチャンの裸体を経て、大地から青空へ上昇する方向性・流動性に特徴がある。そしてこの構図はグイド・レーニにとどまらない「聖セバスチャン図」の基本的構図である。前述した『聖セバスチァンの殉教』に掲載された絵画を見ても、ソドマ、ペルジーノなど、レーニに先行する多くの作品が同様のモチーフで描かれている。また十九世紀末のモローに至っても、後退した形ではあるがこの構図をとって描かれている。ソドマの場合、暗い大地に根付く樹木にセバスチャンの全身が描かれ、また神の恩寵が天使の姿として具体像を伴っており、他の画家の聖セバスチャン図と比べてセバスチャンの胴体に波状の動きがあるため、その上昇性・流動性がさらに分かりやすく見て取れる。

『新潮世界美術辞典』（新潮社、一九八五年二月）によれば、聖セバスチャン殉教図は「中世初期には年配の軍人の姿であらわされ」ていたものの、「ルネサンス以後は、上半身あるいは全身を木あるいは柱（かれの象徴とされる）に縛られて無数の矢を受けている美貌の青年」として描かれているに至ったという。ここで「（かれの象徴とされる）」とあるように、セバスチャンが縛られた「木あるいは柱」は聖セバスチャン自身を寓意するイコンとして機能する。とすれば、大地から青空へ向かって上昇するモチーフはセバスチャンでもあり樹木や柱でもあって、セバスチャンは樹木が示す方向性とその内部の流動性を可視化した存在として読み解くこともできるように思う。

では『仮面の告白』第一章「第一の前提」の場合はどうか。糞尿汲取人、ジャンヌ・ダルク、兵士たちは「身を挺してゐる」といった印象を与えられている。「身を挺」するとは危険に身を晒すという意味のほかに体を投げ出すといった意味があるが、彼らの描写には前者の意味のみならず後者の意味をも有していると思われる。「坂を下りて来るもの」と鉤括弧付きで定義され、幼き日の語り手の元へ近づいてくる糞尿汲取人の影像。「逞ましい前肢で砂塵を蹴立てた」「白馬にまたがつて」、「抜身を青空にふりかざし」つつ「翔びゆく対象へ立ち向か」うジャンヌ・ダルク。そして「混濁した・ごく微かな・おびやかすような響」が聞こえ「単純な・ふしぎに哀切な歌声が近づ」き、幼き日の語り手の目の前を通り過ぎてゆく兵士たち。それぞれ「悲劇的なもの」「死」「匂い」といった要素が前者の意味における「身を挺してゐる」印象を与える。また、幼年時の象徴として第一章末尾に描かれた祭りの神輿にも徐々に近づいてきて「私の家の門から雪崩れこ」み、立ち去る光景が描かれている。

同時にこれらが絵画的なイメージをもって表現されていることは、ジャンヌ・ダルクが絵本の挿絵であることに象徴的である。ジャンヌもまた、大地を蹴立て、青空に立ち向かうポーズによって上昇性・流動性を読者に意識させ、自ら身を乗り出して読者の前に姿を表している叙述を形成している。

それは、体を投げ出すという意味での「身を挺」した姿として意図的に描かれたイメージであると私は考える。このイメージは第二章における聖セバスチャン殉教図の叙述に接続し、そのまま「その絵を見た刹那、私の全存在は、或る異教的な歓喜に押しゆるがされた。私の血液は奔騰し、私の器官は憤怒の色をたたえた」という「最初の ejaculatio」の描写として語り手自身の叙述に用いられ、さらに語り手自身の後年の作品「聖セバスチャン(散文詩))」にある「誰一人彼がどこで生れどこから来たか知る者はなかつた。しかし人々は予感してゐた。この奴隷の体躯と王子の面差を持つた若者は、過ぎ去りゆく者としてここへ来たことを。」という叙述に引き継がれてのち、近江のエピソードに接続していくのである。

3

さきほど私は、聖セバスチャン殉教図ではセバスチャンが縛られた樹木の内部に流動する上昇性があると述べた。第二章では近江の「夏草のしげり」のような腋毛が描かれているが、この例が明らかにするように「仮面の告白」において植物の描写はその内部を流れる生命力の象徴として描かれている。たとえば第三章にはこんな箇所がある。

夏のはげしい光りがひろい菜園の上にかがやいてゐた。トマトや茄子の畑が乾燥した緑をとげとげしく反抗的に太陽のはうへもたげていた。その勁い葉脈に太陽はべたべたと、よく煮えた光線を塗りつけてゐた。植物の暗い生命の充溢が、見わたすかぎりの菜園のかがやきの下に押しひしがれてゐた。

ここで叙述された植物にも「暗い生命」という表現を通して植物の内側を流れる生命が想像されている。「反抗的に」という言葉はジャンヌ・ダルクに対する叙述を思い起こさせもするが、身を挺することない植物の内部に光は差し込まず、「暗い生命」と表現される。この夏の描写は「私は自然が地上を再び征服してゆくのではないかといふ不快な疑惑」をもった昭和二十年の春の描写と響き合い、空襲後の「人間の根本的な条件」が現れた群衆の姿と対置される。語り手は被災者たちと同一化できず、彼らを見ることしかできないが、その「見る」という意識ゆえに自らの内部にも流れているはずの生命力を実感できない。植物は聖セバスチャン同様に流動性・上昇性のモチーフを持っているが、「身を挺」することはないため、その「暗い生命」に語り手が直接触れることは不可能である。

このように植物に付与された「生命力」イメージのもっとも象徴的な叙述が、末尾の「雷が落ちて生木が引裂かれるように」「二つに引き裂かれた」自己の叙述であろう。自己を偽ることで本能的な流動性・上昇性と乖離し、積み重ねた自己矛盾の露呈するさまを植物の比喩で表現しているのは偶然ではないと私は考える。

これまでの内容を手短にまとめてみたい。セバスチャンを縛める樹木とセバスチャンの身体との関係は「身を挺してゐる」という言葉を媒介とした一体のものである。すなわち植物が象徴する「生命力」が語り手に向かって「身を挺」することによって語り手はそれを意識し、その意識ゆえに彼自身は自らの「生命力」を実感することができない。「仮面の告白」において聖セバスチャン殉教図はそのように読み取られ、さまざまなエピソードの叙述に転用されて作品全体を貫通している。それは単なる偶然や思いつきではなく周到に仕組まれた表現技法であるというのが私の理解である。

ところで、植物に関する同様の叙述は「禁色」（第一部「群像」一九五一年一月～一〇月、第二部「文学界」一九五二年八月～翌八月）に見出すことができる。左は第二十章で老作家・檜俊輔がかつて書いた小説の一場面の引用である。

『彼は佇んでその杉を見た。杉は丈高く、樹齢も太だ高い。曇天の一角が裂けて、そこから一条の滝の如く落下する光りが、その杉を耀かせてゐる。耀かせてゐるけれども、杉の内部に立入ることはどうしてもできない。曠しく杉の周辺を伝はつて、苔の敷きつめられて土の上に落ちるだけである。……彼は光りを拒みながらかくも天へ向つて育つてゆく杉の意志を異様に感じた。生命の暗い意志を、そのままの姿で天へ伝達する使命を帯びてゐるかのやうである』

植物のもつ「生命の暗い意志」を「そのままの姿で天へ伝達する」という表現は、「仮面の告白」で非明示的に用いた引用を明示的に表したものである。ただしそれがかつて書いた自作として引用されていることには注意が必要であろう。過去の表現技法として否定的に提示されている可能性もあるからである。

とはいえ、この聖セバスチャン殉教図から得た表現技法は、もしかすると三島の全文業を貫通するモチーフのひとつだったのかもしれない。というのは、最晩年においても三島は同様のイメージを語っているからだ。

三好行雄との対談「三島文学の背景」（『国文学』臨時増刊、一九七〇年五月）で三島は「プラトンと同じで、動くものが、美しい。ぼくは静止したものはきらいですから、美術品なんて、あまり好きではないですね。動くものが、美しい。〝動くもの〟というのは、自由ですし、自由は、それは未来にはなくて、源泉のなかにあるのだ、という感じがする。」と述べている。これを三好は「三島さんの場合には、あらゆる形をとりうる、自由な流動体の前に、完全に、静止した一瞬、というものも同時に見ているというところがあるように思う」と受ける。そこで三島はゲーテ「ファウスト」の「美しいものよ、しばしとどまれ」という言葉やヘルダーリン「帰郷」をたとえに歴史意識の問題へと話題を昇華している。

ここで両者が語り合っていることを三島の美的センスの問題として読めば、三島は自由な流動性の認められるものに美を感じており、三好はそれを「自由な流動体」と名付けたうえで「静止した一瞬」を付加して「美」を定位させることで三島の発言を補っている。このスリリングな会話は「仮面の告白」における聖セバスチャン殉教図を指しているかのようである。この「自由な流動体」と「静止した一瞬」の美を他者が理解できるとすれば、三島の書いたテクストの叙述によるほかない。「仮面の告白」における聖セバスチャン殉教図の叙述は「仮面の告白」一編を通して表現技法として確立され、その後の作品においても用いられていると考えてみたい所以である。

注

＊1　佐藤秀明「聖セバスチャンの不在　「仮面の告白」論」（『日本近代文学』一九八四年一〇月）宮下規久朗・井上隆史『三島由紀夫の愛した美術』（新潮社、二〇一〇年一〇月）等による。

＊2　私はこのことを『地球の歩き方　ブラジル　ベネズエラ』（ダイヤモンド・ビッグ社、二〇一二〜一三年版）で知った。祭日ということもあってリオ在住者には常識的な事柄である。

本研究はＪＳＰＳ科研費（課題番号：25580054）の助成を受けたものです。

「美しい眺め」を享受する者は誰か——三島由紀夫『潮騒』の眺望と点景

金井景子

1 眼差しをめぐる冒険へ

二〇一三年、一大ブームを巻き起こした朝の連続テレビ小説『あまちゃん』の挿入歌『潮騒のメモリー』の歌い出しが、「来てよ　その火を　飛び越えて」であったことは、記憶に新しい。ここに三島由紀夫の『潮騒』（一九五四）の、観的哨の中で初江が新治に発した台詞「その火を飛び越して来い。その火を飛び越してきたら」が踏まえられていることは明らかである。五度の映画化をはじめとして、今日に至るまでの六十年もの間に作られた数々のドラマ化の際に、このシーンがハイライトになってきたのは言うまでもない。ここでの初江の言動には、このヒロインが一方的に「見られる」のではなく、眼前の焚き火越しに、相手をしかと「見る」存在であり、正面突破を促すその男ことばには、挑発や誘惑といった戦略性とは異なる、神託のごとき響きがある。初江というヒロイン像が、年月を経ても古びない所以の一つがここにあると言えるかもしれない。この、「見据えるひと」・初江の勁さは、『あまちゃん』の天野アキをはじめ、母・春子や祖母・夏、母が影武者を務めた鈴鹿ひろ美、アキの親友・足立ユイら登場人物たちにそれぞれの形でシェアされている。

その一方で、二〇一四年の暮に出現した、三重県志摩市公認の萌えキャラクター・碧志摩メグ（http://ama-megu.com）もまた、地域の隣接性や海女という職業から、『潮騒』の初江を想起させる存在であるが、『あまちゃん』のように国民的な大人気というわけには行かないようである。二〇一六年に開催予定の主要国首脳会議（サミット）

の開催を見据えて活躍することを待望され誕生したものの、その描かれ方が女性蔑視的であるとして、早くも二〇一五年夏には地元の海女さん二〇〇人を含む女性たちの団体や日米の芸術家たちの団体七〇〇〇人弱から、志摩市の公認を外すべきであると抗議の署名が提出されている。[*1] 強調された胸やポーズによって露出する太ももなど、市庁舎内に大きなパネルが置かれていることに違和感を感じる人々がいるのも頷けるのだが、私が興味を惹かれたのは「志摩市賢島バージョン」のポスターである。メグの丸く大きく見開かれた瞳は、見る者とアイコンタクトせずに、サミット会場の予定地・賢島を遠望しており、メグの背景には、彼女が眺めている賢島の、空撮の俯瞰写真が配置されている。そこには、一方的に見られる者として生み出されたはずの萌えキャラクターが、圧倒的に美しい場所ながら先進各国の欲望と権謀術策が渦巻くサミット会場を「高みの見物」するという、巧まざる批評性が醸し出されているのである。

このことは、『潮騒』の中の登場人物たちのあり方に、景観という対象を浮上させることで、この作品の新たな可能性を見出す手がかりを探ろうとする本稿の目論見と繋がっている。景観を眺めること、その景観を眺める人物を眺めること、あるいは、景観の中に人物を見出す／景観の点景人物になる、見ているときにこそ生じる、見えないものの存在について考え始めるとき、互いを見る／見られるという対応関係の権力構造を指摘することから、一歩踏み出すことになるのではないか。

2　「美しい眺め」の中の点景——始まりと終わりの照応

『潮騒』の冒頭、読者は語り手によって、歌島の「眺めのもつとも美しい」場所として、八代神社と燈台に誘われる。いずれも山の頂きに位置しているので、八代神社からは伊勢の海が、燈台からは太平洋が遠望できるのだが、冒頭と結末とで照応しているのは、燈台の番小屋から燈台員が望遠鏡で、伊良子水道を通過する船で働く乗組員を観察する趣向が採られていることである。雄大な海原を目指して進む船の中で、あるいは談笑し、また仕事をする彼ら点景人物たちは、見られていることなど想像だにせず、覗く燈台員の日常とは交差することのない、彼らの日常を生きている。厳密に言えば、燈台員にとって必要なのは、通過する船舶の船名・通過時刻・進路方向・信号などだから、船員が何をしていようと重要ではないが、語り手に導かれ燈台員の傍から眺める読者にとって、その垣間見こそは、点景人物を介して景観の美しさを享受するように、登場人物を通して小説世界を味わうことの相同性を体験することになっている。

冒頭に続く場面では、日暮れになり、村から燈台に向かってくる「一人の漁師の若者」が、風景の中に点景人物として登場してくる。遅れて、「一人の見知らぬ少女」が歌島港の一隅に佇み、西の空を眺めているところを、「若者」に見出される。「少女」は見られていることに気付きながら、頑なに「若者」の視線を無視して、沖を見つめ続け、二人の視線は交錯することはないが、この無礼な「検分」は、のちに「少女」にではなく「若者」に「羞恥を呼びさました」と記されている。

終局部では、この「若者」＝新治と「少女」＝初江は連れ立って燈台長宅を訪問し、番小屋に案内された彼らは、望遠鏡を代わる代わる譲り合って、貨物船の通過を眺め、その船内の「白服のボーイ」＝点景人物を焦点に定めて、様々な灯に埋め尽くされた夜の海の景観を娯しむ主体となっている。つまり、『潮騒』は景観の中の点景人物として登場した者たちが、物語の最後で風景を「見る」主体へと変貌する物語なのである。

彼らの主体を変貌させた経験の内実が何であるかを問われれば、それは困難を乗り越えての、「恋愛の成就」と呼ぶほかないのだろうが、これについては佐藤秀明がその「恋愛」の内実について、「〈家〉に対抗する〈個〉の主張であった近代の制度的な物語を裏切るもの」「〈家〉と〈個〉、共同体と自我が拮抗しない」ものと捉え、「近代文学的な〈恋愛〉のパラダイムをのり超えている」*2として、彼らが先行する既知の観念として刷り込まれた「恋愛」をなぞろうとしないことに着目している。その上で、『潮騒』の読者は、登場人物に同化し、身につまされる仕方で対話的に読むのではなく、そのような「原初的な恋愛」は存在しないと距離を置きつつも、われわれの現実ではおよそ起こりにくいことながら、眼前に繰り広げられた出来事を、「人として、そのようにもありうるのではないかと信じることが可能になる」と述べている。この解釈の興味深さは、『潮騒』を読むときの読者が初江と新治という恋人たちに感じる距離感を言い当てていることにある。刊行当初から「マリオネットの操り糸を握る」作者・三島が見えるという批判がある[*3]ように、『潮騒』では、初江と新治の「原初的な恋愛」を引き立たせるために、すでに近代的な恋愛観に毒されている燈台長の娘・千代子や有力者の息子・安夫が、殊更に戯画化し敗北せしめられる。

では、あらかじめ敗北することが企図されている「近代的な恋愛」を借景にして、読者が目撃者となるように仕組まれた「原初的な恋愛」を経て、見られる点景人物から見る主体となった彼らが終盤に見たものは何か。それは、望遠鏡の視界を離れて、太平洋へと出て行く貨物船の後ろ姿であり、注目すべきは「かれらの幸福を守り、かれらの恋を成就させてくれた」島が、闇に包まれて見えないということである。二人はアイコンタクトをして笑いあうが、新治の守護神を自認する初江と、冒険の成功は加護によるものではなく自らの力であると確信する新治とのずれを描いて、物語は幕を下ろしている。

たとえば、『潮騒』を「ある理想的な原型を、実在の島にことよせつつもしかし根本的には架空の土台の上に定着させたメルヘン[*4]」と見立ててみても、「メルヘン」という器に収まりきらぬ読後感があるのは、坪内逍遥が『小説真髄』で看破した「小説」の定義――「主脳は人情なり、世帯風俗これに次ぐ」に、その後の日本の近代文学における恋愛小説の有り様とは全く異なる形で応答した、紛れもない小説だからである。登場する恋人たちによって語られる、あるいは手紙の文言として描かれる言葉は、徹底して稚拙ながら、語り手によって「おどろくべきものであつた」「思いもかけない」といった評言を逐一付与されるような反応あるいは効果を引き出して、物語は進む。武内佳代は『潮騒』を同時代の『恋の都』と比較検討しつつ、これら二つの〈恋愛〉小説が「異性愛主義の抑圧構造そのものを露呈させ、異性愛幻想を粉砕する、いわば反《アンチ》ヘテロセクシズムの批評的強度を有した作品」[*5]と読んだが、千代子と安夫という分かりやすい異性愛主義者たちを、殊更に憐憫と嗤いの供犠にしたことで、むしろ異性愛主義を粉砕する弾道の射程は、寸足らずに終わっている側面も指摘する必要があるのではないか。

3 見渡せないことと見渡せること——不可視深度、そこに在るもの

歌島の「労働と意思と野心と力の権化」たる、初江の父・照吉が、「見ること」も「見られること」も拒絶した唯一のシーンは、新治の母の来訪を受けた箇所である。照吉の逆鱗に触れて気を落とした息子の力になろうと一念発起する直前、母親は黒揚羽が潮風に逆らって島を離れようとして果たせない様子を、突堤から執拗に眺めていた。「母親は何の暗示も迷信も信じない女」と解説があるものの、この蝶の無鉄砲が、彼女の権力者に対する一世一代の強訴を後押ししたように読者はナビゲートされるのであるが、結果は照吉の面会拒絶であり、行き場を失った母親の情念は、悪態と捨て台詞になって玄関に吐き出される。

隣接する十三章に、海女たちの鮑取り競争が描かれ、母親は初江と首位争いをすることに象徴されるように、凄腕の海女にして身持ちの堅い後家である彼女は、貧しくあるが故に、この島の女たちのエトスそのものと言っても過言ではない存在である。万能であるべき照吉のマッチョイズムは、娘・初江が傷物にされたかもしれないという疑念によって陰りを見せるのだが、新治の母親にとっても息子に着せられた汚名は、この島における一家の死活問題なのである。引くに引けない局面を自ら突破しようとしたのは母親であり、挑まれた照吉は、取次ぐ初江の気遣わしげな様子を近景に見つつ、母親の姿なき怒号を聞くことになったのである。

不可視深度というのは、「不可視領域がどの程度見えないかを垂直方向の深さであらわそうとするもの」[*6]のことであり、視点に近ければ近いほど、わずかな障害物であっても膨大な空間を隠蔽することが可能になる。照吉に

とって初江は家の存続のために据えた婿を取るための身内であるが、このシーンでは、障害物そのものであり、自身が指示したこととは言え、新治の母親を拒絶した代償として寄せられた呪詛のことばは、見えないからこそ、島の女たち全体を敵に回したような不可視深度を、照吉に感じさせることとなったに違いない。

これに対して、八代神社での逢瀬を約束していた新治は、二百の石段を上り詰めたところから、下駄の音も高らかに駆け上ってくる初江と、松の陰で彼女を待ち伏せして怒鳴りつけ、引き立てて行く照吉の両人の様子を、遮蔽物なく見届けることになる。関礼子は『潮騒』の物語展開について、「選ぶ主体は初江の、というより正確には初江の父宮田照吉にある」ことを押さえた上で、観的哨のシーンに集約されるように主体性を発揮したかに見えた初江が「嫁入り前の娘がそんなことしたらいかんのや」と既存の道徳律に行動を回収するさまを、「この落差こそ三島的な物語への回収」[*7]と指摘したが、景観の中に選ぶ側と選ばれる側を置いてみるとき、このテクストが既得権益を持っている選ぶ側（＝照吉）に対して課しているハンディキャップの周到さに気づくはずである。となれば、嵐の海で船員として新治の力量を認める経緯は、誰あろう照吉においてこそ、面目を保つ絶好の機会であった。

燈台長の奥さんは、娘・千代子からの懺悔の手紙によって、新治と初代を窮地に陥れた原因が彼女の見た光景（嵐の日に二人が点景人物として、観的哨からの石段を連れ立って降りてきた）を安夫に告げたことにあると知り、母親が二人と照吉との仲介をしてくれたならば自身が島へ戻るという千代子の提案に加担する。初江と新治の縁談をまとめる大役を果たすべく、燈台長の奥さんは、新治の母親や海女たちの期待を背負って、宮田家へと強訴に出かけるのであるが、新治の母親のときのそれとは異なり、奥さん一流の弁論術を駆使するまでもなく、照吉の賛意を得て予定調和の幕切れとなるのである。

新治の母の訪問を拒んだ宮田家の奥座敷に、台長の奥さんと五人の海女が通されることになるのだが、そこは開け放した窓から歌島港及び伊勢海が一望できる、美しい眺望が楽しめる場所であった。気色ばんだ女たちにその景色を楽しむ余裕はなく、眺めているのは主人の照吉である。むろん、照吉にはこれから持ち出される提案について類推はついているであろうが、結果的に女・子供の思うように運んだこの縁談について、彼がイニシアチヴをとる機会はこのときをおいて以外はなく、その「美しい眺め」を存分に享受し得たかどうかはわからない。『潮騒』刊行（一九五四）の翌年にあたる一九五五年、ボルノーは故郷の喪失や居住空間の喪失を根本から突きつける実存主義に対抗して、「新しい被護性」（『実存主義克服の問題――新しい被護性』）[*8]という概念を提示している。第二次世界大戦から約十年を経たとはいえ、爆撃による国土の凄惨な破壊と、ナチズムの跋扈を許した共同性の崩壊から再建を図るのは容易なことではなく、土地を奪われ家族を失った者たちにとって、安心して暮らすことの可能性を改めて問い、それを肯定することは、希望あるいは祈りそのものであった。

同時代の『潮騒』の恋人たちにとっての、安心して向かい合える逢瀬の場所が観的哨（一九二九年に陸軍によって建設された大砲の着弾を観測する施設）の廃墟であることの意味は、小さくない。家を継ぐために呼び戻された娘と、その入り婿選びの物語は、戦争で生き残った女・子供が、神社と燈台に守られ、廃墟で睦み合うことから始まり、「女は男との関係に自足して島に残り、男は自分の力を信じて外へ目を向ける」＝「《既成道徳》の側のジェンダー秩序」[*9]に帰して終わるのであろうか。

たとえば、終結部直前の、番小屋のシーンを想起するとき、台長から渡された望遠鏡を手に、二度までも喚声を上げるのは初江である。新治は説明役に回っている。「海」＝外海は新治にとってすでに職場に過ぎないが、望遠鏡を手にした初江にとっては海女として知り尽くした磯とは異なり、外海は未知なる発見と感動の宝庫である。発見と感動があるとき、初江が男ことばを自他に発して、自ら炎を越えないと誰が言えようか。

注

＊1 「志摩市公認キャラ、碧志摩、反対署名7000人、国内外に波紋」（『伊勢新聞』、二〇一五・八・二六）参照。

＊2　佐藤秀明「〈初恋〉のかたち――三島由紀夫『潮騒』のプロットと語り手――」（『国文学解釈と鑑賞』、一九九一・四）
＊3　桂芳久書評「福永武彦著『草の花』、中村眞一郎著『夜半楽』、三島由紀夫著『潮騒』」（『近代文学』、一九五四・一二）
＊4　磯貝英夫「三島由紀夫の『潮騒』」（『国文学』、一九六五・一二）
＊5　武内佳代「三島由紀夫『潮騒』と『恋の都』――〈純愛〉小説に映じるヘテロセクシズムと戦後日本――」（『ジェンダー研究』12号、二〇〇九・三）
＊6　樋口忠彦『景観の構造――ランドスケープとしての日本の空間』（技報堂出版株式会社、一九七五）参照。
＊7　関礼子「フェミニニティとその回収（「仮面の告白」「潮騒」「美徳のよろめき」）」（『国文学』、一九九三・五）
＊8　O.F. ボルノー『実存主義克服の問題――新しい被護性』（須田秀幸訳、一九六九、未来社）、原著は一九五五年に刊行。
＊9　有元伸子「三島由紀夫『潮騒』論」（『広島大学大学院文学研究科論集』66集、二〇〇六・一二）

「金閣寺」・小説という体験

松本常彦

1 金閣寺／「金閣寺」

一五歳の秋、級友たちと見た金閣寺の記憶は、小説「金閣寺」を読んだ二〇歳の夏には、すでに色あせていた。初読の感慨も、あらかたは茫々たる流れに没し去り、かろうじて浮き沈みするのは、多分に感傷をふくんだ主人公への共感や同情の輪郭のみである。今になって不思議に思うのは、教科書のモノクロ写真さながらに見た金閣が、再建して二〇年ほどしか経っていない現代建築であったということだ。

金閣の昭和大修復（一九八六〜八七年）に取材した「金閣再建　黄金天井に挑む」というドキュメンタリー番組[*1]がある。制作スタッフの金閣の印象は、修復後の実物を見るまでは「最悪」だった。修学旅行で「ひどい姿」を見ていたからだ。一九五〇年七月二日に焼失し、五五年一〇月に再建された金閣は、「数年後」には「金箔が無惨に剥げ落ち、下に塗られた漆が顔を出し」て「黒閣」とすら呼ばれていた。三島の「『金閣寺』創作ノート」（以下、創作ノート）にも真面目一徹の人柄が記された住職の村上慈海は、亡くなる前年（一九八四年）、表具師の矢口一夫に「金閣をよみがえらせてほしい。創建時の姿に戻してほしい」と懇願したという。矢口を中心に漆職人、塗り師、金箔押し師などが挑んだ再建の記録は、「黒閣」が、いかに本来の姿と遠かったかということを教える。

しかし、再建直後の金閣は、焼失前よりも「創建時の姿」に近いと評されていた。たとえば「金閣落慶特集号」を組んだ「日本文化財」第6号[*2]の「原色版」写真の「解説」には、「もとの金閣」は「当初の姿がかなり変更されているのを、明治の修理の際の設計図その他の証を詳しく調査し、出来るかぎり創建当時のまゝをめざした再建がなされ」「室町栄華の往時をさながらに示す」とある。同誌には焼失前と再建後の「網目版」写真を併載した頁（17頁、図版参照）もある。「焼失前」が、いかにも「黒閣」めいた印象を与えるのに対し、「落慶の金閣」は、「網目版」ながら「創建時」を偲ばせる光芒を放っている。そして、「金閣寺」の「新潮」連載（一九五六年一月〜一〇月号）は、再建の金閣が、焼失前には見られなかった燦然たる姿を鏡湖池に投影するようになった直後の時期である。単行本『金閣寺』（新潮社、一九五六年一〇月）の刊行は、金閣再建一周年に重なる。

小説の金閣は、「金屏風」（第一章）の連想に始まり、「なお耀やいていた」（第十章）あたりまで「金色にかがや

▲落慶の金閣

▲焼失前の金閣

いている」（第一章）イメージが基調になっている。そのイメージに見合うのは、焼失前ではなく、再建後の金閣であった。小説には、「金閣の模型」のほうが「私の夢みていた金閣に近かった」（第一章）とする一節がある。それについて、久保田裕子「模型という比喩――三島由紀夫『金閣寺』――」[*3]は、三島文学における「模型」の比喩の反復から検討する。そうした反復性に加え、『金閣寺』の場合は、金閣の再建それ自体が「模型」の問題と不可分であった。前出の「日本文化財」に寄稿した洋画家・須田国太郎は、「再建即模造をそのまま原物と代えられ易い」と述べ、「室町時代に創作された、一箇の芸術作品としての金閣は永遠に消滅した」、「単なる再建をして、原型金閣と、そのまま置き換えることのないことを念願する」と指摘していた。こうした模造品に潜む危険の指摘は、再建金閣の語り口としては少数派である。しかし、「永遠に消滅した」ことの熟視と「模造」に潜む危険を焦点化した点は、小説「金閣寺」の骨格やその読み方を考える上で、なかなか示唆的である。

「単なる再建」が「創建時の姿」を「さながらに示す」と語られ、そのように金閣が眺められるとき、再建金閣は、「永遠に消滅した」「一箇の芸術作品」にとって言わば仮面として働く。「金閣寺」の金閣は、その「永遠に消滅した」「一箇の芸術作品」の象徴でもあろう。ただし、それは須田の言う「原型金閣」そのものではない。「永遠に消滅した」金閣は、「永遠に消滅した」ことによって初めて可能になる微光を帯びている。それは、たとえば焼失後の梁や柱など構造材のみを残す金閣に、あるべかりし姿を重ねることで初めて見えてくるような対象である。したがって、それは必ず焼かれなければならない。「永遠に消滅した」という闇黒を背景にして初めて現前し、「模造をそのまま原物と代えられ」ることで決定的に失われてしまう幻の対象、幻としてしか現前しない対象である。それは、「永遠に消滅した」という出来事そのものと模造品の放つ光芒をともに反照する。「金閣寺」が発表されたのは、実存の金閣との関係において、その反照を反照として見るのに二度とない絶妙の時期であった。もっとも、その時期においても「永遠に消滅した」という注意は必要だったのであり、小説「金閣寺」が、そこに描かれた幻の金閣を通して、くだんの反照に人を誘うのは今も同じであろう。

2　参照行為と到来する「現実」

小説「金閣寺」は、多かれ少なかれ、実在の金閣について、読者それぞれの参照のありようと濃度を問う。それ自体は小説一般の性格だが、かつて国宝（現在・世界遺産）であったような対象は、いやおうなく実在との参照を強いる。金閣について何を参照し何を思うかは読者次第ながら、参照行為それ自体は避けられない。「写真や教科書で、現実の金閣をたびたび見ながら、私の心の中では、父の語った金閣の幻のほうが勝を制した」（第一章）とは、参照行為の雛形になっている。その深さは「少年の頭で理解できるだけのことについては、私も金閣に通暁していた。通り一ぺんの美術書は、こんなふうに金閣の歴史を述べていた。」（第一章）からも知られる。金閣のような対象の場合、映像メディアや活字情報の参照なしに実在の対象に会うのは難しい。その点で参照行為は制度化されている。主人公には「父の語った金閣の幻」という特異な参照項もあるが、それとて参照行為の先行という点では同じである。先行する参照項というレンズ越しに見るしかないとすれば、対象は一種の仮面として現れるしかない。金閣の仮面性は小説を読むときにも機能する。「金閣寺」の先行研究において金閣の象徴性がくりかえし問われること、いわば、金閣という仮面の解読が求められるのは、参照行為を不可避とする対象そのものの性格にも由来している。

参照行為は、そのまま作者の創作行為でもあった。三島は、「室町の美学――金閣寺」[*4]で「金閣寺周辺はそれこそ舐《な》めるやうにスケッチして歩いた。某氏が提供された精密な資料に基いて、モデルの青年の生活の足跡を隈《くま》なく実地に当り」云々と取材ぶりを披露する。創作ノートは、そうした参照・創作行為の痕跡を伝える。主人公は、写真、教科書、美術書、父の語りなどの参照項から、たどりつくべき「美の核心」（第一章）としての「現実」を種々の「幻」として思い描く。その姿は、参照行為を通じて、創作ノートのプランⅠからプランⅥなど、種々の次元での「幻」を編みながら唯一の「現実」(作品)に到ろうとする作者の紛うかたなき分身である。主人公が実見する金閣であれ、作者の手になる小説であれ、実在の対象を「現実」と呼ぶなら、「現実」は常に参照行為に遅れて来る。主人公に到来した「現実」は次のようなものであった。

何の感動も起らなかった。それは古い黒ずんだ小っぽけな三階建にすぎなかった。頂きの鳳凰も、鴉《からす》がとまっているようにしか見えなかった。美しいどころか、不調和な落著《おちつ》かない感じをさえ受けた。美というものは、こんなに美しくないものだろうか(第一章)

「古い黒ずんだ」の句は「黒閣」の悪口さえ想起させる。それまでの主人公の「心が描きだした金閣」が、「地上にな」い美しさで、「いたるところに現われ」る「途方もないもの」(第一章)である以上、「美しくない」「現実」(第一章)の到来は必至であった。この挿話は、いくつかの問いを投げる。「美しくない」地点から「永遠の、絶対的な金閣」(第七章)にまで飛躍する契機と経緯。金閣が「幻の金閣」(第十章)と呼ばれるとき、「現実」の占める場所。こうした問いの波紋は、作品の文脈を超えて作者へと到る。到来する「現実」が「落胆」(第一章)をもたらす構造に十分意識的だった作者は、ほかならぬ自身に到来する「現実」をどう見積もっていたのか。「金閣寺」は自他ともに認める代表作である。近年の三島研究誌[*5]でも、その評価は動かない。作品という「現実」を前に、作者が主人公さながらの「落胆」に襲われた気配はない。瀬沼茂樹[*6]のように「金閣寺」を「贋物の芸術家小説」と見て、そこに「贋物」と作者の分岐を認める手もある。分身は分身に過ぎず、作者は傀儡である主人公と袂を分かつ。参照行為から幻の金閣を紡いだ主人公は「現実」から復讐され、同じように幻を紡いだ作者は「現実」の祝福を受けるというわけだ。

しかしながら、その種のおめでたさに敏感で、遠慮のない嘲笑や皮肉を投げる透徹した眼差しこそ、三島由紀夫の武器と魅力ではないのか。ちなみに、幻を紡ぐ狙いは作品に自明だが、不審なら、「長篇小説の劇化――「金閣寺」について」[*7]の「「金閣寺」は、言葉でもつて、主人公の脳裡にうかぶ金閣寺の幻を執拗に追ひつめてゆくが、それは読者の頭にもつひに同じ幻をうかばせる捷径である」という発言を拾っておいてもよい。作者の「現実」つまり作品は、そこに到る参照・創作行為の地平で跳梁する種々の幻の鳥たちから選ばれた一羽きりの幻の鳥である。あるいは逆に、多くの幻の鳥たちを眼下に「現実」と化して飛翔した一羽の鳥に比してもいい。いずれにせよ、夢見られ、闇の中に葬られた多くの鳥たちがいる。創作ノートは、その羽ばたきの痕跡と遺骸に満ちている。自作への自負は自負として、選別淘汰の過酷を生きる作者にとって、作品の完成は死の決算でもあった。「現実」の背景となる闇黒に死鳥の煌めきを見る作者には、ときに「鳳凰」が「鴉」に見える瞬間も訪れるであろう。「十八歳と三十四歳の肖像画――文学自伝」[*8]には、「私の思想は作品の完成と同時に完成して、さうして死んでしまふ。」という「金閣寺」自評がある。エッセイ固有の文脈は別にあるとして、「作品の完成」に「死」を見る作者には、「現実」の到来による「死」、また、「幻」と「現実」との暗闘は、自らの創作行為と臍の緒でつながる問題であった。絶筆となった「豊饒の海」や「小説とは何か」などは、その臍帯が育んだ最後の胎児である。

3　臍帯の言葉

臍の緒は母体に直接繋がるわけではない。母体と胎児との間に胎盤が形成されなければならないように、三島にも創作上の胎盤が必要であった。三島は、小林秀雄との対談[*9]で「芸術家の象徴みたいなつもりで書いた」と言いつつ、モデルについては「現実には詰ンない動機」「あゝいうことをやるやつ」と語っている。これらの発言は、作者とモデルの距離を強調する。同様のイメージや情報は、新聞や雑誌や巷説などを通じて読者にも伝わっている。そうした参照の条件は、作者にとっては、モデルや素材が仮面になる条件でもある。その仮面こそ、作者が自身の胎児に自らの血と栄養を十分に送りこむための創作上の胎盤になるだろう。臍帯で結ばれた言葉として読むこと、それは三島の小説における血の採集でもある。先行研究でも問題になりやすい主人公の「吃《ども》り」の記述を例にしてみよう。

吃りが、最初の音を発するために焦《あせ》りにあせっているあいだ、彼は内界の濃密な黐《もち》から身を引き離そうとじたばたしている小鳥にも似ている。やっと身を引き離したときには、もう遅い。なるほど外界の現実は、私がじたばたしているあいだ、手を休めて待っていてくれるように思われる場合もある。しかし待っていてくれる現実はもう新鮮な現実ではない。私が手間をかけてやっと外界に達してみても、いつもそこには、瞬間に変色し、ずれてしまった、……そうしてそれだけが私にふさわしく思われる、鮮度の落ちた現実、半ば腐臭を放つ現実が、横たわっているばかりであった。（第一章）

モデルに吃音があったことは新聞でも報じられた。右の引用は、モデルが背負っていた「自由に言葉をあやつること」が「どうしてもできない」「吃り」（第一章）について、「自由に言葉をあやつること」に恵まれた作者が、いかにも小説家らしい鮮やかな解釈を与えたようにも見える。そのとき、モデルおよび主人公と作者とは、患者と医者の関係に見立てられる。そうした関係や意識の介在は、冒頭の「幼児から父は、私によく、金閣のことを語った」（第一章）から「生きようと私は思った。」（第十章）の結句まで、全篇が一人称の視点で貫かれているにもかかわらず、ここでは二人称「彼」が使われている点にも露頭する。医者（作者）が患者（モデル）の「吃り」を解剖し分析する意識が、「彼」という手術痕となった。そして、その「彼」は、「疎外」された青春や劣等感を抱えこんだ現実を代表する全称性を帯びた二人称にもなる。臍の緒にこだわらなければ、そういう解釈も許されよう。しかし、それは仮面の解釈ではあっても、血の匂いがこもる仮面の告白の解釈ではない。

実態は、逆なのではないか。右の引用の直前にある「一般の人は、自由に言葉をあやつることによって、内界と外界との間の戸をあけっぱなしにして」という表現は、暗黙のうちに、作家や詩人を「一般の人」以上の地位に引き上げる。しかし、そう書いている作者は、当然のことながら、創作における「行為」と「現実」との距離の遠さ、また、「内界と外界との間の戸」について熟知している。というより、その遠さや「障碍《しょうがい》」（第一章）ゆえに、「一般の人」なら流さないですむ血を流している。作者のそうしたリアリティが、「吃り」なら「吃り」という素材を得て、それを自らのリアリティに合わせて成型すれば、引用のような告白になるだろう。

臍帯の言葉として眺めなおすとき、「内界の濃密な黐から身を引き離そうとじたばたしている小鳥」とは、具体的な表現として産まれ出るために作者のぬらぬらした血を享けてもがくペンの運動そのものである。花﨑育代「三島由紀夫『金閣寺』――鳳凰を夢みた男――」[*10]は、作中の鳥の記述に注目し「鳳凰」を志向する「小鳥」として主人公を捉える。その根拠とした第六章の場面で、主人公は同門同学の柏木に導かれ「尺八」の練習をしている。

……柏木の導くままに、何度となく、飽かず私は試みた。顔は充血し、息は迫って来た。そのとき急に私が鳥になり、私の咽喉から鳥の啼声《なきごえ》が洩れたかのように、尺八が野太い音の一声をひびかせた。

「それだ」

と柏木が笑って叫んだ。決して美しい音ではないが、同じ音は次々と出た。そのとき私は、わがものとも思われぬこの神秘な声音から、頭上の金銅の鳳凰の声を夢みていたのである

「じたばたしている小鳥」や「鳳凰」を夢みる「鳥」の観察ポイントは、「最初の音を発するために焦りにあせっている」という「吃り」についての説明が、そのまま「尺八」を練習する主人公にも当てはまることである。さらに「同じ音は次々と出た」という現象が、「尺八」では歓びとなる一方で、「吃り」においては苦しみの根にな

るということである。放鳥者のシニカルな微笑を想像すべきであろうか。しかし、「小鳥」や「鳥」にペンの運動を見るなら、陣痛に喘ぐ母親がそうであるように、苦しみと歓びの声が交響するのは、あまりにも当然なことである。第四章には「それから一年、私は籠に捕えられた小鳥のようになった。」という一文もある。「籠に捕えられた小鳥」は、「決して懺悔しまい」、「告白者の勇気などは知れている！」、「告白の値打などは知れている」、「告白をせずに来た私」、「私が最後まで懺悔をしなければ」など、「告白」や「懺悔」の衝動とそれができない自分に苦しんでいる。この挿話なども、告白や懺悔のために仮面を必要とした「小鳥」（ペンの運動）の生態を伝える。

4　誘引しあう断片という編み模様

先の二つの引用において、「吃り」における「最初の音」の苦しみ、「尺八」における「音の一声」の歓びが、いずれも、表現すべき全体に到る断片へのこだわりである点にも注目しておきたい。全体を構成する断片へのこだわりは、それ自体が、「鳥」をめぐる断片などと並び、「金閣寺」を織りなす基本モチーフ（反復単位・紋様）である。「本質的なばらばらな状態」の「私の感情」（第二章）、「無数の灯を包む夜の暗黒と等しい「私の心の暗黒」（第三章）、「細かい亀裂がいちめんに走った」「公園の全景」（第五章）など、全体と断片のモチーフは、あの手この手でテクストに縫い込まれている。とりわけ明示的な変奏は、自分の「体験」について「一つ一つの小部分とは何だろう」「ばらばらな断片」「破片の分際」と懐疑的に語る第七章にある。ここでも「断片」は「未来を夢みている」「前代未聞の未来を！」。「未来」を夢みる「断片」、「新鮮な現実」を夢みる「小鳥」、「鳳凰の声」を夢みる「鳥」、いずれも同じ基本モチーフから派生した変奏パターンである。その上、これら変奏パターンの挿話は、その一つ一つが小説の全体を構成する断片としても機能する。その機能を描き、全体と断片という基本モチーフの総仕上げ、種々の変奏パターンの中心に位置するのが、「金閣の主題」（第十章）についての記述である。

…細部の美を点検すれば、美は細部で終り細部で完結することは決してなく、どの一部にも次の美の予兆が含まれていたからだ。細部の美はそれ自体不安に充たされていた。それは完全を夢みながら完結を知らず、次の美、未知の美へとそそのかされていた。そして予兆は予兆につながり、一つ一つのここには存在しない美の予兆が、いわば金閣の主題をなした。そうした予兆は、虚無の兆だったのである。

「金閣の主題」は、「細部」が「細部」を誘引する構造によって形成される。この構造は「美」を形成するだけではない。同じ構造が主人公の「体験」や「心」の形成にもあずかることは、第七章の冒頭に示されていた。

総じて私の体験には一種の暗号がはたらき、鏡の廊下のように一つの影像は無限の奥までつづいて、新たに会う事物にも過去に見た事物の影がはっきりと射し、こうした相似にみちびかれてしらずしらず廊下の奥、底知れぬ奥の間《ま》へ、踏み込んで行くような心地がしていた。

右の引用は、「運命」の必然を肯い、「のちに死刑になるべき男」は「刑架の幻」に「親しんでいる筈だ」という断案に続く。「鏡の廊下」の「無限の奥までつづいて」いる「影」（断片）の連鎖が誘引するのは、「刑架の幻」に象徴される地点である。「籠に捕えられた小鳥」のように「決して懺悔しまい」とした三島にとって、臍帯の言葉で紡ぐ自身の小説は、臍帯によって自分を吊るす、もう一つの「刑架の幻」でもあったろう。それは、まさに「私の体験」である。われわれは、すでに、同じ一つの現象が歓びの源泉とともに苦しみの根になる例を確認している。金閣も「鴉」と「鳳凰」を内包していた。誘引しあう断片が「一種の暗号」のように連なり、両義性を湛えた全体を志向するというのは、はたして作中の「金閣」のみの「主題」であろうか。それは、いっそ小説「金閣寺」の「主題」であり、小説を創作する「私の体験」の文法と言うべきである。「一種の暗号」のように誘引しあう断片（基本モチーフ）は、「鳥」や「断片」以外にも、「内界」と「外界」、「精神」と「肉体」、「行為」と「認識」、「闇」と「光」など、際立った紋様だけでも、いくつも数えられる。「顔」、「禅」、「女」など違う単位の断片も容易に数えられよう。それら個々の断片の連なりは、それぞれの紋様にふさわしい「鏡の廊下」になっている。「鳥」を例にすれば、「新たに会う鳥にも過去に見た鳥の影がはっきりと射し、こうした相似にみちびかれてしらずしらず廊下の奥、底知れぬ奥の間へ、踏み込んで行く」構造になっている。「鳥」の「影」を映す「鏡の廊下」の場合、「廊下の奥」は小説の末尾にまで到る。放火の後、左大文字山で主人公が「意識を取戻したのは」「鳥の叫喚のため」であり、そのとき眼下には「おびただしい鳥」が飛んでいる。小説冒頭で記される私の生地「舞鶴」や亡くなった友人「鶴川」にまで鳥の影を見るのは幻を追いすぎるとしても、「内界の濃密な黐」に捕えられた「小鳥」をはじめ、第一章から続く「鏡の廊下」に鳥の影を映してきた作者が、小説の末尾という「廊下の奥」で、それらの鳥たちをいっせいに解き放ったかのようである。直前で金閣の「夜空」をいろどるのが「まばらな火の粉」とされていたものが、鳥の飛翔の直後には、「おびただしい火の粉が飛び、金閣の空は金砂子《きんすなご》を撒《ま》いたよう」と変じる光景は、断片としての鳥たちの最後の光芒と行方を伝える。「鳥」にペンの運動を重ねるなら、作者の律儀さに苦笑してもいいし、大団円を迎えた吐息を聞いてもいい。もっとも、「火の粉」と化した「おびただしい鳥」たちが向かうのは、炎上する金閣の背景となる「闇」（第十章）であり、そのときペンの運動も「底知れぬ奥の間へ、踏み込んで行く」しかない。

5 「体験」としての小説

「金閣の主題」および「私の体験」の構造は、後年の作用美学理論や受容理論、たとえばW・イーザー[*11]が唱えることになる「テクストのストラテジー」における虚構テクストの性格を予示している。邦訳の特装版で引用すれば、「読者は、テクストを読む間、次々に現われては消えるさまざまな遠近法のセグメント（断片）を渡り移ることになろう」（169頁）、そのとき「一つのセグメントは他のセグメントを地平にとって出現するために、それ独自の姿だけを示すことにはならず、いつも他のセグメントに姿を映すと同時に他を照明する」（171頁）。そして、「テクストの究極的な意味――美的対象」は「テクスト内に確定的に示されている要素すべてを超越している」（172頁）。「金閣寺」が、紋様や単位の違う複数の基本モチーフを縦横に織り込んだテクストであることは、スケッチ程度ながらも先に指摘した。それら基本モチーフが「鏡の廊下」を形成することも見た通りである。そうした構造自体は小説一般の性格でもある。しかし、「金閣寺」は、「断片」や「鏡の廊下」や「美的対象」について、主人公や金閣に託して直接的に言及し、明示的に対象化する。そのテクストの中心に位置するのは「永遠の、絶対的な金閣」（第七章）である。こうした一致は、金閣を小説という虚構テクスト体験の象徴として捉えることを使嗾する。そう眺めるなら、ペンの運動の化身である「鳥」が「永遠に、時間のなかを飛んでいる」（第一章）「鳳凰」を夢見るのは当然であるし、「金閣の主題」が「一つ一つのここには存在しない美の予兆」と同時に「虚無の兆」でもあるのも当然なのだ。それは「テクスト内に確定的に示されている要素すべてを超越している」「テクストの究極的な意味――美的対象」は、「既存のものではなく」（172頁）、「読者が呼び出すほかはない想像上の対象」（160頁）であり、しかも「さまざまな立場の変容によってしか形成されえないもの」（173頁）というイーザーのモデルと正確に見あっている。言うならば、「テクストの究極的な意味」は、「鏡の廊下」を潜り抜ける体験によってはじめて結ばれる「幻の金閣」（第十章）や「刑架の幻」（第七章）のようにしか現れない。

とするなら、「金閣寺」の「主題」は、虚構テクストとしての小説そのもの、というより、創作と受容の体験性そのものであったことになる。三島に、イーザーの著作を読む機会が許されたなら、そのときこそ必ずや微笑を浮かべたにちがいない。

注

＊1　NHK「プロジェクトX　挑戦者たち」（二〇〇二年一一月一二日放送）。以下の引用・参照は『プロジェクトX　挑戦者たち17』（日本放送出版協会、二〇〇三年四月）に拠る。

＊2　文化財保護委員会監修（一九五五年一〇月一日発行）。谷信一、河竹繁俊、田山方南、吉永義信、村田治郎、鍋井克之、須田国太郎、北川桃雄などの寄稿文、焼失直後に「金閣炎上」（写真版掲載）を描いた画家の川端龍子への訪問取材記事、座談会「金閣の復旧をめぐつて」（村田治郎、赤松俊秀、村上慈海、荻野三郎、後藤柴三郎、松本軒吉、関野克）などを掲載している。

＊3　「三島由紀夫研究⑥特集・金閣寺」（二〇〇八年七月）所収。

＊4　「東京新聞」（一九六五年二月二〇日）。

＊5　＊3に同じ。

＊6　「「金閣寺」論」（『戦後文学の動向』明治書院、一九六六年一月）。

＊7　「新派プログラム」（一九五七年五月）

＊8　「群像」（一九五九年五月）

＊9　「美のかたち——「金閣寺」をめぐって」（「文藝」一九五七年一月）

＊10　＊3に同じ。

＊11　『行為としての読書』（岩波書店、一九九八年五月）。原本（一九七六年）、邦訳初版（一九八二年）。

※「金閣寺」の引用本文は『金閣寺』（新潮文庫、一九七九年七月、五二刷）に拠る。それ以外の三島由紀夫の文章は最新版全集に拠る。

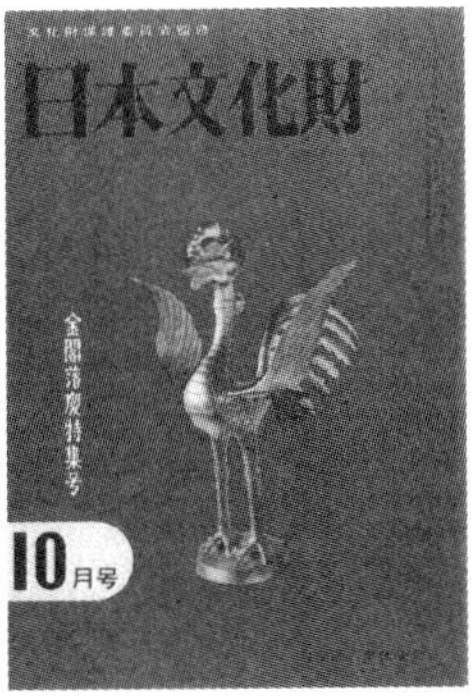

「日本文化財」第六号表紙
（九州大学蔵）

『憂国』枠を越えて見ること

松本徹

率直に言えば、筆者はいまだに映画『憂国』の切腹場面を、正視できずにいる。そして、短篇『憂国』にしても、一行々々しっかりと読みたどることが出来るかと言えば、いささか心もとない。その点で、この小説を論じる資格がないと言ってよさそうである。

しかし、この短篇が三島にとって、いわば臍のような位置を占め、殊に後半期の展開を前もて要約するようなところがあると思われるので、問題にしないわけにはいかない。

昭和三十五年(一九六〇)秋の執筆であるが、前年に大作『鏡子の家』を書き上げて刊行、評価は散々であったためもあってか、年が明けると、映画「からっ風野郎」に主演し、懸案のワイルド作「サロメ」の文学座公演の演出を行い、もう打ち止めと思っていた「近代能楽集」で『弱法師』を得て、年初めから連載していた長篇『宴のあと』を脱稿、映画出演の体験をもとにした『スタア』も書きあげたところで、この短篇にかかった。そして十月十六日に書き上げると、十一月一日には、夫人とともに、世界一周の旅に出た。アメリカでエドワード・アルビーと対談、ヨーロッパへ回ると、パリでは舞台稽古中のジャン・コクトーと会い、帰国は翌年一月二十日で、掲載誌『小説中央公論』一月号をようやく手にした。

その時は、同じ出版元の『中央公論』同月号に深沢七郎『風流夢譚』——皇族惨殺の夢想を扱った——が掲載され、激しい論議を呼んでいた。そして、二月一日には、同社社長宅を訪れた少年が家人二人を殺傷する事件を起こした。そればかりかこの作品掲載に三島も関与したとの噂が流れ、三島宅にも脅迫状が届き、警察の護衛が就く騒ぎになった。

このため血なまぐさい印象が殊更まつわりつくようなことにもなったが、三島としては正面から取り組んだ、意欲作であった。『弱法師』が彼岸の中日、四天王寺の西門へさまよい出た盲目の少年俊徳丸が、入り日とともに西方浄土をありありと見たと狂う謡曲を踏まえて、空襲の猛火で目を焼かれ、盲目となった少年が、生みの親と育ての親が親権を争う家庭裁判所の一室で、女性調停委員が窓外の夕色につつまれてきた様子を口にしたのに誘われ、自分が盲目になった際の情景を語り出し、やがて世界の終わりを見た、と言い募る、その壮麗にして無残な世界の終わりに対比させようとして、構想されたと考えられるのである。

そのために呼び出されたのが、二・二六事件であった。それも事件そのものではなく、新婚ゆえ決起の仲間に加えてもらえず、皮肉にも討手側に回らなくてはならなくなった青年将校と新妻である。

多分、この時、二・二六事件を取り上げたのは、純粋無垢な若さをもって死へと真っ直ぐに身を投じるための条件付けというところに、重きを置いてのことであったと思われる。そして、床の間の掛軸の「至誠」の文字と「皇軍万歳　陸軍歩兵中尉武山信二」と書かれただけの遺書、懐剣を前にした白無垢姿の若妻、そして、「最後の営み」と、後事をすべて妻に委ねた夫とそれを遺漏無く果たした上で後を追う妻の自決が揃えば、他になにも加えるものはないと思ったであろう。神々しくも健やかな男女の、心底から信じあうことによる性愛の燃焼と、大義に殉じる壮烈無比の死である。世界の終りに対置することが出来る。

冒頭、型に嵌まった文語文の、夫妻についての簡潔な誄詞ともいうべき一文が掲げられているが、小説として余計な叙述が入り込むのを排除する意味合いからであろう。

そして、できるだけ抑制的、簡潔に事実を叙述するのだが、文章もまたそれに相応しいものでなくてはならない、と考えたであろう。

三島の場合、事実に即してとなると、逆に華麗な文飾、比喩などを盛んに用いる傾向がある。この題材の場合まさしくそうなりそうであるのだが、それを抑えに抑え、要所で用いるに止めている。

これまで三島が手本とするとしばしば言って来たのが、森鷗外の文体である。「感受性の一トかけらもなく、あるひはそれが完全に抑圧されてゐる」「清澄な知的な文体」、重く「専ら知的に強靭な作家」の文体（「自己改造の試み」）である。勿論、実際に森鷗外の文体がそうであるかどうかは別であり、この作品で採られるべき文体は、三島にとってはそういう文体でなくてはならないと考えていたと思われる。

このようにして題材も文体も、また、構成も映画『憂国』に明白に見られるように謡曲に準拠して、簡潔さ、力強さを意図したのである。

そして、狙ったとおりをほぼ達成したと、三島は確信したのであろう。こう言う、「私の作品を今まで一度も読んだことのない読者でも、この『憂国』といふ短篇一篇を読んで下されば、私といふ小説家について、あやまりのない観念を持たれるだらうと想像する。そこには、小品ながら、私のすべてがこめられている」（講談社版短篇全集「後書き」昭和四〇年八月刊）と。

また、四年後にも、この見方には変りはないとし、「ここに描かれた愛と死の光景、エロスと大義との完全な融合と相乗作用は、私がこの人生に期待する唯一の至福」（文庫解説、昭和四三年九月）である、とも書いている。

こうまで三島が言っているのは、この作品だけである。長年、文学表現について希求しつづけて来たことを実現したとの思いを持ったのである。

しかし、読者として、この自作評を全面的に受け入れ、申し分のない傑作と認めることができるかどうか。

＊

三島が達成感を持ったのは、いまも言ったように、題材と文体と構成が大きくかかわっていたと思われるが、殊に肉体を実体感をもって捉え、描き出し得たことが大きかったと考えられる。

これまで三島は、自らの肉体について確かな存在感を持つことができないままやって来た。見た目も貧弱に過ぎ、風邪を引きやすく、劣等感に悩まされつづけて来た。ところがボディビルを中心とした鍛練を重ねることによって、ようやく筋肉が付き、健康にもなって、体を誇示することも出来るようになったのだ。その上、結婚し、子をもうけ、社会の一員としての存在感も、自ずと保持するようになっていたのである。

これまで肉体とは、なによりも不健康さと存在感の欠落であり、鋭敏すぎる感覚・官能であり、バランスを欠いた性的欲望であった。ところがいまや存在の欠落感は満たされ、感覚も官能も性的欲望も健康に働くようになり、自分の肉体を確かで安定した実体感をもって受け入れるとともに、他者の肉体に対しても、自然に対することができるようになったのだ。

そこに新たな表現世界が広がった、という思いを持ったと思われる。生きた主体的存在として自他ともに率直に向き合うことができるようになったところで、余計なものを切り捨て、文字通り裸の対象を、即物的に在るがまま捉えようとしたのだ。終末、破滅へと傾きかねない世界に対して、われわれ自らの生命の基となるものを、端的に提示しようとしたのである。

このような言い方は誇大に思われるかもしれないが、映画化で狙ったのはドラマではなく、「農耕儀礼の儀式」「昂揚と破滅と再生の呪術的な祭式に似たもの」(『憂国　映画版』)と言っているのを勘案してのことである。

その成果だが、第三者の目から見てどうであろうか。

力作であり、標準を遥かに越える作であることに疑いないが、肉体について過剰に即して捉えようとしていると思われるのだ。殊に切腹についてそうである。初めに記した筆者の感想と繋がるのだが、暗示する、象徴する、比喩を用いるといった表現法を、三島としては可能な限り排し、視線を集中させて捉えた事態を、そのまま忠実に描こうとする態度を過剰に押し出していると思われる。

そのため三島が本来持つ、文章の生動感——この作品でも随所に見られるのだが、肉体の描写が続くと後退、平板さへと傾く。

対象を狭く狭く限定して見、即物的に捉えようとして、過剰に就していることによるのであろう。

この作品に取り掛かる前、映画「からっ風野郎」に主演しているが、そこで体験したことが少なからず関係しているかもしれない。高度なカメラが精密に写し出し、恐ろしく拡大して映像を見せてくれるが、そのように文章でもって即物的・精密に肉体を捉えてみよう、と考えたのではないか。五年後になるが、この短篇を自ら映画化し、センセーションを起こすが、自ずとそうなるだけのものが当初から織り込まれていたように思われる。

それにもう一つ、この姿勢の背後には、『鏡子の家』のなかの画家山形夏雄に降りかかった事態が深く関係しているように思われる。彼は富士の裾野を訪れ、絵に描こうとするのだが、眼前の風景が霧のように消滅する体験をする。画家として致命的な、原因もよくわからないこの事態に夏雄は苦悩する……。じつは『鏡子の家』という大作そのものが、これまでのように個人的な内面世界ばかりを扱うのではなく、外界を描こう、時代を描こうという思いを、基本的モチーフとしているのだ。

その点で、見ることがキイの役割を担っている。見ることを通してこれまでの枠を抜け出て、外界へ、実在自体の許へと至り、そのものを捉えようとするのである。それはそのまま三島の志向であって、画家は半ば三島に代わって外界を的確に描こうと見詰めたのだが、その対象そのものが消滅、見えなくなるということが起こった……。

このような事態に悩んだ末、画家夏雄は、一本のスイセンの花を見ることをとおして活路を見出すのだが、小説家三島は、どうだったか。この短篇を書くことをとおして、改めてその活路を確実なものにしたい、と思ったのではないか。そうして若々しく健やかな男女の肉体、それもエロスに発熱し、輝きながら、意志して死へと滑り込んで行く有様を捉え、描こうとした……。見ることに、過剰に力が入ったとしても、当然だろう。

それとともにこの『憂国』は、「徹頭徹尾、自分の脳裏から生れ、言葉によつてその世界を実現した」作品だと、先に触れた講談社版短編全集「後書き」で自ら言っている。そのような性格の作品であれば、なおさら見ることによって描く態度を強く打ち出すことが必要であろう。徹底して見て、外界の物象を確実に取り込み、作品化しなければならないのである。

ここに書き添えても無駄ではなかろうと思われるのが、ボディビルの道場のことである。そこには大きな鏡が据えられていて、自分の肉体を不断に映し、チエックしながら、習練に励むのが必須とされているとのことだが、三島もまた、ボディビルに汗を流しながら常に自分の肉体を映し、見ていた。そのような姿を捉えた写真が、幾葉も残されているが、その目が、ここでも働いて、過剰に及んでいるのではないか。

そうして、叙述もやや窮屈に、重くなり、本来の振幅の大きい生動感ある表現が掣肘され、平板にもなったように思われる。

ただし、先にも言ったように三島自身にとっては、年来、望んできたことの諸々の事柄を達成した上での、成功作であった。その食い違いに、三島という作家の特異性の一端を窺い見ることができそうだが、いずれにしても肉体なるものに、恐ろしく観念的であるだけに、なおさら深く囚われつづけたのだ。その在り方は、戯曲『癩王のテラス』に見ることができる。

＊

以上、見て来たように、この短篇にはこれまでの三島の歩みを集約するようなところがあったが、それとともに、いま『癩王のテラス』を挙げたが、以降に展開される事柄が前以て集約的に示されている、とも言わなくてはならないようである。

簡単に触れておくと、まずは二・二六事件である。この後、早々に戯曲『十日の菊』を書き、少し時間を措いて『英霊の声』を書く。そして、二・二六事件三部作として単行本『英霊の声』を刊行すれば、エッセイ「道義的革命――磯部一等主計の遺稿について」を草するなりゆきになり、エロス、死、大義、それから殉死、革命、天皇、神と言った問題が迫り出て来ることになる。そうして、独自な光を昭和史に当てる。

また、見ること自体を主題化して、短篇『月澹荘奇譚』を書き、思弁的自伝ともいうべき『太陽と鉄』において厳しく突き詰め、『暁の寺』『天人五衰』では、覗き見する中年と老人の姿を描くことになった。

いずれにしても三島は、この作品を書くことによって、諸々の問題を呼び出すことになったのである。

『豊饒の海』はいかなる小説か

中村三春

はじめに

『豊饒の海』とは、どのような小説なのだろうか。かつて渡辺広士は三島由紀夫の小説を伝統的な「ロマン」（物語）に対して、「理知と非理知との対立への極端な矛盾の維持」を基盤とした「古典的形態を維持した現代的ロマン」と見なし、『豊饒の海』は特にこの矛盾を極端に保持し、それを「輪廻という観念の取り入れ」（筋の工夫）と「言葉に非存在を、死を暗示する文章《エクリチュール》の成りゆき」（言語の意味作用）の両面として規定した＊1（傍点原文、以下同）。この分析が興味深い理由は、転生説と唯識論というこの小説の重要な思想的要素を、ジャンル的な小説構造論と短い記述によって結びつけていることにある。これは物語（ロマン）の自明性が打ち破られ、多様な変異や逸脱によって変貌を遂げた現代の物語たる小説ジャンルの急先鋒として三島のテクストを位置づけるとともに、そのようなジャンル論を『豊饒の海』固有の問題としても敷衍する糸口を提供する。あるいはそれは、古典主義と浪漫主義という三島の文芸様式を論ずる際に常に取り沙汰される芸術思潮論にも、結果的に合流する性質のものかも知れない。ただし、渡辺による様式記述は汎用性が高いとしても、現在の観点から見れば、補充すべき部分がないとは言えない。ここでは、幾つかのポイントから、『豊饒の海』のテクスト様式を概観してみよう。

1　テクストと再読

読書体験とは、虚心に考えるならば、必ずしも一回目の読書に限定する必要はなく、また限定することはできない。私たちは、論述する際に、一回目の読書と二回目以降の読書とを、意図して、または意図せずに、混淆させている。ロラン・バルトは、テクストの複数性に対応して「読書もまた複数的でなければならない。つまり、入り口の順序をなくさなければならない」として、再読の意義を強調した。[*2] また前田愛は、テクストの順序に囚われない読み方について、「時間軸にそった直線的読書のいたるところに裂け目を入れ、流動し生成する意味の織物に編成しなおすことが要請される」として、ウンベルト・エーコの「開かれた作品」を参照し、読書とテクストとの関係を「メタファーとしての迷宮」として理解しようと試みた。[*3] 一回目の読書と二回目以降の読書、あるいは言語テクストの線状性（不可逆性）と遡及性・相互参照性（可逆性）とは、相反する引力として読書行為を構成している。これまで読者（論者）は、建前としてのテクストの線状性にとらわれてはいなかっただろうか。読書とはこの両者の配合や葛藤によって作られる複雑で多様な行為なのであり、それはまた読書体験が十人十色となる要因の一つでもある。

新潮社より『春の雪』（一九六九年一月）、『奔馬』（同年二月）、『暁の寺』（一九七〇年七月）、『天人五衰』（一九七一年二月）の四巻として刊行された長編小説『豊饒の海』は、渡辺の抽出した二つの相拮抗する力、すなわち転生の力（「輪廻」）と唯識の力（「非存在」）とが係争する小説として読まれている。転生の力は、本多繁邦によれば、松枝清顕の転生としての飯沼勲、ジン・ジャン、そして安永透が充当される認識の線であり、物語展開としては、四巻をそれぞれ本多の少・青・壮・老年期を繋ぐ一貫した年代記（クロニクル）と見なすことを促す。それはいわば、存在の論理である。そして、そのような性質上、それは冒頭から結末までの不可逆的な流れと見なす読み方と親和性が強い。

他方、『暁の寺』で開陳される唯識論、また最終的には最後の『天人五衰』の結末で、本多が月修寺門跡（俗名・綾倉聡子）によって清顕の存在と記憶を否定され、ひいては自分自身の存在さえ「それも心々《こころごころ》ですさかい」（『天人五衰』三十）と相対化されることから遡及して、そのような転生やクロニクルの確信が揺るがされる回路がある。これはいわば無の論理である。冒頭から読み進んだ初読の読者にとっては、これは一種の逆行的転変《ペリペティアー》とも言える。そのような読者は、「呆然と目を瞠《みひら》いた」「今日の面晤《めんご》にかけた六十年の本多の夢も、この刹那《せつな》に裏切られることになるであらう」（同）とまで思い詰めた人物本多の思いを分かち持つだろう。だが、再読以降の読書においては、必ずしもそうではない（一回目の読書の場合に、この結末を情報として既に知っている読者も同じである）。

このような存在の論理と無の論理とを統一する理論を求めるとすれば、それは唯識論における阿頼耶識説である。『暁の寺』十八で本多は「かくて、何が輪廻転生の主体であり、何が生死に輪廻するのかは明らかになつた。それこそは滔々《たうたう》たる『無我の流れ』であるところの阿頼耶識なのであつた」と悟る。「無我の流れ」は、存在と無とを統一するところの、世界を生成する関係性の展開のようなものである。従って本多の唯識論にこの小説の核心を見るならば、これは存在と無の論理を止揚・統合した小説ということになる。だが、結末で門跡から「それも心々ですさかい」と否定されることを知っている再読の読者は、本多のこの理解が結局は不十分で甘いことを既に認識しており、その知識を前提として読むのである。

このように、初読と再読以降の読書とを、読者はある意味で任意に組み合わせてテクストを体験する。従って、『豊饒の海』における存在の論理と無の論理は、極言すれば冒頭から結末までの随所において係争の火種として散在している。この火種をどう取り扱うかで、この小説の読み方は多種多様となってくる。

2 物語構築の原理

より細部における物語構築の手法として、この小説では、意味論的な対照的落差を創出し、それを時間軸に展開する対位法的な構築原理が用いられている。すなわち、人物の情念や行動が、一方では極限まで禁止・抑圧され、他方ではその禁止・抑圧によってこそ極限にまで高められ、やがてある限界点を迎える、その様相が物語の展開を構成するのである。『春の雪』では、皇族・勅許の禁忌とそれを破ろうとする恋愛との対照が、清顕と聡子との一連の確執と結合として繰り広げられる。『奔馬』では、暗殺の有効性と無効性との間の落差が、最終的には勲による暗殺の決行と自裁に至るまでの紆余曲折において描き出される。『暁の寺』と『春の雪』では、転生の真実と虚妄が、特に前者ではジン・ジャンという異性への転生と、彼女と慶子との同性愛、後者ではいわば悪意の転生者としての透の問題として強化される。

また、対照的落差が時間軸に投影されるとは、すなわち、落差を生成し、その落差の実証を物語の引き延ばしとして展開するということである。この手法は繰り返し現れるが、典型的には『春の雪』で清顕が聡子を拒絶し、聡子からの電話に出ず、手紙を読まずに破り続け、結果的に勅許が下りるシークェンス、また、その後、今度は蓼科の取り持ちで二人が密会を重ね、聡子の妊娠とその露見、最終的に月修寺で出家するまでの経緯が、〈宮様の婚約者〉との関係という事態において極度の緊張を与えられ、その形成・展開・帰趨へと引き延ばされて、中心的な物語を形作る。「何が清顕に歓喜をもたらしたかと云へば、それは不可能といふ観念だつた。絶対の不可能」(『春の雪』二十四)。不可能な絶対的落差と、それを強引なまでに引き延ばし、そして一挙に無化する行為。従って『豊饒の海』は、渡辺が「ロマン」と呼んだように、極めてロマンティックな物語を主軸とするのだが、他方で、その物語(ロマン)は単純にロマンティックであるのではなく、むしろ、まことしやかに構築され、じりじりと

「遷延」(『春の雪』四十五冒頭)せられては、畢竟、痛烈に否定されるためにのみ構築されるのである。

すなわち、たとえば清顕は、聡子が自分の手紙を読んでいたことを否定する嘘をついていたことに憤り、そのことを理由として、聡子からの連絡を拒み続けた。「聡子が一方では僕を子供だと云つて非難しながら、一方では僕を永久に子供のままに閉ぢ込めておきたかつたことは、もう疑ひの余地がない。何といふ奸智だらう」(『春の雪』二十)。これに対して語り手は「成人から見たらつまらない些事《さじ》のやうに思はれるもの[…]、その些事に関はる或る時期の男の矜恃ほど、繊細で傷つきやすいものはなかつた」(同)と補強している。だが、再読以後の読者は、語り手の言葉も、人物の言葉も単純に鵜呑みにはできない。結末から遡行し、テクストの各所を相互参照して読むならば、清顕の嘘の手紙、聡子の嘘、清顕の怒り、連絡の遮断、聡子の婚約、そして右の「歓喜」、さらには聡子の得度・出家に至る後続の成り行きに至るまで、この一連のシークェンスが、対照的落差とその無化、あるいはその間の引き延ばしを帰結するために構築されていることは明白となる。構築されたものである限りにおいて、清顕や聡子その他の人物の振る舞いをそれ自体として受け取ることはできない。彼らは、いわばその構築に寄与する要素に過ぎない。そして同じことはどの巻のどの部分を取っても言えることであり、そのことは、再読以後の読書によってのみ、全容として理解できる事柄にほかならない。要するに、語り手も人物も言葉による拵え物でしかないのである。

3 転生の帰趨

次に、この小説で存在の論理とされている転生について見てみよう。對馬勝淑は、誕生の時日、夢日記、左脇腹の黒子《ほくろ》、過去世の記憶、二十歳の死などの徴表から検証し、「『豊饒の海』で松枝清顕より転生したと見られる人物は、飯沼勲もジン・ジャンも安永透も、仏典を正確に運用する限り、皆全て偽物である」と断定した。[*4] 對馬はこのことを、本多に関わるこの小説の「悲劇性」の証と見なす。高橋重美は、インガルデンの不確定箇所やイーザーの空所の理論を参照しつつ、最終的に「『豊饒の海』の四人の主人公は、いずれもテクスト内に確固とした転生者として存在させられてはおらず、従って読者は『豊饒の海』の転生を本物とも偽物とも言うことはできない」と述べている。*5 高橋によれば、「語り手の意図的な沈黙（空所）」によって、読者はテクストの情報を取捨選択し任意に組み合わせて解釈することができる。様々な論調があるものの、現在では、それらの人物は転生者ではない、あるいは、転生か否か確証できないとする論者が大勢を占めているようである。

たとえば『暁の寺』の前半でタイを訪問した本多に月光姫は自分は日本人の生まれ変わりだと言って過去の記憶を語るが、後半で長じて日本を訪れたジン・ジャンは、「小さいころの私は、鏡のやうな子供で、人の心のなかにあるものを全部映すことができて、それを口に出して言ってゐたのではないか、思ふのです」（『暁の寺』三十）と言う。これでは超能力の否定を超能力を以てするようなもので、しかもこの件はどのようにも決着がつけられていない。詳細に亙る對馬の分析は無意味ではないが、小説中、転生を確証する基準は決して明確には述べられていず、元々転生か否かの判断は論理的になされるものとは言えない。極端な話、考えられるすべての徴表が合致したところで、全部が偶然の結果ということもありうる。それ以前にこれは小説であって、そのような論理学を小説に求めることは必ずしも妥当ではない。問題は、転生か否か、あるいは、その確証ができるか否かの水準ではなく、なにゆえに転生が問題とされなければならないかを、物語の水準において規定することだろう。

そもそも、勲、ジン・ジャン、透が清顕の転生であったとして、それが何だというのだろうか。転生者だからといって特殊な能力を持つわけでもなく、特殊な行為を行うわけでもない（二十歳で死ぬ、などを除けば）。それはむしろ、この三人に対して本多が特殊な能力を求め、特殊な行為を望むことの投影と言うべきである。

この件に関連して、秀逸な解釈を施したのは有元伸子である。有元によれば、その根源には本多の聡子に対する思慕があり、本多は憧れつつも彼女に会うことを六十年間に亙って回避し、唯識論に則って転生の物語を創造したが、それは「聡子がついに産むことのできなかった清顕の子どもを、あたかも聡子が堕胎した胎児を引き継ぐかのように、転生という形で産みつづけていった」という意味を持つものとされる。[*6]一方、有元によれば、聡子の方は家父長制的な世俗世界を捨てて「根底から自己を再生することを求めて、アジールとしての月修寺に引き籠も」り、それによって「家父長制のしがらみを断ち切った」のである。[*7]この有元の解釈は、直接に密接な交情を結ぶわけではないが、物語のほぼ全体に介在する本多と、首尾の巻に登場し重大な役割を果たす聡子という、『豊饒の海』四巻の大枠を形作る二人のあり方を明快に位置づけた、ジェンダー批評として秀抜な論というべきである。

ただし、本多が転生によって清顕の子を生み、聡子はそれを否定して家父長制と縁を切ったとする読み方は、確かに可能な読み方であるとは言っても、おそらく必然の読み方ではない。むしろ現在の門跡（聡子）にとって、転生による存在の論理に関わる本多の物語あるいは記憶とは、最初から最後まで交わるところのない、他者の理論ではなかっただろうか。「何やら本多さんが、あるやうに思うてあらしやつて、実ははじめから、どこにもをられなんだ、といふことではありませんか？」、「それも心々ですさかい」（『天人五衰』三十）云々という門跡の言葉を、本多の信奉した唯識論・阿頼耶識説を本多よりも正しく表現したものと取るのは、それらの片々たる言葉からそこまで汲み取ることは難しく、それゆえに確定的ではない。しかし、門跡の言葉が、渡辺のいわゆる「非存在」の側に立つ、無の論理の行使であるとは言える。

門跡は清顕の存在を否定するのみならず、「又、私とあなたも、以前たしかにこの世でお目にかかつたのかどうか、今はつきりと仰言れますか？」（同）と、自分と本多との面識をも否定している。清顕の記憶を否定する門跡の行為空間を本多が理解できないように、門跡はその記憶を主張する本多の行為空間を理解できない。[*8]この場合「心々」とは文字通りであり、仏教的な、実体としての自我の否定だけでなく、ある心と他の心との間の通約不可能性をも示唆している。通約できない他者の心は計り知れないのであり、記憶を否定する門跡が何を考えてそう述べるのかは本多には分からず、また主として本多の行為空間に寄り添う物語を読まされてきた読者にもにわかには分からない。従って、もし門跡の行為空間を理解可能な形で翻訳しようと試みるならば、そこには読者の行為空間との間で飛躍を伴う通約が行われなければならない。そこには最終的な確証がなく、また読者の行為空間の多様性に応じて、門跡の行為の解釈も多様とならざるを得ない。高橋の援用したイーザーの空所概念は一般的なものだが、これはそれよりもはるかに強い通約不可能性の表現と見ることができる。

4 表現と意味

ところで、有元はさらに、結末の聡子の発話が、本多という男の転生の物語を否定し、「六十年間の空白を破って、主体を回復した証なのである」と見なし、何もない寺の庭の場面で終幕を迎え、「清顕を起点とする輪廻転生の時間、本多の生きる現実の時間、聡子の生きる唯識の時間が最後にようやく一つになって、物語世界は閉じられる」と結論する。[*9] とても魅力的な説であるが、結末の庭が「唯識の究極——空無の世界」であるとすると、これは思想的には唯識論の宣揚による幕切れとなってしまう。

對馬は結末の会話から「門跡の言が一読して唯識論に基づいていることは明らかである」とする。[*10] だが、「記憶と言うてもな、映る筈もない遠すぎるものを映しもすれば、それを近いもののやうに見せもすれば、幻の眼鏡のやうなものやさかいに」『天人五衰』三十）云々という言葉は、「論」などというものではない。柴田勝二はそれらが「唯識論的な認識の表出として果たして妥当であるかどうか」に懐疑的であり、彼女が清顕の記憶を否定した理由を「彼女の内面から、清顕と共有した情念的な行動の記憶が脱落してしまっていること」に求めている。[*11] 門跡の発言は確かに含蓄に富んでいるが、分量的に僅かであり、僅かであるからこそ示唆的である一方で、同じ理由から決定的なことは言えない。それは、唯識論の説法として理解される可能性を帯びてはいるが、それを必然化しない言葉遣いで覆われているのではないか。それこそが、渡辺のいう「非存在」を暗示するエクリチュールの所以である。

存在と無の論理とが、果てしなくせめぎ合いを演じ、そして収束しないこの小説においては、極言すれば、あらゆる言葉をどのような意味とでも結びつけることができる。いずれかの価値観ではなく、相互に相手を批判し否定するような基軸が同居するために、記号と意味内容とを一義的に繋ぎ止めることができない。それはヴァルター・ベンヤミンの述べたアレゴリーやトラクタートの様相を呈している。*12

たとえば柴田は、『天人五衰』のタイトルに示された「天人五衰」の相を示すのは必ずしも透ではなく、むしろ本多の方であると論じている。*13 これもまた正しい（可能な）解釈であるが、唯一（必然）の解釈ではない。人は誰も老い、やがて死ぬのである。従って透のほか、齢を加えた本多、あるいは久松慶子その他、さらには、転生の系譜が危機にさらされるいわば物語の論理の頽廃そのものを「五衰」と呼ぶこともできるかも知れない。こうして解釈は多種多様を極め、千差万別の解釈が生まれるのは勿論のこと、その多様性はジャンル観にまで及び、既成の特定ジャンル（定型・様式類型）にこの小説を一義的に分類することもまたできなくなる。言い換えれば、分類は可能だが必然ではないのである。それは、渡辺による「古典的形態を維持した現代的ロマン」というような鵺的な言い回しや、反物語、アンチ小説などのような逸脱的な語が好んで用いられる理由である。

すなわち、聡子の言葉そのものもアレゴリーなのである。ということは、そのように読もうとする解釈の志向に応じて、そのように読めるのである。そしてさらに、それ自体が「それも心々ですさかい」という、いわば通約不可能性とアレゴリー原理の主張を含むために、解釈対象である文そのものがその解釈の根拠となるような、一種の循環構造を生む基となっている。だから、このテクストは無数とも思われるほどの多様な解釈を誘発し、そのどれもがそれなりに妥当な解釈のように見えるものの、どれかが真に決定的なものとは言えなくなる。『豊饒の海』というテクストは、このように、意想外なほど豊かに開かれた柔軟な様式を持っている。

その結果として、小説が言葉によって構築される対象であること、つまり、言葉を絶対的に否定しては小説は成立しないこと、また殊にこの小説が重厚な建築のように特に確固とした構築を誇ることに相応する存在の論理に対して、それを随所で否定する無の論理を配合したことによって、『豊饒の海』は、むしろ、現代小説の一つの先端的な姿を獲得したと言うべきだろう。それは、自らを呈示しつつ自らを否定する。あるいは、自らを表象しておいて、それ自体を否定も肯定もしない。『豊饒の海』は、そのような小説なのである。

注

＊1　渡辺広士「『豊饒の海』論」（『「豊饒の海」論』、審美社、一九七二年三月）、77ページ。
＊2　ロラン・バルト『S／Z』（沢崎浩平訳、みすず書房、一九七三年九月）、18～19ページ。
＊3　前田愛『文学テクスト入門』（『前田愛著作集』66、筑摩書房、一九九〇年四月）、63ページ。ここで話題とされたのは漱石の『草枕』における画工の読み方である。
＊4　對馬勝淑『三島由紀夫「豊饒の海」論』（海風社、一九八九年一月）、240ページ
＊5　高橋重美「沈黙が語るもの――『豊饒の海』読解の危険性――」（「立教大学日本文学」64、一九九〇年七月）。
＊6　有元伸子「転生する『妄想の子供たち』」（『三島由紀夫　物語る力とジェンダー　「豊饒の海」の世界』、翰林書房、二〇一〇年三月）、127ページ。
＊7　有元伸子「綾倉聡子とは何ものか」（同）、156ページ。
＊8　「行為空間」の用語は、野矢茂樹『語りえぬものを語る』（講談社、二〇一一年七月）による。他者の行為空間は、言葉としては理解できるが生きた相貌を備えていず、その意味で通約不可能なものとして現れる。
＊9　有元伸子「『沈黙』の六十年」（前掲書）、222～223ページ。
＊10　對馬前掲書、94ページ。

＊11　柴田勝二「憑依の脱落――『天人五衰』の〈終り〉」（『三島由紀夫　魅せられる精神』、おうふう、二〇〇一年一一月）、356ページ。
＊12　ヴァルター・ベンヤミン『ドイツ悲劇の根源』（川村二郎・三城満禧訳、法政大学出版局、一九七五年四月）。
＊13　柴田前掲書。

「近代能楽集」——女面と少年

田中美代子

中世の能楽にあらわれた理想の女性像は、鎌倉以前の過去の世の半ば幻と化した永遠の美女の姿である。その美は、生身の俳優の顔では、決して表現することができぬ。仮面のみが、人々のあこがれと夢を最大限に充たし、人々の想像力を好むがままにそそり立てるのだ。また、それは、つねに恋し、つねに悩み、つねに嘆く、美しい高貴な女性の姿である。*1

三島由紀夫は、世に比類のない〝能面の美〟を讃仰してやまなかった。その核心はいつも女面に極まる。そして近代能楽集には、さらに端倪すべからざる別のドラマが隠されているように思われる。その玄妙なからくりには、どんな意味があったのだろう？ 作者はあるとき人生の解きがたい困難に直面し、窮余の一策として、是非とも自ら〝女面〟で登場する必要があったのではなかろうか。古事記の少年倭武命が強大な敵の陣地にのりこむため、美女に化けて酒宴にまぎれこんだ、あの神話の顰みに倣って。

そこで例えば角度を変えて、近代能楽集の作品群を一つの全体像とみなすと、これをある少年の遍歴物語と捉えることができるだろう。オムニバスによって、漂泊の旅の途上でさまざまな憧れの女性と邂逅する、あの詩人ホフマンの物語のように。……

そして、三島世界を巡って忘れがたいのは、「私の遍歴時代」の中のこんな文章である。

「仮面の告白」のような、内心の怪物を何とか征服したような小説を書いたあとで、二十四歳の私の心には、二つの相反する志向がはっきりと生まれた。一つは、何としてでも、生きなければならぬ、という思いであり、もう一つは、明確な、理知的な、明るい古典主義への傾斜であった。*2

「近代能楽集」が始まるのは、丁度この頃、「仮面の告白」の発表の翌年である。敗戦直後、文壇デビューの足固めを経て、さらに作家修行に本腰を据えようとするところだった。

二十代後半から三十代前半までの十年間、それは日本の戦後復興とともに、三島文学にとって最も輝かしく、稔り豊かな黄金の季節だった。この人生の収穫期、作者の人生設計はどのようなものであり、またどう変貌していったのか。しかし裏を返せば、それはまた敗戦の負荷のもと、永い虚ろな戦後社会のなかで、あなた任せの時代の激流に揉まれながら、人はどんな果実を得ることができるのか。そうした難問との格闘でもあった。

さて、近代能楽集の第一作「邯鄲」は、昭和二十五年十月号の『人間』に掲載された。

これは筋書も、作者そのままに「何としてでも生きよう」と覚悟する少年の物語であり、また作品としては「明確な、理知的な、明るい古典主義」を志向している。

近代能楽集は、こうして好評のうちに着々と書き継がれた。

「邯鄲」　『人間』昭和二十五年十月号
「綾の鼓」　『中央公論』昭和二十六年一月号
「卒塔婆小町」　『群像』昭和二十七年一月号
「葵上」　『新潮』昭和二十九年一月号
「班女」　『新潮』昭和三十年一月号

「道成寺」　『新潮』昭和三十二年一月号
「熊野」　『聲』昭和三十四年四月号
「弱法師」　『聲』昭和三十五年七月号
「源氏供養」　『文藝』昭和三十七年三月号

おおむね規則正しく年次を追った個々の作品制作。これを通観すれば、時代と共に歩む青年の創作意欲が、刻々に変貌する社会の態様と交錯し、戦後日本の複雑な全体像を映し出すことにもなるだろう。
また昭和三十一年四月には「班女」までの五作品をまとめて単行本『近代能楽集』が刊行されている。その「あとがき」には、

　ここ数年、暇があれば私は、謡曲全集を渉猟するのが癖になったが、この五篇がわずかに現代化に適するもので、五篇で以て種子は尽きたと考えざるをえなくなった。ようやくこれらを一本に纏める時期が来たのである。*3

とあって、ここで初期の目的がひとつ達成されたようだ。「道成寺」以降、さらに書き継がれた四作品を見渡すと、その頃から戦後社会の様相が変り、作者の行動も作風も急速に変化して、生涯の大きな曲がり角にきたことが窺われる。また後年、作者は「源氏供養」を廃曲とした。それは〝作品として不出来だったから〟だろうか？　これも何やら疑わしい。もしかすると、それ自体、作者の隠されたメッセージなのかもしれない。源氏物語最終章の「雲隠れ」に倣って。……

「邯鄲」……羽化する少年

序幕「邯鄲」で、一人の少年が乳母の棲む隠れ里にやってくる。彼は成長の途上にあって、予め約束された世俗的栄誉やら立身出世やらを退け、幼ない頃の守護女神とともに、胎内めぐりに似た別乾坤に遊ぼうとする。次いで第二作から第六作までは、それぞれ運命的な特異な愛の主題を追究する女主人公との出逢いの物語である。第八作で再び怒れる孤児の少年が登場する。

主軸にある少年は舞台上で神出鬼没、時に相手役の女面を着け、また一人何役もの男女を演じ分けるなどして火花を散らすのであり、終幕に到って女面を外し、再び素面にもどるだろう。

因に私たちはここで、永らく解けなかった、ある謎めいた作品に突き当たる。

すなわち敗戦後二年目、昭和二十二年十二月号の『人間』に発表された短篇小説「春子」を思い起してみよう。その終結部で読者は、主人公の「私」が、春子の義妹である路子に誘われ、秘密の部屋で、〝女装の遊戯〟をはじめる不思議な場面に立ち会うことになるだろう。

「紅つけてあげる」

「僕にかい?」

「あら、あなたの他に誰もいないじゃないの」——そうだ。私のほかに誰もいない。しかし果して誰もいないだろうか。

(中略)するとふいに痛いような気がした。痛いとおもったのは錯覚であろう。だるいような重みが唇に伝わったのだ。それがきつく、生温かく引かれている。私の唇のしわが片寄り、私の唇は麻痺しながら、険しい表情で、おそらく神も面をそむけるだろう夢を見はじめた。

こうして何か別の唇が私の唇に乗り憑ったのが感じられた。*4

呪術の儀式にも似た唐突な大団円である。が、これはおそらく短篇小説「春子」の終局ではなく、次に大きな構想をもって広がる別のドラマの序曲ではなかったろうか。大きな構想――それこそやがて幕をあける近代能楽集だったのでは？

『近代能楽集』の、殊に二作から六作までの珠玉を貫く一筋の糸は、各々のヒロインによって演じられる極限の愛のテーマを連ねている。

そして序曲と終曲に登場するのは、全体の狂言廻しであり、仮面をつけて相手役となり、また隠れて何役にも分裂する一人の少年なのである。

三島由紀夫は常々、女形へのただならぬ思い入れを語り、ここに日本文学の運命を象徴させていた。そして彼が歌舞伎を論じるとき、その執念はもっぱら中村歌右衛門に凝結した。

昭和二十六年四月、芝翫が歌右衛門を襲名して以来、その讃辞は昂揚して、晩年までとどまるところを知らなかった。

私が新歌右衛門を最初に舞台の上に見たのが、いつのことであったかはっきり記憶にないのは、丈の成長がここ数年来の急激なものであったことを語っている。

しかし能楽でいう幽玄、あの花やかさの秘義に芝翫が達したのは、私の見たところでは終戦直後の東京劇場で老幸四郎の忠信を向うにまわして道行の静を演じた時であった。

その舞台の記憶は今も目に鮮やかであるが、芝翫の精神生活にこのとき時代の担い手を荒くれた武人から美しい優人に移された自恃と責任が湧き立っていたものかどうか、丈の静は往年の淋しさの影を払って、一種の精神の濫費にまで達した目的のない献身の深い無際限な歓喜を歌っているように思われた。

このとき以来、芝翫の孤独がひろい場所へ出、多くの孤独と共鳴するにいたったのである。丈の優柔なエネルギーがあらゆる役々の底に蛇身のように波打ちだした。その暗いよくたわむ力の印象、その悪意のように深くひそんだ闘志、その冷たい凄愴な迫力、それでいていいしれぬ薄命の不安、明日をも知れぬ不吉な美しさ、……丈のこれらの非人間的な特質は、非人間的なものを通して人間性を露出する歌舞伎の伝統的な発想法と古い仮面劇の美学とを、今日の観客の胸裡に復活させた。[*5]

三島由紀夫にとって女形とは何か？　それは追いつめられた人間の魂の危機的表現なのだ。美は傷つけられ、追放され、無化されようとする。そもそも悲劇とは、逆境に抗って燃え上がり、最期の力をふりしぼる、極限の生命の燿やきではあるまいか。

では順次、彼女たちの旅の里程標をたどってみよう。

「綾の鼓」……〝永遠〟への懸け橋

法律事務所の老小使岩吉は、洋裁店の客の華子に懸想して、彼女の取巻きに愚弄され、ビルの窓から身を投げる。だが、夜更けに岩吉の亡霊に呼び出された華子は、逆に相手の熱情の不足を詰る。大体、男が身命を賭して自殺しても、直ちに究極の恋とはいえない。心あらば再度綾の鼓に挑戦し、その音を華子の耳に届けなければならぬ、というのだ。

だが岩吉の必死の努力も空しく、彼女はあくまで「聞こえない」と言い張り、彼は絶望して百打ち終わると消えてしまう。

ここで肝心なのは、幕切れの華子のセリフ、「あたくしにもきこえたのに、あと一つ打ちさへすれば」だと、作者は言う。

では岩吉が実際にあと一つ打てば華子は納得しただろうか？　欲張りの彼女は、あと一つ、あと一つ、……と際限もなく要求して、果てしがないかもしれない。とすれば、その〝あと一つ〟こそ〝永遠〟への懸け橋なのだ。岩吉は何故みみっちく〝百打ち〟にこだわり、それっきり愛を諦めてしまったのか。たった一拍のずれ。……これこそ目も眩む絶対の懸隔ではあるまいか？

「卒塔婆小町」……再び〝永遠〟の捕獲法

若き夢見がちな詩人と、百戦練磨の老婆との恋の対決。……しかし二人は、おのおの自分の土俵で闘ったのだから、実は勝負にはならなかったのだ。

私たちは、みな〝時の旅人〟であり、さらに〝絶対の時間〟の捕われ人である。二人は時空における別のサイクルをめぐっており、折々に瞬時の出逢いを演ずるほかはない。

詩人は己れの熱に浮かされて天空に翔び立ち、老婆はまた百年目の恋人を見送って、ますます意気盛んに、地上に生き続ける筈だ。

そして二人はともに恋の傍観者なのである。

「葵上」……矜り高き女

「卒塔婆小町」の老女と若者の対決が、哲学的な恋愛問答に終始して、殆ど恋の情熱に踏み込まないのに比べると、六条御息所は抑えきれぬ過剰な情念に苦しみ、自ら知らず恋敵の病室を襲って相手を取り殺してしまう。

この妄執の女に対する演出の要点は「あくまで、六条御息所の位取りが大切で、安っぽい嫉妬劇であってはならぬ」[*6]ということだ。しかし彼女は身も世もあらず取り乱し、すでに端女《はしため》に落ちたも同然ではないか？

そこで作者が志したのは、この暗い疎ましい女の罪業を、そのまま目覚ましく果敢な高貴な情熱に変換することだったのである。

実際、われわれは無意識のうちにも、古典の伝統によって技法上の恩恵をうけているので、源氏物語から能楽に移されながら、「身分の高い女のすさまじい嫉妬の優雅な表現」という点では、諸外国にも例を見ない、日本独特の伝統の不滅の力に負うているのである。*7

「班女」……愛の凍結

謡曲の「班女」は、客と懇ろに言い交しつつも忘れられて放浪するが、自らの一念を貫いてついに相手との再会を果たす、めでたい筋書である。三島由紀夫はこの可憐な遊女を愛してその歓喜の場面を心に蘇らせ、「私はそこにまさに翻案の欲望をそゝられた」*8と語る。

ところが翻案では、何故かこのハッピー・エンドを逆転させてしまう。即ち我らが班女は、風の噂で駆けつけた恋人をけんもほろろに追い返す。それまで身も細るまで待ち暮らしていたのに、男が現れるや態度を一変させる。ひと目で彼女は、世の常のありふれた男の正体を見破ったのだ。永い不在の間に、彼女は己れの〝狂気〟を研ぎ澄まし、愛は浄化されて、いつか男女の痴情を超え、地上の軛を脱して別天地に飛翔していたのだった。西欧絵画の〝聖母昇天〟をも思わせる奇跡の顕現。……

だがそれは、裏返せば、地上の愛の全き不在証明ではあるまいか?

さてこそ〝決して待たない芸術家〟の出番である。傍らに寄り添う実子は永遠に来ない恋人を〝待ちつづける花子〟の人形遣いなのだ。この時二人の上に、「すばらしい人生！」が降りてくる。……二つの魂は、今や交流電気の回路さながらにめぐっているのだ。

「道成寺」……転身の予感

能楽の舞台の天井に堂々と吊られている鐘に感歎して、三島由紀夫は語る。

> 舞台のあらゆる大道具小道具のうちで、この鐘ほど、不断に観客の情念に緊迫を加え危機感をたえず醸成する道具はかつて発明されたことがあるまい。*9

かくてこの梵鐘は、三島戯曲では巨大な箪笥に化けて現代に甦るのである。この箪笥こそ、いわば箱の中の箱、表舞台に仕込まれた内なる舞台装置であろう。作者はこの奇怪な箱の中で過去の人生をドラマタイズし、これを清算して、後半生に向おうとしていたのだ。

清子の告白によれば、かつての恋人の安は青白い繊弱な文学青年で、病的な生活に沈淪していた。いつか彼は十歳も年上の桜山夫人の恋人になる。若い真っ直ぐな私の愛よりも、不安だの恐怖だの、秘密だのに魅せられたのか。……やがて安は嫉妬深い桜山夫人の夫によって、箪笥の中で射殺されてしまう。

安青年もまた、鏡のなかの作家自身なのかもしれない。彼が秘密の部屋で築き上げてきた奇態な文学的生活。その失恋、その惨劇、……すべては自業自得で完結していた。

一方、醜聞を誤魔化して競りに出された箪笥は、市場では持て囃されて法外な値段がついている。だが清子には、この箪笥の呪縛からどう脱出するか、が以後の人生の一大事だったのである。

青春期を過ぎ、昭和三十年代の初頭、三島由紀夫はすでに数々の大作を仕上げて、文学の成すべきことを為し遂げつつあるように感じていた。以後は、芸術と行動とを一丸としてこそ、現実を変革しうる、そんな夢に憑かれはじめていた。

「熊野」……花競べ

「道成寺」の幕切れで巨大な簞笥から抜け出したヒロインは、新たな未知の世界に走り出した。舞台は一転し、彼女は変身して、今度は金持ちの囲い者となり、ここからは女性版のロマン・ピカレスクが展開される。

今や経済大国の大立て者となった宗盛は、自慢の女を引連れて、満開の桜見物に出ようとする。ユヤは手練手管で旦那の命令をはぐらかすが、秘書が突然、病気のはずのユヤの母親をつれて現れ、娘の嘘をあばく。彼女は北海道の自衛隊員と逢引に行くつもりだったのだ。ついにお払い箱か、……と観念するユヤ。ところが宗盛は逆に上機嫌で、〝孝行娘のユヤの演技〟を絶賛し、彼女は無事に元の鞘におさまったのだった。

それにしても、随分と古臭い茶番劇！　と思わせる。だがこの世はなおもお定まりの裏切りと偽装と騙し合いの花盛りだ。幾百もの嘘が目まぐるしく回転し、〝真実〟だって、瞬時も止まらぬ万華鏡の中のひと駒かもしれぬではないか。

ところで何とも艶消しなのは、劇中で噂に上る自衛隊員の存在であろう。ユヤの趣味のほども窺われるが、しかし意味深なのは「熊野」の発表が昭和三十四年であり、六十年安保反対闘争の前夜だったことである。

占領時代は屈辱の時代である。虚偽の時代である。面従腹背と、肉体的および精神的売淫と、策謀と譎詐の時代である。*10

ちなみに短篇小説「江口初女覚書」は、戦争直後、占領軍に出入りして荒稼ぎをした悪女の行状記である。やがて世の中も落着いて初女の乱行も行き詰まるかにみえ、彼女は若い燕と錦ヶ浦での心中を決意する。

初子は男の手を握っていたが、男の意志は全くその手に伝わって来なかった。無気力な青年は、生きてもよく、死んでもよかった。初子は舌を出した。虚偽の時代はまだ終っていない。初子はうしろから自分を引きずっている虚偽の強大な力を感じた。自分の手が握っているかよわい男の誠実が、世にもたよりないものに思われた。初子は踵を返した。*11

ユヤもまた、この逞しい初女の眷族だった。虚偽の時代は、今なお、いつ果てるとも知れない。

「弱法師」……少年の長夜

俊徳はかつて空襲の猛火の中で盲目となり、孤児の境涯に落ちたが、金持ちの養父母に拾われて二十歳になった。そこに突然、実の両親が現れて親権を争おうとする。

家庭裁判所で俊徳の御機嫌をとる両家の親たち。だが彼は幼くして経た辛苦の体験の上に居直り、彼らを嘲弄し罵倒してやまない。少年はこの世の涯てを見て両眼を焼き、無明の長夜に堕ちこんだのだ。彼はこれでもかとばかり、かつて見た世界終末の光景の大公開におよぶ。

しかも彼はどんなに荒れ狂っても「誰からも愛される」ことを知っている。我こそは世界大の災厄の請負人であり、生身の傷痕を曝して人々を脅かす魂の代弁者となった、というわけで。

そうだ、それこそ〝詩〟の王権ではあるまいか。彼は不可解な言葉や奇抜なイメージを繰り出して地獄の夜を彩る選ばれた少年となったのだ。……

これを見かねた調停員の桜間級子は、そんな俊徳の危うい処世術を見抜き、彼がなおも執着する業火の幻影を一言で消滅させ、平穏な日常生活の出口に導こうとする。

いいえ、見ないわ。見たのは夕映えだけ。*12

そしてこの世の何事もない一日が、やがてたそがれの静寂に還ることを思い出させるだろう。
そこで彼女は立ち去り、少年はぽつねんと一人、虚ろな舞台に残される。

注

＊1 「能——その心に学ぶ」（『マイホーム』一九六三年四月）
＊2 「私の遍歴時代」（『東京新聞』一九六三年一～五月）
＊3 「近代能楽集」（『近代能楽集』新潮社、一九五六年四月）
＊4 「春子」（『人間』一九四七年十二月）
＊5 「芝翫」（『藝術新潮』一九五一年四月）
＊6 「『葵上』と『只ほど高いものはない』」一九五五年六月）
＊7 「女の業」（『花柳滝二リサイタルプログラム』一九六三年九月）
＊8 「『班女』について」（『産経観世能プログラム』一九五六年二月）
＊9 「『道成寺』私見」（『櫻間道雄の会プログラム』一九六八年十一月）
＊10 「江口初女覚書」（『別冊文藝春秋』一九五三年四月）
＊11 ＊10に同じ
＊12 「弱法師」（『聲』一九六〇年七月）

『サド侯爵夫人』

——演じた俳優から見る

宮内淳子

はじめに

『サド侯爵夫人』(『文藝』一九六五年一一月・初演は紀伊國屋ホール、一九六五年一一月)が書かれてから五〇年が経つ。戯曲は変わらず名作としてあるが、生身の身体が作る劇場空間では、どうだろう。

観劇は多人数の中で舞台と向き合うわけだが、昨今、『サド侯爵夫人』を観る客席の雰囲気に困惑させられることもある。小劇場ならともかく、観客動員できる人気俳優を招いての大劇場公演では、戯曲を知らずに来る人もいる。そうした場合、長くて難解なセリフが延々続く状況に飽きて、パンフレットをガサガサ開いたり、私語をしたり、という人も出てくる。能や歌舞伎、人形浄瑠璃なら、たとえすぐに意味がわからなくとも、リズムや韻や調べなど、音としてのことばに惹きつけられるだろう。何より伝統芸能の場合、手ぶらで行ったら理解しにくいという覚悟はできている。しかし、『サド侯爵夫人』は現代劇だと思い込んでいるから、セリフの韻律を味わおうという姿勢は持ちにくく、なぜこんな難解なことばが飛び交うのか、と当惑する人がいても不思議はない。

三島は「日本の新劇から教壇臭、教訓臭、優等生臭、インテリ的肝っ玉の小ささ、さういふものが完全に払拭されないと芝居が面白くならない」(「戯曲を書きたがる小説書きのノート」、「日本演劇」一九四九年一〇月)と批判していたが、新劇に親しむ層が薄くなった現在の状況が、観念的な語彙を使う『サド侯爵夫人』への距離感を生んでいるとしたら皮肉なことだ。初演時の紀伊國屋ホールも小さい劇場ではないが、グループＮＬＴを見に来る観客は、新劇を見なれた人々が多かったであろう。三島も、そうした観客をイメージして書いたはずだ。丸本歌舞伎のスタイルを取った三島の新作歌舞伎が、浄瑠璃を解する観客を前提としていたように。

三島由紀夫が文学座に所属していたのは一九五六年から一九六三年のことで、約八年間、所属していたことになる。その間、演劇界の事情にも通じ、知友も増えた。矢代静一『旗手たちの青春』(新潮社、一九八五年)にあるように、そこからの影響は計り知れない。

文学座を抜けた三島は、同じ退座者である青野平義、賀原夏子、北見治一、丹阿弥谷津子、南美江らと一九六四年一月、グループNLTを結成し、岩田豊雄とともに顧問となった。「N・L・Tの未来図」(NLTプログラム、一九六六年一〇月)には、「N・L・Tは、心理主義を否定し、トリヴィアルなリアリズムを否定し、一方では、空疎な形式主義を否定し、ひたすら、俳優が美神として現前する劇場の最高の瞬間のために奉仕する」とうたっている。演劇の場合、彼一人の力でこの方針を現実化できないのは当然のことだ。『サド侯爵夫人』が三島の戯曲の最高峰とされるのは、NLTメンバーの個性にも配慮した、現実の俳優を思い浮かべての作だったからではないだろうか。

他の傑作も、具体的な条件を見据えての執筆だった。『わが友ヒットラー』(紀伊國屋ホール、一九六九年一月)はNLTを抜けた後、新しく出発した浪曼劇場のために、『地獄変』(歌舞伎座、一九五三年一二月)、『鰯売恋曳網』(歌舞伎座、一九五四年一一月)は六世中村歌右衛門のために、『鹿鳴館』(第一生命ホール、一九五六年一一月)は杉村春子を主演とする文学座創立二〇周年記念公演のために書かれた。特定のグループ、特定の俳優、劇場の大きさなど、舞台にかける際の制約が、かえって繰り返し上演される名作を生んでいる。これは、小説にはない条件である。

小説家が書いた戯曲については、しばしば小説と同じ手続きで分析される。しかし、演劇界の現況というものは戯曲の執筆に影響を与えたし、後年上演されるときも、その都度関わってくるものだ。ここでは、劇場空間、特に俳優がどう演じたかを重点に置いて『サド侯爵夫人』を見ていきたい。

1 オールメールの効果

劇場空間へ軸足を移したとき、『サド侯爵夫人』に対する、次のような演劇評論家たちの指摘が重要になってくる。

菅孝行・諏訪正・渡辺保による「鼎談　三島由紀夫と『サド侯爵夫人』」（「テアトロ」二〇〇七年一〇月）では、渡辺保が、三島がいた頃の文学座では久保田万太郎が持っていた抽象度の高いスタイルが影響力を持っていたと発言している。

渡辺　つまり、中村伸郎、宮口精二、龍岡晋……そういう俳優たちのやっていたことは、いまの文学座とは全然ちがって語りなんです。だから三島由紀夫はそこへ行ったんですね、つまり、これは自然主義リアリズムなんかでは決して なくて、

菅　久保田万太郎のスタイルは、日常の機械的な模写ではなくて、新派由来の自覚的な虚構、あるいは様式だった、それは三島の戯曲のことばにも通用した、という見立てを理解することは可能です。でも、だったらそういう劇団で上演できてよかったということになる筈ですよね。

渡辺　ですから、『わが友ヒットラー』のクルップは中村伸郎なんです。中村伸郎に文句のないような芝居でした。それは中村伸郎だから三島由紀夫のセリフが喋れるのであって、それは久保田万太郎を喋れる中村伸郎だから三島由紀夫も喋れたんです。

これによれば、現代の観客が聞きにくく感ずるのは、見る側だけの問題でなく、俳優の変化にも一因があるということになる。三島が所属していた時代の文学座は、「自覚的な虚構、あるいは様式」――つまり自然主義リアリズムでない演技ができる俳優がおり、それが、戯曲の文体にも反映されたという。三島の華麗なセリフは俳優

の身体を離れて出来たものではない、との示唆である。中村歌右衛門に宛てて丸本歌舞伎スタイルの戯曲を書いたことを思えば、これは当然の指摘なのだが、現代劇だと思い込んでいる者には、そこへ思いが至らない。

渡辺保は、「『サド侯爵夫人』はほとんど近代劇的体裁をかぶった丸本歌舞伎ですから。ここは大事なところで、『近代能楽集』は能楽の体裁を使いながら近代劇になってます」とも言っている。確認しておくと、丸本歌舞伎とは人形浄瑠璃から歌舞伎に移された作品群を指すもので、『義経千本桜』『菅原伝授手習鑑』など、歴史の枠組みを借りて悲劇やロマンスを展開させる。内容そのものが、日常を越えた運命的な悲劇であり、たとえば「古い希臘の劇のやうに、運命がたやすく主題に扱はれ、それと同時に、人間的必然は、かなり自由に、放任されることもできた」(「卑俗な文体について」、「群像」一九五四年一月)とあるような、三島のギリシア悲劇への親炙にもつながる。渡辺によれば、「合理的であると同時に科学的でなければいけないのが近代劇の宿命」であり、『近代能楽集』は、謡曲を近代的に解釈して理詰めに作られている。だが、『サド侯爵夫人』は心理的解釈を張りつけてセリフを言うような、自然主義リアリズムではないという。

『近代能楽集』の「班女」(「新潮」一九五五年一月)では、ずっと待っていた吉雄に会えたとき、花子は「世界中の男の顔は死んでゐて、吉雄さんのお顔だけは生きてゐたの。あなたはちがふわ。あなたのお顔は死んでゐるんだもの。」と言って彼を帰してしまう。不在だからこそ迷いなく生涯を賭けて待つことができる、というテーマが明確に語られる。『サド侯爵夫人』でも、ルネはサドを帰してしまうのだが、こうした種明かしのセリフはない。近代劇をめざしていないからだ。

我々は幻によって生かされている——それは、『仮面の告白』(河出書房、一九四九年)や『金閣寺』(新潮社、一九五六年)とも通じ、『豊饒の海』の『天人五衰』(新潮社、一九七一年)の最後、聡子が清顕を知らないと言い、「そんなお方は、もともとあらしやらなかつたのと違ひますか? 何やら本多さんが、あるやうに思うてあらしやつて、実ははじめから、どこにもをられなんだ、といふことではありませんか?」にまでつながっており、『サド侯爵夫人』も、サドが不在でないと成立しない。

中心に空白を抱いて生きてきたのに秩序の崩壊がその空白を変質させる、というテーマは、同時期の戯曲の『恋の帆影』（一九六四年）、『朱雀家の滅亡』（一九六七年）にもある。フランス革命も日本の敗戦も、秩序の崩壊時であった。秩序が崩壊し不在のものが変質するとき、金閣寺には火が放たれ、みゆきは夫の亡霊に矢を放ち、ルネはサドとの面会を拒否する。しかし、ルネはサドへの貞淑を語るときはあれほど饒舌だったのに、サドを追い返す理由を語る事はないのである。他の作品では、不在のものの変質について語るところがクライマックスを成すというのに。

『サド侯爵夫人』が丸本歌舞伎仕立てだとすれば、それは人形が演ずるものを人間が演ずるのだから、演技も自然なものは求められない。ここでの演技は型が重要だし、セリフも、見せ場では義太夫の糸に乗せての語りさながら、となる。サン・フォン伯爵夫人は、マルセイユでサドが引き起こした事件や自分の体が祭壇につかわれた黒ミサの一部始終を、皆に聞かせる。アンヌはサン・フォンがマルセイユで暴動に巻き込まれて娼婦として死んだことを、聞かせる。ルネは、幾度もサドについての思いを、聞かせる。そのとき、俳優たちは作中の登場人物であると同時に語り手となる。

音に配慮した仏訳のあり方を紹介した米村晰「音楽性を浮彫りに　ルノー／バロー劇団「サド侯爵夫人」」（『テアトロ』一九七九年一二月）を参考に言うのであるが、マンディアルグによる仏訳なら、同じ内容でも耳に快く響き、より丸本歌舞伎の本質に近づいていたのではないか。

一九九〇年、水戸芸術館製作でオールメールキャスト（演出・ソフィ・ルカシェフスキー）で演じられて以来、『サド侯爵夫人』は女性役を女性だけで演じるものに加え、男性だけで演じるのも選択肢のひとつとなった。男性が女性の役で舞台に立つとき、リアルな演技は封印されてしまう。いや、もともとリアルな演技が求められていないからこそ、オールメールを呼び寄せたともいえる。

シアターコクーン（演出・蜷川幸雄、二〇一一年二～三月）でオールメールのキャストで上演されたとき、サン・フォン伯爵夫人は木場勝己が演じた。木場は櫻社から出発しており、プログラムにも、「アングラ出の僕としてはこのせりふを言えるもんなら言ってみろ、っていう挑発を感じる」ので、やってのけて「どうだ！って言ってみたいですね」というコメントを寄せている。しかし、実際ははじめから新劇らしさの要求はなかったのであり、女装はしても女性の物真似はせず、男性の声で演じた木場の演技は、本来のスタイルに叶っていたといえよう。木場の朗朗たる語りは謡を思わせ、能楽の印象を残す演技であった。また豪華な衣装により、生々しい性別は隠される。性別もまた、様式によって成り立つ。ロココのドレスは、能衣裳や、歌舞伎の時代ものの衣装に相当し、演技の質と連動するものであった。

オールメールで、歌舞伎の世話物のような語りを聞かせたのは、二〇〇八年一〇月の『サド侯爵夫人』（演出・鈴木勝秀、東京グローブ座）で起用された加納幸和のモントルイユ夫人である。三島は、『サド侯爵夫人』のセリフを大正期の山の手のことばで書いたという（安部公房との対談「対談・二十世紀の文学」、「文藝」一九六六年二月）。これを加納は、厳格なもの言いに世話にくだけた口調を混ぜて、緩急を出して自分のものとしていた。

たとえば二幕終りころのルネを責め立てるセリフには、「良人が犬になれと云へば犬におなりかい？」、「冗談をお言ひでない。引裂かれたのはこつちだわ。」、「お忘れでないよ、この乳房から乳を呑んで育つたお前だといふことを」、「母親に向つて「あなた方」とは何事だい。かけがへのない母親に向つて。」などがある。「お言ひでない」「お忘れでない」「何事だい」といった言い方を、歌舞伎の世話もののように言うと、悪婆のような調子が出てくる。花組芝居で長く歌舞伎と取り組んできた加納幸和には、そうした語りの技術がある。ただしここでは、丸本歌舞伎ではなく、江戸歌舞伎の世話物である。ドレスをまといながら、江戸の雰囲気を現出させるモントルイユ夫人であった。サン・フォンやシミアーヌには決して使わない世話物めいた口調を、ルネとの対決のときにだけ使う。これにより、終始格調高く語るルネ（篠井英介）との対照も際立った。

女形の演技の中に、凄むときは男の地声を響かせる悪婆の口調を取り入れた加納の演技は、三島が、女性ばかりの舞台では声質が単調になりがちだと心配し、「構想中、老貴婦人の役を出して、女形で、やらせる、とも考へた」（「『サド侯爵夫人』について」、NLTプログラム、一九六五年一一月）ことに呼応してくる。堂本正樹『回想　回転扉の三島由紀夫』（文藝春秋、二〇〇五年）によると、当初、モントルイユには北見治一が女形で扮するという構想があったが、戯曲が出来上がると、モントルイユ夫人はルネと対立する世間の常識の象徴という大きな存在となったので、新劇俳優による女形では不安があって、このプランは白紙に戻されたという。

2　男役たち――「フランスものまね芝居」の伝統――

岩波剛は、「三島由紀夫が新劇の歴史へのアイロニーを込めた対話劇、その比喩から比喩へレトリック満載の長ゼリフは、デクラメーション（朗唱）の伝統のない日本人にはとうてい無理だといわれたものだが、その「誠実な悪意」を受けとめ乗り越えたのが南さんだったとぼくは言いたい」（「南美江と伊東克」、「悲劇喜劇」二〇〇六年一月）と書いている。

初演以来、幾度もモントルイユ夫人を演じた南美江は、元宝塚の男役だった。サン・フォン伯爵夫人を演じて高い評価を得た真咲美岐も、一九四三年から一九五六年の間、宝塚歌劇団で男役を演じた人である。六人の登場人物のうち、二人が、元宝塚男役だったことは偶然だろうか。それによって、舞台にある効果が生れていたことは確かだ。

三島によれば、『サド侯爵夫人』は、「フランスものまね芝居」の路線を行くものだという（「『サド侯爵夫人』について」）。それは、翻訳された西洋の戯曲を西洋人の真似をしながら演じた「翻訳劇演技」によって、日本の新劇がつくりあげたものだった。しかし、『サド侯爵夫人』は、新劇の目指したリアリズムには従っていない。ところで、日本には戦前から、新劇だけでなく娯楽部門でも西洋の物真似があった。昭和初年に全盛期を迎えた宝塚少女歌劇のレビューである。臆面もなくフランス人の貴族として舞台に立ち、あり得ないセリフを繰りだすスタイルだけを取り上げるなら、『サド侯爵夫人』は新劇よりむしろ宝塚少女歌劇の方に近いかもしれない。

南美江は、一九一五年生れで、『サド侯爵夫人』初演時は四九歳。三島より一〇歳年上である。宝塚時代から数えれば、舞台経験は三〇年目に入っていた。ベテランであると同時に、男役の経験を活かし、女形の演技もできる女優なのであった。しかも彼女のルーツである宝塚少女歌劇は、三島のいう「フランスものまね芝居」の、一方の雄であった。

宝塚少女歌劇において、岸田辰弥や白井鐵造が生み出したレビューは西欧への憧れを掻き立て、やがてトーキー映画がもたらしたアメリカ製やフランス製のミュージカル映画によってさらにその路線が押し進められた。一九三五年に南美江が美空暁子として初主演を行った舞台も、「フランスものまね芝居」たる『マリオネツト』（白井鐵造・作）であった。舞台はフランス、役名はアンリ。初恋の女性クリスチーヌは別の男性と結婚後、娘を得たのち夫に捨てられる。一方、失恋したアンリは、その後パリで歌手として成功し、街で花売り娘として働くクリスチーヌの幼い娘と出会う——という物語である。いかにも当時の映画にありそうな「フランスものまね芝居」である。

三島は先の文章の中で日本の新劇について、「パロディーと批評の要素は、完全に、払拭して、ひたすら莫迦正直に、丁寧に、大まじめに、西洋人の言語、動作をまねることに、熱中したのであつた。（何たる日本人的努力！）それはいかにも無恰好な、俄かごしらへの橋ではあつたが、ともあれ、われわれの劇場を、西欧へつなぐところの唯一の橋であつた」（「『サド侯爵夫人』について」）と述べている。だが、そういうことなら、少女歌劇もまた、あちらのレビューや映画を真似て作られてきた。美空暁子は、そのレビュー全盛時代の宝塚の舞台に七年間立っていたのである。一七歳からの七年間であるから、その舞台は彼女の根幹を作った。

南美江は美空暁子の名前で初舞台を踏むと、すぐ翌年の一九三五年、主役に抜擢された。白井鐵造『宝塚と私』（中林出版、一九六七年五月）には、「『マリオネット』は初演の時、葦原邦子が主演したものを、次の月、続演の時に新人・美空暁子がやった。これは歌えるために抜擢されたのだが、彼女はその時、初舞台から二年目であった。」とある。異例のことだが、音楽学校時代からその実力は際立っていたという。「歌劇」一九三五年九月号には、白井鐵造作グランド・レビュー『マリオネット』の再演についての予告が載っているが、「作者の言葉」として、「主役アンリに扮する美空暁子は役が大きすぎて心配をしてゐるが、初めての大役とは云へ、聡明な生徒であるから、私の心配も杞憂に終り、皆さんの期待に叛かない事であらうと楽しみにしてゐる」と書いている。彼女はこの抜擢に応えた。前月の「歌劇」（一九三五年八月）には、グラビア「宝塚士官候補生（たからづかそのごにくるにまいめ）」の一人として南美江が紹介されている。グラビアを見ると、若手といいつつも、初々しさよりは落ち着きが目立つ。甘さはなく、強い眼をした意志的な男役である。

やがて戦時下となり、演目も軍事色の強いものが増えたため、一九四一年に退団。白井鐵造は前年に退団していた。美空暁子は退団して一年後、文学座研究生の南美江となる。一九四四年に森本薫『怒濤』で初舞台。移動演劇などにも参加し、戦後は引き続き舞台に立った。しかし、杉村春子中心の文学座体制の中で、なかなか彼女の本領を発揮するチャンスはなかった。退座してグループＮＬＴに参加してからは、ジュネ『女中たち』やオールビー『ヴァージニア・ウルフなんかこわくない』の主要キャストを経て、『サド侯爵夫人』のモントルイユ夫人役を得る。

次の南の発言は、「この役⑤『サド侯爵夫人』のモントルイユ夫人と南美江」（「テアトロ」一九七五年八月）の津田類のインタビューに対してのものである。ルネやサン・フォンほど非日常的な語彙を使っていないモントルイユ夫人のセリフでも、「うたいあげる調子」が必要だったと自覚している。

三島さんのセリフはとても美しく、聞いているときにはすうっと引きこまれるような響きがあるんですが、いざ自分でしゃべるとなると、これがむづかしいんです。あのかたのセリフはうたいあげる調子でいわないといけないんです。生活の裏付けのないわたしは、人間の心理の深いヒダを表現するようなセリフは苦手で、とてもできない性質《たち》ですが、そうかと申して、うたいあげるのもむずかしいことです。それで、宝塚時代の発声法でやったんです。たとえば、それなのに、ああ、もとはといえばわたしのめがねちがいだが、おまえはこの世で考えられるかぎりの怖ろしい結婚をしてしまった。おまえはプロゼルピーヌさながら、花を摘んでいるところをさらわれて、地獄の王の妃にされてしまった、と娘の不幸を嘆くところなどがそうです。わたしの声は、どちらかというと強い響きがあるんでしょうか。男役をずっとやっていたせいかも知れませんが、そのため、モントルイユ夫人の強い性格が強調されたという批評をいただきました。

セリフを交えた南の声が聞こえてくるようなインタビュー記事である。

『サド侯爵夫人』では、型としての身体やうたうセリフが必要になり、南の男役体験が役立ったといえる。それは、サン・フォンを演じた真咲美岐も同じだ。「フランスものまね芝居」を逆手に取るためには、まず「フランスものまね芝居」ができていなくてはならない。その点、宝塚の元男役たちは、翻訳劇とは違う性格のものだが、少なくとも疑似西洋の舞台経験は豊富であった。声だけでなく、踊れる身体は、虚構を現出させる大きな武器である。劇場でどう見せるかという技術も、新劇俳優たちより意識的だ。

男役の持つ様式性は、オールメールの場合に男優が必要とされたものと共通していた。『サド侯爵夫人』は、女形や男役といった、日本の演劇にあるフィクションとしての性を迎え入れる戯曲なのである。

まとめ

『サド侯爵夫人』は、読んでいる限り、セリフに舞台上の動きを連動させてみる必要性をあまり感じない。だからセリフ中心の観念劇のように思えるのだが、実は、上演するとなれば俳優を選ぶ芝居である。膨大なセリフを発するルネから、能のワキのように成り行きを見届けるシャルロットまで、六人の俳優はそれぞれに力量が求められる。しかも、新劇で行われてきた文学的解釈を経た心理的裏付けより、朗唱や立ち方などに、古典芸能のような要素が求められるのだ。三島は、それまでの新劇になかったものを目指し、「芝居と言葉との出会を、劇場のフットライトの只中で、最高度に効果あらしめねばならぬ」（「N・L・Tの未来図」）と述べている。そのためにこそ『サド侯爵夫人』は書かれた。

たとえばモントルイユ夫人は、建前論を滑らかに言いたてるところから、本音でルネと厳しく対峙するところまで、セリフの表現に幅がある。初演時に高い評価を得た南美江と真咲美岐は、元宝塚歌劇の男役で、女優の範囲を越えた声や身ぶりが可能であった。NLTではそれ以外の俳優も三島の要請に応えられた。文学座にいたことがある俳優ならこなせる、という前提で書かれたセリフだ、という指摘（渡辺保）もあった。

当時の俳優の技術が必ずしも継承されていない現在、『サド侯爵夫人』は男優の起用で成果をあげるようになった。女性を演ずることで自然な演技が封じられ、朗唱と、様式化された演技に集中できる。

「かう申し上げて。「侯爵夫人はもう決してお目にかかることはありますまい」と。」とルネがサドを帰してしまう終り方は、実在より非在のものが輝く『金閣寺』から『豊饒の海』まで、三島作品を貫く主要テーマに連なる。しかし『サド侯爵夫人』という舞台においては、夫を帰らせるルネの心理的裏付けがあからさまに説明されることはない。

ルネの最後のセリフは、能でいうならシテの留め拍子、歌舞伎でいえば見得を切って柝が入った瞬間に似ている。六人の俳優が交わす華麗なセリフの応酬が、一応ここで終了するということだ。これを解釈で重くしてはならない。そしてそれは、この戯曲全体に言えることなのだ。上演された舞台から、戯曲の性格が浮かび上がってくる。

「世界内戦」の時代の『文化防衛論』

柳瀬善治

1 研究史概説

『文化防衛論』(「中央公論」一九六八・七)は、話題にのぼることは多いものの、真正面から論じられることは少ない作品である。

発表当時、橋川文三との間で応酬が行われ、橋川が三島の文化概念と政治概念の矛盾を突き、三島がそれを承認したことはよく知られている。[*1]黒田紘一郎[*2]は、「勤労人民大衆と科学者の結集」という立場から三島を批判しているが、三島の概念規定に西田幾多郎の文化史や新カント派の「文化価値」論との類似を指摘するなど細部には興味深い記述もある。

野口武彦は「その本質上一箇の文学作品」「一つの虚構的価値の創出を意図しつつ、同時にまた、おそらくはそれ自体が虚構である」とし、「言論の自由」の問題にも目を配りながら、「国家権力の問題を全く度外視している」三島の思考の虚構性を突き、非常にバランスのとれた批判的論述になっている。[*3]柘植光彦は「すなわち「文化防衛論」とは、一般に天皇制論者がもつ観念論的側面と現実的側面とを同時に包含し、その両側面の衝突がもたらすところの矛盾(=統治する側と統治される側との矛盾)を一身で受け止めようとする一つのパラドックスの試みではなかったか」とし、「事実の例証ではなく、想像の例証であると見るほうがよい」という見解を提出している。[*4]この見解は先に見た野口のそれに近い。

赤坂憲雄は、このような「みやび」の条件を満たした「天皇」は歴史上一度も出現したことがないではないかという疑問を提出している。[*5] 柳瀬善治は、三島の「フォルム」概念にカトリシズムの影響を見、三島に「メディアのポリティクス、つまり空間での情報の公開、変形、伝播」への嫌悪があると論じた。[*6] 小林敏明は『文化防衛論』を詳細に検討し、一定の評価を与えながらも、橋川と同様に三島の「文化概念としての天皇」が政治概念と矛盾をきたし「本質的論理矛盾」に陥っているとした。[*7] 近年の業績としては、川上陽子の論がある。川上は、柳瀬と同様に三島の「フォルム」概念に注目し、それを「〈表面〉の思想」としてとらえ、三島の文学的営為全体に結び付けている。[*8]

総じて、①三島が「文化概念としての天皇」と「言論の自由」を結び付けていること ②三島の超歴史的な証明方法の問題 ③その特異な「フォルム」概念への理解 に関心が集中しているといえる。

2 文化概念としての天皇——その超歴史性——

『文化防衛論』の特質はその「文化概念としての天皇」像である。三島は国民文化の「再帰性と全体性と主体性」(全集三五巻 二五頁)という三つをあげ、この三つの特性を満足させるものとして「文化の無差別包括性」(四〇頁)をもつ文化共同体理念——「文化概念としての天皇」(四〇頁)を提出している。その前提から三島は二・二六事件すら一種の「みやび」の遂行と見なし、[*9]「みやび」はすべての民衆詩を統括し、さまざまな美的媒介を生み出す源泉であり、民衆詩はことごとく「みやびのまねび」として成立するのだとする。

このような文化概念としての天皇制は、文化の全体性の二要件を充たし、時間的連続性が祭祀につながると共に、空間的連続性は時には政治的無秩序をさへ容認するに至ることは、あたかも最深のエロティシズムが、一方では古来の神権政治に、他方ではアナーキズムに接着するのと照応してゐる。「みやび」は、宮廷の文化的精華であり、それへのあこがれであつたが、非常のときには、「みやび」はテロリズムの形態をさへとつた。すなはち、文化概念としての天皇は、国家権力と秩序の側だけにあるのみではなく、無秩序の側へも手をさしのべてゐたのである。（全集三五巻　四六〜四七頁）

「みやび」はすべての民衆詩を統括し、さまざまな美的媒介を生み出す源泉とされた。民衆詩はことごとく「みやびのまねび」として成立するのだとされ、このように規定された「みやび」は詩的秩序と政治的無秩序を包括し、また絶対であると同時に月並であるという両義性をもつこととなる。

この「文化概念としての天皇」像に対しては、こうした「みやび」の条件を満たした「天皇」は歴史上一度も出現したことがないではないかという疑問が浮かぶ。事実、赤坂憲雄と小林敏明は同様の疑問を提出している。*10 さらに、先に見た橋川文三の批判で最も重要なポイントは、三島のいう「文化概念としての天皇」は軍隊や近代国家の制度との「直結の瞬間」に政治的概念にすり変わってしまうという点である。*11

三島は『橋川文三氏への公開状』（「中央公論」一九六八・一〇）のなかで、その「論理的矛盾」（全集三五巻　二〇六頁）は自分の議論ではなく天皇そのものが抱えているのだと答えている。三島の反論で最も注目すべきはこの箇所である。

しかし私が、天皇なる伝統のエッセンスを援用しつつ、文化の空間的連続性をその全体性の一要件としてかかげて、その内容を「言論の自由」だと規定したたくらみに御留意ねがひたい。なぜなら、私はここで故意にアナクロニズムを犯してゐるからです。過去二千年に一度も実現されなかつたほどの、民主主義日本の「言論の自由」といふ、このもつとも尖端的な現象から、これに耐へて存立してゐる天皇といふものを逆証明し、それぱかりでなく、言下の言論の自由が惹起してゐる無秩序を、むしろ天皇の本質として逆規定しようとしてゐるのです。かういふ現象は実は一度も起きなかつたことですから、私の証明方法は非歴史的あるひは超歴史的といへるでせう。（全集三五巻　二〇七頁）

三島は自己の証明方法が、超歴史的であること―つまり野口の言う「文学作品」＝フィクションであること―を完全に自覚して論を立てている。そのため、三島の天皇像が歴史上存在していないことを論拠にする三島批判は批判としては必ずしも有効でない。

3　「フォルム」としての日本文化――「タナトス」の包含とカトリシズムとの関連――

『文化防衛論』の記述に戻れば、三島は、「ものとしての文化」（二三頁）を、「形成されたもの」（二〇頁）、体制によって「厳重に管理し、厳格に見張」（一九頁）られるものであり、「目に見える一切の文化を破壊する「逆の文化主義」「裏返しの文化主義」」（二二頁）へと帰着するものとしてとらえている。三島の言う「文化」は、この「ものとしての文化」に対立するものであり、「あらゆる文化主義、あらゆる政体の文化政策的理念に抗するところのもの」（二五頁）と定義される。この「文化」は「生きた様態においては、ものではなく」（二二頁）、その定義に「自由な創造的主体」「行動及び行動様式」「倫理の美化」を同時に包含する「動態」としての「フォルム」（二二頁）である。「（創造主体の）自由」と「（ものとしての）文化」を「文化と自由の間の永遠の矛盾」という二律背反として把握した三島は、その二つを同時に満足させるものとして「フォルム」としての「日本文化」という用語を使用している。

さらに『文化防衛論』においては、「美」「力」に「倫理」の問題が接続されて論じられる。「武士道」は、「倫理の美化、あるひは美の倫理化の体系であり、生活と芸術の一致」(二二頁)であり、「菊と刀」のまるごとの容認、倫理的に美を判断するのではなく、倫理を美的に判断して、文化を容認することが、文化の全体性の認識にとつて不可欠」(二五頁)とされる。

この「美の倫理化の体系」に必要なのが「フォルム」であり、それが「たえず自由を喚起する」とみなされる。美そのものは決して規範性とそれに付随する強制力、すなわち「力」を持ち得ない。そのため、三島は「フォルム」という形式化された規範を自己の議論に導入する必要があるのである。

この「フォルム」概念を理解するための補助線が、先にも触れたようにカトリシズムである。「私の遺書」(「文学界」一九六六・七)というエッセイの中で三島は自分に「天皇陛下万歳」の遺書を書かせた力を「カトリックにおける教会」のアナロジーで説明している。

当時は、末梢的な心理主義を病んでゐる青年の手をさへとらへて、らくらくとこのやうに(「天皇陛下万歳」という遺書…引用者注)書かせるところの、別の大きな手が働いてゐたのではないか。それは国家の強権でもなければ、軍国主義でもない、何か心の中へしみ通つてきて、心の中ですでに一つのフォルムを形成させるところの、もう一つの、次元のちがふ心が、私の中にさへ住んでゐたのではないだらうか。カトリックにおける教会とは、そのやうなものではないか。われわれを代理し、代行し、代表するもう一つの心があるのだ。
(「私の遺書」三四　一五五頁)

三島は、「国家の強権でもなければ、軍国主義でもない」として、「別の大きな手」を権力構造から意図的に分離したうえで、「何か心の中へしみ通つてきて、心の中ですでに一つのフォルムを形成させるところの、もう一つの、次元のちがふ心」「われわれを代理し、代行し、代表するもう一つの心」=を「フォルム」としてとらえている。このような「フォルム」が「文化概念としての天皇」と同様のものであることを見るのはたやすい。
三島の難解な「フォルム」概念はこうした補助線を引けば接近しやすくなる。この「動態としてのフォルム」について小林敏明は西田幾多郎をはじめとする京都学派の影響を読みとり、さらに「この再生的創造の過程に再び「死」を持ちこんでくるところ」に三島の独自性を見ている。*[12]
この「死」の問題について、三島は、言説上の主張―三島の言う「それぞれの世界観の理想像」――が、主張の内容に関わらず、守るという同じ言葉を使っていることで本質化されることなく相対化へと導かれるとしたうえで、「文化」の「防衛」は「死」によって成就することで本質化することが可能なのだとする。言説上の主張の相対化、組替えという「ヘゲモニー」的な政治概念のなかに自らの「文化」概念が回収されることを恐れた三島は、「死」という「本質」を召喚するのである。*[13]
これは、単なる相対原理に対する本質概念の召喚のみを意味するものではない。
小林敏明はこの「死」の導入に三島の言う「血みどろの母胎の生命や生殖行為」すなわち「エロスと切っても切れないタナトス」*[14]を見ているが、三島の蔵書には『フロイト選集』のほか「タナトス」「死への衝動、破壊欲動としてのタナトス」「タナトス」への三島の関心がうかがえる。*[15]大島渚との対談「ファシストか革命家か」でも大島渚の『無理心中日本の夏』にふれて「この男が殺されたいというのはもっとメタフィジカルなものがあるだろう」*[16]という発言があり、また埴谷雄高・村松剛との対話の中では「つまり政治というものは生に委任して継続されるものであるか、死に委任して継続されるものであるか」*[17]という問いを文学と政治の極点で立てていた。三島は政治における「死」の問題を「メタフィジカルな」(形而上的な、つまりは超歴史的な)次元で考察しており、その考察は理論的にのみ想定し得る「タナトス」――死の欲動――を「政治」の文脈に組み入れることを可能とする。「死の欲動」を組み込むことで、「フォルム」は自己破壊にまで至る可能性を持つ「動態」の性質を得ることになる。三島の天皇論が「超歴史的な証明方法」によっていることの意味は、このような「メタフィジカルな」次元での原理的考察をなすためにそうした証明法が必要なためだったのである。

4　核時代における「鏡の場である天皇」――その理論的陥穽――

三島は、先の大島との対談において、全学連の政治行為を、マスコミを意識した後世へのアリバイ作り、つまり「表現行為」（これは政治行為が実在の制度――三島言うところの「ファクト」――との接続を失い表象でしかなくなったことを意味する）でしかないと批判している。*18 これは『文化防衛論』で「エンタープライズの寄港と全学連の基地侵入といふ一連の象徴的行為」と呼ばれたものである。大文字の他者である象徴秩序が失効したのち、すべての「表現行為」がいわば小文字の秩序として表象化するという逆説がここで起こるのである。すべての政治行為が「表現行為」、いわば「象徴的なもの」「文化的なもの」でしかなくなり、また最大の力である核兵器が最高度の武器であるがゆえに逆に使用できなくなり、権力がそのままでは機能しなくなった状況下において、『文化防衛論』の主張、すべてを文化的に包括し、なおかつテロリズムですら是認するとされる「文化概念としての天皇」が出てくるのである。いわば、「文化概念としての天皇」は、情報化社会と核時代に対応した、まさに戦後的なものなのである12。

三島は学生との対話の中で次のように語っている。

ところが天皇というのはすべてを映すリフレクションというような機能であって、権力が機能ではない。文化というものは多様性と自立性ということなしには一刻もありえないものですから、その文化の多様性と自立性というものはすべて天皇の鏡にそのまま包含されるような形で許されるのですね。（一九六八・一一・一六茨城大学でのティーチイン「国家革新の原理」初出『文化防衛論』一九六九・四　四〇　二八八～二八九頁）

しかし、天皇がもし三島の言うように「何物も拒絶しない」「文化の多様性と自立性というものはすべて天皇の鏡にそのまま包含されるような形で許される」[20]ものであるとするならば、三島が『英霊の声』で描いたような、昭和天皇への呪詛もまた「そのまま包含されるような形で許される」ことになってしまう。[21]「みやび」はテロリズムさえ是認するという三島の定義からしてもそれは「許され」ねばならないはずである。

そして「鏡の場である天皇」と主体を、ともに〈徹底した受動態〉として定義するならば、このどちらからテロリズムをも是認する能動的問いかけが出てくるのか、論理的に説明できなくなる。さらにいえば、先に見た「文化概念としての天皇」の「動態としてのフォルム」の側面と、徹底して受動的である「鏡の場である天皇」の側面は明らかに両立しえない。「フォルム」が「動態」であるとするならば、そこには能動的な力の発動が前提とされねばならないからである。

三島が自らの政治論に組み込んだ「タナトス＝死の欲動」が一種の自己破壊衝動であることを考慮に入れるならば、[22]「タナトス」もまたすべての「文化の多様性と自立性」が鏡の場にそのまま包含されるようなスタティックな概念と両立しえないものであるのは明白である。「国家革新の原理」での三島は天皇が「国家の強権でもなければ、軍国主義でもない」「権力が権能ではない」ことを強調するあまり、自己撞着的な説明に陥っており、「文化的概念としての天皇」の持つ「動態としてのフォルム」「タナトス」という性質を半ば放棄してしまっている。

5　「世界内戦」の時代の『文化防衛論』――「始原的暴力」を問う「物騒なフィクション」――

では、『文化防衛論』から、現在のわれわれは何を読み取ることができるのだろうか。

そうした問いかけをなした際に、興味深いのが「民族主義」の問題を扱う際に登場する「ポスト・ヴィエトナム」という用語である。三島は「民族主義」の問題を戦後政治史と対比させて四つの段階に分類する。第一次は

「吉田内閣」、第二次は「池田内閣」「佐藤内閣」に対応し、そして「第三次の民族主義は、エンタープライズ事件を一つの曲がり角として、「再びナショナリズムの糖衣をかぶつたインターナショナリズム」の登場を許した」ものである。そして「ポスト・ヴィエトナムの時代は、この（民族主義の――引用者注）分離を、沖縄問題と朝鮮人問題によって、さらに明確にするであらう」（三六頁）という形で、第四次の「ポスト・ヴィエトナム」の時代が到来したとされるのである。「ポスト・ヴィエトナム」の時代には、「民族主義」の言説上での意味付けの違い＝ヘゲモニー争いがある種の極点に達することで、つまり「論理的な継目をぼかされながら育成され、最後に分離の様相を明らかに」することで、民族問題は「金嬉老事件」に象徴される「人質にされた日本人」「抑圧されて激発する異民族」「日本人を平和的にしか救出できない国家権力」（三六頁）という三つの主題を持ち、日本は国際的な文脈でそれらを自在に中身を取り替えながら使い分けるようになっていくであろうとするのが三島の状況判断である。この点については、小林敏明が「この類比的観察は鋭かった」「これはむしろ現代の日本政府が抱えているジレンマそのものであると言った方がよい」[*23]として一定の評価を与えている。

この三島の認識は、集団的自衛権の問題や「イスラム国」人質殺害事件が浮上した今日、もっともアクチュアルな問いかけとなるだろう。[*24]いわば「ポスト・ヴィエトナム」の思想は、「ポスト・三・一一」の思想として読み替えられねばならないのである。

「ポスト・三・一一」の思想を、岡和田晃に倣って「世界内戦」の時代ととらえることができる。[*25]「世界内戦」とは、カール・シュミットの著作に由来する用語で、「内戦」＝「組織化された単位内部の武装闘争」（『政治的なものの概念』）が全世界化したものとして定義されるが、笠井潔は「世界内戦」をベンヤミンの「神的暴力」、すなわち「自然状態＝戦争状態の始原的暴力」[*26]と接続したうえで、二〇世紀以降を世界のあらゆる地点で「始原的暴力」が恒常化した状況＝「世界内戦」としてとらえ、この概念を文化・社会領域全般の問題へと拡張した。岡和田が考察したように、伊藤計劃が提出した「世界各地で吹き荒れるテロや紛争」と「現代の離人症的な精神性を見事に結びつけ」るという手法は「高度資本主義の実質的な包摂の中でいかなる倫理を保持するか[*27]」という問いを内包しており、その問いは樺山三英、仁木稔、宮内悠介らゼロ年代以降のSF作家たちによって共有され、多彩な展開を見ている。[*28]そうした文学的営為は、〈表面〉(川上陽子)に浮上し恒常化した「自然状態＝戦争状態の始原的暴力」、「グローバル・ガバナンスの内在的な矛盾と、矛盾によって生まれた亀裂から圧倒的な暴力が噴出する過程[*29]」をいかにして記述するかという問いとして理解できる。つまり、すべてが戦争状態になるということは、「戦争と平和の境界線をどこで引いていいかわからなくなって、われわれの日常自体が戦争にどっぷり浸かっている[*30]」状態であり、そこでは内戦を戦う兵士とそれを記述する主体が(メタレベルに立てず)同一平面につことになり、その平面において複数の時間(過去・現在・未来)を重ね合わせた表象がいかに可能かが問われる。[*31]これはまさに三島の言う「大文字の他者である象徴秩序(メタレベル)が失効したのち、すべての行為がいわば小文字の秩序として象徴化するという逆説」に起因する事態に他ならない。[*32]三島の問いは、いわば「伊藤計劃以後」の現代文学にも届く射程を持っているのである。

三島は『文化防衛論』のなかでエンツェンスベルガー『政治と犯罪』を援用しており、そこには「この意味で、始原の暴力は、疑いもなく創造的な行為だ。(この種の行為が立法の力を持つことについてヴェルター・ベンヤミンはその『暴力批判論』のなかで論じている)」という一文があることと考え合わせると、[*33]「始原的暴力」への問いは『文化防衛論』にも確実に存在している。「最深のエロティシズムが、一方では古来の神権政治に、他方ではアナーキズムに接着するのと照応してゐる」という一文は、政治における「タナトス」の表象であると同時に「始原的暴力」の全き表象である。

先に述べた、核戦争の危機がもたらした政治的文脈での「大文字の他者である象徴秩序が失効したのち、すべての行為がいわば小文字の秩序として象徴化するという逆説」は、別の角度から言い換えれば、フェティ・ベンスラマが、またその議論を受けた大澤真幸が言うように「超越性」である「起源のテクストの分有」「神話的テクストという身体の断片化と細分化」という事態の徹底であると考えることができる。[34]大澤真幸に倣っていえば、キリスト教を基軸とした西洋近代の理念とは、「起源の破壊を徹底する」ことを意味し、小説とは、誰もがテクストの作者になれるということにおいて、「キリスト教のある傾向の純粋化としての近代の産物」であり、それを擁護する「表現の自由」も同様の価値観に基づいている。[35]

ここから考えれば、三島の『文化防衛論』は、情報化社会と核時代という極限的な近代化の文脈において、これも近代の理念の産物である「小説」と「言論の自由」の理念によりながら、詩的秩序と政治的無秩序を包括しまた絶対であると同時に月並であるという両義性をもつ「文化概念としての天皇」を問い直した「起源のフィクション」[36]、「死の欲動」を内在化し、それ自体がスキャンダルとなりうる「物騒なフィクション」[37]としてとらえかえすことができる。[38]これまでの研究史で批判的に扱われてきた三島の『文化防衛論』の論戦略は、徹底して「超歴史的」であり「フィクション」であるがゆえに、政治の起源への問いとなり、また現代の文学の課題となった「始原的暴力」を問い直すことができるものとして、別の形で光が与えられなければならない。

それはまた、「ポスト・三・一一」の「世界内戦」の時代をどのように生きるかというわれわれ自身の問いでもあるはずである。

注

＊1　橋川文三「美の論理と政治の論理」(『中央公論』一九六八・八)、三島由紀夫「橋川文三氏への公開状」(『中央公論』一九六八・一〇)。

＊2　黒田紘一郎「三島由紀夫の『文化防衛論』をめぐって――ネオ・ロマンティシズムとネオ・ファシズムとの問題――」(『歴史評論』一九六九・八)。

＊3　野口武彦「文学作品としての文化防衛論」(『国文学』一九七〇・五)。

＊4　柘植光彦「三島由紀夫論――天皇主義と『豊饒の海』」（『現代文学講座八　昭和の文学』至文堂　一九七五）。
＊5　赤坂憲雄『象徴天皇という物語』（ちくまライブラリー　一九九〇）。
＊6　柳瀬善治「言論の自由」と「文化的天皇」――『文化防衛論』における「表現」と「倫理」（『三島由紀夫論集Ⅱ　三島由紀夫の表現』勉誠出版　二〇〇〇）。のち、『三島由紀夫研究「知的概観的な時代」のザインとゾルレン』（創言社　二〇一〇）所収。
＊7　小林敏明「憂鬱な国――三島由紀夫『文化防衛論』を再読する」――」（『憂鬱な国／憂鬱な暴力――精神分析的日本イデオロギー論――』（以文社　二〇〇八）。
＊8　川上陽子『三島由紀夫〈表面〉の思想』（水声社　二〇一三）。
＊9　小林敏明は「みやび」の実現例として「権力掌握後の管理統制を考える必要がない」「天皇の名のもとに行われた美的テロルの系譜」が挙げられていることに注目している。小林敏明前掲書一五八頁。
＊10　赤坂憲雄前掲書一二五頁、小林敏明前掲書一五七頁。
＊11　橋川文三前掲論参照。
＊12　小林敏明前掲書一三四～一三五頁。この指摘は先の黒田の指摘にも通じる。
＊13　この点について拙著『三島由紀夫研究』第二部第二章参照。
＊14　小林敏明前掲書一二九頁。
＊15　島崎博・三島瑶子『三島由紀夫書誌』（薔薇十字社　一九七二）。
＊16　小川徹・大島渚・三島由紀夫「ファシストか革命家か」（初出「映画芸術」一九六八・一　三九　七三二頁）。
＊17　埴谷雄高・村松剛・三島由紀夫「デカダンス意識と生死観」（「批評」一九六八・六　四〇　一八三頁）。
＊18　前掲「ファシストか革命家か」（三九　七四六頁）。
＊19　核戦争と情報化社会という文脈から見た三島作品全体については前掲拙著『三島由紀夫研究』を参照。

＊20　同様の説明を三島は「私の自主防衛論」（『日経連タイムス』一九六八・一〇・三一）でも行っている（三五　二三六頁）。

＊21　同様の指摘を野口武彦も述べている。「だとすれば、われわれは現代日本における氏のいわゆる文化の「断弦」をもまた、これを「まるごと容認」しなくてはならない理屈になるのであるまいか」（野口武彦前掲論一二〇頁）。

＊22　タナトス＝死の欲動については小林敏明『フロイト講義〈死の欲動〉を読む』（せりか書房　二〇一二）。

＊23　小林敏明前掲書一五〇頁。

＊24　三島は、自らの新自衛隊の構想として「国土防衛軍」と「国連警察予備軍」を区別しており、天皇と接続するのは前者で、国連と共同して行動するのは後者である。「自衛隊二分論」（『二〇世紀』一九六九・四　三五　四四三―四四五頁）。また『シャルリ・エブド襲撃／イスラム国人質事件の衝撃』（『現代思想』二〇一五・三）。

＊25　岡和田晃『世界内戦と「わずかな希望」』（書苑新社　二〇一三）。

＊26　笠井潔『例外社会』（朝日新聞出版　二〇〇九）。

＊27　岡和田前掲書一四六頁、一六二頁。

＊28　岡和田前掲書参照。

＊29　岡和田前掲書七六頁での仁木稔『ミカイールの階梯』（早川書房　二〇〇九）への評言。

＊30　「樺山三英×岡和田晃　歴史と自我の狭間で　『ゴースト・オブ・ユートピア』とSFの源流」（岡和田前掲『世界内戦と「わずかな希望」』七〇頁）。

＊31　こうした状況を表象した作品として樺山三英『ゴースト・オブ・ユートピア』（早川書房　二〇一二）。また、中上健次やいとうせいこうらを対象としてこの問題を問うたものとして拙稿「現代小説を題材に「核」と「内戦」について考える――三・一一以後の原爆文学と原発表象をめぐる理論的覚書その3――」（『原爆文学研究』一三

二〇一四・一二）

＊32　こうした事態を三島が一九五三年前後に洞察していたことについて、前掲拙著『三島由紀夫研究』を参照。

＊33　エンツェンスベルガー『政治と犯罪』（晶文社　一九六六　一一頁）。

＊34　フェティ・ベンスラマ『物騒なフィクション』（筑摩書房　一九九四　六三頁）、大澤真幸『文明の内なる衝突　9・11、そして3・11へ』（河出書房　二〇一一　九八頁）。

＊35　大澤真幸前掲書九九――一〇〇頁。

＊36　ベンスラマ前掲書七一頁。

＊37　ベンスラマ前掲書　西谷修解説。

＊38　これは、三島が徹底して西洋近代の発想に基づいて立論を行っているということであり、その方法意識が彼の政治的立場を最終的に掘り崩すものであることを意味する。

※本稿は内容の一部が拙著『三島由紀夫研究　「知的概観的な時代」のザインとゾルレン』（創言社　二〇一〇）と重複している。

II

三島由紀夫　作品へのアプローチ

三島由紀夫の歴史観

井上隆史

1

私事からはじめることをお許し願いたい。私は、昭和40年代に横浜郊外で幼少年期を送った。当時、手に取る子供向け絵本や事典類、学校や周囲の大人たちの考え、あるいは生活していた地域の様子……。それらすべては、歴史について、一つの共通するイメージを伝えていた。すなわち、時代は暗い過去から明るい未来に向かって確実に進歩してゆく、人間の力によって発展してゆく、というイメージである。それは、ある種の客観的で科学的な確かさを帯びていた。私は半信半疑ながら、自宅周辺の地域が、やがて図鑑に描かれた近未来都市のように変貌してゆく姿を思い描き、日本の社会そのものも、より新しいもの、より優れたものへと発展してゆくのだと考えてみた。事実、わが家の周りの田畑や雑木林（それは有刺鉄線やコンクリート塀に囲まれていたが）は、たちまち掘り崩され、まもなく鉄道が走り、高層住宅が何棟も建設されてゆくようになったのである。

しかし、当時の三島由紀夫が、これとはまったく異なる歴史の捉え方を記していたのを、後年私は目にすることになる。不思議と違和感はなかった。むしろ、かつて頭で思い描きながら、心の底では常に疑問や居心地の悪さを感じ続けていたことを、まざまざと思い出し、胸の痞えが下りたように思ったのである。

たとえば、昭和40年刊行の短篇集『三熊野詣』のあとがきには、次のようにある。

私は自分の疲労と、無力感と、酸え腐れた心情のデカダンスと、そのすべてをこの四篇にこめた。四篇とも、いずれも過去と現在が尖鋭に対立せしめられており、過去は輝き、現在は死灰に化している。「希望は過去にしかない」のである。

私はもちろんそういう哲学を遵奉しているわけではない。しかし自分の哲学を裏切って、妙な作品群が生れてしまうのも、作家という仕事のふしぎである。自作ながら、私はこれらの作品に、いいしれぬ不吉なものを感じる。ずいぶん自分のことを棚に上げた言い方であるが、私にこういう作品群を書かせたのは、時代精神のどんな微妙な部分であるのか？　ミーディアムはしばしば自分に憑いた神の顔を知らないのである。

ここでは、歴史は未来に向かって進歩してゆくものだという見方が、完全に覆されている。このことに、三島自身、ある戸惑いを覚えているようでもあるが。

また、遺作となった『日本文学小史』の「方法論」（昭和44・8）のところでは、こう述べている。

一番望ましいのは、プラトンのイデアのような不可見の光源を設定して、その光りに照らして個々の作品を測ってゆけば、簡単に価値の高低が知られることである。このイデアの代りに、ある人は「国民精神」を、ある人は「庶民の魂」を仮構した。その方法は、文学史を書くには具合のいい簡便さを持っているが、証明不可能な仮構の基準を採用するわけには行かない。そういうやり方は、実につまらないものをも大げさにとりあげるというあやまちを生むからだが、それでは逆に、一時代の美的思想的宗教的基準だけを大切にして、その時代の人間の目に成り変ろうと努力すれば、又しても、実につまらないものを大げさにとりあげることになるのである。

ここで三島が言っていることを敷衍すれば、歴史の客観性や科学性なるものは、実は、「証明不可能な仮構の基準」に基づく虚構に過ぎない、ということになるだろう。

それにしても、科学的な進歩史観と呼んでよいものに囲まれていたはずの私は、いったいなぜ、三島が語る歴史の捉え方を目にしても、違和感を覚えなかったのだろうか。

その理由は、今、振り返れば明らかである。

先にも言うように、私は横浜の郊外で育ったが、近辺は、昭和十三年に帝国海軍の燃料廠が設けられ、戦後は米軍に接収されて（だから有刺鉄線に囲まれていたのだ）、昭和四十二年に全面返還、その後再開発が進められた地域であった。傾いたトーチカの残骸が、いつのまにか撤去されて驚いたことを覚えている。軍の小銃が近所の廃屋から出てきたこともあった。

だが、地中には燃料廠時代の化学薬品や武器弾薬が遺棄されたまま残っており、それはいつか必ず、再び白昼に姿を晒すことだろう。再開発の過程で、私の通っていた小学校の近くから、六世紀から八世紀の古墳群が掘り起されたように。だから、たとえ表面だけを整地してビルや鉄道を設置しても、所詮すべては仮初の作り物に過ぎないのだ。そしてそれは、単に「横浜郊外」だけの話ではなく、もっと大きな事態の縮図であり、何事かを象徴しているに違いない。少年の私は、心のどこかでそう確信していたのである。時代が明るい未来に向かって確実に進歩してゆくというイメージなど、まやかしであることを、その時既に私は、知っていたのだった。

では、こんな反 - 進歩的、反 - 科学的な歴史認識を抱きながら、三島はどのような生を生きてゆこうとするのか？　希望は過去にしかなく、しかもその希望すら、証明不可能な虚構に過ぎないと観じて、虚無の淵に沈んでしまうしかないのか？

これは、私が三島に寄せる重大な関心の一つだが、というのも、右のように問うことは、私自身がどうやって生きてゆくべきかと自問することと、別の事ではなかったからである。

この問題に向き合う三島の姿勢は、矛盾する二つの方向に引き裂かれている。

すなわち、三島は、客観的な正当性などないことを百も承知で、それにもかかわらず、みずからの意志で、歴史に関わり、あるいは歴史を創造しようとするのだ。反対に言えば、先の『日本文学小史』の引用に続いて述べるように、「文学史を書くこと自体が、芸術作品を書くことと同じだという結論へ、私はむりやり引張ってゆこう」と考えるが、そのような試みは結局のところ無残にも崩れ去ることを、彼は決して否定しなかったのである。

三島はこれを、意志と歴史との関係の問題として、『春の雪』における清顕との会話の中で、本多に次のように語らせている。長くなるが、大切なところなので、丁寧に見てゆこう。

歴史はいつも崩壊する。又次の徒な結晶を準備するために。歴史の形成と崩壊とは同じ意味をしか持たないかのようだ。

俺にはそんなことはよくわかっている。わかっているけれど、俺は貴様とはちがって、意志の人間であることをやめられないんだ。意志と云ったって、それはあるいは俺の強いられた性格の一部かもしれない。確としたことは誰にも言えない。しかし人間の意志が、本質的に『歴史に関わろうとする意志』だということは云えそうだ。俺はそれが『歴史に関わる意志』だと云っているのではない。意志が歴史に関わるということは、ほとんど不可能だし、ただ『関わろうとする』だけなんだ。それが又、あらゆる意志にそなわる宿命なのだ。意志はもちろん、一切の宿命をみとめようとはしないけれども。

しかし永い目で見れば、あらゆる人間の意志は挫折する。思うとおりには行かないのが人間の常だ。そういうとき、西洋人はどう考えるか？　『俺の意志は意志であり、失敗は偶然だ』と考える。偶然とはあらゆる因果律の排除であり、自由意志がみとめることのできる唯一つの非合目的性なのだ。

だが、本多は「しかしもし、偶然というものが一切否定されたとしたらどうだろう」と問いかけて、次のような寓話を語る。

> そこは白昼の広場で、意志は一人で立っている。彼は自分一人の力で立っているかのように装っているし、また自分自身そんな風に錯覚している。日はふりそそぎ、木も草もなく、その巨大な広場に、彼が持っているのは彼自身の影だけだ。
>
> そのとき雲一つない空のどこかから轟くような声がする。
>
> 『偶然は死んだ。偶然というものはないのだ。意志よ、これからお前は永久に自己弁護を失うだろう』
>
> その声をきくと同時に、意志の体が頽れはじめ融けはじめる。肉が腐れて落ち、みるみる骨が露わになり、透明な漿液が流れ出して、その骨さえ柔らかく融けはじめる。意志はしっかと両足で大地を踏みしめているけれど、そんな努力は何にもならないのだ。
>
> 白光に充たされた空が、怖ろしい音を立てて裂け、必然の神がその裂け目から顔をのぞけるのは、正にこの時なんだ。……
>
> ——俺はどうしてもそんな風に、必然の神の顔を、見るも怖ろしい、忌わしいものにしか思い描くことができない。それはきっと俺の意志的性格の弱味なんだ。

この主題は、『豊饒の海』全篇を貫くものである。

ただし、『春の雪』においては、確かに意志の無効性が強調されるが、その一方で、「歴史に関わろうとする意志」の存在も、話の前提として認められていた。これに対して、『天人五衰』では、歴史と意志の関係は、別様に解釈し直されることを見落としてはならない。次は、本多老人が最後に奈良月修寺を訪れる場面の直前の章からの引用だが、ここでは意志は歴史に関わろうとするものではなく、単なる保身欲に過ぎないものに成り果てている。

今にして本多は、生きることは老いることであり、老いることこそ生きることだった、と思い当った。この同義語がお互いにたえず相手を謗って来たのはまちがいだった。老いてはじめて、本多はこの世に生れ落ちてから八十年の間というもの、どんな歓びのさなかにもたえず感じてきた不如意の本質を知るにいたった。この不如意が人間意志のこちら側またあちら側にあらわれて、不透明な霧を漂わせていたのは、生きることと老いることが同義語だという苛酷な命題を、意志がいつも自ら怖れて、人間意志自体が放っていた護身の霧だったのだ。歴史はこのことを知っていた。歴史は人間の創造物のうちでもっとも非人間的な所産だった。それはあらゆる人間意志を統括して、自分の手もとへ引き寄せながら、あのカルカッタのガリー女神のように、片っぱしから、口辺に血を滴らせて喰べてしまうのであった。

『豊饒の海』第四巻は、当初、本多が本物の転生者に出会って解脱の契機をつかむというハッピーエンドが構想されていた。『暁の寺』擱筆後、すべてが虚無に陥る現行の結末が着想されるが、右の引用箇所は、結末のこのような逆転を映し出すものだと言えるであろう。

2

『天人五衰』で示された歴史観は、たいへん重苦しいものだが、ここには重大な問題がある。ここで歴史と意志の関係が別様に解釈し直されたということは、『天人五衰』起筆の前後において、三島の歴史認識に変化があったのではないか、ということである。

この問題を掘り下げてゆこうとすると、単に反-進歩的、反-科学的なものという規定には収まり切らない三島の歴史観が、まざまざと浮き彫りになってくる。この点について、急ぎ検討してみよう。

先に、三島の遺著となる『日本文学小史』や『春の雪』における本多の言葉を引用したが、これを次の文章と比べてみたい。

歴史に必要な「史家の目」は、専門的な歴史に於ては害になる場合すらないではない。文学史の問題などもこれであって、本居宣長時代の国学の復興、又今日叫ばれている古典復活の時代にあっては、一方あまりにも、唯理的な冷静な史家の目を回避せんとする余り、まっしぐらに古典の形而上的本質に飛び込んで徒らに空廻りをする危険もあり勝ちなのである。

大体こんな風な考察をめぐらしたのち、国文学史を書くべき一つの方法が(それは無智で稚なくて、学識高い方々の顰蹙を購うであろうような方法ではあるが)わたくしに浮んできたのであった。自分の思いに叶った数冊の古典と現代の文学との間に、ひとつの確信としてみいだした美しい系譜が——そのかぼそくも美しい一本の糸が、永い文学の歴史のうちにかよわくして只管な毅い支えとなっていたこと、そしてありし日は山上の湖であったものが地下の流れや清冽な泉やせせらぎや大河につぎつぎと形をかえながらもしくは再び山上の湖の形を成したこと、それらの永い祈念のような形成の跡が、私にはそれがそのまま自分の血に流れこんでもいるような異常な親しさと喜ばしさとを以て見つめられたのである。そんな凝視はいったいこれから、曲りなりにも一篇の歴史論文の形で生れるのやら生れないのやら、今は全く五里霧中の有様なのだ。それにつけても、乏しい智識とわがままな撰択に基づいた杜撰な歴史、能う限り参考書目としての他人の著作に気をとられまいとするこの念願。こんな我武者羅は一体ゆるされてよいものであろうか。

これは昭和十七年、当時学習院中等科五年の三島が書いた論文「王朝心理文学小史」の「序」の一部である。ここに言う「古典の形而上的本質」は、『日本文学小史』における「イデア」や「国民精神」、「庶民の魂」に相当するであろう。また、「ありし日は山上の湖であったものが地下の流れや清冽な泉やせせらぎや大河につぎつぎと形をかえながらもしくは再び山上の湖の形を成した」というのは、「歴史はいつも崩壊する。又次の徒な結晶を準備するために。歴史の形成と崩壊とは同じ意味をしか持たない」という認識を、裏側から換言したものと見做してよいであろう。

さらに踏み込むなら、「王朝心理文学小史」には、「国文学史を書くべき一つの方法が（中略）わたくしに浮んできた」として、「永い祈念のような形成の跡が、私にはそれがそのまま自分の血に流れこんでもいるような異常な親しさと喜ばしさとを以て見つめられた」とあるが、これは、「王朝心理文学小史」の著者である三島自身の手によって「再び山上の湖」が生まれるはずだし、また、生まれなければならない、という思いの表明でもあろう。それは、「文学史を書くこと自体が、芸術作品を書くことと同じだ」という『日本文学小史』の主張と、遠く隔たることではない。つまり、文学史を書くことと、文学史を形作るべき文学作品を生み出すこととは、三島にとって同義になるのである。

これらの点において、戦中、戦後を通じて、三島の歴史観は基本的には一貫していると言うことができる。ただし、「王朝心理文学小史」は、そもそも「世界心理文学史」という題目が挫折に終った結果に他ならないと、三島が同論の跋で明かしていることに注意しなければならない。また、『日本文学小史』が、三島の自死によって源氏物語の章で中絶していることも周知の通りである。

以上を踏まえるなら、三島は、少なくとも潜在的には、次のようなことを考えていたのではないだろうか。なるほど、個人の意志は挫折するが、その挫折によって、逆に何かが達成されるということがありうるのではないか。いや、この命題には、中間項が欠けている。それは、こう言い直されるべきである。個人の意志は挫折するが、それが歴史の挫折と幸運な一致を見ることがある。このことが不可欠の契機となって、歴史は挫折と同時に完結する。そしてそれが種となって、やがて歴史が再生する、ということがあるのではないか。もしそうであるなら、その時、本多が体現するような挫折する意志は、その本多が清顕に認めた「輝かしい、永遠不変の、美しい粒子のような無意志の作用」とも等価になるのではないか。

これは、個々の事象の破滅、あるいは時間の断絶により、逆に、事象と時間の連続性（進歩、発展ではない）が保証されるという考え方であり、輪廻転生に寄せる三島の深い関心の原点を形成するものだが、その構図を「王朝心理文学小史」や『日本文学小史』に読み取ることは不可能ではないと、私には思われるのである。

そして、そこには次のような歴史観が伏在するであろう。たとえば、スサノオノミコトが高天原を追放されることは、凶暴なる神としてのスサノオノミコトの死を意味するが、実はその時、高天原も一端滅びる。ところが、この滅びゆえに、スサノオノミコトは、日本初の和歌を詠むような文化的英雄として復活する。これと同様の構造は、たとえばヤマトタケルにおいて、あるいは源為朝において、同じ物語類型として再現される、という歴史観である。これを倫理の問題と結びつけて、三島は『文化防衛論』で次のように語った。

速須佐之男の命は、己れの罪によって放逐されてのち、英雄となるのであるが、日本における反逆や革命の最終の倫理的根源が、正にその反逆や革命の対象たる日神にあることを、文化は教えられるのである。これこそは八咫鏡の秘義に他ならない。文化上のいかかる反逆もいかなる卑俗も、ついに「みやび」の中に包括され、そこに文化の全体性がのこりなく示現し、文化概念としての天皇が成立する、というのが、日本の文化史の大綱である。それは永久に、卑俗をも包含しつつ霞み渡る、高貴と優雅と月並の故郷であった。

従って、三島の歴史観を、単に反 - 進歩的、反 - 科学的と呼ぶだけでは、事態の本質を捉えたものとはいえない。それは、挫折を通じて物語が再生するという歴史観なのである。三島の考えでは、2・26事件も、特攻隊の戦士たちの怒りも（「英霊の声」）も、この系譜に連なっている。言うまでもなく、三島その人の死もそうである。この意味において、楯の会の決起は、必ず挫折しなければならなかった。

しかし、これまでの考察では、『天人五衰』起筆の前後において、三島の歴史認識に変化があったのではないか、という問いに、まだ答えていない。最後にこの点について考えたいが、ここには三島にとっても、私たちにとっても、もっとも深刻な問題が横たわっている。

物語類型を体現すべき個々の事象、個々の人物の崩壊、挫折ではなく、そのような類型を成り立たせる文化の全体性それ自体が崩れ去りつつある、という危惧の念が、いま三島に迫ってきたのではないだろうか。思えば、近代という時代、『豊饒の海』の三巻までの時代は、文化の全体性が崩れゆく過程を少しずつ辿るものであったが、もはや後戻りできぬところまで事態が進行してしまったと見極めた時、究極的な滅びを描き切るものとして、三島は『天人五衰』を書き始めたのではなかったか。その一方で、崩れ去った文化の全体性を蘇生させる最後の賭けとして、三島はみずからの命を差し出したのではなかったか。

その成否は、私たち自身の生き方に懸かっている。なぜなら、文化の系譜を受け継ぎ、その全体性を賦活することができるのは、文化の成員である私たちをおいて、他に存在しないないからだ。

とはいえ、事態はあまりにも深刻である。

私の少年期、米軍からの返還地で実施された再開発は、実は、百基を超える横穴墓群を破壊したのだった。そういうことを私はすっかり忘れていたが、先日、何年振りのことだろうか、その横穴に閉じ込められる夢を見た。その苦しみは、過去のものではなかった。なぜなら今、再開発という暴力は、新自由主義的な資本主義という名の下で、私たちの精神空間を粉々に破壊し尽くそうとしているからである。

それも日本だけの話ではない。全地球上においてのことなのである——。

個人的な文学の営みと戦後文学史——三島由紀夫の場合

佐藤秀明

本稿は、戦後文学史の中の三島由紀夫についてささやかな所見を述べようとするものだが、その前に、一九四五年（昭和二〇年）前後の文学史には、およそ文学史にはふさわしくない奇妙な記述をしばしば見ることになるということを述べておきたい。文学史といえば、エポックをなした作家や作品について、その史的意義を記述し、併せてその意義の帰趨を見通しつつ、作品評価を組み込んだ流れを記述するものだと思うのだが、終戦前後についての文学史には、むしろ書かなかった作家や発表されなかった作品についての記述がなされるという特殊性が存するのである。三島由紀夫もその中の一人であることが、戦後文学史を見直す一つの角度になるように思われる。

よく知られているように永井荷風は、戦争中「踊子」「浮沈」などの原稿を携えて避難先を転々としていた。それを「罹災日録」に記していたが、終戦の翌年、荷風はこの二作とともに「罹災日録」をも発表する。谷崎潤一郎は発表を抑えられていた『細雪』上中下を一九四六年以降順次刊行する。弾圧を受けて執筆できなかった宮本百合子は「播州平野」を、中野重治は「五勺の酒」を書き発表する。徳田秋声の「縮図」は未完に終わり、完成しながら発表の機会を得られなかった舟橋聖一の『悉皆屋康吉』は、終戦の年の暮れに刊行される……。こういう事情はいくらでも挙げられるが、ここでは言論弾圧と出版統制に原因を落とし込もうというのではない。

三島由紀夫は、勤労動員先で「中世」を完成し、世田谷の疎開先に戻って「岬にての物語」を書いている途中で終戦を迎えた。どちらも発表のあてのない「遺作」のつもりで書いた小説だった。「かういふ日々に、私が幸福だつたことは多分確かである」と後年書き、「自分一人だけの文学的快楽」と呼んでいる（「私の遍歴時代」）。ここには個人的な文学の営みだけがあり、発表媒体や読者批評家の評価を期待しない自由があった。三島由紀夫という作家のその後の目覚ましい創作活動や戦後文学史に占める位置を思えば、終戦前後のこの孤独な文学の営みは、戦後の活動を準備していたと捉えることもできる。[*1] しかし、それは事後的な見方にすぎない。その時間に立ち止まってみれば、無名の三島由紀夫も、荷風や谷崎と近いところにいたのである。それは一人三島だけのことではなかった。

吉田満の『戦艦大和ノ最期』が思い出される。東京帝大卒業後、満二十二歳で沖縄特攻作戦の大和に乗り組んだ海軍少尉の作者は、撃沈され九死に一生を得て、「終戦の直後、ほとんど一日を以て」この作品の「初稿」を書いたという。[*2]「初稿」とは、検閲を受け不本意な口語体で発表した『軍艦大和』（銀座出版、一九四九年八月）の基になった原稿である。「その後、自分以外の人の眼に触れる必要から、数度にわたって筆を加えた」というから、「初稿」執筆の時点では読まれるあてのない個人的な営みであった。ここにもそういう人がいたのである。アメリカ海軍士官として日本人捕虜の通訳にあたったドナルド・キーンは、日本兵が残した多数の日記に驚愕したという。[*3] アメリカ軍は情報漏洩を怖れて、兵士に日記をつけることを禁じていたからである。しかし、日本兵の手帳に書かれた日記には、軍事機密の記録はなく、身辺雑記や心情が書かれていた。ここにも個人的な文学の営みが、血によって匂い立つ手帳のなかに仕舞われていたのである。『きけわだつみのこえ 日本戦歿学生の手記』（東大協同組合出版部、一九四九年一〇月）にも、発表を期さない個人的な書く営みがあった。戦争はこのような一人きりの稀に見る特異な文学環境を用意した。三島には、病床で執筆に専念する友人東文彦がいた。同人誌「赤絵」を創刊するが、いつ寿命が尽きるとも知れぬ状態で、東は小説を書きつづけ、一九四三年、二十三歳で没した。大家から無名の書き手まで巻き込んで、文学史は、発表のあてのない個人的な文学の営為を包含していたのである。

戦争が終わると、廃刊に追い込まれていた「中央公論」「改造」「文藝春秋」「日本評論」「新潮」が復刊し、「新生」「人間」「世界」「展望」「近代文学」「群像」などが創刊された。「世界」創刊号（一九四六年一月）に載った志賀直哉の「灰色の月」は、戦後風景を写して、荷風や正宗白鳥らとともに大家の復活を印象づけた。ジャーナリズムの復活は、別の面からすれば、個人的な文学の営みを吸収していったかに見えた。俳諧否定論の桑原武夫「第二芸術」(「世界」一九六四年一一月)は短歌界までも震撼させたが、「ヨーロッパの偉大な近代芸術」を物差しにした伝統詩歌の断罪は、戦争中の手記や日記に記されていた短歌俳句を、結果的に小さく見積もることになった。「第二芸術」も、ジャーナリズム復活の機運と無関係ではなかった。活字に飢えていた人々の欲望は、雑誌や岩波文庫の創刊復刊を支えたが、ジャーナリズムは時代が下るとマスコミュニケーション化し、巨大になったマスコミは今度は人々の活字への欲望を創出するように働いた。風俗小説、中間小説の隆盛の時代を迎えるが、読者層の裾野の広がりはまだ純文学の領域を下支えしていた。とはいえ、「政治と文学」論争、文学者の戦争責任論、太宰治に見られる私小説演技説、「人民文学」における民主主義文学の大衆化路線、それと交差する国民文学論、伊藤整の「組織と人間」論などの戦後文学史のトピックスは、それぞれ別内容の意義を有していたが、文学は、総じてジャーナリズムの発達と歩調を合わせ、時代の大状況との接点を作り出す方向に整えられていった。

終戦前後の三島由紀夫が、「文芸」や「展望」に原稿を持ち込んだことはよく知られている。「文芸」の野田宇太郎は「エスガイの狩」を採ってくれたが、世に出るのを急ぐ三島を嫌い遠ざけた。「展望」の顧問中村光夫は、「サーカス」「岬にての物語」「彩絵硝子」など八編を「マイナス百五十点」と法外な評価を下し没にした。鎌倉文庫の川端康成を訪ね、木村徳三編集長の意見もあって「煙草」を「人間」に採用してもらう。以後、木村徳三からは具体的な助言を得て度重なる書き直しも辞さなかったが、それは三島固有の文学表現を文芸編集者の基準に作り替える作業だった。こうして三島は、「人間」だけでなく、〝作品〟〝商品〟としての価値を問われる文芸誌との交渉をもつことになるのである。この時期の学生作家としての三島の日常の細部は、今世紀になって発見された「会計日記」に詳しく出ているが、戦後文壇に登場するために、三島はあざといほどの行動を厭わなかった。しかし、そうすることで三島が、疾風怒濤の世間に受容される作品を書いたかというと、そうではなかった。本多秋五は「夜の仕度」（「人間」一九四七年八月）について、発表当時は読まなかったものの、たとえ読んでいても「大して心ひかれなかっただろう」と述べ、次のように書く。「四七年当時の、あの騒然たる社会的動乱のなかで、建物の土台をきずくことがまず問題であり、その敷地をどこに選ぶべきかが問題であったとき、レースのカーテンの出来不出来に心を配る遑がなかったからである」と。*4 レイモン・ラディゲの影響を受けた三島の文化資本は時代の空気と完璧にずれており、三島のセンサーが鈍かったということである。あるいは三島は、世間に迎合せずに自己の文化資本を押し通すために、あざといまでの行動に心を砕いたのかもしれない。

職業作家として立つ見込みのない三島は、仕方なしに大蔵省に入省するが、書く意欲はますます募り、しかしこの時期に書いた作品も、「レースのカーテン」の域を出なかった。ここでも三島は、戦争中と変わらない個人的な文学の営みを貫き通したのである。しかしそれでは、職業作家として認められるのは難しかった。

大蔵省を九カ月で辞職して書いた『仮面の告白』には、三島由紀夫の世間への歩み寄りの姿勢が認められる。作者その人の真情を韜晦する語りで綴って才気と文化資本を前面に出していた三島は、自分に何が求められているのかを知っていたはずである。正体を現すこと、自分が何者であるかを明かすことで、勝負に出たのである。同性愛傾向のカミングアウトは、「告白という制度」（柄谷行人『日本近代文学の起源』）によって形を成したと思われる。それは、臼井吉見が「大体みんなそうじゃないかな。あれで彼の源がわかった。本音が知れたという安心感があるわけだね」と言い、中村光夫が「三島君にしてみれば、あれは妥協かもしれないと思うようなところもあるね」という発言からも窺える。*5 しかし、三島は「妥協」することで、あの個人的な文学の営みを失ってしまったのだろうか。

＊

「妥協」という作者の判断を積極的に解釈するならば、個人的な文学の営みを〝作品〟としても〝商品〟としても差し出すための、企画から単行本化までの計画を司るプロデュースの重視と言い換えることができよう。三島由紀夫は、小説家劇作家としてだけでなく、一流のプロデューサーの能力も兼ね備えていた。セルフ・プロデュースの能力は、とりわけメディアと資本が複雑に絡み合う戦後文学において必要とされた。ここでは『禁色』と『潮騒』を例に取り、三島のプロデュース能力について見ておきたい。

『禁色』（『禁色 第一部』新潮社、一九五一年一一月、『秘楽 禁色第二部』新潮社、一九五三年九月）には、終戦直後の銀座に出現したゲイ・バー「ブランスウィック」をモデルにしたルドンが描かれる。ルドンを拠点とした男性同性愛者の風俗や秘密社会の実態が活写される『禁色』は、風俗小説の一面を持つと言っていいだろう。丹羽文雄、石川達三、舟橋聖一、石坂洋次郎、田村泰次郎らの風俗小説は広範な読者を獲得したが、特定の風俗に限定した『禁色』は、これらの風俗小説とはやはり一線を画していた。また、私小説の一変種としての風俗小説を批判した中村光夫の『風俗小説論』（河出書房、一九五〇年六月）の視野にも入る性質のものではなかった。とはいえ、異性愛社会への「プロテスト」とも見なされた『禁色』は、異性愛社会の常識を相対化するものであり、同性愛社会の具体的な描写が風俗史的にも意味があることを自覚していたのである。[*6]

しかし、リアルな男色風俗を取り込んだ『禁色』は、それゆえに厄介な問題を抱えることになる。ルドンの様々な客層の中には、当然外国人の客が混じっているが、『禁色 第一部』に限って言えば、ここには進駐軍関係のアメリカ人が一人も出て来ないのである。想像されるように、占領下の検閲による削除を逃れるための措置である。「外人」は何人も出てくるものの、アメリカ人らしき人たちは慎重に国籍が回避され、「貿易商」などと職業が設定されるかして、進駐軍には一切触れないように配慮されているのだ。さらに住宅の接収などの占領政策も出て来ない。それが不自然にならないように「外人」たちを適切に配置して、入念な措置が施されているのである。

戦後文学史で占領を問題にしたのは、中村光夫「占領下の文学」（『文学』一九五二年六月）、平野謙『昭和文学史』の「占領下の文学」だが、それに対し本多秋五が、占領という括りは戦後文学の「主体性」を無視していると反発して一旦は鳴りを潜めた。[*7] しかし、GHQ／SCAPの検閲が、松浦総三、江藤淳、有山輝雄、山本武利などの調査[*8]のほか、メリーランド州立大学図書館プランゲ文庫の検閲資料の整理刊行により進み、軽視できなくなった。日高昭二『占領空間のなかの文学 痕跡・寓意・差異』（岩波書店、二〇一五年一月）は、文学作品に刻みつけられた占領の痕跡を詳細に洗い出した研究として注目される。松本徹『三島由紀夫の最期』（文藝春秋、二〇〇〇年一一月）、南相旭《ナムサンウク》『三島由紀夫における「アメリカ」』（彩流社、二〇一四年五月）も、三島における占領の問題に光りを当て、「アメリカ」という論点を異なる視角から提出したが、『禁色』については触れていない。

一九五二年四月二十八日の講和条約発効後に連載を再開した「禁色」第二部（「文学界」一九五二年八月～一九五三年八月）では、第一部との整合性を巧みに保ったまま、進駐軍要人のスキャンダルが書かれることになる。主人公の南悠一を愛する鏑木元伯爵夫人が、色仕掛けで高級将校を次々と籠絡しては、仕事の便宜を図ってもらっていたことを悠一に告白するのである。占領下での執筆の第一部では、物語の伏線になるように朧化して書かれていた夫人の所業が、占領終了後の第二部でその実態が明かされるのである（鏑木夫人は、第一部の最後で自殺するが、三島は訂正広告を出して、失踪したことにして第二部を書きはじめる。それによって、第一部の夫人の所業が第二部の告白の伏線となるのである）。

当然描かれるべき進駐軍の存在を、占領終了の時期を待って自然な形でロマネスクのなかに埋め込んだ三島の手腕は、作家にして有能なプロデューサーでもあることを示している。しかし、その手腕にせよ鏑木夫人の遣り口にせよ、占領に対する三島の屈折した感情が籠められていたのは言うまでもあるまい。鏑木夫人の進駐軍との関係は、純愛に形を変えて戯曲「女は占領されない」（「聲」一九五九年一〇月）に発展し、『豊饒の海』第三巻『暁の寺』（新潮社、一九七〇年七月）の「マッカーサー元帥にもぞんざいな口をきける」久松慶子に生かされる。〝女は占領されない〟という強気の設定の裏に三島が抱いていたナショナルな感情は、最後の行動にまで及ぶことになるだろう。

『潮騒』（新潮社、一九五四年六月）は、別の意味で三島がプロデューサー能力を発揮し、成功した作品である。三島の作品群の中で異色なこの牧歌的小説は、三島のギリシャ熱の反映だと説明されるが、企画の面から捉え直してみたい。『潮騒』を「最も痛烈な近代小説の解毒剤」と呼んだのは中村真一郎だが[*9]、諸々の近代的感覚をすっぱりと脱ぎ去ってしまったところにこの小説の特異性がある。健康で単純な精神を持った男女、自然に囲まれた島、本能的に生まれた恋とその帰結などといった話を、創作し売り出す企画自体がこの小説の成否を決めたのである。そのためには、大都市から離れた生活風習の変化の乏しい孤島を舞台とし、近代的な価値観よりも、共同体が育んだ古くからの素朴な道徳が生きていなければならなかった。主人公たちは、その道徳の範囲を生きることになり、それは同時代への文明批評となりうる。実在する島を探し、取材することになり、三重県の鳥羽沖に浮かぶ神島がモデルとなった。

三島由紀夫は『潮騒』について、「何から何まで自分の反対物を作らうといふ気を起し」云々と書いていたが（「十八歳と三十四歳の肖像画」）、十代の少年少女が背伸びをせずに読む小説を考えていたのではないだろうか。しかも「自分の反対物」というのだから、文学少年や文学少女に向けたものではない。それは、『野菊の墓』や『伊豆の踊子』のような、毎年新たな読者層として出現する中高生向けの恋愛小説のロングセラーを狙うという販売企画に組み込まれることでもあった。また、映画化されることも始めから織り込み済みだったと思われる。目論見は的中し、映画会社数社から引き合いが来たという。東映が権利を獲得し、谷口千吉監督、中村真一郎脚色で、刊行から四カ月後には封切られた。観的哨での火を挟んで裸で向き合う男女の構図は、強く印象に残る場面となったが、これも企画力のなせる技であった。すでに単行本はベストセラーになっており、映画によって本の売れ行きが伸びたのは疑いない。

この小説の企画を後知恵も交えて検討してみると、文学史からは通常抜け落ちてしまうセルフ・プロデュースの側面が浮かび上がる。三島は『禁色』の創作ノートの最後に、「◎次の作品／——私は天才の小説を書かう。芸術の天才ではなく、生活の天才の小説を書かう。（中略）彼は小漁村の一漁夫である。それは私の書く最初の民衆の小説となるだろう」と『潮騒』の予告を記していた。「生活の天才」とは、この時期の三島にとってはいわば〝思想〟であり、企画と言いプロデュースと言っても、それは〝思想〟を実現するための方策に他ならない。その方策が、三島由紀夫の場合手が込んでおり、映画化も想定して規模が大きかったのである。

計画通りにベストセラーを出し映画にも結びつけ、二十代にして有名作家になった三島由紀夫は、あの終戦前後の「自分一人だけの文学的快楽」から遙か隔たった地点にまで来てしまったように見える。三島のこの外見は、戦後文学史に記録されるだけの作品を書いた作家たちは、巨大化したマスコミに巻き込まれて仕事を続けていくか、その磁場から消えていくことがそのまま文学から遠ざかることになるのかという問いと接続できるが、この問題は紙幅の都合で割愛せざるをえない。三島由紀夫は、周知のとおり死ぬまでマスコミの中で華やかな存在として仕事を続けていた。いや、死後の名声までもがプロデュースされていた。

しかし、三島の創作ノートを丹念に見ていくと、そこには地味で着実な文学的営為を感じることになる。そればかりでなく、三島は先鋭的な「自分一人だけの文学的快楽」にしばしばのめり込んでいった。そしてそこには、面白いように同好の士がいたのである。例えば「憂国」の切腹を描くにあたっては、『切腹 悲愴美の世界』の著者である中康弘通を京都に訪ね、その後も切腹愛好家の男瀧洌と文通や交際のあったことが分かっている。プライベートな切腹写真を矢頭保に撮らせていたことは、現在では成山画廊での展示や『夜想』（ステュディオ・パラボリカ、二〇〇六年四月）で明らかになっている。また、高校教師の切腹を描いた「愛の処刑」は、会員制のアドニス会の機関誌「ADONIS」の別冊「APOLLO」五号（一九六〇年一〇月）に「榊山保」の筆名で掲載されたものである。ノートに書かれた原稿は、中井英夫が保管していた。UFOを目撃してから家族が宇宙人だと覚醒する『美しい星』は、日本空飛ぶ円盤研究会の会員だったことが高じて書かれた小説である。機関誌「宇宙機」三号（一九五六年九月）には、三島が黛敏郎とともに入会した記事が出ている。詳しくは犬塚潔「三島由紀夫著『美しい星』について」*10に譲るが、三島の会員番号は「12」で、「初期の会員だったことがわかる」（犬塚潔）という。のちに演劇人として活躍する、まだ無名のビート族だった竹邑類と交際し、「月」「葡萄パン」を書くに至ったのも、はじめは「自分一人だけの文学的快楽」にほかならなかった。

以上はほんの一例だが、そもそも映画「憂国」にしてもプライベート・フィルムの計画だったのが一般公開されたように、もともとは孤独な嗜好だったのである。いや、所詮文化的な営みは、はじめは孤独な嗜好でしかなく、それを突き詰めると同好の士の存在も知り、そのコアな探究を採り入れて、陽の当たる場所に鋭角的に突きつけるという手法を三島は採ったのである。当時最も著名な文化人の一人だった三島は、文化の周縁にうごめく現象を敏感に感じ取り謙虚に向き合って、そこから力を吸収した。山口昌男が「中心と周縁」として理論化した文化のこのような動的な更新を、三島はより早い時代に経験として知っていたのである。文学史が、巨大化したマスコミにおけるエポックとなった作家作品を取り上げるのは当然のことだとしても、三島が常に問題作を書きつづけた背景には、終戦前後の個人的な文学の営みに通じる密かな営為のあったことを、スキャンダルとしてではなく、述べておきたかったのだ。

マルクス主義がまだその限界を現していなかった時代に、三島由紀夫は左翼文学の対極にいて浪曼主義を基調とした芸術派として、文学の芸術性をことあるごとに説いていた。三島は、文学の進むべき方向を指導的に示したわけではなかったが、文学が現在どのような状況にありどうあるべきかを鋭く発言していたのである。そういう発言と文化の周縁への嗜好は、両者の内容の強度を増すとともに、互いを関係づけあるいは離反させたりもして、複雑な動きを生じさせた。一九六六年以降は次第に「行動」の側に関心を移したが、「三島が読むかもしれない」という斯界の強い緊張は持続していた。しかし、三島の「行動」への移行は、楯の会隊員との紐帯は否定できぬにしても、また、政治的主張の派手さがあったにしても、自己の本来性への固執であり、責任を取りうる個人的な営みへの積極的な回帰だった一面を持つのである。

注

＊1　平野謙『昭和文学史』（筑摩書房、一九六三年一二月）がそう捉えている。

＊2　吉田満「「戦艦大和ノ最期」初版あとがき」（『戦艦大和ノ最期』創元社、一九五二年八月、引用は講談社文芸文庫、一九九四年八月）

＊3　ドナルド・キーン『私が日本人になった理由』（ＰＨＰ研究所、二〇一三年四月）

＊4　本多秋五『続 物語戦後文学史』（新潮社、一九六二・一一）

＊5　臼井吉見・中村光夫「対談 三島由紀夫」（「文学界」一九五二年一一月）

＊6　「プロテスト」と見る論に「創作合評」（「群像」一九五一年一一月）の花田清輝の発言、本多秋五『続 物語戦後文学史』（＊4）があり、風俗性を評価した論に石原慎太郎「『禁色』試論」（「国文学」一九七六年一二月）、マルグリット・ユルスナール『三島あるいは空虚のヴィジョン』（澁澤龍彦訳、河出書房新社、一九八二年五月）がある。

＊7　平野謙『昭和文学史』は『現代日本文学全集』別巻1に収録されたもので、のちに単行本として出版（＊1）、本多秋五『物語戦後文学史』（新潮社、一九六〇・一二）

＊8　松浦総三の『占領下の言論弾圧』（現代ジャーナリズム出版会、一九六九年四月）、江藤淳『閉ざされた言語空間 占領軍の検閲と戦後日本』1、2（文藝春秋、一九八九年二月、一二月）、有山輝雄『占領期メディア史研究 自由と統制・一九四五年』（柏書房、一九九六年九月）、山本武利『占領期メディア分析』（法政大学出版局、一九九六年三月）など。

＊9　中村真一郎「最も勇敢な非小説」（「産業経済新聞」一九五四年七月七日）

＊10　犬塚潔「三島由紀夫著「美しい星」について」（『三島由紀夫研究15 三島由紀夫・短篇小説』鼎書房、二〇一五年三月）

三島由紀夫における語り・テクスト——『金閣寺』『仮面の告白』を中心として

柴田勝二

1

主としてフランス系の批評理論の摂取・援用によって、一九八〇年代から日本でも批評・研究の潮流をなしてきたテクスト論は、大まかには二つの形を取って展開してきた。ひとつは「作者の死」を宣言し、言葉の織物（テクスト）のなかを運動する力学を重視したロラン・バルトの顰みに倣い、「作者」の支配力を捨象しつつ自律した言語宇宙としての作品世界から解釈の自由を引き出そうとする読解であり、もうひとつはジュリア・クリステヴァの『テクストとしての小説』（一九七〇年）に見られるような、言語表象に否応なく浸透する時代・社会の文化的文脈を洗い出していくカルチュラル・スタディーズ的な読解である。一方ジェラール・ジュネットが『物語のディスクール』（一九七二年）でおこなったような、語り手が叙述を意識的に統括することによって読み手への効果を左右する機構を探求する試みも、近代文学の作品を対象としてなされてきた。ジュネット的な語りの機構の探求は、〈読み手〉の主体性の側に立とうとするバルト的なテクスト論と比べると、〈書き手〉の戦略を焦点化している点では対照的だが、どちらも作品の起点に生身の「作者」を想定しない点では共通しているといえる。

興味深いのは、テクスト論的な批評・研究の方向性を取る際に、夏目漱石、谷崎潤一郎、太宰治、横光利一、宮沢賢治らの作品がその対象とされがちであったのに対して、三島由紀夫はこうした読解の主たる対象とはならなかったということだ。現実に三島の作品がテクスト論あるいは語り論の方法に不適な対象であるかどうかは別にして、そうした趨勢が存在してきたことは否定しえない。たとえばテクスト論の代表的な読み手と目されてきた蓮實重彦にしても小森陽一にしても、三島作品を論じた批評・論考を書いていないのである。

それは明らかに、三島の作品世界においてはその起点に三島由紀夫という作家が厳然と存在しており、その内面・精神の流露として作品世界が結実しているという見方が支配的であったからである。三島文学の論者である田中美代子の著書のひとつが『ロマン主義者は悪党か』（新潮社、一九七一年四月）と題されているように、三島は戦後における代表的なロマン主義の作家であり、十代であった戦前・戦中においては日本浪曼派の近傍にいて作品を生み出していた。保田與重郎ら日本浪曼派の文学者たちが標榜していた「ロマン的イロニー」は三島のものでもあり、現実世界を相対化する非日常的な時空の顕現を待望するイロニー的心性は戦後の営為においても保持されていた。一九七〇年一一月二五日になされた自決もやはりそうした心性からもたらされた、自身と現実世界に対して下された処断にほかならず、三島をそこに至らせた心的機制に対する夥しい考察が積み重ねられてきた。三島に対する関心がそこに収斂されがちであることが、「作者」の存在を捨象して自律した言葉の織物として作品を捉えようとするテクスト論的読解を三島作品に適用することを抑制してきたといえるだろう。一九九〇年代に出た村松剛の『三島由紀夫の世界』（新潮社、一九九〇年二月）と奥野健男の『三島由紀夫伝説』（講談社、一九九三年九月）はいずれも充実した大著だが、その表題が示唆しているように、やはり論の焦点は三島という人間とその作品世界との関わりにあり、とくに三島の知己であった両者にとっては、その問題が大きな比重を占めざるをえないのであろう。

2

けれども自己の内面表出に比重をかけがちなロマン主義系の作家の作品が、その内なる声によって統括されているとは限らない。人間が内側にうごめく自我の昂まりに衝き動かされる時、その烈しさはカオスをなすために、そこには必ず調和的な生成を突き崩してしまうノイズが入り込み、しばしば作者の発するひとつの声をもうひとつの声が裏切ってしまうという錯綜が生じることになる。三島についていえば、戦後社会への批判、憎悪をモチーフとしたと見られがちである一方で、映画出演や写真集の出版などにも見られるように世俗・大衆的なものへの嗜好を持ち、一面では日本の戦後文化に自己を同化させる一面も示していた。[*1]その点で三島の戦後日本への姿勢にはやはりアンビヴァレントな面があり、むしろその揺らぎが三島文学に豊かさを与えている面がある。

作者の内面とも響き合うカオス的な不透明な自我を抱えて、本来内省的、非行動的な人物が、世間を驚愕させる破壊的行為の遂行者となるまでの経緯を語った作品が、代表作のひとつである『金閣寺』(『新潮』一九五六年一～一〇月)である。この作品の叙述を特徴づけているのは、いわゆる一人称告白体の形を取っていることで、それが物語の内容や人物の形象を多義的にする前提となっている。周知のように一人称の語りの特徴は、〈語られる自己〉と〈語る自己〉の二人の「私」が、時間的落差をもって作中に存在することである。後者は物語世界が完了した地点に立っており、いいかえれば自身が語りつつある出来事の展開ないし帰結を〈知っている〉地点から、それを未だ〈知らない〉読者に向けて語っていくことになる。そこからジュネットが『失われた時を求めて』を対象として分析したような、物語内容を提示するための様々な技法が生まれてくる。また語り手が自己を他者化する情念的行動の主体となる場合であっても、彼ないし彼女は一方では出来事の経緯を読者に伝えるべく語っているのであり、そこにはやはり理性的な統御が働いている。

こうした構造が多く中心人物でもある一人称の語り手の存在を二重化することになる。『金閣寺』においても、「私」(溝口)は国宝の建造物に火を放つという情念的行動に身を委ねる一方で、そこに至る自身の軌跡を幼年時の記憶から始めて仔細に綴っており、その理性的営為の主体と、放火という非理性的営為の主体としての二つの自己が「私」の内に共在している。その基底にあるものが、戦後の日本社会を憎悪する三島由紀夫という「作者」

であるとしても、そのモチーフは二重化された存在としての語り手に託されることによって、野口武彦が「金閣に火を放つ行為は、「戦後」そのもの（中略）に報復するたの一種の宗教劇の筋《ハンドルング》なのだ」（『三島由紀夫の世界』講談社、一九六八年一二月）と概括するほど直線的な形を取って現れているとは必ずしもいえないのである。

二〇〇二年に出た『三島由紀夫『金閣寺』作品論集』（佐藤秀明編、クレス出版、二〇〇二年九月）には一九五〇年代から二〇〇〇年代に至る論考が収載されているが、やはりテクスト論、語り論の隆盛を受けて、次第に「私」が自己の行為を語る技法に着目する視点の比重が高くなっている。一九九八年に書かれた論考を全面的に書き直した田中実の「『金閣寺』の主人公と〈語り手〉――〈作家〉へ」は、「書くという行為」をめぐる物語としてこの作品を捉え、「〈認識〉の輪廻を断ち切ったはずの〈行為〉がさらに〈認識〉の蟻地獄にのみこまれる「物語」となる」アイロニーを指摘している。すなわち、語り手の「私」は金閣の美を認識するものとして外界から隔てられていたが、それを超えて放火という行為に身を挺したにもかかわらず、この手記を書く時点においては再び認識を事とする人間になっているということである。

この論集には含まれていないが、編者である佐藤秀明の『三島由紀夫の文学』（試論社、二〇〇九年五月）に所収された「対話することばの誕生――『金閣寺』論3」（初出は『日本文学』一九九四年一月）では、語り手の「私」が、大学で出会い、彼に大きな影響を与えることになる柏木を読者として念頭に置きつつこの手記の書き手となったという見方が示されている。柏木は虚無的な思想の持ち主であり、行為ではなく認識が世界を変えるという信念を持っているが、「私」が最終的に取ることになる行動はこの柏木の思想に対する批判としての意味を帯びるために、それが手記の随所に洩らされている。「安心するがいい」「ちがふ人間」などになりはしない」といった語りかけ的な表現は具体的には柏木に向けられたものだという。

認識者としての柏木は田中実の論考でも重視されているが、「私」の行為者への変貌を考える際にこの人物の存在は看過しえない重みをもつだろう。金閣の美への親和によって吃音による孤独感を癒されてきた内省的な語り手が、破壊的な行為者となるには、もともとこの虚無的な人物の感化が必要だったからである。柴田勝二の『三島由紀夫　魅せられる精神』（おうふう、二〇〇一年一一月）所収の「反転する話者――『金閣寺』の憑依」（初出は『日本文学』一九九五年一二月、『三島由紀夫『金閣寺』作品論集』にも収載）では、「私」を行為者へと変える契機として柏木的な精神の憑依が重んじられ、手記の主体を柏木自身に想定することさえ可能であることが指摘されている。たとえば「私」が捉えられてきたという〈美からの疎外〉という問題は、むしろ内翻足という不具を抱えた柏木にふさわしいものなのである。

3

『金閣寺』は三島における行為と認識、現実世界への関与と否認の問題を考える上でやはり重要な意味をもっている。語り手の「私」は吃音による他者との隔絶を安らぎとしながらも、それを超えて他者や外界と繋がることへの憧憬を抱いてもいたが、「私」が一人称の語り手として備えている二重性は、三島自身の精神を受ける形で彼がはらんでいるこうしたアンビヴァレンスと呼応する形で言説内容を多層化している。しかしこうした一人称の語りの特質と結びついた語り手のアンビヴァレントな二重性を、より色濃く前景化しているのが、初期の代表作である『仮面の告白』（河出書房、一九四九年七月）である。三島文学を代表するといえるこの二作がともに一人称で書かれていることは興味深いが、三人称の作品においてはともすると超越的な視座から人物の輪郭や内面を裁断してしまいがちな三島の文体が、一人称の作品においてはその超越性が抑制されるために、語られる対象としての自己が不透明な多義性をもって浮かび上がってくることになる。

『金閣寺』の「私」がはらんでいた現実世界への憧憬と否認の二面性は、『仮面の告白』では異性愛と同性愛という対照的な性愛の形を取って語り手の「私」に託されている。この作品を一読して誰もが気がつくことは、同性愛への傾斜が綴られた前半部分と、園子という少女との間でおこなわれる不器用な恋愛の顚末が語られる後半部分の間に、内容的にも文体的にも落差が存在することである。合理的に考えれば、宿命的な同性愛者として「私」が成長していったのであれば、彼が平凡な少女との恋愛沙汰に入り込むことはありえず、また後半の内容が真実であれば、前半に語られる同性への執着はその信憑性が疑われることにもなる。

けれども全体としてはこの作品には有機的な統一感があり、それゆえ発表時から高い評価を与えられてきたのだった。すなわちこうした矛盾とも見える落差は、やはり「私」の抱えた二面性の表出であり、むしろそこにこの作品を貫くモチーフが込められていると考えられるのである。三浦雅士は『メランコリーの水脈』（福武書店、一九八四年四月）でこの前半と後半の亀裂について、むしろ起源にあるものは後半に語られる恋愛であり、「第三章で語られる不幸な恋愛こそが、第一章の幼年時代をそのようなものとして確定させ、第二章の学生時代をそのようなものとして確定させたのである」と述べている。これは『仮面の告白』の語りの機構を考える上で重要な指摘であり、そこから「仮面の告白」という表題の意味も示唆されることになる。つまり同性愛者という自己像があくまでも「仮面」であり、しかしその「仮面」を着けることによってはじめて自己の「告白」が可能になるという、自己表白の逆説がそこに現れているからだ。

三浦は「私」の同性愛的な心性を現実世界からの疎隔感、つまりメランコリーの一形態として眺めているが、このように「私」の同性愛への傾斜を比喩的に捉える、あるいはそもそも同性愛者ではないと見なすのは九〇年代以降の『仮面の告白』論の基本線となっている。佐藤秀明の『三島由紀夫の文学』所収の「自己を語る思想——『仮面の告白』論3」（初出は『国語と国文学』二〇〇六年一一月）では、「私」を「同性愛者ではない」と断定し、園子との性交を望む心が彼を通底しており、「私」が自己を同性愛者として語っているのは、「サディスティックな男性同性愛性というセクシュアリティ」を彼の「書く自我」が選び取っているからであるとされる。また梶尾文武の「三島由紀夫『仮面の告白』論——書くことの倒錯」（『日本近代文学』第76集、二〇〇七年五月）では、この作品の基層にあるものが「私は私でありたくない」という欲望であり、同性愛者としての自己と異性愛者としての自己が相互に疎外し合うことによって、「主体のこの「不在」の中に、フィクションというおのれ自身の空間を見出す」のだとされる。

一方「作者の死」を前提とするテクスト論を批判する立場から書かれた加藤典洋の『テクストから遠く離れて』(講談社、二〇〇四年一月)では、バルトやミシェル・フーコーの論を踏まえつつ「作者」はまぎれもなく作品のなかに存在しており、ただそれは生身の作者から切り離された「作者の像」であるという観点から、『仮面の告白』もかなりの分量で考察されている。加藤によればこの作品で三島がおこなっていることは、「平岡公威という現実の作者をこの世から抹消する、「作者殺し」の企て」であり、それによって「三島由紀夫」という「新たな「実」」が生み出されているという。この論は橋本治の『「三島由紀夫」とはなにものだったのか』(新潮社、二〇〇二年一月)を意識して書かれ、論中で言及されているが、橋本は『仮面の告白』を「平岡公威の仮面である「三島由紀夫」が告白をしている」テクストと捉えている。そしてここで語られているものは同性愛ではなく「男の上に君臨したい」という欲望であり、それゆえ当初「私」の欲望の対象となった近江の肉体の充実を目の当たりにして、「嫉妬」とともにそれを断念せざるをえないのだという。

加藤と橋本はともに生身の生活者である「平岡公威」が仮面としての「三島由紀夫」を生み出したとする点で共通しているが、皮肉なのは「作者の像」を仮構しようとする加藤の方がその内実を提示せず、むしろテクスト論的に読もうとする橋本の方が「男の上に君臨したい」という欲望の主体として「作者の像」を打ち出していることであろう。橋本の論においても、同性の上に「君臨」したいという欲望とその挫折が、なぜ同性愛という形を取って語られるのかという論理は明瞭ではないものの、この「仮面」が同性に対する力の優劣関係を隠し持っているという観点は重要である。「私」が近江に対して「君臨」しようとしたとは思い難いが、彼に強い「嫉妬」を覚えるのは、実は彼の及ぼす牽引力が〈美しさ〉ではなく、「その顔には前身の充溢した血液の流れが感じられた。そこにあるのは一個の野蛮な魂の衣裳だった」（傍点原文、第二章）と記されるような、肉体と振舞いが漂わせる不逞な生命力にあるからだ。「私」はそれに憧れながらもそれが決定的に自分に欠如していることを思い知らされることによって、強い「嫉妬」を招かされるのである。

その点で「私」の同性愛者という「仮面」が二重化していることが分かる。それは一見異性愛を否認する同一性であるように見えて、その底には異性愛の強者としての同性への憧憬と無力感が渦巻いており、その点では「仮面」は異性愛の弱者としての自己を隠蔽する装置であった。佐藤の論考で挙げられる式場隆三郎宛書簡で、三島が自身について「正常な方向への肉体的無能力」と記しているのは、その起点にあるものをうかがわせている。『仮面の告白』の語りが同性愛と異性愛の間で亀裂をはらみながらも全体としては一貫性をもつのも、その語りが作り出す「仮面」自体が、現実世界への作者のアンビヴァレンスと照らし合う反転性を帯びているにほかならない。

4

加藤典洋が下敷きにしているフーコーのいう「機能としての作者」は、作品のエクリチュールに中心的な統一性をもたらす主体であり、ウェイン・ブースが『フィクションの修辞学』（一九六一年）で提示する「内包された作者」の概念と比されるものである。[*2] それは単なる〈語り手〉よりも作品生成の主体性をより強く付与された存在であり、生身の作者とは別個の地平にいながら、やはりそれと有機的な関係を結んでいる。『仮面の告白』で二重化された「仮面」をつくっているのはこの「機能としての作者」でありながら、加藤の論に反してそれは起点にいる生活者としての「平岡公威」と無関係ではないというべきであろう。

そのように考えると、一見作者が身を隠しながら物語を構築しているように見える作品においても、そこから作者の像が浮上してくることもありえる。『潮騒』（新潮社、一九五四年六月）はその例をなす作品で、三島自身がいうように、自己の内面を徹底して隠蔽しているように見えるこの作品は、それゆえそこにはらまれている文化的文脈に比重をかけて読解されてきたにもかかわらず、物語を構築する「機能としての作者」の背後にいる三島由紀夫自身の意識を垣間見せてもいる。杉山欣也の「『潮騒』の語り手と戦後社会」（『iichiko』二〇一二年秋）では、一九五四年に発表されたこの作品は決してユートピア的な別世界を描いているのではなく、離島に入り込んでくるアメリカ文化や後半主人公の新治が行く沖縄が米軍に支配されている様などを盛り込むことによって、安保体制成立時の日本社会に対する三島の批判的な眼差しが表象を統御していることが指摘されている。また杉山が踏まえている柴田勝二の「二つの太陽――『潮騒』の寓意」（『三島由紀夫　魅せられる精神』所収、初出は『三島由紀夫論集Ⅱ』勉誠出版、二〇〇一年三月）でも、『潮騒』が作者自身も認める中途半端な「協同体意識」を下敷きにしていることでかえって生の現実世界との連関をはらみ、安保体制下のアメリカの軍事的支配に抗しようとする作者のメッセージを浮上させているという見方が示されている。

ここには作品のテクスト論的読解における逆説が現れているといえよう。すなわち、作品を「作者」から切り離された言葉の織物として捉え、そこに盛り込まれた文化的文脈をすくい上げていこうとしても、多くの場合その盛り込まれ方には偏差が伴い、それがしばしばテクストに亀裂を生じさせている。フレドリック・ジェイムソンが述べるように、その亀裂に作者の「政治的無意識」が込められており（『政治的無意識』一九八一年）、むしろそこから作品を特徴づける主題性に導かれることも少なくない。一九五九年前後の時代社会性に開かれているように見える『鏡子の家』（新潮社、一九五九年九月）にしても、一方でモチーフをなしているのは鏡子や彼女を取り巻く男たちの一人である清一郎のこだわる終戦時の廃墟の光景であり、それが経済成長期にあった作品の時代性を相対化しつつ、四人の男たちのそれぞれの挫折の伏線をなしているのである。

二十一世紀に入って、次第に戦後日本への嫌忌と憎悪という主要なモチーフを一旦カッコに括る形で作品を自律的なテクストとして読み解こうとする試みが三島由紀夫についてもおこなわれてきたが、テクストとしての有機的な生命力の起点にある「作者」の存在は捨象しえない。むしろここで『仮面の告白』について試みたように、テクストとしての自律性を尊重し、語りの機構を探求する読解によって、新たな「作者」の像を提示する可能性を探る余地があるだろう。

注

＊1　三島の大衆文化やサブ・カルチャーとの関わりを扱った著作としては椎根和『平凡パンチの三島由紀夫』（新潮社、二〇〇七年三月）、山内由紀人『三島由紀夫、左手に映画』（河出書房新社、二〇一二年一一月）などがある。また柳瀬善治の『三島由紀夫研究――「知的概観的な時代」のザインとゾルレン』（創言社、二〇一〇年九月）でも三島のボクシングへの関心に多くの頁が割かれている。

＊2　フーコーの作者観が示された論考として加藤が言及しているのは『作者とは何か』（清水徹・豊崎光一訳、哲学書房、一九九〇年九月、原著は一九六九）。なお本文で言及した外国人の著作については、原著の刊行年のみを挙げている。

『暁の寺』における〈日本〉と〈アジア〉表象

――（ポスト）／コロニアリズムの可能性

久保田裕子

1　三島由紀夫の描いた〈日本〉表象

三島由紀夫の「文化防衛論」（「中央公論」一九六八・七）は、「東南アジア旅行で、タイの共産系愛国戦線が集会のあとで国王讃歌を歌つて団結を固め、また、ラオス国土の三分の二を占拠する共産勢力の代表者パテト・ラオが国王へ渝らぬ敬愛の念を捧げるなど、共産主義の分極化と土着化の甚だしい実例を見聞」したことが、「文化概念としての天皇の復活」に繋がったと結ばれている。冷戦下にあった同時代の政治的状況を踏まえた認識が反映されていたことがうかがえる発言である。美学的に脱政治化されたかのような「卑属をも包含しつつ霞み渡る、高貴と優雅と月並の故郷」の源泉は、一九六五年、六七年へのタイ・ラオス（ラオスは六七年）への渡航体験がもたらした、冷戦下の同時代の政治的状況から生み出された。「文化防衛論」において、「日本」や「日本文化」の「窮極の価値自体《ヴェルト・アン・ジッヒ》」が、単独に存在するのではなく、異文化との比較考察によって形象化された経緯が示されている。例えば同時期に執筆された、タイを舞台にした『暁の寺』（「新潮」一九六八・九〜七〇・四）第一部において、歴史を超越する転生による「生れ変り」を信じる本多繁邦の目を通して〈日本〉の特殊性と優位性とが確認されている。二元論的な序列のもとに日本とタイとを比較する思考の中で、「純粋な日本とは何だらうという省察」が立ち上げられていく。

太平洋戦争後の〈戦後文学〉において創作活動を行った作家で三島と同世代あるいは上の世代の作家たち、例えば大岡昇平や武田泰淳らの戦後派作家たちは、フィリピンや中国での戦争体験や徴用体験を経て作品化していった。しかし三島が海外に赴いたのは戦後であり、最初の異文化体験について、「外国旅行」(『私の遍歴時代』講談社、一九六四・四)であったと述懐している。海外渡航自体が困難であった一九五〇~六〇年代における、小説家による現地取材や招聘を兼ねた観光は、同時代の文学史の中に配置したとき、特異な異文化体験であったと言える。[*1] 一方で三島は東南アジア地域を舞台とした多くの作品を執筆し、「花ざかりの森」(「文芸文化」一九四一・九~一二)で描かれた「南国」を初めとして、『豊饒の海』のインド・タイ、「癩王のテラス」(「海」一九六九・七)のカンボジアなどが挙げられる。戦後の三島は戦争とその記憶について語り続ける一方で、東アジア地域についは満州からの引揚者が登場する「獅子」(「序曲」一九四八・一二)、南京事件を背景にした「牡丹」(「文芸」一九五五・七)などの作品があるものの、これらの作品の舞台は戦後の日本が設定されている。それに対して東南アジア地域は、エッセイや評論において三島自身の発言として直接言及されることは少ないものの、小説や戯曲の舞台として設定されている。地政学的・歴史的関係性の中で、個別の場所の記憶とテキストに描出された表象イメージがどのように交錯していくか、再検討する必要があるだろう。

『暁の寺』は二部構成となっており、太平洋戦争直前の一九四一年、戦後の一九五二年という二つの時代が描かれている。第一部では一九四一年のタイの歴史的状況が再構成され、第二部はサンフランシスコ平和条約が日米安全保障条約と共に調印(一九五一年九月八日)、発効(一九五二年四月二八日)し、連合軍による占領が終結した年が設定されている。しかし作品が執筆されたのは一九六〇年代後半であり、再構築された二つの時代が描出される『暁の寺』の空間は、輻輳した複数の時間軸によって構成されている。

ここで日タイ関係について歴史的な経緯を確認しておきたい。一九四一年一二月の日泰攻守同盟条約締結前後は、日本国内においてタイへの興味関心がにわかに高まった時期であったが、タイに向けられたまなざしは、帝国主義的な領土拡張の欲望と密接に関わっていた。同時代の日本においては同盟国のタイを〈南洋〉地域の一部と見なし、「大東亜共栄圏」に組み込もうとする言説が見られた。しかし植民地化された東アジア地域とは事情が異なり、日本の植民地言説におけるタイは政治・経済上重要度の低い地域であり、直接的な交渉の機会が少なかった。言い換えれば日本側から見た〈南洋〉地域は、幻想の場所であり、冒険やロマンスの対象として、小説・新聞雑誌記事・教科書・児童読み物などのさまざまなメディアにおいて描かれた。

三島研究以外の領域において、特に一九九〇年代以降から帝国主義的な他者支配の権力と密接に関連する、ポストコロニアル言説として小説を読み直す視点が前景化した。しかし『暁の寺』について言えば、戦前・戦中期に執筆された作品ではなく、一九六〇年代に構想された〈日本〉とアジアの関係性をめぐる物語であり、そこには舞台となった時代、執筆された時代を含めて複数の時代の政治的・社会的言説が反映されていたと考えられる。この点について、三島自身の言葉を借りれば「幻想《イリュージョン》といへどもなにかの現実的条件によつて保たれてゐる」(「インドの印象」「毎日新聞夕刊」一九六七・一〇・二〇、二一)ということになる。生産されたテキストの中に歴史的文脈が内包されているとすれば、文学テキストを現実社会の問題と切断せずに思考するポストコロニアルな視点を導入することによって、テキストの解釈可能性を拓く可能性がある。本論においては、『暁の寺』に描かれた場所の記憶をめぐる表象が、同時代の歴史的状況とどのように交錯していったかという問題について考察したい。

2 『暁の寺』に描かれたタイ・インド——帝国主義と観光——

『暁の寺』第二部は一九五二年の太平洋戦争後の日本で幕を開ける。本多は成長したジン・ジャンに対して、「花弁の肉の厚いシャム薔薇を神秘化する作業」に熱中し、本多の欲望を反映した視線に一体化した語り手は、彼女に「野卑」な「野生」を見出している。柳瀬善治は「作家の「南国」への視線が西欧のアジアを見る目と重なってしまっていることを示す「鏡」」（『三島由紀夫研究――「知的概観的な時代」のザインとゾルレン』創言社、二〇一〇・九）であると指摘し、有元伸子はジン・ジャンに関しては、本多を視点人物として「異国趣味的な表象が反復されており、ここに本多のオリエンタリズムが露呈している」（『三島由紀夫　物語る力とジェンダー　『豊饒の海』の世界』翰林書房、二〇一〇・三）と批判的な文脈で論じている。またオリエンタリズムの根源となる国家間の力学について、武内佳代は「レズビアン表象の彼方に――三島由紀夫『暁の寺』を読む――」（「人間文化創成科学論叢」二〇〇八・三）において、次のように指摘しているが、それぞれの表象のありようをテキスト内において検証する必要があるだろう。

戦後日本のナショナル・アイデンティティーは、アメリカを上位、東南アジアを下位とする経済的布置のもと、日本の先進性に保証を与えるアメリカ、および、アジア／オリエントとしての日本の神秘性に保証を与える東南アジア、という双方への同化願望をつねに両輪としながら構築されていった。

またアメリカをめぐる表象については、南相旭『三島由紀夫における「アメリカ」』（彩流社、二〇一四・五）の個別のテキストを対象とした詳細な分析がある。このように先行研究では、キャロル・グラックが『歴史で考える』（梅崎透訳、岩波書店、二〇〇七・三）において論じた、「自らを一つではなく二つの鏡に映し出す」行為、すなわち欧米とアジアとの比較対照を通して自己形成をする言説的実践が行われてきたという指摘とも重なる。これらの先行論を踏まえた上で、本論で問題化したい点は、『暁の寺』における本多自身の変容である。『春の雪』『奔馬』においては、松枝清顕や飯沼勲らの転生者を見守る傍観者であった彼が、本作では転生の主体であるジン・ジャンに自己の欲望を投影する姿が描かれている。このような変容はなぜもたらされたのか。

第一部において、幼いジン・ジャンは、「体だけをこのスナンター妃から受けついだ」が、「心は日本から来た」と本多に告げる。タイへの渡航を通じて、勲＝魂・心、ジン・ジャン＝肉体という精神と肉体の二元的なイメージ構造が形成され、それぞれが日本とタイを表象する中で、本多の内奥において「心」を優位に置く序列の構図が設定される。さらにアジアを女性として表象化する点において、典型的なオリエンタリズムの範型が展開している。植民地宗主国の男性知識人が異文化を描くことは、植民地表象に固有の問題として登場した。本多は西欧思想を学び内面化することで自己形成を図った近代日本の知識人の系列に連なり、「自分をかうして生きのびさせてゐる力こそ、他ならぬ西洋の力であり、外来思想の力だ」と述懐している。彼は勲について、「もし生きようと思へば、勲のやうに純潔を固執してはならなかつた。」と考えるに至っているが、言い換えれば「純粋な日本」が清顕や勲の世界、つまり死の側にしか存在しないことを自覚している。勲の死によって自己の無力を味わった本多は、タイにおいて勲の「生れ変り」の可能性を見出すことで〈日本〉を再び掬い上げ、インドでは転生を確信するに至った。異文化への旅を通じて超歴史的な唯識論的世界観への覚醒が描かれているが、このような認識の構築の過程には、太平洋戦争前夜にあった同時代の政治的状況が大きく影響していたと考えられる。

たとえば本多は一九四一年のバンコックで、「自分もそれに属する「南方外地の日本人の紳士連」の、人もなげな一団の素振」を目撃し、「これがあの美しかつた清顕や勲と同じ日本人とはとても思はれない。」という感興を抱く。彼は自分自身を含めて生きている人間の「醜さ」を「自分自身の醜さと共に、如実に発見」する自意識を持っていた。清顕や勲の美しさが生の側の醜さを際立たせ、生きている存在は理想化・幻想化する対象とはなり得ないという諦念の上に、幻想としての〈日本〉が立ち上げられていく。一方でインド旅行において本多自身が「ただ一人の東洋人」としてイギリス人たちの「無言の敵意」を込めた西欧のまなざしの前に曝されたとき、差別と被差別の構図は逆転する。彼は自分の優位性が「前以て五井物産から渡つてゐる多額の心付」によるものであることを自覚しているが、傲岸なヨーロッパ帝国主義の前では無力であり、後発帝国主義国の悲哀を味わう。観光旅行は日常から離脱した「観光のまなざし」(ジョン・アーリ『観光のまなざし――現代社会におけるレジャーと旅行』加太宏邦訳、法政大学出版局、一九九五・二)として見る体験であり、本多は帝国日本の発展と一体化することによって、現地の人々から隔離されて交渉は持たないままに、見る主体としての立場を保持し続けた。一方でインドでの経験は、彼自身が容赦なく見られる客体になる経験でもあり、アジアの一員であることを西欧植民地宗主国の側の視線を通して認識させられる出来事でもあった。

3 〈ポスト〉／コロニアリズムの構図——オリエンタリズムとその破綻——

本多はジン・ジャンに護門神ヤスカのついたエメラルドの指輪を渡そうとするが、それは父のジャオ・ピーの婚約者であったもう一人のジン・ジャンの形見であると同時に清顕との記憶に繋がり、いわば複数の物語の再生が仮託されていた。しかし「日本へ来て、この指輪を指にはめたのは、君にとつても一つの巨きな環を閉ぢることになるんだよ」という本多の側の一方的な思いの吐露をジン・ジャンはかわし、幼少時の自己について、「鏡のやうな子供で、人の心のなかにあるものを全部映すこと」ができたと返答し、本多の夢想や欲望を反映する「鏡」であったと語っている。

本多は富士山を「日本の暁の寺」とみなし、自分一人の戯れとして、「濃紺の富士をしばらく凝視してから、突然すぐわきの青空へ目を移す」ことで「幻を現ずる法を会得」し、二つの富士を通して「現象のかたはらには、いつも純白の本質」を顕現させる方法を見出す。彼は視線を二重化させる行為に熱中し、認識によって世界を創出する欲望にとりつかれているが、転生の証拠となる三つ連なった黒子は、彼が別荘の寝室の覗き穴から見る場面にしか顕現しない。バンパイン離宮の水浴び、別荘のプール開きの折には黒子は確認できず、志村克己が部屋を訪れた場面、その叔母である久松慶子との性交場面において、本多は覗き穴を通して黒子を目撃する。「あの書棚の奥の光りの穴からジン・ジャンを覗くときには、すでにその瞬間から、ジン・ジャンは本多の認識の作つた世界の住人になる」と語り手は明確に告げているが、自己の認識が相手の全ての姿であると確信する姿勢こそ、自己完結的な認識の枠組に他者を囲い込むオリエンタリズムの本質と結びついている。これは『暁の寺』に至って、本多が〈窃視者〉としての相貌を表すことと無関係ではない。通常、見る――見られるという関係性は一方的な関係ではなく、相互のまなざしの交換関係にある。見られることが所有されることになるような状況の典型は窃視であり、本多は見る主体としての自分の立場を確保した上で、ジン・ジャンという対象のイメージを占有化しようとする。言わば壁に穿たれた穴は、窃視という視線の構造そのものを示唆している。

しかしジン・ジャンは、彼との繋がりを象徴する指輪を放擲する。この拒絶こそは、自己の認識の世界を押し付けようとする本多の振る舞いに対する断固たる拒否であろう。自分もまた彼女の側から見られる存在であるという認識を欠き、相手の嫌悪感に鈍感な本多の行為は、他者を美学的に占有化しようとした点で、典型的なオリエンタリストとしての姿を晒している。同時にジン・ジャンから手痛い拒絶に遭う場面において、彼の欲望が無残に破綻するドラマが描かれている。さらに別荘の火災の折にジン・ジャンが指輪をあっさりと火の中に忘れて慶子の裸の写真だけを持って逃げたことは、「この指輪があの娘の肉体から離れることは、あの娘と私の過去との間が、永久に途切れてしまふやうな気」がするという本多の一方的な執着が完全に無視されたことを示している。彼女は紛れもなく性的主体性を持ち、その行為は従順なアジア女性という枠組を逸脱している。ここで描出されているのは、他者のイメージの占有化が、当事者自身によって徹底的に拒否された場面である。つまりオリエンタリズムの生成と破綻の流れが書き込まれている点において、『暁の寺』は、他者のイメージの包摂の完遂不可能性を提示した「〈ポスト〉／コロニアリズム」的テキストとしての可能性が拓かれていく。

しかし語り手は一連の出来事について叙述するのみで、ジン・ジャンに拒否されて自己の認識の世界が綻びを見せた後の本多の心情については沈黙している。ジン・ジャンの内面が一切描写されない点において、テキスト自体が他者性を抑圧したオリエンタリズム的構造を形成していると言えるが、しかし一方で語られていない領域においてジン・ジャンと慶子の性的関係という本多の関与しない事態が進行していた。言い換えれば本多の認識は、そのままテキストの指し示す方向性と一致しているわけではなく、テキストの内部において、本多の認識力の綻びが所々で示されていたことが明らかになる。語り手は「現在のこの世界は、本多の認識の作つた世界」であると述べているが、実際には本多は二人の関係を見抜くことはできなかった。異性愛的な本多にとってレズビアニズムは衝撃的な行為として映ったと考えられるが、むしろジン・ジャンを誘惑する共謀の相棒で後には橋渡し役になった慶子との関係に全く気付かなかった点に、本多の迂闊さと彼の認識の欠落が露呈している。言い換えれば、テキスト内に彼の認識の外部の世界が設定されている。いずれにしても彼はあくまで「生れ変り」という超現実的かつ超歴史的な出来事に対して積極的に関与しようとするが、本多を突き動かした原動力としての戦後の歴史的状況について、ここで確認しておきたい。

4　一九六〇年代の冷戦イデオロギー――歴史的言説の循環の中のテキスト――

慶子はGHQが支配する戦後日本の状況に順応して隠然たる力を持ち、甥の克己は「米人名義で買つた」ポンティヤックに乗る経済力を背景に、アメリカ文化の消費主義に染まった軽薄な若者である。彼はジン・ジャンの魅力について、「色が浅黒くて、小柄で、しかも肉体美で、日本語の下手な女性」と語っているが、あたかもオリエンタリストの如く自分自身を西欧／アメリカの側に同一化している。しかし克己は本多の欲望を追認する意味において、本多自身の幼稚な戯画であると言える。「その一語一語に嫌悪を催」おす本多の姿は、かつてバンコクで「南方外地の日本人」に向けた軽蔑と、それが翻って自分自身への嫌悪へと向けられるという点において重なり合い、一九四一年の状況が戦後において再び繰り返されていることがわかる。

本多がジン・ジャンを連れて行った「最近日本人の手に戻つた」帝国ホテルは、サンフランシスコ平和条約が発効する直前の一九五二年四月一日に進駐軍による接収が解除され、自由営業が再開（『帝国ホテルの120年』帝国ホテル、二〇一〇・一二）された。本多は朝鮮戦争特需による「成金の一家」のマナーの悪さを冷徹に見下す一方で、「爺が女学生みたいな妾を連れて」いるという、自己の欲望を見透かすような彼らのまなざしを感じ取っている。また本多が慶子、克己と共にジン・ジャンを性的に収奪しようと計画する場所にもなった帝国ホテルは「アメリカの雑誌や袖珍本のけばけばしい表紙の色が、そこだけ墓地の枯れた献花のやうにしどけなく咲いて」いる荒廃した場所として描写され、占領期の国家間の力学が露呈している空間であり、ジン・ジャンに対する陰謀をめぐらせた停電の夜は、条約発効日前後と推察できる。このように第一部において「純粋な日本」の立ち上げへの希求とその不可能性が提示され、第二部はアメリカの政治的・文化的支配下にある占領期終焉前後の空間としての〈日本〉が描出されていく。第一部・第二部は分裂した構成に見えるが、〈アジア〉表象のイメージを占有化するという行為において、さらに「純粋な日本」というナショナル・アイデンティティの再編が挫折に終わるという意味において、両者はテキストの深層における継続性があると言える。

本多は富士山に「日本の暁の寺のすがた」を見出しているが、御殿場二ノ岡の別荘は「富士演習地周辺の米占領軍とこれを迎へる女たち」が集まる場所であり、別荘開きの当日の朝刊には、「日米平和条約発効後」の「日本を護る義務　共産勢力の侵略許さず」という記事が掲載されていた。また本多の別荘に集結する人々は建設業界やマスコミの大物であり、彼は経済力とアメリカと近接する特権性を獲得することで、戦後日本社会の新たな権力構造の再編の現場にいた。つまり別荘を囲繞する空間は冷戦イデオロギーに侵食され、本多が別荘で自ら演じた戯画の背景には、アメリカの強大な権力を背景にして、〈日本〉が〈アジア〉を暴力的に支配下に置こうとする新植民地主義《ネオコロニアリズム》的な構図を見出すことも出来る。

このように考えると、本多の変容の根源は、戦後社会のアメリカと日本との政治的関係性の中で醸成されていったことになる。例えば飯沼勲の父茂之が「今年のメー・デーは只ではすみますまい」と危惧した出来事は、一九五二年五月一日に起こった「血のメーデー事件」と推察できる。サンフランシスコ平和条約が発効した二日後、皇居外苑でデモ隊と警察部隊が衝突した事件であり、椿原夫人と今西康との逢瀬の場面に登場する「破防法粉砕」という幟は、同年に公布された破壊活動防止法を示唆している。本多は戦争よりもむしろ戦後の政治体制が激変する過渡期の事件に大きな衝撃を受けたと描かれているが、テキストには日米の歴史的関係性が刻印された歴史的な言説が書き込まれていることがわかる。

従来の『暁の寺』研究において、テキスト空間の構造が、本多の認識や世界観と等価であるかのように取り扱われてきた。しかしテキストの示唆する方向性は必ずしも本多の意識に沿った単線的なものではなく、国家やセクシュアリティをめぐる輻輳した関係性の網目の中に本多もまた絡め取られていた。そして本多の転生の主体への関わり方の変容こそ、『豊饒の海』が日本の近代の歴史を包摂する物語であることと深く関わっている。アメリカの影響下に置かれた状況の中、なおかつ「純粋な日本」のありようを希求するとき、自ら贋の西欧／アメリカとして振る舞うという本多の屈折した行為へとつながっていった。さらにアメリカ側に同一化しようとしながら、一方でアジアとの序列を前提とした親和性を希求するという複雑な欲望に引き裂かれたとき、性急な一体化を求めて性という手段が選ばれ、その暴力性の故に相手から拒絶されるという経緯が描出されている。〈アジア〉の表象を投影したジン・ジャンを自己の認識の支配下に置こうとする本多の欲望は、権力の再編と経済力とを引換に、嫌悪感を抱きつつアメリカの支配を承認するというダブルバインドの状況を受け容れる〈日本〉の姿を逆照射する。そのような矛盾の中で生きるとき、インドで得た「生れ変り」への確信は、本多にとって眼前にある政治的状況を超越する装置として機能したと考えられる。しかしインドについて、仏教思想が支配する普遍的な宗教的トポスとして見なす姿勢もまた、オリエンタリズムの一種である。彼は歴史や社会のさまざまな力の循環の中で自己が位置付けられていることを認識しながら、その外部にある超越的な立場に立とうとする。近代＝西欧を主体化してきた本多にとって、唯識論的世界観は西欧／アジアをめぐる国家間の力学を凌駕する可能性をもたらしたと言える。しかしそれはナショナル・ヒストリーをめぐる近代的な歴史／物語の限界を〈アジア〉の世界を通して超克しようとする、かつての脱西欧的言説を同型的に反復する身振りと重なりつつ、むしろその不可能性を示唆している。〈アジア〉と〈西欧〉の間隙に引き裂かれ、近代化論的な視点から二つの文化を比較しつつ、どちらにも所属出来ないという不安定な二重性の意識は、現代の私たちとも切り離された問題ではない。むしろ現在において、あたかも歴史を切断したかのような無意識化された形で継承されているのではないか。本多の認識のありようは、戦前・戦中期の状況が冷戦期の言説にいかに接合されていくかという問題を投げかけている。同時に、国家の力学がセクシュアリティの問題と交錯する場面は、現在も終結することなく、新植民地主義的な問題系と重なり合い、さまざまな場所において変奏されながら展開している。『暁の寺』に描かれた〈アジア〉をめぐる表象は、異文化体験を通して自己の変容を描くという表現の範型として継承され、その後の〈戦後文学〉の領域において、観光とセクシュアリティを通してタイを描いたさまざまな文学テキストにも影響を与えていると考えられる。〈戦後文学〉テキストとの連続性の中で、三島のテキストも生き続けている。

注

＊1　三島がタイで行った現地取材の詳細については、拙稿「『暁の寺』の二つの時代――三島由紀夫のタイ国取材の足跡から――」（松本常彦他編『九州という思想』所収、九州大学大学院比較社会文化研究院・花書院発行、二〇〇七・五）において言及している。また本論の記述と関連する論文として、拙稿「近代日本における〈タイ〉イメージ表象の系譜――昭和10年代の〈南洋〉へのまなざし」（「立命館言語文化研究」二〇一〇・一）、「王妃の肖像――三島由紀夫『暁の寺』におけるタイ国表象――」（「福岡教育大学国語科研究論集」二〇一一・二）と内容の重複している部分があることをお断りしておく。

※本論はＪＳＰＳ科研費（課題番号：15K02250）の助成を受けたものです。

文化パトリオティズムとその命数——三島由紀夫における「形」の論理

梶尾文武

1

一九六〇年代、それまでは耽美的な芸術至上主義者と目されていた三島由紀夫は、急速に政治に接近し、日本回帰的・天皇主義的な言説と行動を呈した。橋川文三を先蹤に、三島を日本浪曼派＝耽美的パトリオティズムの系譜に定位する批評的視角がもたらされたこと、また、同時代に隆盛をきわめた新左翼に対抗する新右翼＝反革命の学生運動が擡頭したことが、その背景として挙げられよう。

敗戦以来しばらく言論界のタブーとして封印されてきた保田與重郎ら日本浪曼派に、再び照明を当てた先駆的論者が、竹内好である。竹内の論文「近代主義と民族の問題」（「文学」一九五一年九月）について、橋川文三は『日本浪曼派批判序説』（未来社、一九六〇年二月）の冒頭近くで「「日本ロマン派」そのものが問題として提起されたのは、恐らく竹内の右の発言をきっかけしたものであって、それ以前には正式な口火は切られていない」と言及している。

竹内のこの論文は、戦後に覇権化した近代主義を批判し、単独講和によって国際社会へと復帰しつつあった同時代に「国民文学論争」を惹起したことで知られる。「マルクス主義者を含めての近代主義者たちは、血ぬられた民族主義をよけて通った。自分を被害者と規定し、ナショナリズムのウルトラ化を自己の責任外の出来事とした。「日本ロマン派」を黙殺することが正しいとされた。しかし、「日本ロマン派」を倒したものは、かれらではなくて外の力なのである」。こう述べる竹内は、戦時知識人が日本浪曼派に代表される民族主義を対象化しえなかったがゆえに「ナショナリズムのウルトラ化」を許してしまったという認識にもとづき、戦後における進歩的知識人の勝利が、実のところ民族という死角の上に成り立っていることを批判する。竹内の視点からすれば、民族なるものを忌避する近代主義者のふるまいは、戦争責任を回避することに等しい。そして、ここで竹内が言う「民族」は、植民地としてのアジアの血脈へと通じているのである。

日本浪曼派に関する竹内の問題意識は、後の「近代の超克」(『近代日本思想史講座』筑摩書房、一九五九年一一月)においてより明確にされている。直接には、雑誌「文学界」一九四二年九月号・一〇月号に分載された同題のシンポジウムを検証する論文である。竹内はそこで、日本浪曼派が、相対的にはリベラルな「文学界」周辺の知識人を巻き込み、さらには総力戦の理念に思想的な裏付けを与えた京都学派よりも影響力を揮ったことの理由を問うた。竹内はその理由に関して、次のように述べている。

「近代の超克」思想において、「日本ロマン派」は、復古の側面によってでなく終末論の側面で作用したと考えられる。「永久戦争」の理念を、教義としてでなく、思想主体の責任において行為の自由として解釈しなおすためには、どうしても終末論が不可欠だが、「文学界」的知性からは終末論の契機は導き出させない。そのために彼らは、「日本ロマン派」に力を借りようとし、いわば毒をもって毒を制しようとした。そして「近代の超克」という戯画をえがいたのである。

竹内によれば、日本浪曼派が永久戦争の時代を席巻しえたのは、民族主義的な「復古」の主張に加えて、時代に相応しい「終末論」すなわち死の美学化とその共同化の契機が含まれていたからである。それゆえ日本浪曼派は、たんなる民族主義・反近代主義ではなく、「過激ロマン主義」として把握されねばならない——竹内はそのように主張する。

三島が日本浪曼派から継承したのは、こうした死の美学としての終末論＝過激ロマン主義というエレメントであった。すでに三島は『金閣寺』（新潮社、一九五六年一〇月）から『鏡子の家』（新潮社、一九五九年九月）、『美しい星』（新潮社、一九六二年一〇月）へといたる長篇小説において、戦後の平板な日常に対する呪詛とともに、季節外れの終末論を虚構上に導入していた。竹内の「近代の超克」論とほぼ同時期、初の本格的な日本浪曼派論を展開していた橋川文三は、三島の「一見華麗きわまる芸術的行動」を、戦争という「隠れたる神」のためにする営為と捉え、彼の敗戦体験を「純潔な死の時間から追放され、忍辱と苦痛の時間に引渡される」という「不吉な啓示」として位置づけた。三島に「世界崩壊へのいたましい傾倒」を看取する橋川は、その三島論「夭折者の禁欲」を増補版『日本浪曼派批判序説』（未来社、一九六五年四月）に収めている。この他にも六〇年前後には、江藤淳『奴隷の思想を排す』（文芸春秋新社、一九五八年一一月）、磯田光一『殉教の美学』（冬樹社、一九六四年一二月）等々、日本浪曼派の流れを汲む存在として三島を捉え直す解釈が続出した。このような批評的動向が、三島をして日本回帰せしめるための地ならしをしたと見てよい。

アーネスト・ゲルナーによれば、ナショナリズムとは一般に、「政治的な単位と民族的な単位とが一致しなければならないと主張する一つの政治的原理」と定義される。すなわちそれは、「エスニックな境界線が政治的な境界線を分断してはならないと要求する政治的正統性の理論」である。[*1] 政治上の境界画定をめぐる民族間の対立抗争、あるいは民族内部の同一性意識がナショナリズムを動機づけているとすれば、六〇年代の三島の日本主義的言動を、この概念をもって説明づけることは難しい。後に論ずるように、その言動は、政治―民族という境界画定の論理よりも、文学―文化という包摂の論理と強く結びついているからである。本稿では、ナショナリズムよりも「耽美的パトリオティズムの系譜」に三島を定位した橋川文三の顰みに倣い、彼の言動に内包された過激ロマン主義としての死の美学について検討しよう。すなわち、一九六〇年代の三島由紀夫の言説と行動を「文化パトリオティズム」として再定位することが、本稿の狙いである。

2

六〇年代の三島の政治への関与は、同時代に発生した新右翼運動と連動している。一九六六年五月、宗教団体・生長の家（谷口雅春総裁）を母胎に「生長の家学生会全国総連合（生学連）」が、同年一一月には前年の早大紛争を機に「日本学生同盟（日学同）」が結成された。[*2] 三島は林房雄の紹介を得て、オピニオン誌「論争ジャーナル」を刊行していた日学同の持丸博らに接近、ここから新右翼運動への関与が始まる。

ところが六九年、生学連系の右派学生は「全国学生自治体連絡協議会（全国学協）」を結成し組織拡大を企図（五月）、この動向は日学同の反発を招いた。新右翼内部のセクト対立が激化するなか、三島は全国学協の支持に回った。全国化の準備段階にあった六八年一二月、三島は関東学協の結成大会で「日本の歴史と文化と伝統に立って」と題する講演を行なっている。[*3] 三島のこうした動向を受けて、側近の森田必勝が日学同を脱退（一九六九年二月）、持丸博の後継として楯の会学生長に就任した（同年一〇月）。

全国学協の初代委員長・鈴木邦男は、往時を振り返って「『楯の会』は運動体ではなかった」とし、日学同と全国学協こそが運動を牽引したにもかかわらず、それらは「歴史からはずり落ちた」と述べる。[*4] 三島率いる楯の会のイデオロギーが、その活動時期にあっては、政治運動体としての新右翼セクトにさほど浸透していなかったということであろう。松本健一が「新右翼はその日本変革の基軸に「天皇」を必要としていなかった。かれらの変革の基軸は、ただひたすらに「民族」であった」[*5] と分析するように、初期新右翼の運動は、尊皇論的な性格よりも民族主義的なそれを色濃く帯びていた。たとえば森田必勝は、「世界連邦建設へ向っての一種の造山運動とするナショナリズム」の必要性を説き、共産圏拡大に抗するには「各民族がそれぞれの世界史的意義を自覚し、文化競争を続けながら進んでゆく、第三世代の、新しい民族主義運動」が不可欠だと論じていた。*6

私見では、「民族派」たる新右翼が「天皇」へと基軸を移し、尊皇美学を現実的行動の基盤とする契機をもたらしたのが、「文化防衛論」（「中央公論」一九六八年七月、以下傍点は引用者による）である。そこで三島は、反革命の戦略論として民族主義に重心を置くことを明確に斥け、民族的差異を論うことが日本においては「非分離を分離へと導かうとする」左翼的な政治戦略の枠組にしか収まりえないと主張する。「日本は世界にも稀な単一民族単一言語の国であ」るという、あからさまな事実誤認を伴った強弁も、「民族主義の左右からの奪ひ合ひ」を回避するための方便にすぎまい。三島は民族という要素を自明の前提に繰り上げることによって、彼の「日本」の構想からこれを捨象したのである。

民族主義という分離の論理に代えて三島が呈示したのが、再帰性・全体性・主体性を備えた「文化」という包摂の論理である。三島によれば、日本人にとって、「菊と刀」に象徴される日本文化は、芸術作品から行動様式までを貫く不変の「形《フォルム》」である。天皇は、かような意味における文化の「源泉の主体」である。天皇という源泉からあらゆる価値が流出し、個体はその流れを再帰的に汲むことによってはじめて「創造的主体」たりうる。

このような論脈において三島が強調するのは、全体としての文化共同体を「守る」ための個体の自己放棄、すなわち死である。

　文化における生命の自覚は、生命の法則に従つて、生命の連続性を守るための自己放棄といふ衝動へ人を促す。自我分析と自我への埋没といふ孤立から、文化が不毛に陥るときに、これからの脱却のみが、文化の蘇生を成就すると考へられ、蘇生は同時に、自己の滅却を要求するのである。このやうな献身的契機を含まぬ文化の、不毛の自己完結性が、「近代性」と呼ばれたところのものであつた。

近代においては個人が自己完結的なものとして最優先されてきたが、文化はむしろ自己放棄によってはじめて蘇生する。すなわち、文化はその「全体性」において個々の自己放棄を自己超越へと昇華し、また逆に、「全体性」を実現するには個々の死を賭した自己放棄が不可欠とされる。天皇を全体主義的体制による政治利用から防衛し、日本文化の「全体性」の代表者たらしめるには、軍隊との栄誉の絆を回復し、これを政治に横領されない「文化概念」として復活させなければならない――これが「文化防衛論」における三島の主張の要諦である。「文化の全体性に、正に見合ふだけの唯一の価値自体として、われわれは天皇の真姿である文化概念としての天皇に到達しなければならない」。こう述べる三島は、文化共同体としての「日本」から民族という内容を捨象しつつ、それを「守る」ための暴力と死の美学を天皇主義と結合したのである。

「みやび」は、宮廷の文化的精華であり、それへのあこがれであつたが、非常の時には、「みやび」はテロリズムの形態をさへとつた。すなはち、文化概念としての天皇は、国家権力と秩序の側だけにあるのみではなく、無秩序の側へも手をさしのべてゐたのである。

近代天皇制の下では、神風連の乱から二・二六事件にいたる恋闕者たちのテロルは排除されてきた。これは、近代天皇制が西欧的立憲君主政体に固執した結果、「文化概念」としての本来性を喪い、「みやび」を受容する能力を持ちえなくなったがためにほかならない、と三島は言う。三島によれば、本来の「文化概念としての天皇」は、それを守ろうとするアナーキーな暴力を「みやび」なるものとして肯定しなければならないのである。

三島が「文化防衛論」において右のように提示する「文化概念としての天皇」は、野口武彦も指摘するように、「一つの虚構的価値」であり、したがってこのテクストは「いかに三島氏のいわゆる「政治的言語」で書かれていようとも、その本質上一個の文学作品であることに疑いをいれる余地はない」[*7]。そのことは、三島が構想していた文学史論「日本文学小史」(「群像」一九六九年八月、七〇年六月)が、政治論文としての「文化防衛論」と同じく「文化」という概念枠組のもとに書かれていることからしても、明らかであろう。

3

「日本文学小史」は、上代から近世までの文芸作品を各々の「文化意志」に即して記述する試みとして企図された。その試みは未完に終わるが、「神人分離」の悲劇を表出するミュトスとして、三島は『古事記』のうちの「軽太子と衣通王」の挿話とともに、倭建命の挿話に注目している。倭建命(小碓命)は、父・景行天皇の内に潜む殺意を忖度し、兄である大碓命の四肢を引き裂いて殺してしまう。結果、倭建命は帝の怖れを買って放逐され、西に東に流離、転戦する。三島はその「悲劇」を次のようにドラマタイズしている。

統治機能からもはやはみ出すにいたつた神的な力が、放逐され、流浪せねばならなくなつたところに、しかも自らの裡の正統性(神的天皇)によつて無意識に動かされつづけてゐるところに、命の行為のひとつひとつが運命の実現となる意味があり、そのこと全体が、文化意志として発現せざるをえなくなつたのだ。神人分離とはルネッサンスの逆であり、ルネッサンスにおけるが如く文化が人間を代表して古い神を打破したのではない。むしろ、文化は、放逐された神の側に属し、しかもそれは批判者となるのではなく、悲しみと抒情の形をとつて流浪し、そのような形でのみ、正統性を代表したのである。

命は神的天皇であり、純粋天皇であつた。景行帝は人間天皇であり、統治的天皇であつた。詩と暴力はつねに前者に源し、前者に属してゐた。従つて当然、貶黜《へんちつ》の憂目を負ひ、戦野に死し、その魂は白鳥となつて昇天するのだつた。

三島は「文化防衛論」において、文化共同体を「守る」ための条件として、それに挺身すべく選ばれた者たちの死を要求していた。「日本文学小史」はこうした死の美学を「守る」べき対象、すなわち文化概念としての天皇＝神的天皇の側から説き直す。三島によれば、統治を担う景行帝は、詩をみずからの権能から分離し、「その分離された詩のみが、神々の力を代表する日の来ることを、賢明にも予見されたにちがひない」という。人間天皇あるいは統治的天皇としての景行帝は、倭建命の神的なる暴力を排斥し、それによって命に「詩」を、すなわち「文化」を付託する。「文化意志」に結ばれたアナーキーな暴力は、現実的な統治の次元とは相容れず、むしろ現実から疎外されることによってはじめて神的たりうる。倭建命の暴力、その始原の死は、神的天皇の生成原理を原初的な範例として体現しているというのである。

一九七〇年一一月二五日の「楯の会事件」は、神典世界に見出されたこうした死の原理を、時代錯誤にも実演する企てであった。三島は、森田必勝ら楯の会会員の青年三名とともに自衛隊市ヶ谷駐屯地に乗り込み、隊員らにクーデターの実行を呼びかける演説を行なったものの失敗、総監室にたてこもり、「天皇陛下万歳」と唱えたのち割腹刎首によって死を遂げた。事件を受けて、首相佐藤栄作は「天才と狂人は紙一重だ。気がふれたとしか思えない」とコメントし、[*8] 防衛庁長官だった中曽根康弘は「常軌を逸した行動というほかなく、せっかく日本国民が築きあげてきた民主的な秩序をくずすものだ」との談話を発表した。[*9] 二人の政治家が事件に対して公的に示した拒絶は、かねてからの三島との親密な関係を隠蔽するものであったにせよ、むしろ彼の行動に対するほとんど共犯的な反応だったと言うべきであろう。三島の構想によれば、世俗の統治者による拒絶、現実政治からの疎外こそが、暴力の詩と純粋性を保証する条件だったはずだからである。

三島は『仮面の告白』（河出書房、一九四九年七月）以来、その文学的な営みにおいて、書く主体と書かれた言葉との非同一性、言葉が現実それ自体に到達することの不可能性を反復的に表出してきた。死を言葉としていかに表象しようと、作家自身には現実に生きる自由が許されている。文学がこのイロニー、この無答責に支えられているとすれば、七〇年における三島の死が意味するのは、文学の自己否定である。そこではもはや、書く主体たる三島と彼自身の書いた言葉とが合致してしまっている。言葉に責任を負うことが政治の最低条件であるとすれば、一一・二五における三島のテロルは、彼自身も自負するとおり十分に政治的である。三島は最期の「純粋行為」によって、おのれの反革命的言説の政治性を担保したのである。

しかし、三島が構想した「政治」は、現実的な統治の次元からはおよそ自由である。暴力はいかなる現実的な目的にも従わず、現実に対して全き否定を突きつけることではじめて純粋たりうる――三島はその行動においてこのように企図している。現実から拒否されることによって初めて純粋性を帯びるというその企ては、あくまでも文学的な発想に依拠している。三島はその死によって、おのれの殉ずる不可視なる「純粋天皇」の観念を現実の外部に召喚しようとしたのである。

4

敗戦後日本における近代主義の「勝利」に異議を申し立て、日本浪曼派の再検討を促した竹内好は、同派の近傍から出発し、のちに同派への回帰とも見える言動を呈した三島由紀夫を、断固として認めようとはしなかった。中国文学者たる竹内によれば、その端的な理由は「漢語の使い方が私から見てナッテナイからだ」(「日記抄」、「みすず」一九六四年一月、傍点は引用者)という。にべもない言葉だが、見方によっては根底的な、ほとんど致命的な批判とも受け取られよう。

竹内のこの批判は、森鷗外を模するとも自称される三島の漢語調の「重い」文体が、[*10] 実は正統な漢文脈ではなく一種のネオロジズムに依拠していること、したがってアジア的なもの、竹内のいわゆる「民族」なるものを通過していないことを穿っている。竹内が三島を拒否したのは、彼の表現がナショナリズムに偏しているからではない。三島の表現は日本的伝統を騙りながらその基底となるべき漢文脈、ひいては民族性《ナショナリティ》を度外視した贋物であり、この意味で近代主義の一変種である――そのように捉えたからこそ、竹内は三島の文学を拒否したのではないか。

三島が語る「日本」は、民族という内容を欠いている。一見すると日本主義的な彼の言説はそれゆえ、近代日本の凡百のナショナリストの場合とは異なって、攘夷＝排外という志向を端からもたない。彼の「日本」は実体的な内容による画定を被らないがゆえに、あらゆるものを包摂しうるような「全体性」として構想されている。「文化」とは、この内容なき空虚な「形《フォルム》」に三島が与えた仮初の呼び名である。その中心にまします純粋天皇もまた、実体ではなくあくまで観念上の形象である。三島が見出した倭建命のイメージは、古代神話を彼の政治論理の補助線として再神話化するところに仮構されており、「守る」ための死によってそのイメージにみずから連なろうとした三島の行動は、かつて実在したことのない過去への不可能な回帰を意味している。この一貫した無内容性と非実体性、すなわち「形」への徹底が、三島における「文化パトリオティズム」の本質である。

内容なき形式への傾斜はすでに、三島が文学に手を染めた青年期、竹内好のいう「ナッテナイ」漢語を濫費する創作とともに始まっていた。彼の「文体」に対してのフェティシズムともいうべき態度は、そうした空虚な形式への偏愛から発している。彼が晩年、みずからの死を賭けて守ろうとした「文化」もまた、彼の文体の質を規定しているような「形」によって導かれている。三島の文学と晩年の行動を決定づけているのは、かような基底なき基底、無内容にして空虚な形式にほかならない。

注

＊1　アーネスト・ゲルナー『民族とナショナリズム』（加藤節監訳、岩波書店、二〇〇〇年一二月）、一－二頁。

＊2　堀幸雄『最新右翼事典』（柏書房、二〇〇六年一一月）参照。

＊3　全国学協編『〝憂国〟の論理』（日本教文社、一九七〇年五月）、一八七‐二〇〇頁。
＊4　鈴木邦男『遺魂――三島由紀夫と野村秋介の軌跡』（無双社、二〇一〇年一〇月）
＊5　松本健一「ナショナリズムという躓きの石」（「現代の眼」一九七六年三月）
＊6　共同執筆論文「全学連の学園恐怖政治を粉砕しキャンパスデモクラシーを確立せよ」（『日本学生新聞』一九六八年三月一日）、引用は森田必勝『わが思想と行動』（日新報道出版部、一九七一年二月）、一六一‐一六九頁による。
＊7　野口武彦「文学作品としての文化防衛論」（「国文学」一九七〇年五月）
＊8　ヘンリー・スコット＝ストークス『三島由紀夫　詩と真実』（ダイヤモンド社、一九八五年一一月）、六四頁。佐藤・中曽根と三島との親密な関係については、同じ著者による『三島由紀夫　生と死』（清流出版、一九九八年一一月）に詳しい。
＊9　「常軌逸した行動　中曽根長官談」（「朝日新聞」号外、一九七〇年一一月二五日）
＊10　三島由紀夫「自己改造の試み――重い文体と鷗外への傾倒」（「文学界」一九五六年八月）
※本稿の内容の一部は、拙著『否定の文体――三島由紀夫と昭和批評』（鼎書房、近刊）と重なっている。

アダプテーションは何を物語るか——三島由紀夫作品とジェンダー／セクシュアリティ

有元伸子

1 翻案から性を解読すること

三島由紀夫作品を考察するにあたって、ジェンダー／セクシュアリティは欠かせない問題系である。たとえば「仮面の告白」は、同性愛や血や死への希求といったセクシュアリティと、女性への精神的恋愛《プラトニック・ラヴ》感情や男性性からの疎外と憧憬といったジェンダーをモチーフとして、従来の私小説の手法を逆手に取る形で作り上げた野心作であった。不安や疎外感にかられ、「正常」に見えるように演技する欺瞞をあばく「私」の繊細で沈着な自己分析の記述を読むことは、人々があたかも自然であるかのごとくこなしている男女の日常的なふるまいが虚構であること、また同性愛や異性装などを「倒錯」だと見なして異性愛だけを当然視する社会の仕組そのもの（ヘテロノーマティヴィティ）を再認識し、読者に自分のセクシュアリティやジェンダーのありようを直視せよと迫ってくるように思える。

この戦後の出発期の記念碑的作品以後も、性は三島の主要なテーマあるいは作品に伏流するモチーフとなり続けてきた。本稿では、三島の小説を原作とする演劇作品をもとに、三島文学に胚胎するジェンダーとセクシュアリティについて考える手がかりを探ってみたい。

三島由紀夫の小説は、五回も映画化された「潮騒」を筆頭に、作者の生前から多く映画化・舞台化されてきたが、研究や批評の分野でこれらが焦点化されることは多くはなかった。そうした事情は三島研究ばかりではない。アダプテーションの理論化を試みたリンダ・ハッチオンは、アダプテーションはしばしば派生物として「親しみと蔑み」をもって遇されてきたと言う。[*1] 偏見の背後には「独創性とオリジナル創作の才」を評価する「(ポスト)ロマン主義的価値観」があるが、翻案には「他人のストーリーを我がものとして、ある意味で自分の感性、関心、そして才能というフィルターを通す」「私的使用のプロセス」が入るのであり、それゆえに「翻案者は、まず解釈者でありそれから創造者である」のだと評価する。

顧みれば、『豊饒の海』(浜松中納言物語・源氏物語・竹取物語)・『近代能楽集』(謡曲)・「獅子」(エウリピデス「メーディア」)など、三島由紀夫自身が日本の古典文学やギリシャ悲劇などを縦横に翻案してきた偉大なるアダプテーターであった。さらに三島は戯曲を多く手がけ、それらは今日なお演劇界の貴重な資産として上演され続けているが、佐々木健一は「一つの物語に対する複数の翻案の関係は、同一の戯曲に対する複数の演出の関係に等しい」と言う。[*2] 三島は自作を他者の演出の手にゆだねることによって、豊饒な舞台を提供しつづけてきた劇作家でもあった。浦崎浩實は、三島戯曲が死後も上演されることが三島の「延命」に大きく寄与しているとする。[*3]「作品が再演されるということは、役者の生身の肉体によって作品が内側から生き直され、新しい血を注入されて批評のふるいにかけられ、そのたびごとに、作品と作者が強靱になっていくことに他ならない」からであり、さらに「当人自身が書いた戯曲のみならず、他者の手によって、戯曲化、シナリオ化されることでも、作品や作者の生命は飛躍的に延びていく」と言うのである。

言葉によって組み立てられ読み手の想像力にゆだねられる小説世界が、演劇や映画に翻案されて具体的・直接的に視覚化・音声化されるとき、そこには思いがけない発見・発掘があるだろう。長編小説を一定限度の上演時間にあわせて再構成する際には、削除や入替・圧縮といった作業が伴い、独自のミニマム・ストーリーが創作されることになる。小説中に沈潜する多様性から何に焦点化して再構成するのか、原作から時代・空間とジャンルを越境することにより、現代的な問題が浮上し再解釈がなされるだろう。[*4]今後の研究の方向性としても、唯一絶対のオリジナルとしての三島由紀夫の追究だけではなく、翻案の連鎖の時間軸のなかに三島由紀夫作品を位置づけていくといった方法を採用してもよいのではないだろうか。三島の小説がアダプトされたとき、性はいかに表象されることになるのか。以下、「春の雪」「金閣寺」の近年の優れた二つの舞台を中心に見ていきたい。[*5]

2　宝塚歌劇「春の雪」——虚構のジェンダーの美——

二〇一二年秋に上演された宝塚歌劇団月組「春の雪」（脚本・演出・生田大和、出演・明日海りお・咲妃みゆ）。[*6]屈折した心情をもつ「春の雪」の松枝清顕が、包容力のあるヒーローを得意とする宝塚歌劇になじむのかといった不安も当初はあったようだが、幕が開くと、評論家・ファンともに高評価する人気公演となった。[*7]原作の力と脚本の生田の真摯な取り組み、大正期の貴族社会の設定（豪華な装置や華やかな衣装）が宝塚向きであること、主演の明日海りおが嵌り役であり他のキャストも好演であった点などが評価されている。二〇一四年に一〇〇周年を迎えた宝塚歌劇だが、三島由紀夫作品の上演は初。挑戦であったと思われるが、三島文学にとっても、宝塚歌劇という新しいステージとの幸福な出会いとなった。

宝塚歌劇の最大の特色は、言うまでもなくキャストが女性のみであることで、男性登場人物を女性の「男役」が演じることにある。三島戯曲では、三島歌舞伎はもちろん、それ以外にもオールメールで男性が女装して演じられる舞台演出がしばしばあったが、（女性登場人物のみの「サド侯爵夫人」などはオールフィメールであるものの）、女性による男装の三島演劇は珍しい。しかし全く違和感なく、芸術的感興をよぶ出色のエンターテイメント作品であった。大正期の青年貴族・松枝清顕の屈折した心情とその後の熱情、実の父親さえ果敢なさを感じてしまう美貌——三島独特の優雅の世界を、主演の明日海りおが美しさと豊かな歌唱とで表現する。[*8]

きらびやかな衣装をまとい濃い化粧を施して歌い踊る宝塚歌劇の「男役」については、これまでジェンダーの側面からも多くの考察がなされている。一致するのは、それが日常世界とは異なる完全なる虚構の美であることだ。たとえば川崎賢子は、「男役という性（ジェンダー／セクシュアリティ）は、演技者の性にも役柄の性にも還元しつくせない次元にある」とし、「男役十年」と呼ばれるような経験の積み重ねによって求められる所作（様式美）を身につけたトップスターは、「この世の日常を生きるどんな男性にも」似ておらず、「性の境界を越え、男女のいずれの性をも兼ね備える」「アンドロジナスとしてのセクシュアリティ」にひらかれると述べる。[*9]

指摘されるような「男役」の様式美や性の越境は、歌舞伎の女形と相似するだろう。三島由紀夫は宝塚歌劇についてさほど大きくは言及していないものの、明治時代には歌舞伎の女形が女性美のお手本だと考えられており、「女はそれを自分のナルシシズムの目標とすると同時に、また性欲の対象ともするといふ、二重の心理」でこれを迎え、「この傾向は別な意味で、宝塚の男役にも長く糸を引いてゐる」と述べている。[*10] セックスと異なるジェンダーを演じるハイブリッドな存在である点、ジェンダーがパフォーマティヴなものであることを示す点など、両者はかさなり合う点が多い。[*11] 三島は「春の雪」の清顕と「奔馬」の勲を男性の二典型として描いたはずなのだが、その清顕を女性の身体を持つ「男役」の明日海が演じて「完璧」（鶴岡英里子）だと評されるほどに体現した。三島の物語世界の男性登場人物が日常的・現実的な男とは異なった存在であることの証左となろうし、さらに（女性）観客が魅了され、東園子の言う「女同士のホモソーシャルな親密性」を感取するのだとすれば、三島文学の受容の可能性を大きく広げたことになるだろう。[*12] そこにはジェンダーとセクシュアリティをめぐる幾重もの転倒と攪乱のきらめきが存在する。

ところで、「春の雪」の近年の先行アダプテーションとしては、二〇〇五年公開の映画「春の雪」がある（東宝、監督・行定勲、脚本・伊藤ちひろ・佐藤信介、出演・妻夫木聡・竹内結子）。「永遠を約束されたはずの二人に　その悲劇は静かに訪れる」というコピーとともに、当時の「純愛」ブームに沿って広報された。宝塚版「春の雪」

は、三島の小説からの直接の継承とともに、この映画版「春の雪」のイメージをも引き継いでいる。小説にはあった本多の清顕に対するエロティシズムも含み持つ強い一体化への希求と嫉妬といった親密な関係は、映画版・宝塚版ともに希薄であり、清顕と聡子の恋愛に焦点化していく。

アダプテーションの魅力が「変化をともなった反復」(リンダ・ハッチオン)にある以上、原作だけではなく、直近のアダプテーション作品を援用するのは当然のことだ。本作だけを見る観客も満足するように独立した単体として作られるとともに、原作や他の翻案を知るものにとっては複数のヴァージョンの比較による反復と変奏の喜びも感じられる。原作の小説も含めて、各ヴァージョンが翻案の連鎖のなかに位置づけられるわけである。

映画「春の雪」が原作から拡大して取り出したのは、聡子と清顕の幸福だった幼少期のイメージの回想の繰返しであり、輪廻転生にもつながる二人の縁の原点としての「歌留多」や、あるいは夢や死と再生の象徴として「蝶」であった。宝塚版「春の雪」でも、幼少期の聡子・清顕の二人は重要な場面で繰返し登場するし、歌留多や蝶のモチーフも舞台装置やポスターの図像として踏襲されている。

だが、もちろん、事物をリアルに映し出す映画版と、ミュージカル演劇である宝塚版には違いも多い。映画版では、小説の主要登場人物のうち、清顕付の書生・飯沼をバッサリと削除している。一方、宝塚版では飯沼は残されるとともに、飯沼と女中・みね、本多と従姉妹の房子も純愛のカップルとして遇される。スターシステムをとる宝塚歌劇では、それぞれの男役にもデュエット・ダンスや歌唱などの見せ場が必要であるのに加えて、他のカップルの恋愛模様の間に置くことで清顕・聡子による永遠の希求のテーマを極立たせるのである。

また、タイの王子と聡子を引き合わせる帝劇の演目は、小説では歌舞伎であったが、映画版は華やかなオペラ(「ファウスト」)に変えていた。宝塚版は、オペラを踏襲しつつも演目をさらに「カルメン」に変更して、作中劇で三角関係の愛情のもつれによって引き起こされる死をダンスによって表現する。同時に、洞院宮治典王も帝劇で聡子を見初めた設定にし、その後も彼の聡子への真摯な愛が強調されて、清顕―聡子―洞院宮の三角関係を作り出し、三重唱によって表現する。こうして劇中の観客たちが恋愛事件を見守る形の帝劇の場面は、後に痴情のもつれによる殺人事件の裁判の場面に二重写しとされ、本多が清顕と聡子の恋愛を案じる場面と接合していく。

さらに、最終の月修寺の場面では、本多が目的を果たせずに下がったあと、門跡がふすまの奥の聡子に呼びかけるシーンも映画版から引き継ぐが、聡子の返事は二つのヴァージョンで大きく異なる。宝塚版では第四巻「天人五衰」の最終場面まで取り込まれ、聡子がおろした髪を入れる箱も創作されて、男のいない世界で心の平安を得て生きる聡子の遁世も美しく完結される。三島がマチズモな作家だと一部に見られつつも、女性読者や観客に愛読される、その理由の一端を宝塚歌劇の舞台は示しているように思える。

3 舞台版「金閣寺」——男同士の親密性の浮上——

二〇一一年初頭に初演され、同年夏にニューヨーク公演、翌年春に再演、一四年にキャストを替えて再々演された宮本亜門演出の舞台「金閣寺」（脚本・伊藤ちひろ・宮本亜門、出演・森田剛・高岡蒼佑・大東駿介、再々演は柳楽優弥・水橋研二・水田航生）[*13]。数度にわたる上演が物語るように、きわめて完成度の高い公演である。原作を読み込んで緊密に再構成し、小説「金閣寺」の演劇化という難題に挑んだ[*14]。役者陣も熱演し、ことに初演・再演で主演した森田剛は「吃り」による疎外感から金閣を希求する溝口を体現した[*15]。アンサンブルにも優れ、舞踏集団大駱駝艦によるスピーディで自在な動きやホーメイのすさまじい音声パフォーマンスも加わって観客の感覚を刺激する。

舞台は一見すると原作どおりに進行するようだが、実際には緻密かつ劇的にモチーフを配置し直し再構成している。特に溝口が寺を出奔して舞鶴に行く列車の中で次々と過去が甦える場面は、溝口の認識する「人間関係」とそこから沸き起こる「自己認識」「コンプレックス」の在所を明瞭に整理している[*16]。父—有為子—脱走兵—海機の学生（原作にはない敗戦時の切腹）―鶴川―米兵の女―南禅寺の女……と死者や生まれなかった胎児に関わる者たちが連続して表れ、金閣を示すホーメイの強烈な声のあと、反転して、柏木―母―副司―老師……といった現世で強烈に生きる者たちの系列が続く。結末も、金閣放火後に「生きよう」と感じた溝口が、煙草をふかした後で舞台から降りて観客席に座るという、演劇の形式を最大限に生かした演出がとられる。溝口役の森田のニヒルだとも紗がかかったとも覚醒したともとれる表情は、今後の溝口の生への観客の解釈を誘ってやまない。[*17]

溝口をめぐる複雑な人物関係のうち、舞台では溝口・柏木・鶴川の三者が軸となる。柏木・鶴川役の高岡と大東が交代でナレーションを担当して溝口の内面を語り、あたかも三者が一体であるかのようだ。三者にフォーカスして制作した理由について、宮本は思春期の自己形成という点で彼らの苦悩が普遍的であり、かつ思想本・スピリチュアル本が流行する現代人の悩みとも重なるからだと解説し、また三者の関係については、「三島はうまく隠していますけど、そこには男性と男性の恋愛感情も含まれます」と、三者の親密性を指摘する。[*18]

三者のうち、本稿では溝口と鶴川に焦点化してみよう。「吃り」によるコンプレックスから自閉していた溝口が、初めて心を開き惹かれた同性が金閣の同輩の鶴川だった。しろつめぐさを摘んで溝口に渡す（少女マンガの理想の恋人のように）キラキラと優しく明るい鶴川と、横たわった鶴川の木漏れ陽で白く光ったシャツに手を伸ばそうとする溝口。剣道の教練のあとで戯れる二人。自分の吃りを全くからかわない鶴川に、溝口は安心して、ともに映画を楽しみ、南禅寺で不思議な光景を見る。こうした作中で最も幸福な時間を、「戦争は我々にとって一個の夢のような実質なき慌ただしい体験であり、二人だけの遮断された隔離病棟のようなものだった」、「それは鶴川と私が金閣と最も親しみ、その安否を気づかい、その美に溺れた時期であった」と、二人であることをナレーションは強調する。小説「金閣寺」第二章で「私が金閣と最も親しみ」と単数で語られた箇所が、「鶴川と私」の複数に改変されるのだ。小説でも戦中の「私」はほぼ常に鶴川とともに行動していたのであり、小説の語りの現在が鶴川の死後・金閣放火後であるために孤独な一人称単数の告白体が採用された事情と溝口にとっての鶴川の重要性が、舞台版からの照射により改めて確認される。

大学入学後に溝口と鶴川は距離をとるようになり、溝口は柏木に近づく。柏木は、溝口に向ける鶴川の視線を認知したうえで、溝口の肩を抱き寄せるようにして自分の話を聞かせ、三角関係の構図が明示される。溝口と鶴川が最後に会う場面は、小説では柏木との交際について「友情に充ちた忠告」をした鶴川に対して溝口が「抗弁」したと数行しか書かれていないが（第五章）、舞台では一場が設けられる。「君と僕とはやっぱりどこまでいっても違う人間や」と溝口に突き放されて、鶴川は哀切な表情を見せる。鶴川の溝口への親密な感情が観客に強調されるのだ。このため、後に柏木が持参した鶴川の手紙によって、鶴川の死が「親の許さない相手との恋が理由」での自殺であったことが示される場面も、舞台版では小説とは異なった解釈の余地が生じることになる。溝口が手紙を読む背後には沈鬱な表情の鶴川が佇み、とくに原作を未読の観客にとっては、その「相手」とは溝口であり、鶴川が明るい表層の下で溝口への思いを隠蔽したために自殺したかもしれないという解釈の可能性すら浮上するのだ。小説では抑制されていた鶴川のエロスを、舞台はあぶりだしていく。[*19]

ところで、「金閣寺」にも先行アダプテーションとして二つの映画が存在する。[*20]「炎上」（一九五八年・大映、監督・市川崑、脚本・和田夏十、出演・市川雷蔵・仲代達矢）は、三島の創作ノートを参照して溝口のその後を描くとともに、有為子を削除して、テーマを溝口の内面に絞り込んでいた。一方、「金閣寺」（一九七六年・ATG、監督・脚本・高林陽一、出演・篠田三郎・柴俊夫）は、母や有為子など女性との関係に焦点をあてて創作していた。

舞台版「金閣寺」は、このうち映画「炎上」のイメージをいくぶんか引き継ぐ。[*21]溝口が寺を出奔して、故郷の「裏日本の海」を見て、「金閣を焼かなければならぬ」という想念を得る重要な場面。映画「炎上」では、「怖ろしい白昼夢」を見るようだと三島が『小説家の休暇』で絶賛した山門から葬列が出る回想シーンを経て、海岸で父の柩が火葬される。舞台「金閣寺」でも、出奔のあと、亡き父に肩を押されるようにして溝口は父の柩に近づき、火が放たれて「金閣を焼けばこの世界は変貌する！」という認識を得る。父によって植えつけられた理想的な美としての金閣像を焼く想念を、父の火葬の回想から生じさせる。小説とは異なったシーンの組み換えという翻案の連鎖がなされるのである。

舞台「金閣寺」では、父や老師など男性との関係に加えて、映画「炎上」では希薄だった対女性関係も含ませ、だが基本的には同世代の若者三人の関係を軸に溝口の疎外感と世界への参与が描かれていく。小説「金閣寺」に沈潜するホモソーシャリティ／ホモエロティシズムをすくい取った舞台は、二次創作表現による「金閣寺」解釈の一つの達成であろう。

＊

以上、二つの舞台を通して、三島作品に内在する性の要素をアダプテーションから検討・研究する可能性を探ってみた。女性演者による異性愛表現と、男性同士の親密な関係と、方向は異なるものの、クィアなアダプテーションに誘う力を三島テクストは秘めている。二つの舞台とも観客席の過半を占めたのは女性たちであったが、〈三島由紀夫〉の受容をめぐるジェンダー／セクシュアリティも今後の課題として浮上してくるだろう。三島文学の資産をアダプトすることで演劇に大きな力が与えられるとともに、当代の演劇にアダプトされることによって三島文学も繰返し活性化し、再生・更新されていくのである。

注

＊1　『アダプテーションの理論』第一章（晃洋書房、二〇一二年四月）

＊2　『演出の時代』「Ⅰ　演出の時代―翻案と演出」（春秋社、一九九四年一一月）

＊3　「文学的から映画的へ　三島由紀夫原作「春の雪」の成功」（「シナリオ」二〇〇五年一二月）

＊4　米谷郁子は「物語が、それを受容する側の読みにゆだねられた場合、オリジナルの原作では明示されていな

かったことや、作者や制作者が意図していなかった部分を解釈行為を経てあぶり出してしまうことも多くあります」と述べる（『今を生きるシェイクスピア—アダプテーションと文化理解からの入門』研究社、二〇一一年九月）。これを受けて岩川ありさは、「再解釈を通じて、不可視とされていた欲望や関係性を見出すような「クィアな読み」の可能性」を提案する（「Pixiv という未来—「クィア・アダプテーション」としての二次創作」『日本サブカルチャーを読む』北海道大学出版会、二〇一五年三月）。

＊5　舞台はいずれも実見したが（「金閣寺」ニューヨーク公演を除く）、ＤＶＤ（「春の雪」宝塚クリエイティブアーツ、「金閣寺」avex trax）によって記憶を補完した。

＊6　二〇一二年一〇月〜一一月、宝塚バウホール・日本青年館。

＊7　鶴岡英理子は「実に美しい舞台だった。劇作家の思い入れの深さと、主演者の適役ぶりが呼応して高い完成度を生んでいる。まれに見る結実が生んだ佳作である」（「完璧な主演者を得た劇作家の夢の成就」「宝塚イズム」二三、二〇一三年三月）と激賞する。

＊8　「美青年だが自分中心で利己的な松枝清顕に扮した明日海は、美しさのなかにある内面のトゲのような感覚をたくみに表現、屈折した青年を演じさせたら現在の宝塚ではピカ一であることを証明したようだ」（薮下哲司、「スポニチ」二〇一二年一〇月一二日）といった評価がなされた。現在は組替で花組トップとなった明日海にとっても印象深い役だったようで、公式プロフィールの「好きだった役」に「「春の雪」の松枝清顕」を挙げている。

＊9　『宝塚というユートピア』第四章（岩波新書、二〇〇五年三月）

＊10　「女の色気と男の色気」（「anan」一九七〇年三月二〇日）

＊11　三島由紀夫の描く歌舞伎の女形については、拙稿「「女方」におけるクィアな身体」（「三島由紀夫研究」一五、二〇一五年三月）を参照。

＊12　東園子は、宝塚の舞台は、「異性愛」と「男同士の友情」がテーマだが、男役も娘役も性的身体を持たないた

め、宝塚の舞台で表現される異性愛は、現実の男女の異性愛関係とは異なる非性的な性質を持つおとぎ話のような世界だと言う。そして、宝塚の女性観客たちは舞台で繰り広げられる異性愛を「女同士のホモソーシャルな親密性」へと読み替えるというのである。(『宝塚・やおい、愛の読み替え』「第3章　宝塚から読み取られる親密性」新曜社、二〇一五年四月)

＊13　二〇一一年一〜三月、KAAT神奈川芸術劇場・まつもと市民芸術館・キャナルシティ劇場・愛知県芸術劇場・梅田芸術劇場。二〇一一年七月、ローズシアター。二〇一二年一〜二月、梅田芸術劇場・赤坂ACTシアター。二〇一四年四月、赤坂ACTシアター。

＊14　徳永京子は、「世界を変えるのは行為か認識か。小説「金閣寺」で三島由紀夫が提示した命題を、演出の宮本亜門は、舞台を支えるのは言葉か身体かというテーマに置き換え、強靱な原作に挑んでいる。もちろん、二者択一で答えを出そうというのではない。知的で観念的な三島の小説に拮抗すべく、生身の肉体の荒々しさ、しなやかさ、不安定さを前面に打ち出し、主人公の孤独と共振しつつ、演劇ならではの要素で揺さぶりをかける」と評する(「三島の言葉に身体で挑む」「朝日新聞」東京本社夕刊、二〇一四年四月一〇日)。

＊15　「特筆すべきは森田の果敢な演技だ。人気グループ・V6の一員が頭を丸め、罵倒されてオロオロし、上目使いで見上げる。壮絶な身体表現から痛みが伝わってきた。」(祐成秀樹「痛み伝わる森田の身体表現」「読売新聞」東京本社夕刊、二〇一二年二月一日)

＊16　脚本の伊藤ちひろは、「美の観念」よりは、「〝人間関係の中から生まれる自己認識と、そこから沸き起こる息苦しいほどのコンプレックス〟に重点を置いて、溝口の感情の流れを表現していくことの方が、この時代を生きる人々に何かを残せる作品になるのではないだろうか」と意図を語る(「『金閣寺』創作ノート」「悲劇喜劇」二〇一一年四月)。

＊17　宮本自身の演出意図については、本書所収のインタビュー参照。溝口役の森田剛は、初演パンフレットはじ

め諸種インタビューにおいて、稽古の当初は結末場面を演じると死にたくなると語っており、そこから「生きよう」という感覚を得るまでの経過は、現実の金閣放火事件（林養賢は自殺未遂）・映画「炎上」（主人公は自殺）や三島の他作品の男性による行動と死を考える上で興味深い問題を提供している。

＊18 「インタビュー　宮本亜門」（「金閣寺」初演パンフレット、パルコ、二〇一一年一月）

＊19 「金閣寺」について、演出の宮本はもとより、キャスト三人も自身の役と三者の関係性について演出家とともに互いに話し合い理解したところをパンフレットや演劇雑誌においてかなり詳細に語っており、登場人物を実際に何度も体現し生きてきた俳優ならではの血肉の通ったものである。これらはもちろん舞台で演ずるにあたっての理解ではあるが、小説「金閣寺」の登場人物研究にも有効であろう。

＊20 拙稿「『金閣寺』再読―母なる、父なる、金閣」（「三島由紀夫研究」六、二〇〇八年七月）。ほかに「金閣寺」の二次創作としての新派公演やラジオドラマ脚本などに関する考察に、山中剛史「受容と浸透―小説『金閣寺』の劇化をめぐって」（同）がある。

＊21 副司役の花王おさむが映画「炎上」を演技の参考にしたと語るが（初演パンフレット）、溝口や柏木の造型や演技も映画「金閣寺」よりは「炎上」のイメージに近い。また舞台版では娼婦まり子をカットしており、溝口の対女性関係は抑制されている。

「三島由紀夫」イメージの触発と反転――氾濫するイメージの意味と二次創作

山中剛史

1 「三島由紀夫」とそのイメージ

三島ほどに二次創作の対象とされる作家は少ない。しかも大抵はキッチュなイメージとしてそれはなされる。もちろん、作家が芸能プロに所属しタレント活動するご時世である。漱石にしても芥川にしても、コンテンツとして作家自身がキャラ化され、漫画の主人公とされたとしても何ら違和感はない。[*1]三島の場合は、『薔薇刑』の細江英公や横尾忠則ら、自身交際のあった写真家や画家たちから三島本人が創作対象として取り上げられてきたばかりでなく、あたかも生きた作品のごとく本人が意図的に己のイメージを操作してきたところもうかがわれ、[*2]社会的事件ともなったその自死以降は、三島の肖像はある種のイコンとして世間に流通し、それらは繰り返し「三島由紀夫」という作家イメージの再生産に与してきたというやや特殊な事情がある。いまネットで「三島由紀夫」の画像検索をすれば、ヌード写真から楯の会制服姿で演説する写真、更には斬首後の首無し遺体写真まで、多種多様なイメージが猥雑なまでにネット空間に流布しているが、漱石であれ太宰であれ、はた村上春樹であれ、このようなことはまずなく、特殊三島的な氾濫現象というほかないだろう。

では、三島の作家神話とは何であろうか。三島は「死後も成長する作家」であるという。[*3]単に文学作品の作者という関係を逸脱し、戦後史における特異な一人のキャラクターとしての「三島由紀夫」イメージは文学読者以外にも広く流通している。とりわけそのショッキングな自死によって、右翼、切腹、ホモセクシャル……あれこれの伝説にまみれながら、それは自らの作品以上に「三島由紀夫」像自体が一つの創造されたイメージとなって拡散し、イメージはまた二次創作であるところのイメージを生んで、本人の死後半世紀近く経過しても今なおさまよえる幽霊のごとく、種々の意味を担わされた「三島由紀夫」イメージだけが世に流通し、いわば三島神話を創り上げてきたといってよい。特に三島没後史においては、あれこれの意味にがんじがらめにされた日本でよりも、もっぱら海外で二次創作の対象となることが目立って多かった。

2 作家神話と二次創作

既にミシマの国際的な影響、三島自身をモチーフとする二次創作については、これまでにもまとめて紹介されたことがある。[*4] それらで紹介されてきたものを除くとして、いま思いつくままに海外での三島をモチーフとする、あるいは三島に影響を受けた作品を挙げてみても、ピエール・ド・マンディアルグの「剣の下」やフランシス・キング「家畜」といった小説、またデヴィッド・ボウイ、マルレーネ・デュマスによるタブロー、ヴォルフガング・フラッツによる現代美術、パトリス・ルコントがアニメ化した「スーサイド・ショップ」(原作ジャン・トゥーレ)、はたまたキリング・ジョークやメタモスといったミュージシャンたちのロックミュージックにいたるまで、ジャンルを問わずミシマは芸術家、表現者たちをインスパイアするイコンとして国際的に流通している。海外では既にMishimaniaという単語すら辞書に掲載されているという。[*5] だとすれば、そもそもどうして三島だけが、こうしたイコンとなって流通し続けているのであろうか。

もちろん二次創作といった場合、三島作品を原作とした二次創作もある。三島作品を原典として意識しアレンジしたものを一次創作(三島作品)に対する二次創作とするならば、種々の三島作品を原作とした映画やテレビ、ラジオドラマ作品は、全て脚本家なり監督の手を介した二次創作である。三島生前より少なくない数が上演されてきた小説の演劇化、ダンス化、日舞化、朗読劇化などもすべて二次創作に区分される。また国内外を問わず近年では、作品イメージを写真化したジェフ・ウォールによる「After "Spring Snow" by Yukio Mishima, chapter 34」、ヨラム・ロースによる「THE HANJO PROJECT」、またはスズキ・タカユキによる「美しい星」へのファッションオマージュなど[*6]、そのテクストからのジャンルを問わない二次創作も見られるようになってきた印象がある。三島作品をめぐるこうしたアダプテーション研究についてはまだまだ手つかずの状況といってよく、それらの作品展開と受容状況も今後研究されていくべきだろう[*7]。

しかし、何故作品のアダプテーションという文学的課題を超える規模で、作者自身のイメージ自体が何かしらの強力な磁力を持ち世界に伝播していくのか。つまりいってしまえば、何故三島の場合は作品ではなく作者自身を〝作品〟とするような二次創作がこれほどまでに多いのであろうか。とりわけ海外においては、それがあまりにもショッキングな自死のインパクトから来ていることを見るのは容易い。ではそもそも、三島の自死によるイメージとは何だったのか。

3 忌避される亡霊

死後成長するとは、三島は死によって本人不在の第二の作家人生を歩み始めたと換言することも出来るだろう。すなわち本人亡き後の幽霊《イメージ》だが、ではそうした幽霊はどうやって出現し、なにゆえに成仏せずに今なおさまようのであろうか。

それは、一九七〇年一一月の「三島事件」以後、三島をめぐるイメージはその意味の変貌を余儀なくされ、死からの逆遠近法とでもいうべきものによって語られるようになって出現したといっていいだろう。逆遠近法といったが、つまり三島の作品と人生全部を、その自死の動機を構成するパズルピースと見なし、すべてを「三島事件」という目的地から逆算される原因から結果への合理的総体としてのみ見るような、いわば自決収斂史観とでも例えるべき捉え方である。ここに死を意志する主体としての幽霊＝「三島由紀夫」像が立ち上がったわけである。だから、三島の死が謎である限り、この幽霊は成仏することなくさまよい続けるほかない。

こうした捉え方は、三島の死が昭和史の一頁を飾る社会的事件として大きなショックを与えたことの当然の帰結であったとしても、現在からすればウンザリするほど強固な一つの作家神話を構築した。政治的主体としてのイメージ作用は、まず「三島事件」という結論を前提とすることで、三島やその作品が持つ多面的な可能性を霞ませてしまうところがある。端的に、漱石や芥川などといったカノン化した作家群と三島とを分けるのが、文学的カノンとしてはやっかいなアレルギー反応を引き起こす自決のインパクトとそれに端を発する政治的主体としてのイメージであろう。

濃厚な政治性を含むがゆえに文学者の自殺といった文学史的エピソードを超えたそれは、ショッキングな死に方以上に刑事事件でもあった。そのスキャンダル性は、時代の公的な顕彰からの排除を意味する。事件によって出版界には一時的な三島ブームが到来し三島著作は軒並み売り切れた一方で、それまで頻繁にあった三島原作のテレビラジオ放送作品も事件を機になりを潜め[*8]、地下鉄馬込駅改札口にある「馬込文士村」案内板にも三島は掲載されていなかった。事件以降、三島由紀夫物語の映画、テレビドラマも国内では一つもなく、評伝的映画「MISHIMA a life in four chapters」（1985）も、上映反対を叫ぶ右翼団体の動向を顧慮して日本公開中止となったという[*9]。バッシングにせよ顕彰にせよ政治の意味を担わされた三島イメージは、一般に疎んじられ、その文学のみが取り上げられるという状況になっていった印象がある。つまり、一葉や漱石、太宰などがその生涯がドラマ化されるのに比して、三島は存在そのものが死に焦点化されタブー視された結果、三島の最期に結びつく政治的思想は等閑にされ、文学作品だけは作者と切り離されたテクストとして〝安全に〟取り上げられるという二面性において取り扱われたのである。

とはいえ、平成以降例えば三島由紀夫賞設立や没後二〇周年の新潮社を中心とする三島再刊、上演キャンペーン（この後、三〇周年、四〇周年と続く没後〇〇年の三島出版フェア）、更には鳥肌実から森村泰昌のパフォーマンスが妙な政治アレルギーからではなくパフォーマンスとして素直に受容されることをまで含み、「三島事件」も既に歴史化した観もある。しかし同時に、三島からそうした政治性を一切排除し〝消毒〟された文学のみに囲い込もうというのもまた一つの政治的配慮に他ならないだろう。そうした配慮こそが、タブーを醸成した政治的アレルギーを培養してきたのではなかったか。生活と芸術、文学と政治を不可分たらしめるアポリアにこそ三島という個性の問題性があり、そこにこそまた文学的カノンにぴったりと収まりつかない三島独自のユニークさがある。「芸術には必ず針がある。毒がある。この毒をのまずに、ミツだけを吸ふことはできない」（「文学座の諸君への「公開状」」）のである。

4 サムライとしての身体

海外でのミシマ二次創作は、イルメラ・日地谷＝キルシュネライトが「全世界の作家に霊感を与えてきたのは、三島の文学であるよりは、むしろ彼の存在そのもの」[*10]であり、それにあたって三島の写真が大きな役割を果たしたと見ているように、三島事件報道時の楯の会制服で演説する姿、あるいは褌一丁に日本刀を持つ三島イメージ、または聖セバスチァンに扮する三島といった篠山紀信や矢頭保らによる写真イメージに集約出来る要素から来ているところが大きいだろう。[*11]活字よりも強引に一目でイメージをイメージとして伝達し種々の意味をそこに孕み込む映像は、何よりもインパクトがあり見る者を強く刺激する。

三島を悲劇の英雄とするヴォルフガング・フラッツや、[*12]「憂国忌」ポスターをレコードジャケットに用いたデス・イン・ジューン、厚い胸板に日本刀という篠山紀信による三島のポートレートを模倣したジャケットのキリング・ジョークといったミュージシャンたちの曲やビジュアルも明らかにそうした三島イメージからインスパイアされている。[*13] そこにあるのは、男性性を強調した肉体でナショナリズムを唱え、伝統に則り日本刀でハラキリした作家という、一言でいえばキッチュに造形された現代のサムライといったイメージである。[*14]

また西欧では軍服で演説をする三島の映像に、フィヒテ以来の愛国的演説やヒットラーのようなカリスマのイメージを重ねる向きもあるのかもしれない。演説、軍服、ハラキリという要素に、サムライという日本へのオリエンタルなステレオタイプのイメージ倒錯も含めて、そこにコンフォーミズムに抗するマッチョな愛国カリスマの理想的な死を見ていたように思われる。国内ではアレルギーを引き起こす三島のこうしたイメージは、むしろ海外においては直接的に政治的悲劇に陥った過激な芸術家、時代への抵抗者のイコンとして受け入れられていたようであり、右に掲げた作品を見ても、パンクロックや現代美術、またはサブカルチャーのフィールドにおいて親和性を持つようだ。三島二次創作イメージが常にキッチュになる所以もこの辺に起因するのかもしれない。

5 性的幻想としての身体

例えばイギリスのアートカルチャー雑誌DAZED&CONFUED（二〇〇〇年一一月）の三島特集でとりわけ大きくフューチャーされているのが、篠山紀信による日の丸鉢巻、褌、日本刀姿の三島写真（を模したイラスト）であり、いま一つが同じく篠山による聖セバスチァンに扮した三島写真であった。サムライと同様に、海外作家たちのイメージ源となった要素として、三島扮する「聖セバスチァンの殉教」写真のイメージに集約されるサドマゾ的あるいは同性愛的傾向がある。[*15]「死体に魅力を感じたり、血糊を見て興奮することはない。三島はそうだった。死と血にまつわる性的幻想、そしてそれを尊ぶ信条を文章に表し、1970年に切腹をした」とは、マルレーネ・デュマスが三島のセバスチァン像を描いた「ヤング・ボーイ（ラブ・フィーバー）」（一九九六）について語った言葉である。[*16] このように語るデュマスの三島イメージが「仮面の告白」から来ていることは想像に難くない。
そもそも聖セバスチァン自体が西欧においてゲイを象徴するイコンであり、[*17] 二〇〇三年にクンストハレ・ウィーンで開催された聖セバスチァン展では、デレク・ジャーマンやパゾリーニによるセバスチァンと並んで、細江英公『薔薇刑』でのセバスチァン、篠山紀信によるセバスチァン、映画「MISHIMA」での篠山撮影セバスチァンの再現シーン等、三島によるセバスチァン像がほぼメインのように扱われ、三島セバスチァン像に影響を受けた作品や「仮面の告白」の自瀆シーンをイメージしたデイヴィット・ウォジャローウィッチュの作品も紹介された。[*18]

しかし何故セバスチァン像が三島作品の象徴ではなく、三島本人の象徴となっているのであろうか。グイド・レーニによる「聖セバスチァンの殉教」を対象にした自瀆シーンがあることもあって、しばしば「仮面の告白」と結びつけられて語られる三島のセバスチァン写真は、前記デュマスの言葉のように、三島作品の象徴というよりは、作者本人の切腹斬首という死に方によって三島自身の志向性を象徴する性的幻想のイメージとなっている。つまり「仮面の告白」という小説で描かれる主人公の性的志向を、三島自身がそれを演じ裏付けたようなイメージが拡散したことで、小説は事実であり、三島は実生活で小説を生きているといったような虚像と実像の交錯する事態が出来しているのである。いってみれば、サムライとセバスチァンというかけ離れた二つのイメージが、三島由紀夫という作者の伝記的物語そして生前の本人によるフォト・パフォーマンス[*19]によって補完され、より増して三島の作家伝説を構築していった果てに、海外における三島の二次創作があるのである。

つまり三島の演じたイメージに三島の作品や評伝からのイメージが重ねられイメージが更なるイメージを生成していったわけで、そもそも三島自身が生前に繰り返したフォト・パフォーマンスなくして現在のような特殊三島的二次創作の状況はなかったといえるであろう。そしてキッチュなイメージであるそれらは、しかし、常に見る者の想像力をそれらイメージの背後へと誘なう。性や死に関するそれぞれの物語を否応なく誘発するのである。

6 イメージの可能性

三島は、自衛隊体験入隊や楯の会の活動を始めるのとほぼ同時期に、矢頭保や篠山紀信らによるフォト・パフォーマンスを開始していった。正確には、細江英公の『薔薇刑』から端を発しているが（『薔薇刑』は細江からの依頼による）、その経験は映画「憂国」の主演を経て、いわば自己の被写体としての作品化へと突き進んでいく。特に晩年の五年間、自衛隊に体験入隊し、楯の会を組織して政治的活動をする一方で、己の提案で聖セバスチァンを演じ、死の直前まで写真集『男の死』出版を画策、『新輯版薔薇刑』刊行を改めて指示し[*20]、自らの裸体彫刻を作成させ死後はそれを墓標とするようにまで考えていたことも現在明らかになっている。[*21]

『男の死』『新輯版薔薇刑』共に自らの死と同時に発表しようという意志が三島にあったことは各種証言を引用するまでもなく明らかであるし、一方でサムライが象徴する憂国の志士的作家イメージを、他方でそれを裏切るかのようなセバスチァン的な性的身体イメージのパフォーマンスを、三島は同時進行で自ら成し遂げようとしていたのである。この矛盾するような事態をどう捉え考えるべきか。「三島事件」と共に『男の死』が刊行され墓碑として黄金の裸体像が建立されていたら、今とは全く異なる受容があったであろう。固定的イメージを脱するがごとく、サムライだけでもセバスチァンだけでもない三島イメージの多面的な可能性がここにはある。

かくの如く、未だ三島のイメージは収まりのよい〝文学者の肖像〟をはるかに超えて、見る者を触発する圧倒的な存在感を失わない。陸続たるイメージの二次創作は、それが単なるフェティッシュでない意味を持つことを裏づけていよう。それは政治的主体としてのみまたはテクストのみからなる接近では取りこぼしてしまう、人生と作品の有機的合一化、三島による三島自身の作品化という問題を在処を指し示しているのである。

注

＊1　例えば、香日ゆら『先生と僕――夏目漱石を囲む人々』（メディアファクトリー、二〇一〇年一一月～）、松田奈緒子『えへん、龍之介。』（講談社、二〇一一年六月）、朝霧カフカ『文豪ストレイドッグス』（角川書店、二〇一三年四月～）など。三島のキャラ化としては、久保保久『よんでますよ、アザゼルさん。』（講談社、二〇〇八年四月～）でのサラマンダー公威や、ヤマザキマリ『ジャコモ・フォスカリ』（集英社クリエイティブ、二〇一二年九月）での岸場義夫などがある。

＊2　『薔薇刑』出演前後における三島の自己イメージ操作については、拙稿「イコンとしての三島由紀夫――『薔薇刑』体験までの道程」（『三島由紀夫研究』二〇一〇年一一月）参照。

＊3　秋山駿「死後二十年・私的回想」（『群像日本の作家18三島由紀夫』小学館、一九九〇年一〇月）、六頁。秋山は、不在が輝きを増すという意味で死後成長という言葉を用いている。

＊4　ヴィルジニア・シーカ「今日でもなお三島が舞台に登場するのは」、林道郎「三島の残像：森村・ターンブル・ウォール」、イルメラ・日地谷＝キルシュネライト「世界の文学と三島」、テレングト・アイトル「アジアにおける三島由紀夫」、洪潤杓「韓国における三島由紀夫の受容」（日地谷＝キルシュネライト編『MISHIMA! 三島由紀夫の知的ルーツと国際的インパクト』昭和堂、二〇一〇年一〇月）が、近年の海外における三島作品の二次創作について紹介している。紹介された主なものとしては、ハンス・ヴェルナー・ヘンツェによるオペラDas verratene Meer（『午後の曳航』）、『春の雪』を色彩だけで翻訳したアリソン・ターンブルによるSpring Snow A Translation、ジェフ・ウォールによる写真After "Spring Snow" by Yukio Mishima, chapter 34、クリストファー・ロスのエッセイMishima's Sword：Travels in Search of a Samurai Legend、三島作品が登場する小説としてT・コラゲッサン・ボイルEast is east、アメリー・ノートンBiographie de la faimなどがある。

＊5　井上隆史「ミシマニアの聖書」（『波』二〇〇〇年八月）参照。

＊6　ジェフ・ウォールについては前掲林論を、ヨラム・ロースについては自身のサイト（http://www.yoramroth.com/）を参照。スズキ・タカユキ衣裳によるファッション・オマージュ「美しい星」（『COMPOSiTe』二〇〇五年一〇月）は、衣裳やメイク、演出なども含めて作品イメージのアダプテーションといえる。

＊7　例えば、三島生前のそうしたアダプテーションを追ったものとして拙稿「受容と浸透――小説「金閣寺」の劇化をめぐって」（『三島由紀夫研究』二〇〇八年七月）がある。

＊8　管見に依れば、それまでコンスタントにテレビドラマ化、ラジオ朗読などされてきた三島作品は、三島の死以降、一九七五年三月ＮＨＫドラマ「永すぎた春」まで取り上げられることはなかった。ただし戯曲上演、原作映画ではその限りではない。映画とは異なるテレビ、ラジオ放送の公共性という性質によるものか。

＊9　垣井道弘『ＭＩＳＨＩＭＡ』（飛鳥新社、一九八六年四月）、二六六頁。三島没後におけるタブー化の一例を示すものといえよう。

＊10　日地谷＝キルシュネライト前掲、一四九頁。

＊11　篠山紀信「男の死」（『血と薔薇』一九六八年一一月）、「華麗なる〝虚構〟の展開」（『朝日ジャーナル』一九六九年三月三〇日）、矢頭保『体道――日本のボディビルダーたち』（ウエザヒル出版社、一九六六年一一月）。

＊12　Wolfgang Flatz : HELDEN Zeige mir einen Helden …… und ich zeige Dir eine Tragodie, Edition Cantz.1992.

＊13　Killing Joke の Love Like Blood（1985）は曲もシングル・ジャケットも三島からの影響が濃く見て取れる。その他、Death in June の Death of A Man（1986）、Matmos の Kendo for Yukio Mishima（2006）や Sniveling Shits の Bring Me the Head of Yukio Mishima（1976）なども三島を題材にあるいは三島の演説音声をサンプリングした曲である。また、本文で触れたデヴィッド・ボウイは、Head of Mishima（1977）を描き、後に愛読書であったという「禁色」をイメージして坂本龍一と共に Forbidden Colours（1983）を発表する。それを意識し

てか、漫画家の丸尾末広の作品に、顔をデヴィッド・ボウイにすげ替えた三島セバスチァン像（一九八三）があることも、三島イメージがカウンターカルチャー／サブカルチャーとの親和性を示すものとして附記しておきたい。

＊14　「葉隠入門」からの引用がちりばめられた小説として既に＊5で紹介したT.C.Boyle : East Is East（1990）、三島の刀をモチーフにしたChristopher Ross : Mishima's Sword（2006）もある。「葉隠入門」英訳は一九七八年。

＊15　三島のセバスチァン・イメージは、篠山紀信撮影「男の死」のものが有名だが、細江英公『薔薇刑』（一九六三年三月）にも既にあり、矢頭保撮影のプライベート写真にもある。矢頭によるセバスチァン写真については、一緒に被写体となった堂本正樹の証言（『回想・回転扉の三島由紀夫』文春新書、二〇〇五年一一月）があり、二〇〇九年七月の七夕古書大入札会（東京古書会館）では矢頭撮影らしき新出の三島セバスチァン写真が、アメリカ在の男（同好の士?）への三島英文書簡と共に出品され、一般下見会にて公開された。

＊16　東京都現代美術館他監修『マルレーネ・デュマス　ブロークン・ホワイト』（淡交社、二〇〇七年五月）、六四頁。

＊17　Richard A.Kaye:St.Sebastian : The Uses of Decadence, in Saint Sebastian A Splendid Readness for Death, Kerber Verlag,Wien,2003,pp.12-13.

＊18　David Wojnarowicz によるPeter Hujar Dreaming / Yukio Mishima : St.Sebastian（1982）。

＊19　拙稿「三島由紀夫のフォト・パフォーマンス」（「国文学解釈と鑑賞」二〇一一年四月）参照。

＊20　内藤三津子『薔薇十字社とその軌跡』（論創社、二〇一三年三月）、細江英公「「薔薇刑」撮影ノート」（『薔薇刑・新版』集英社、一九八四年九月）参照。

＊21　西法太郎「三島由紀夫、44年越しの全裸像発見！　実現されなかった大作家の遺志」（「週刊ポスト」二〇一四年一月一七日）参照。

III

三島由紀夫　作品を読むための事典

三島由紀夫作品を読むための事典①

戦争

花﨑育代

◎はじめに

その死から逆照射すれば、戦後の三島にとって戦争とは、それによって死ぬことがかなわなかったもの、という謂いであるといえる。いま戦後の、と述べた。すなわち三島にとっての生は、三島の残された著述によってみていくとき、戦争という観点からみれば、それによって死ぬであろう戦中と死ぬことができない戦後と、に大別できる。表現者としてのありようは、むろん戦後の方が厖大であり、三島における戦争とは、実際にはむしろ戦後占領期以後、その死に至るまで、私設軍隊を有したことも含めてその一生に関わる問題と言える。

しかしだからといって、そのすべての言説に〈戦争〉を当てはめてゆくことも生産的とは言えない。また、別に「占領期」も立項されている。よってもう少し具体的に、主に戦前戦中期の三島から探ることとする。まずは戦中からみていくこととしよう。

◎日米開戦

三島の戦争観として戦中に述べたものに原稿「大東亜戦に対する所感」（末尾に「十七年一月十七日」の記載あり）がある。原稿用紙ノンブル「1」と「3」のみで中一枚を欠くごく短いものではあり、「五西　平岡公威」の署名は、五年西組の生徒としてのいわば公的見解だとみることも可能であるが、十七歳の三島が、のちに敗戦―占領―講和独立へと至る「大東亜戦」を、その渦中においてどのようにみていたかという点において重要な文書であるといえる。ここで三島はこの開戦を「我々にとつて、歴史的必然性といふもののすべてを超越する国民的感激であつたことも、亦万々否定し得ない事実である。」と述べる。「歴史上の必然性」から「二、二六」「日支事変」とほぼ同等だが、「大東亜戦」は必然を超えた「国民的感激」であるというきわめて感覚的なことを述べつつそれをを「事実」という括りで示している。「大東亜戦の勃発」によって精神は「超自然な澄明にみたされ」、「預言を超えた境涯」を得たという。末尾でも「国民的感激」の語を繰り返すこの文章には戦争に対し「境涯」という一種の運命的なものとして、「客観的」ではなく「感覚的」に向かい合うのだという姿勢が明確に表されている。

昭和十七年初頭、開戦直後の一時的戦果を挙げていた時期の一文をどうとらえるか、という問題はあるにせよ、「大東亜」をきたるべきものとしてきわめて感覚的に「感激」として捉えていたことはやはり記憶しておかざるを得まい。

そして、こうした戦争観を持ちつつ、戦中の三島は文学を、後年の発言に拠れば、その必死の「戦争」という枠組みを別置せざるを得ないかたちで、その外側で、あるいは内側で、育んでいたといえる。後年の、つまり自身の過去を整合的に語ったものであるという留保をつけた上でたとえば、戦中から読んでいた（『小説家の休暇』、一九五五・一一）という山本常朝「葉隠」に関する『葉隠入門』（一九六七・九）に記された発言を見ておこう。

> わたしの少年期は戦争時代に過ごされた。（中略）天才ラディゲは二十歳で死に、そのような傑作〔引用者注――『ドルジェル伯の舞踏会』〕を残したので、わたしも二十歳でおそらく戦争で死ぬことになるであらう自分をラディゲの像に仮託して、なんとかラディゲを自分のライバルにして、追いつかうとする目標にこの小説を利用してゐたのである。

二十歳での死、というところに戦後の後付の感はでているものの、「戦争で死ぬ」ことの大前提において、別枠の文学的生が存在していたということはここからもじゅうぶんに確認できる。

◎即日帰郷

常に言及されることではあるが、これに言及せずに三島における戦争は語りえない。三島は一九四五年二月四日夜、入営通知の電報を受け、六日出立、十日、本籍地・兵庫県の富合村で入隊検査を受ける。軍医により右肺浸潤の診断が下され、即日帰郷となった。『わが思春期』（一九五七・一～九）に「新米の軍医によつて誤診」「助かつたやうな気持」と記し、父と共に「駅まで一目散に駆けた」（平岡梓『倅・三島由紀夫』、一九七二・五、文藝春秋）ありようは、二十歳の死という文学を支える外枠が、一方でそれが現実のものとなるや反射的に逃走するものでもあったことの苦い認識である。ここに、「感激」に連なる「戦争」による死の想念とともに、その実態に触れるや避け得るならば避けるという行動が存在した、その双方を確認しておくことが、三島の戦後の文学を見る上でも肝要であろう。杉山隆男『「兵士」になれなかった三島由紀夫』[*1]によれば防大四期で三島と富士学校ＡＯＣ・幹部上級課程同級生の菊地勝夫氏に向かい戦争中のことについて、「体も精神的にも」「弱かったんです」と問わず語りしたという三島である。「感激」であり「戦争とはエロチックな時代であった。」と述べ得る一方で、「駆け」去り「妹をチフスで喪つて」（「私の戦争と戦争体験」（一九六五・八））もいたのが三島の戦争だったのである。

◎戦後の三島

戦後占領下の作品「翼――ゴーティエ風の物語」――（一九五一・五）には、従兄妹どうしの杉男と葉子の戦争によって悲恋となった若い相愛が描かれている。相手の背中に翼があると確信しながら自身には双方ともその存在に想到していない二人。戦時下でも平時の服装を保つ葉子は空襲で亡くなる。戦後、勤め人になった杉男について、語り手は次のように述べる。

翼は地上を歩くのには適してゐない。／春が来た。きのふ彼は外套を脱いだ。／とはいへ外套を脱いでも肩に沈殿してゐる凝りは癒やされない。／事実、怒れる不可視の翼は彼の肩に、鷹のやうに止つて彼の横顔を荘厳にみつめてゐる。／――それが出世の無言の妨げになつてゐるとも知らない杉男に、誰か翼を脱ぐすべを教へてやる者はないのか？

戦争によって失われたもの、戦中戦後と連続しながら薄汚れてしまったもの、それに気づかずに故知れぬ疲れに肩を落とし進まざるを得ない青年。葉子の死に敗戦直後の妹・美津子の死を重ねることも可能ではある。しかしそれだけではあるまい。戦争によって失われたもの――杉男自身は気付かない「怒れる不可視の翼」には、それによって死ぬことのかなわなかった「感激」に連なる戦争と同時に、現実の死をもたらすそこから踵を返して辞去した戦争との両様の戦争なるものが示されている。

その後の三島は、安保改定、『鏡子の家』のいわば失敗から急速に〝国を憂う〟方向に舵を切っていく。湯浅あつ子「『鏡子の家』秘話　三島由紀夫の青春時代」（『婦人公論』一九八三・九↓一九八四・三、中央公論社『ロイと鏡子』）や岩下尚史『見出された恋』（二〇〇八・四、雄山閣）、『ヒタメン』（二〇一一・一二、雄山閣）に提示もされている一九五四年から三年ほどの恋の顛末を一因に挙げることもできるかもしれないが、こうした憶測はすべてアトセツにすぎないかもしれない。ただ三島は「二・二六事件と私」（一九六六・六）などに明らかなように、戦争――敗戦と二・二六事件とをしきりに重ね合わせて語るようになっていく。このことは後年、たとえば保坂正康・松本健一両氏による対談「2・26と三島由紀夫」（朝日カルチャーセンター東京、二〇〇五・八・二九）*2でも強調して述べられてもいるほどである。三島は、事後的に、一九四五年の敗戦と一九三六年の二・二六事件とを重ね合わせて捉えていったということができる。一九七〇年の自死は「憂国」「英霊の声」との連続体としてみられてもいるが、そうした線上において戦争をみていけば、三島の死に至る道は、戦争あるいはさらにいえば敗戦によってこそ規定されていったということも可能である。

ただし三島の自死の理由をいろいろ探って、したり顔に特定のことがらに結びつけても、多くの先人が試みたように決定的なものに至ることはありえない。

しかしそれは何も言い得ぬということを意味するわけではない。三島における戦争とは、戦中の「感覚的」に重きをおく姿勢、戦後晩年に「要は動機の純不純にあった」という末松太平『私の昭和史』（一九六三・二、みすず書房）を高く評価する姿勢、これらを併せ考えていくと言い得ることはある。それは戦争が外交の一手段であるといったような政治的外交的手段や戦略、功利的戦闘の実際、といった現実的な問題ではなく、「動機」や「至純」[*3]といった、近代戦争の実態とはかけ離れた、しかし、青少年時から育んできた、きわめて精神的な問題であったといえよう。

武田泰淳は三島を「生真じめな努力家」と言い、その一生を「息つくひまなき刻苦勉励の一生」、「快楽」に「だらしない」という重要な要素は切り捨てられていた」（傍点原文、「三島由紀夫の死ののちに」、『中央公論』一九七一・一二）と述べた。ものごとにまじめに対応するのであったとしても、ひとつのことにまじめに応じすぎるということ、それを、こと、「戦争」や「日本」といった、ひとりでは完全解決や掌握など到底不可能な問題について行ってしまった、あるいは行わざるを得なかったということこそが、三島を自死に至らしめる生のスタンスであったといえる。

注

＊1　初出は『週刊ポスト』二〇〇七・一・二六～五・一八。二〇〇七・八、小学館刊。二〇一〇・一〇、小学館文庫。

＊2　保坂他『昭和　戦争と天皇と三島由紀夫』（二〇〇五・一二、朝日新聞社刊。『戦争と天皇と三島由紀夫』と改題して二〇〇八・八、朝日文庫刊。）

＊3　たとえば、三島「人生の本――末松太平著「私の昭和史」」（初出は『週刊文春』一九六七・八・一四）にも、この語を用いた讃辞が述べられている。

三島由紀夫作品を読むための事典②

占領期／アメリカ

南相旭

三島由紀夫を「アメリカ」にこだわりつつ読むこと。それは二十一世紀の三島研究及び文学・文化研究においてどのような意味があるのだろうか。

三島研究においてそれは何よりもまず、三島の営みを「日本」といったもっとも強烈な一点に還元する読み方に対し、意識的に距離を確保するための一つの方法である。が、と同時にそれは、三島の「日本」へのコミットを解明してくれる、もっとも説得力のある根拠になりかねない。例えば、「三島由紀夫とアメリカ」[1]において松本徹が、「三島は、その生涯の節目々々で、アメリカと顔を突き合わせ、その大きな鏡に自分を映すことによつて、成長」し、「わが国において最初の、同時代の、いはゆる世界的作家となった」ものの、「その後半生にあつては、アメリカといふ鏡に映つた自らの像に、現実の自分を合はせる努力もした」と評価していることは、その代表的な例となる。ここで松本は三島の「アメリカ」を、彼の「日本」を読み解く一つの鍵として読んでいるわけだが、そのために両方は相互対等で対立的なものとして前提されている。だが、三島由紀夫が生きた時代において、「アメリカ」と「日本」との文化的な境界は、それほど明確ではなかったのではなかろうか。拙著『三島由紀夫における「アメリカ」』[2]は、そのような問題意識のもとで三島における「アメリカ」という問題を取り扱っている。

それによれば、三島にとって「アメリカ」は、まず現にある文化の起源を徹底的に問うことによって見出されるものであった。たとえば「花ざかりの森」における「母」を通してあらわれる「アメリカ」は、そうした仕方で発見されたものである。このことは、三島が、日本文化をその起源において特徴づけようとする日本浪漫派の影響のなかで作家として出発したことを裏付けるだけではない。より大事なのは、当時の日本においてすでにアメリカ文化が、その歴史的な起源の脆さを喚起させることによってかろうじて相対できるほど、現実的に力をもっていたことである。三島における「アメリカ」表象は、日本人における文化的な営みがその起源にこだわらなくなった状況に対する反省から成り立つ。

三島の生まれ育った環境と作家としての成り立ちは、三島における「アメリカ」へのまなざしを理解する上で必ず知っておく必要がある。とりわけ短い期間であるとはいえ、占領期に被支配者側の官僚として働いたことと世界旅行のなかで直接アメリカを訪れたことは大きい。こうした経験によって三島は、占領される被支配者として受け入れさせられる「アメリカ」のみならず、力関係とは関係なく世界中の人々に喜んで受けられる「アメリカ」の存在も知るようになり、その両者のなかで葛藤する。こうした文脈に従えば、例えば『仮面の告白』や『禁色』における「同性愛」は、幾つかの解釈可能性に開かれる。つまりそれは、GHQの検閲下における日本人青年の政治的な状況に対するアレゴリーなのか、それともアメリカの白人兵士たちの文化の受容なのか、さもなければ希臘に遡る人類普遍の「文化」への志向なのか、見極めることは難しい。確かなのは、当時の三島にとって「同性愛」こそ、日本とアメリカとのあいだにある境界線が緩められる地点であり、そこを書くことによって検閲の問題を乗り越えて再びものを書く人としての「自由」を手に入れたということである。のみならず、三島文学が、ドナルド・キーンによってその価値が「発見」され、すばやく英訳され、いわば「世界文学」として成り立つ契機ともなった。いずれにせよ、同性愛や検閲の問題を含め、占領期三島における「アメリカ」については、未だ考察すべきところが多い。

一九五〇年代三島は、日本人のなかで誰よりも「アメリカ」を知っている者として、いろんな紙面で「アメリカ」について直接的に語っていたが、小説テクストにおいては日本における「アメリカ化」の進み方に集中していた。例えば『沈める滝』において始めて登場するアメリカ製の発電機は、三島がもっともこだわった「アメリカ」の一つとして、『鏡子の家』において再び登場しているし、やがて『奔馬』における「神風連」の発見につながっていく。このように三島が「アメリカ」を見出すとき、見出されるのはアメリカだけではない。「アメリカ」によって見失われる存在（日本）のみならず、「アメリカ」が見失われる起源と仕組みも同時に見出されているのだ。

「アメリカ」は、ある場合は「近代」や「ブルジョワ文化」、ある場合は「自由」と組織的な検閲、ある場合は「生活」や「科学」や「経済」等々といった名のもとで、自らの姿を消す。このことは、戦後日本においてアメリカ化がいかに進んできたのかを示してくれる。つまり、戦後日本においてアメリカは決して一つのイメージに固定されず、時には表象不可能な存在として、常にそれと日本との境界線を曖昧にしてきたのである。

ではそれはアメリカ側による戦略的なものなのか、日本側による積極的な要請によるものなのか、それとも両者の共謀なのか。ともかく確かなのは、そうしたなかで三島はアメリカを、文化の境界線を自由に超えて押してくるか、或いはそれをものともしない何らかの力を謂う存在として表象しようとしたということである。『金閣寺』において登場する、非礼で暴力的なアメリカ兵士のイメージは、アメリカのそのような側面をもっとも鮮明に浮き彫りにしたものである。

　戦後日本において「アメリカ」を語る知識人は多くいたが、三島ほど徹底的に文化的な側面からそれを眺めた者は少ない。敗戦と占領といったつらい記憶をもつ日本人にとって、アメリカがもつ文化的な力は軍事的・経済的な力の効果としてしか認知されなかった。いわば五五年体制が成立し、高度成長期に入るにつれて、日本の知識人たちはアメリカがもつ文化的な力は、日本が得る経済的な力によって軽く払拭できるかのように認識しようとした。いわば「和魂洋才」に集約される価値観がそうである。三島が異議を申し立てたのは、まさにそのような価値観であった。『鏡子の家』から、「百万円煎餅」、『美しい星』、『音楽』、『天人五衰』にいたるまで、三島は、いわば日本人における「心」と呼ぶべきものがどのような形で変容していくのかを描き続ける。それは、アメリカがもつ文化的な力が、日本人の「心」のあり方さえも変え得るということをしつこく喚起するためではなかろうか。

　こうした過程において、三島の作品に「日本」が呼び出されるのは不可避なことである。ただそこで注意すべきなのは、三島によって発掘された「日本」が、「アメリカ」に真っ向から対立するとは限らないということである。三島の「日本」は、不当な国家権力に対し個人による「暴力」の行使可能性を開いておくという点や、共産主義理念と両立不可能であるという点において、「アメリカ」ともかさなっているからである。三島の「日本」が「アメリカ」と対立的に見えたのは、実は戦後日本人の観念のなかの「アメリカ」が主に白人中産層を中心とした市民にのみかかわるものだったためにほかならない。逆にいえば、三島は当時の日本人が見ようとしない「アメリカ」を見せようとしたともいえる。

　こうなると、三島の作品がアメリカ人読者に愛されている理由が、彼の作品がたとえば「禅」のようにアメリカには存在しないものとしての「オリエント」を語っているためだと言い切れなくなる。三島の作品は、先に触れた同性愛をはじめ、人間の内面に潜在する「暴力」のような欲望や情念を、佐伯章一[*4]が指摘しているように「隠喩が多い文体」によって表現し、人間のあり方を問い直しているからこそ、アメリカ人読者に愛されつつあるのではなかろうか。

　実際、三島は「アメリカ」に拘束されていく日本人を語りつつ、一方では自らそれを演ずる存在でもあった。「症候としての（象徴）天皇とアメリカ――三島由紀夫の「戦後」を再読する」[*5]において遠藤不比人が指摘しているように、三島にとってアメリカナイズは、ボディー・ビルディングによって鍛えられた身体だけではなく、創作活動の現場であり心の領域でもある、言語活動においてこそ深刻に進行していた。問題作である「文化防衛論」

を始め、政治評論及び対談集に収められている夥しい英語からきたカタカナを見る限り、すくなくとも言葉のレベルにおいては晩年の彼のなかで「アメリカ」と「日本」との境界線を明確に引くことは到底不可能ではあるまいか。何より、三島の最期において「演説」と「切腹」とが共存していることがもっとも象徴的である。

　三島が語り、或いは身体で体現する「アメリカ」の読者は、日本人とアメリカ人に限らない。例えば一九六四年「LIFE」に乗せられた「A Famous Japanese Judges the U.S. Giant」（「わがアメリカの影」）[5]において三島は、アメリカ読者に向かって「アメリカ」を次のように語っていた。

> ところがアメリカ人の良心や肉体は、あの歌舞伎の黒衣のようには、決していなくなることはできないらしい。そしてどうなるかといふと、彼らの良心や肉体は、時として存在しすぎることになる。存在しすぎる、ということは、ある場合、存在の掟を犯すことになるのだ。[6]

　こうした三島の言葉の意味を、当時のアメリカ人読者が理解できたかどうかはわからない。ただ「存在しすぎる」ことによって「存在を掟を犯す」存在としての「アメリカ」のイメージは、米軍基地のある東アジアの国々で生きている人々にとってはただちに共感できるものであろう。要するに、三島における「アメリカ」という問題は、日本だけの問題ではないし、彼に対し常に寛容的であったアメリカだけの問題でもない。三島由紀夫の「アメリカ」は、「戦後日本」の外部でそれを成り立たせた「冷戦」という名でよばれている世界秩序を共有していたすべての国々の問題でもあり、さらには、冷戦崩壊後、表面化されたパクス・アメリカーナのなかで、テロか「安全」（実は安全ではないが）かといった極端な選択に迫られている私たち現代人の問題でもある。

注

＊1　松本徹「三島由紀夫とアメリカ」（「昭和文学研究」一九九一年二月）
＊2　南相旭『三島由紀夫における「アメリカ」』（彩流社、二〇一四年五月）
＊3　佐伯章一『評伝三島由紀夫』（新潮社、一九七六年）
＊4　遠藤不比人（編）『日本表象の地政学』（彩流社、二〇一四年三月）
＊5　Yukio Mishima, A Famous Japanese Judges the U.S. Giant, LIFE, 1964.9.11
＊6　三島由紀夫『決定版三島由紀夫全集補巻』（新潮社、二〇〇五年十二月）

三島由紀夫作品を読むための事典③

高度経済成長

石川巧

　三島由紀夫は自決の直前に書いたエッセイのなかで、「私はこれからの日本に大して希望をつなぐことができない。このまま行ったら「日本」はなくなってしまうのではないかという感を日ましに深くする。日本はなくなって、その代わりに、無機的な、からっぽな、ニュートラルな、中間色の、富裕な、抜目がない、或る経済的大国が極東の一角に残るのであろう。それでもいいと思っている人たちと、私は口をきく気にもなれなくなっているのである」（「果たし得ていない約束 私の中の二十五年」、「サンケイ新聞」夕刊、一九七〇年七月七日）と語っている。それから四ヵ月後、自衛隊市ヶ谷駐屯地内東部方面総監部のバルコニーでも、「われわれは戦後の日本は、経済的繁栄にうつつを抜かし、国の大本を忘れ、国民精神を失い、本を正さずして末に走り、その場しのぎと偽善に陥り、自ら魂の空白状態へ落ち込んでゆくのを見た。政治は矛盾の糊塗、敗戦の汚辱は払拭されずにただごまかされ、日本人自ら日本の歴史と伝統を潰してゆくのを、歯嚙みをしながら見ていなければならなかった」（「檄文」より）と叫んでいる。三島にとっての高度経済成長とは、日本人が自らの歴史と伝統を棄てたあとの残滓であり、彼はそうした「からっぽ」な時代のなかに自らの生があることを怖れたのである。一九六〇年三月に公開された主演映画「からっ風野郎」（監督・増村保造）のラストシーンには、銃弾を受けたチンピラがエスカレータを逆行する数分間の無言劇が用意されているが、それは、経済的繁栄ばかりが目的化される社会、大衆の無節操な欲望に媚びるだけの軽薄な文化に対する戯画であった。自らを傷ついたチンピラに見立てた三島は、敢えて通俗的な構図のなかに自分を貶めることで道化になりきろうとした。

　実際、高度経済成長期の大衆社会化現象に対する三島のスタンスには揺れが微塵もない。たとえば、「昭和四十年代 文学的予言」（「毎日新聞」夕刊、一九六五年一月一〇日）で、「昭和三十年の、大衆社会化への明白な兆候は、そのときはよくわからなかったが、いまになって考えてみれば歴然たるものがあり、それが昭和三十九年秋のオリンピックで、絶頂に達し、同時にその使命は終わったというのが、いまの私の（多少希望的観測をまじえた）判断である。もちろん大衆社会化現象はますます進行するだろうが、知識人がそのなかに巻き込まれて、西も東もわからずうろうろする時代は、もう確実に終わった、と私は感じる」と書いた三島は、遊芸の力で人買いを感動させて子どもを救い出す「自然居士《じねんこじ》」という能になぞらえながら、「そこに少しでも媚びが見えたら、観客とともに、人買いも感動することはないだろう。媚びとは目的意識のことである」と宣言している。「知識人」であるためには、大衆への媚びを棄てて「書斎」に閉じ籠るしかないと言い切っている。松本徹が安彦良和との対談で「一九六〇年代から所得倍増計画が出て六〇年安保も忘れたような形で高度成長に入っていく中で、戦後の社会はおかしくなってしまったのではないか、国家目標もなく国民もただ単に三種の神器を手に入れて小市民的な幸福を手に入れるために生きているのか、人間の生きがいはそういうものではないだろう、もっと使命感を持って生きるべきではないかということを言いたかったのでしょう」（「一九七〇・一一・二五とは何だったのか」、『別冊文藝［総特集］三島由紀夫』二〇〇五年一一月、河出書房新社）と述べたように、当時の三島のなかでは、すでに大衆社会との訣別が明確に企図されており、『豊饒の海』はそうした浮薄な現象へのアンチテーゼとして書き進められていたのである。

　では、三島をそのような苛立ちへと駆り立てた要因はどこにあったのだろうか。三島自身が「経済学的ロマネスク」（「毎日新聞」一九五九年九月二九日）と名付けた『鏡子の家』は、この問題を捉えるうえで重要な鍵を握っている。佐藤秀明が「昭和二十九年の不況の中で、彼らはそれぞれの成功を図り、神武景気から高度経済成長期の初期にかけての景気上昇期に危機に見舞われる。倍にまで嵩んでしまう収の母の借金も、比喩的には、戦後経済の復興にパラドキシカルなミニチュアとして対応している。そして倍加する借金と対照的なのが、預金を食いつぶして減りつづける鏡子の家の経済であり、それはまた、世間の景気の上昇とはうらはらで際やかな対照を示している」（「移りゆく時代の表現」、松本徹・佐藤秀明・井上隆史編『三島由紀夫論集1　三島由紀夫の時代』勉誠出版、二〇〇一年三月）と指摘したように、『鏡子の家』には「資本を投資して利潤＝未来の時間を待つという行為」を正当化する資本主義の論理と、そうした「計測され、約束され、社会化した時間」からの逸脱をもくろむ青年たちの抵抗が描かれているからである。

　一九五〇年代末の段階で高度経済成長がもたらす「経済的ロマネスク」の空虚さを見抜いていた三島は、この作品を通して「破滅を信じ、明日を信じないからこそ、安んじて世俗と手を握り、慣習に屈服することができる」人間を描こうとした。それは、「卑怯でしぶとくて、おそろしく無神経」な「幻想」ばかりが拡散する社会と、世俗をこよなく愛する大衆なるものの本質に迫ろうとする野心作として目論まれていた。

　だが、この長編作品は、読者はもちろん批評家からも黙殺され、三島の期待は完全に裏切られる。「ひどい暮しをしながら、生きてゐるだけでも仕合せだと思ふなんて、奴隷の考へね。一方では、人並な安楽な暮しをして、生きてゐるのが仕合せだと思つてゐるのは、動物の感じ方ね。世の中が、人間らしい感じ方、人間らしい考へ方をさせないやうに、みんなを盲らにしてしまつたんです。／真暗な壁の前をうろうろして、せいぜい電気洗濯機やテレヴィジョンを買ふ夢を見る。明日には何もないのに明日をたのしみにする。その場へ私が出て行つて、裸の現実を見せてやるだけで、みんな仰天して自殺したり心中したりという騒ぎになる。月賦販売や保険と同様に、私はただ時間の正確な姿を見せてやるだけにすぎないのに。さうして私のはうが確かに親切なんだわ。ころげおちる時間、斜面の時間、加速度の時間、……それこそ本当の時間なのに、月賦販売業者が見せてくれるのは、猫かぶりの時間、平坦な時間、糖衣にくるんだ時間の姿なんですから」という鏡子の宣戦布告は、没落していく者たちの足掻きとしか受け止められなかった。「文学は孤高の個人の心情描写でなく露悪的人格の「告白」でもない、社会のありようそのものをえがくことこそが本来の役割であるという信念」（関川夏央「「社会派」作家 三島由紀夫の一九六三年」（「中央公論」二〇一〇年四月）で『鏡子の家』を構想していた三島は、ここで作家としてのプライドを傷つけられ、大きな挫折を経験するのである。

「三島由紀夫とディズニーランド」（『サブカルチャー文学論』朝日新聞社、二〇〇四年八月）において、「三島由紀夫は単純なコピー文化の体現者ではなく、フェイクもしくは複製を反復することで初めて発動する美意識を持っている」と指摘し、そこには、徹底した「ニセモノ性」、すなわち、ディズニーランド的な「シュミラークル」のなかでしか全体性を回復できないという論理があると指摘した大塚英志に倣えば、『鏡子の家』という作品は「ニセモノ性」をリアルなものに反転させようとする壮大な実験だったのだが、同時代の読者も批評家もそうした三島の策略を理解しようとしなかった。「一九七〇年前後」（「キネマ旬報」二〇一二年六月下旬号）というエッセイのなかで、若松孝二監督の映画「11・25自決の日 三島由紀夫と若者たち」への印象を語りながら、三島の自己顕示欲とニヒリズムに言及した三浦雅士は、「三島由紀夫が行為の規範として右翼を取ったのは、それが公明正大に馬鹿馬鹿しかったからだろう。この明晰な頭脳には、ルカーチだろうが、フランクフルト学派だろうが、サルトル一派だろうが、小理屈を並べて行為の正当化、すなわち主体性を云々する、そういう左翼のやり方が片腹痛かったのである。美は馬鹿馬鹿しいものにしか宿らない。馬鹿馬鹿しいものだけが宗教性を帯びるのである。信ずるとはそういうことだ。そして信ずることなしに行動はできない」と分析しているが、三島をそうした「行為」に駆り立てていく背景には、『鏡子の家』の方法が評価されなかったことへの落胆が影を落としていると考えられる。

高度経済成長期の三島由紀夫に関する考察としては、「「文化物質主義」の跋扈を三島は見通していた。経済発展が精神と心を忘れた文化の器に化けることも鋭く感じていた。（中略）成金趣味（ゴッホの絵を巨額で購入し私物化する企業のように）がはびこり、軽チャーが支配し、伝統をいうことさえ空疎になり、美は風俗になることを予知していた」と指摘する青木保「一九七〇年以後——三島由紀夫からマクドナルドへ」（「中央公論」二〇〇〇年三月）、「三島文学を戦後的な大衆文化構造との適合性の中でポジショニングした論考」として、絓秀実「複製技術時代のナルシス」（『複製の廃墟』福武書店、一九八六年五月）を紹介したうえで、「戦後的な大衆文化の素地の上に、幻影としての「帝国」が流通する在り様こそ、商品としての三島文学の真骨頂などだ」とする丸川哲史「帝国の「幻影」三島由紀夫『文化防衛論』再考」（「ユリイカ」二〇〇〇年一一月）、昭和三〇年代の週刊誌ブームに始まるゴシップ・ジャーナリズムによって、プライヴァシーの権利と表現の自由との衝突が顕わになったことを指摘する日比嘉高「プライヴァシーの誕生——三島由紀夫「宴のあと」と文学、法、ゴシップ週刊誌」（「思想」二〇一〇年二月）、「三島のエンターテイメント系小説は、物語内容の娯楽性が高いだけではなく、語りの技法を駆使しており、それが物語内容と相補的に作用して、より大きな意味を浮かび上がせるしかけを有している」として、「アイロニカルな社会批評から、より直截な諷刺へ」と軌道修正した三島の足跡を辿る杉山欣也「三島由紀夫・昭和三十年代エンターテイメント系小説群における語りの問題」（「社会文学」二〇一二年八月）などがある。

その他にも、一九五〇年代から六〇年代の女性雑誌という観点から三島の文学にアプローチする武内佳代、同時代の風俗、物質主義、サブカルチャーとの接点を探る中元さおりの諸論考は今後の継続的な展開が期待される。また、三島の担当記者だった椎根和の『完全版 平凡パンチの三島由紀夫』（河出書房新社、二〇一二年一〇月）、工藤正義・佐藤秀明・井上隆史「未発表「オリンピック」取材ノート（全）」（「三島由紀夫研究」第15号、二〇一五年三月、鼎書房）など、当時の三島の認識を捉えるうえで有用な証言や資料も出揃いつつある。

単独論文としては、山﨑義光「二重化のナラティヴ——三島由紀夫『美しい星』と一九六〇年代の状況論」（「昭和文学研究」二〇〇一年九月）、洪潤杓「「下らない」安全な戦後日本への抵抗 三島由紀夫「剣」における表象の競合」（「日本文学」二〇〇七年六月、日本文学協会）、梶尾文武「三島由紀夫『鏡子の家』とその時代戦争体験と戦後社会」（「文学」二〇〇八年三月、岩波書店）、野坂昭雄「六〇年代の三島由紀夫『美しい星』から『豊饒の海』へ」（「原爆文学研究」二〇〇九年一二月）などがそれぞれ示唆に富んだ考察をしている。

三島由紀夫作品を読むための事典④

ポストモダン

田村景子

「三島由紀夫とポストモダン」は、「三島由紀夫と戦争」、「三島由紀夫と占領期／アメリカ」、「三島由紀夫と高度経済成長」といった問題設定に比べて著しくすわりが悪い。もともと反時代的な姿勢を崩さなかった三島に、特定の時代との重ねあわせは似合わないのかもしれない。しかし、これが他の時代にましてすわりの悪さを感じさせるのは、「ポストモダン」じたいの曖昧さも大いにかかわっていよう。たとえば、「ポストモダン」（時代）の始まりをどの時点とするかによって、三島が生きて活動した時代とも、死後に到来した時代ともみなしうるからである。

しかし、現在が「ポストモダン」なる時代と文化を確実に経た今だとすれば、『21世紀の三島由紀夫』という本書の試みにとって、そして三島由紀夫受容の現在および未来にとって、「三島由紀夫とポストモダン」という問題設定は欠かすわけにはいかないだろう。

ここではまずポストモダンのあらましを記し、つぎに日本における展開を概観したうえで、いくつかの具体的な試みをおさえながら、「三島由紀夫とポストモダン」の意義をたしかめたい。

＊

ポストモダン（およびその時代特有の文化総体を指示するポストモダニズム）とは、いったいなにか。もと建築分野で提起された考えを、一挙に哲学や文学をふくむ文化全般におしひろげたのは、周知のとおり、フランスの哲学者ジャン＝フランソワ・リオタールである。一九七九年にだした『ポスト・モダンの条件――知・社会・言語ゲーム』（小林康夫訳　書肆風の薔薇、一九八六年六月）のなかでこう述べる。「科学はみずからのステータスを正当化する言説を必要とし、その言説は哲学という名で呼ばれてきた。このメタ言説がはっきりとした仕方でなんらかの大きな物語――《精神》の弁証法、意味の解釈学、理性的人間あるいは労働者としての主体の解放、富の発展――に依拠しているとすれば、みずからの正当化のためにそうした物語に準拠する科学を、われわれは《モダン》と呼ぶことにする」。この「大きな物語」＝メタ物語には当然、「啓蒙」という物語も含まれる。「啓蒙」において「知という主人公は、倫理・政治的な良き目的、すなわち普遍的な平和を達成しようと力を尽くす」。リオタールはこのように西欧近代において特権的な主題であった理性、主体、普遍性、啓蒙、進歩などを「モダン」と規定したうえで端的に記す。「極度の単純化を懼れずに言えば、《ポスト・モダン》とは、なによりも、こうしたメタ物語に対する不信感だと言えるだろう」。

ポストモダンは、モダンのメタ物語＝「大きな物語」に対して、まったく新たなメタ物語を提起したのではない。モダンなるものの失効、しかも完全な失効というより失効の始まりを宣言した。それゆえの「モダンの後」なのである。

リオタールのポストモダン宣言からずいぶん後、ポストモダンの帰趨がほぼはっきりした一九九六年に刊行した『ポストモダニズムの幻想』（森田典正訳　大月書店、一九九八年五月）で、テリー・イーグルトンはこうまとめている。「ポストモダンはまず真実、理性、アイデンティティ、客観性、普遍的進歩、解放、単一的枠組み、歴史的筋書き《グランド・ナラティヴ》、論理の究極的基盤といった古典的概念を、徹底的に疑う思考法である。こうした啓蒙主義的価値観に対抗しながら、ポストモダンの思考法は世界を暫定的で、多様で、不安定で、しかも、基礎のない、流動的なものとみなすのである。また、世界は複数の文化、世界観からなるにもかかわらず、統一がないため、真実、歴史、価値基準、本質の所与性、アイデンティティの一貫性には客観性がないとみる」。

ポストモダンの歴史的背景については、リオタールが「高度に発展した先進社会」と規定するのに対し、イーグルトンはより具体的な歴史を提示する。「それは西側資本主義が新しい形態に移行した時期に生まれたということである。新しい資本主義は技術、消費、文化産業などからなる、流動的、脱中心的社会を作りだした。そこでは伝統的な製造業にかわって、サーヴィス業、金融業、情報産業が主導権をとり、階級を中心にした古典的な政治にかわって、さまざまなかたちでの『アイデンティティ・ポリティックス』（訳注：人種、ジェンダー、同性愛者等の権利や平等を求める縦割りの政治）が展開されている」。

＊

日本における、ポストモダン（ポストモダニズム）の時期およびその意義についてはさまざまな見方がある。二〇〇六年に仲正昌樹『集中講義！日本の現代思想　ポストモダンとは何だったのか』（ＮＨＫブックス、二〇〇六年一一月）、翌年には本上まもる『〈ポストモダン〉とは何だったのか　１９８３－２００７』（ＰＨＰ新書、二〇〇七年五月）が相次いで刊行された。ポストモダンはすでに過去形で語られているのに注意しよう。ポストモダン時代の始まりについては、両者ともに一九八三年の浅田彰『構造と力』刊行前後ということで一致する。一九六〇年代末の激しい政治的葛藤の時期（三島由紀夫の自死もまたその結末の一つとみなされる）はすでに遠く、高度経済成長がもたらした大量生産・大量消費社会が、多品種少量生産かつ記号消費を特色とする高度資本主義社会へと変容する時代であった。では、ともに過去形で記されたポストモダン時代の終わりはどうか。仲正は、冷戦構造の解体、猛威をふるうグローバリゼーション（世界化する野蛮な資本主義）の顕在化、加えてバブル経済破綻の後遺症などによって、日本に新たな社会問題、政治問題（「大きな物語」の再来）が噴出しはじめる一九九〇年代末にはポストモダン時代はほぼ終わったとする。

　仲正がポストモダン時代の終わりとした時期を、浅田彰や中沢新一ら第一世代につぐポストモダン第二世代に属する東浩紀は、むしろポストモダンの文化および社会深部への浸透とみなす。『動物化するポストモダン』（講談社現代新書、二〇〇一年一一月）で東は、「六〇年代あるいは七〇年代以降、より狭く取れば、日本では七〇年の大阪万博をメルクマールとしてそれ以降、つまり、『七〇年代以降の文化的世界』のことをポストモダンと呼ぶ」と書く。「ロック・ミュージックが台頭し、SFX映画が台頭し、ポップアートが台頭し、LSDとパーソナル・コンピュータが生まれ、政治が失墜し、文学が失墜し、『前衛』の概念が消滅した」この時代は、前の時代すなわちモダンと「巨大な断絶」があるとし、この断絶をこちら側で担うのがサブカルチャーを文化的拠り所とする「オタク」たちだとする。仲正が主に社会、政治に即してポストモダンを捉えるのに対し、東は主に文化それも典型的な担い手に即してとらえる。前者は区切りが明らかであるが、後者は文化ゆえにはっきりとした区切りが見えにくい。

＊

仲正のポストモダン時代に三島由紀夫の実際の活動時期は含まれないが、東のポストモダン時代には三島最晩年の表現および行動は含まれる。そればかりか、「政治が失墜し、文学が失墜し、『前衛』の概念が消滅した」なるポストモダン像は、その晩年のみならず三島の戦後をトータルにカバーするともいえよう。戦後的な近代に激しく抗った三島の文学と思想は、モダン以上にポストモダンとのかかわりが強いことになる。

　富岡幸一郎は『最後の思想　三島由紀夫と吉本隆明』（アーツアンドクラフツ、二〇一二年一一月）に収められた「『英霊の声』と一九八〇年以降の文学」で、ポストモダン時代を先駆的に意識しながら、それと対立し、乗り越えを企図した者としての三島由紀夫像を提示している。「戦後のニヒリズムと絶対者の喪失」はポストモダン時代にはっきりと露呈してきたとみなす富岡は、ポストモダンの代表的な作家として村上春樹をあげ、村上作品に『鏡子の家』と『英霊の声』の遠いこだまを聞きつつ、「今日改めて問われなければならないのは、三島が『英霊の声』などで根底的に問題にした日本人にとっての『神』＝『父性』の問題であろう」と結ぶ。

　こうした、モダンとつながるポストモダンへの内在的な批判者と三島を位置付ける見方に対し、モダンへの批判としてのポストモダンと親和性をもつ三島像の提示がある。田村景子の『三島由紀夫と能楽 「近代能楽集」、または堕地獄者のパラダイス』（勉誠出版、二〇一二年一一月）は、『近代能楽集』の諸作品なかんずく「熊野《ゆや》」において、登場人物の戦後の日常が無媒介的に「世界の破滅」物語とつながる点をとらえて、三島を「早すぎたセカイ系作家」と名づけた。「セカイ系」とは、サブカルチャーにおける画期的な作品『新世紀 エヴァンゲリオン』で顕在化したもので、生きづらい自分から一足飛びに世界の破滅や世界の変更を求める傾向である。

社会思想史・文化研究の上野俊哉は『荒野のおおかみ 押井守論』（青弓社、二〇一五年三月）で、「三島の晩年にはひどくオタク的な身ぶりがちらついている」とし、「表面の思考」を体現した三島における「虚実のせめぎ合いと、肉体や身体へのこだわりは、押井や富野由悠季や宮崎駿のようなアニメ監督たちが現代の日常生活に抱いている感覚を思い起こさせる」と書く。「オタク文化のファシズム起源」を確かめることを含め、「作品を含めたその生の終わりを見直すことは無駄ではない。三島の自決をサブカルチャーのかたわらで読み、考えることは不当でも、冗談でもない」と結ぶ。

ポストモダンをどう捉えるかによって評価は異なるものの、「三島由紀夫とポストモダン」という問題の追究はまだ始まったばかりといってよい。

三島由紀夫作品を読むための事典⑤

天皇

山﨑義光

三島にとって天皇とは何だったか。三島の創作から評論にいたるまでの文学的営為のなかで、あるいは、楯の会結成から決起・自決にいたるまでの社会的表現行為のなかで、「天皇」はどのような意味をもっていたか。

千種キムラ・スティーブン*1は、三島の行動を楯の会を組織して行った「クーデター計画」であるという視点に立ち、「戦前の神格天皇制を復活させる」ものだったとみる。それを跡づけるために、戦前において三島が受けてきた教育勅語の影響、サディスト的な殺人願望、六〇年代における諸々の共産主義的政治運動や右翼の動向、「クーデター計画」に際して接触した人物たちの証言、裁判記録など、思想的影響や傾向、社会的背景から論じた。ただし、影響を受けた思想や背景の方に重点がおかれ、三島の文学と決起とは切り離して理解されており、三島の文学（論）の特質や批評性については十分に留意されていない。

三島の決起・自決は、芸術・文学（論）の延長という範囲からは逸脱しているように思える。一方、戦前の神格天皇制の復活に向けた実効的変革を目指した行動だったと見なすと、それまでの三島の文学的営為とうまく結びつかない。三島の自決は、文学的営為と無縁な政治行動だったのではなく、知識人・芸術家・文学者としての〝表現〟だったと見るべきではないか。そのためには、文学と政治という区別と同根性に対する一般通念を超えた理解が必要である。三島が行動の範型として論じ、模倣反復しているように見える「二・二六事件」や「神風連」は、政治的駆け引きや打算を辞さずに実効的な体制変革を目指した政治的行動であるよりも、むしろ「「道義的革命」の論理」で述べたように、事の成否以上に、理念や情念の「純粋」性が行動において表現されたことに、三島は意義を見出していた。

三島が、「天皇」を枢要な意味をもってテクストに組み込むようになるのは、小説「憂国」（「小説中央公論」一九六一年一月）にはじまる一九六〇年代のことである。戯曲「十日の菊」（「文学界」一九六一年一二月）、小説「英霊の声」（「文芸」一九六六年六月）を合わせた二・二六事件三部作、「神風連」を理想としたテロリストの主人公を描いた「奔馬」（「新潮」一九六七年二月から六八年八月）などがあげられる。そして、評論「「道義的革命」の論理――磯部一等主計の遺稿について」（「文芸」一九六七年三月）では、事件の首謀者の一人である磯部浅一の「獄中日記」を論じた。「あらゆる制度は、否定形においてはじめて純粋性を得る。そして純粋性のダイナミクスとはつねに永久革命の形態をとる」。そこに「天皇信仰」の本質的性格を見出した。加えて「この革命は、道義的革命の限定を負ふことによつて、つねに敗北をくりかへす。二・二六はその典型表現である」とした。こうした「天皇」理解のもとに、大衆社会化する戦後日本の「文化主義」のなかで「文化」を守ることを論じた「文化防衛論」(「中央公論」一九六八年七月)がある。

三島における「天皇」を考える上で大事な点は、一つは「政治」と「芸術」を同根的にみる視点であり、もう一つは大衆社会化という現状認識である。

三島は、ファッシズムのような「世界観的な政治」と、「芸術」との同根性をみていた。そのことは、「新ファシズム論」(「文学界」一九五四年一〇月)、林房雄との対談『対話・日本人論』(番町書房、一九六六年一〇月)で述べている。それを踏まえて、田中純[*2]は、三島において「みやびな戦士結社のイメージと『葉隠』の倫理やデカダンスの美学とが、文化的・時代的差異をなし崩しにされて融合し、神話的かつ審美的な幻想を形成して」いると指摘する。そこでは、「異質で雑多な要素が縦横に連鎖する神話のネットワーク」を形成する「徹底操作」が行われ、「神話を動態化し、それによって神話それ自体からの解放がもくろまれ」ていると論じた。三島の両義的な批評性を評価する示唆がある。

もう一つ重要なのは「大衆社会化」という現在認識である。三島は林との対談で、「テレビ」とともに始まった「横の社会」に「対抗する概念」は何かを探していると述べていた。対談の「第五話　日本人と日本」で三島は、林の小説『青年』から『大東亜戦争肯定論』にいたる近代史観に言及しながら、日本の近代化の歴史と、六〇年代の現在における大衆社会化との関係について述べている。西欧化を目指して近代化した日本社会は、ヨーロッパの社会制度を模範として近代国家の体制を整備し、戦後はアメリカ文化を模倣した。また、それがもたらした社会的ひずみに対してマルクス主義的な社会主義・共産主義にもとづく運動も惹起した。総じて日本の近代化を方向づけたのは「西欧化」であり、それは「宿命」的な世界的動向だとみていた。戦後、西欧化＝近代化の帰結として、インターナショナリズムと大衆社会化がもたらされた。三島がそれまでの国家主義者やナショナリストと異質なのは、アメリカやヨーロッパ、ソ連やアジアとの対抗関係といった国際政治論的地政学的な抗争の枠組みではなく、工業化機械化によって平均化された大衆が生み出されて現れた「横の社会」(大衆社会)の不可避性と、雑多な文化的出自のものが混淆し言論の自由が認められながらも、知識人と大衆の差異がなし崩しとなり、伝統やモラルの地盤を喪失した「文化」の危機から、それに対抗する概念として「天皇」を見出したところにある。対談の「第二話」では次のように述べている。

大衆社会化が激しくなれば、それに対抗するものはなんだろうというと、アメリカ対日本ではないと思う。つまり工業化ないし大衆社会化、俗衆の平均化、マスコミの発達、そういう大きな技術社会の発達、そういうものに対して、日本とはなにかということを言っているので、やはり攘夷思想のなかにあった恐怖の予感はこれだったと思うのです。いまは西洋もクソもないですね。アメリカですらないですね。つまり新しい時代の新しい大衆社会化の現象が起こっている。そういうことに対抗して、日本とか日本人を考えるのであって、そういうナショナリズムというのは、いわゆる普通の意味の、十九世紀以前のナショナリズムとか、民族的な国家におけるナショナリズムとは、ぜんぜん性質がちがうのではありませんかね。

そうした「横の社会」に対抗するための超越論的な支点としてあげたのが、「ことば」であり、「天皇」である。一方林との対談「第六話　天皇と神」では、「天皇」は、一方で近代化＝西欧化する日本の象徴であったとともに、他方で「非西欧化の最後のトリデとなりつづけることによって、西欧化の腐敗と堕落に対する最大の批評的拠点になり、革新の原理」になるとしていた。

こうした三島の時代認識と天皇論の関係について笠井潔は、二〇世紀の世界的動向をふまえ、核による戦史なき世界戦争の時代における「ゆたかな社会」として大衆社会化した日本のなかに三島の天皇論を位置づけて論じた。[3] また、富岡幸一郎[4]は、「天皇」の超越性をカトリックにおける神と比定して論じた。それらの論点を踏まえながら、比較思想論的に三島の天皇とテロルの倫理について論じたのが柳瀬善治[5]である。柳瀬は、政治や司法に先立つ法（ドグマ）を創出する劇的表象としての「ドグマティーク」に三島の天皇論の核心をみる。表現の自由を極限まで認めながら、そこに「文化」としての範域と限定をもたらしうる超越性の支点として天皇が見出されるとともに、「天皇」を超越的存在とする範域としての日本という三島の文化論の戦略が異文化理解の契機を欠く点に限界をみている。世界的動向をふまえた日本の二〇世紀文学史のなかに三島の思想と文学を位置づけることで、大衆社会化のなかから生じるサブカルチャーの時代にまで届く三島の問題提起を論じた。

一方、三島は天皇とは別の形象を通じて大衆社会と超越性の問題を表象していた。二〇世紀は、地球規模で連動する市場経済と、国家を単位とする国際社会のなかで、絶え間ない抗争・戦争をもたらし、冷戦にいたって核兵器による世界の破局が現実味を帯びた。あるいは、環境破壊は限定された地域問題であることを超えて地球規模の問題となった。こうした地球＝世界の状況（グローバリゼーション）において、人間の社会や文化（人間中心主義）を全的に相対化する超越性の問題も浮上する。たとえば、「自然の権利」概念の登場や「エコ・テロリズム」のような過激な環境主義の動きがあげられる。[*6] 三島は天皇をめぐる表象と同時に、キューバ危機のあった一九六二年に『美しい星』を書いていた。この小説では、地球に内在する人間中心主義的な視座と、それを超越し地球を全体として対象化する「宇宙人」の反人間中心主義的な視座とをアイロニックに二重化して描いた。[*7] ソ連崩壊、冷戦終焉後、拍車のかかったグローバリゼーションによって、もはや地球＝世界は丸くない、フラットであるとすら言われる。[*8] 自由主義経済の合理性によって資本が越境し多国籍的に結びつくだけでなく、情報化を基盤に物理的距離や国家間の障壁、地域的閉鎖性が急速に均され、個人や小集団の活動が企業などの組織に伍することも可能になった。ただし、それによって生まれる経済格差の拡大や文化的差異の減衰は、あらためて国家や民族、宗教の意識を尖鋭化させ、排他的共同性を立ち上げる超越性の問題を生む。三島が提起した「天皇」論は、日本の歴史・文化の枠組みだけでなく、二〇世紀以降において変容した世界のありようのなかで再検討される必要がある。

注

＊1　千種キムラ・スティーブン『三島由紀夫とテロルの倫理』（作品社、二〇〇四年八月）

＊2　田中純「三島由紀夫における「政治の美学」　比較思想史的考察」（『国文学　解釈と鑑賞』二〇一一年四月）

＊3　笠井潔「「ゆたかな社会」の明るい地獄」（『探偵小説論Ⅲ　昭和の死』（東京創元社、二〇〇八年一〇月）

＊4　富岡幸一郎『仮面の神学』（構想社、一九九五年一一月）

＊5　柳瀬善治『三島由紀夫　「知的概観的な時代」のザインとゾルレン』（創言社、二〇一〇年九月）「第二部　情動の叛乱と「待つこと」の倫理――三島由紀夫の政治とその臨界――」

＊6　浜野喬士『エコ・テロリズム』（洋泉社、二〇〇九年三月）

＊7　山崎義光「純文学論争、SF映画・小説と三島由紀夫『美しい星』」（『原爆文学研究』二〇〇九年一二月）

＊8　トーマス・フリードマン『フラット化する世界』（普及版上中下、伏見威蕃訳、日本経済新聞出版社、二〇一〇年七月）

政治と文学

山﨑義光

二〇世紀初頭は、資本主義がグローバル化するなかで列強の帝国主義、植民地獲得抗争が激化し、ロシアでは革命によってソヴィエト社会主義共和国連邦が誕生する。社会主義・共産主義運動の世界的広がりは、日本にも波及して、大正末から昭和初期（一九二〇―三〇年代）にかけてプロレタリア文学運動が起こる。そのなかで、政治運動と芸術・文学との関係が「政治と文学」論として提起された。*[1] それは、戦後東西冷戦下においても繰りかえし論争的なテーマとなった。

一九二〇―三〇年代のプロレタリア文学派において、政治的前衛と大衆との関係における「文学」の意義が論議された。一九二六年九月号『文芸戦線』に、青野季吉は「自然生長と目的意識」を発表した。プロレタリア階級の社会意識の高まりは「自然生長」する。だが、その意識を「社会主義意識にまで、引上げる集団的活動」こそが「プロレタリア文学運動」であると論じた。こうした考え方は、前衛党による大衆の先導によって成功したロシア革命をモデルにしている。マルクス主義を理論的背景とする政治闘争と文学を含む芸術活動との関係は、芸術活動を通じた前衛による大衆の啓蒙を目的とすると意義づけられた。その際、芸術の質と受容者たる労働者大衆の関係が問題となった。その問題をめぐって交わされたのが一九二八年の芸術大衆化論争である。*[2] この論争に対して、横光利一や中河與一ら新感覚派の作家たちが脇から発言したことから形式主義論争も派生した。

「資本主義の最高の段階」*[3] としての帝国主義から共産主義社会への革命を招来させる政治運動のなかで、労働者大衆を革命運動（「政治」）に向けて励起させる役割が、知識人＝前衛の手段たる「文学」であると位置づけられた。資本主義社会の不条理に対する認識と到達すべき政治理念をいかに大衆に浸透させ、運動に向けて大衆を奮起させるかということが課題であり、そのために芸術（文学）はいかにあるべきかが問われた。*[4] 政治目的と文学の質や意義をめぐる論争は、蔵原惟人「ナップ芸術家の新しき任務」（『戦旗』一九三〇年四月）を基本方針とするなかで、ソ連を中心とした国際的共産主義組織であるコミンテルン（共産主義インターナショナル、第三インターナショナル）の方針に従い、「政治の優位性」「主題の積極性」「唯物弁証法的創作方法」などの理念が主張され、それに沿って創作・批評が行われた。こうしたなか、その理念に反する右翼的偏向として林房雄『青年』が批判される。だが、小林多喜二死後、徳永直「創作方法上の新転換」

（『中央公論』一九三三年九月）による蔵原理論批判などが起こる。[*5]その後、日中戦争が本格化し総力戦体制へ向かうなか、プロレタリア文学運動そのものが解消させられていく。

戦後は、戦前期プロレタリア文学運動への反省と、戦時下における国家権力への屈従の体験を踏まえながら、改めて政治と文学の関係が問われた。戦後いちはやく、荒正人「第二の青春」（『近代文学』一九四六年一月）、平野謙「ひとつの反措定」（『新生活』一九四六年四月）などによって、戦前期共産主義運動、プロレタリア文学運動に対する反省・批判がなされる。それに対して、中野重治が「批評と人間性（一）」（『新日本文学』一九四六年四月）で反駁することに端を発して論争が起こる。[*6]小林多喜二と火野葦平を表裏の関係としてみる平野は、帝国主義的な国家権力とマルクス主義的党組織の類似性を指摘しながら、組織的活動を目的に人間性が手段として従属する問題点を指摘した。その例として小林多喜二「党生活者」を取り上げ、党活動家の男が手段として女性を利用したこと（ハウス・キーパー）を肯定的に描いていることをあげた。この関係を、「政治」と「文学」のアナロジーとしてみることで「文学」の自立が問われた。

戦後は、多くの労働者・学生を巻き込んだ政治運動が活発化した。なかでも、一九五一年に締結された日米安全保障条約の改定をめぐって、一九六〇年、七〇年に大規模な反対運動が起こった。戦後は、戦前におけるプロレタリア文学運動のような芸術家、文学者らによる集団主義的求心力はもたなかったものの、社会情勢についての理解とそれに対する文学における表象の問題はくすぶり続けた。

一九六〇年代には、奥野健男が「「政治と文学」理論の破産」（『文芸』一九六三年六月）を発表。プロレタリ文学以来続いてきた「政治と文学」論が依拠してきたマルクス主義的な世界認識の枠組みの無効性（破産）を論じた。[*7]その中で、今までの「政治と文学」理論上に成立した小説として野間宏『わが塔はそこに立つ』、堀田善衛『海鳴りの底から』をあげながら、それと対比して安部公房『砂の女』、三島由紀夫『美しい星』をあげ、「マルクス主義神話」の呪縛から逃れた自由な発想によって、現在の先の見えない「未知の状況」を書いた「新しい政治小説」であるとした。奥野は、前者の作品を評価した平野謙に対しても批判的で、「「政治的文学」批判」（『文学』一九六三年五月）では、平野においても未だ「文学より政治の方が価値があり、巨大である」という「政治の優位性への信仰が抜きがたくひそんでいるのではなかろうか」とした。奥野は『太宰治論』で批評家として頭角を現していたが、文学をマルクス主義的世界観への根強い呪縛から解き放ち、戦後社会に見合った新たな文学観を模索していた。そうした奥野の志向は、吉本隆明が『言語にとって美とはなにか』（「試行」一九六一年十一月〜六五年六月）を連載していたのとパラレルな志向である。

以上のような文学史的「政治と文学」論との関係で、三島はどのような立場にあったか。もとより三島自身は、マルクス主義に依拠した社会主義・共産主義社会を理想とする政治運動とは無縁であり、そうした論脈で「政治と文学」論に拘泥することはなかった。奥野が「政治と文学」理論の破産を宣告する作品として『美しい星』をとりあげたことは、一面において三島の立場と共鳴していた。他方で、アメリカ的な自由主義的民主主義とそれがもたらした日本の戦後民主主義に対しても信頼をおいていない。三島はそうした二〇世紀における二大イデオロギーのどちらからも距離をおきながら、知識人・芸術家・文学者としての自らの立場を模索していた。三島は左翼陣営から「ファッシスト」と呼ばれたことを受けて、「新ファッシズム論」（「文学界」一九五四年一〇月）を書いている。そのなかで、世界を無意味なものとして認識するニヒリストが「無の絶対化」をするところにファッシズムが現れるとみている。それに対して、芸術家が追究する「美」は「無を絶対化しようとするニヒリストの目を相対性の深淵を凝視することに、連れ戻してくれるはたらきをする」とした。そこに「芸術家の存在理由」と「急務」を認めていた。三島は「文化防衛論」に至るまで言論の自由を弾圧するファッシズムや共産主義政権のような全体主義の政体を認めていない。ここでいう「相対性の深淵を凝視すること」としての「美」という理念は、「文化概念としての天皇」に通じるとともに、『豊饒の海』に至るまでの三島の文学的営為に一貫しているものだろう。三島は、政治と芸術とは截然と区別されるものと考えていない。林房雄との対談『対話・日本人論』（番町書房、一九六六年一〇月）においても、ヒトラーが芸術家志望だったことをあげながら、政治と芸術には同根性があるとみている。三島にとって「政治」は、世界観や理想、アイデンティティをめぐる情念の操作にかかわるものとして認識されている。

もう一つの側面は、そもそも「政治と文学」論争が二〇世紀の社会における「大衆」をめぐる問題に端を発したものだったことと関連する。戦後大衆社会のなかで「文学」「文学者」の意義を問う姿勢を三島はもっていた。三島は、奥野が「政治と文学」論批判を展開した年に「林房雄論」（「新潮」一九六三年二月）を発表している。林は戦前におけるプロレタリア文学の大衆化論にはじまる「政治と文学」論争の中心的人物であり、転向者だった。五〇年代の三島は、「現代日本の文化的混乱」を「未曾有の実験」場とみて、「日本文化の未来性」がそこから見出されるのではないかと期待していた（『小説家の休暇』講談社、一九五五年一一月）。だが、六〇年代には大衆社会化の無軌道性に危機感を強める。林との対談では、工業化機械化によって平均化され、知識人と大衆といった階層差も平準化した「横の社会」（大衆社会）に対する「苛立ち」を語っている。ただし、三島の大衆社会に対するスタンスは、単なる大衆憎悪とも異なる。「西洋をもって西洋に対抗するという考え方」としての「文明開化」に始まる日本の近代化は西欧化だった。そして戦後、西欧化であることを超えて、大衆社会化することは避けがたい必然性をもったと認識していた（第五話）。それゆえ、「いつも僕は、縦と横を交差させて生きているつもりです」（第二話）という。その上で「大衆社会化という問題が、いまわれわれの前にあって、それに対抗する概念を僕はさがしている」（第五話）と述べていた。大衆社会を受け容れながらも対抗するというのが三島の文学者としての姿勢だった。三島の立場は「文学者」「知識人」として自己規定されており、対談では、「知識人」には「経済人」「政治家」とは異なる使命があるが、「知識人の精神的基盤」の「存立が非常に危うくなったところに現在の問題がある」（第三話）と述べる。そこから、「縦」につながるもの、すなわち革新を可能にしながら一貫性を保持しうる「日本および日本人」の「純粋性と正当性」の「核」は何かという問い（第五話）へつながっていく。その手がかりとして三島があげたのが、一つは「ことば」であり、そして「二・二六事件」「神風連」から導き出された「天皇」だった。

注

＊1 亀井秀雄「政治と文学論争」（『日本近代文学大事典　第四巻』講談社、一九七七年一一月）

＊2 小田切秀雄編『現代日本文学論争史　上巻』（未来社、一九五六年七月）「芸術大衆化論争」「形式主義文学論争」

＊3 レーニン『帝国主義論』（一九一七年刊。訳書は多数あるが新しい訳書に、光文社古典新訳文庫、二〇〇六年一〇月。原題直訳は「資本主義の最高の段階としての帝国主義――一般向け概説書――」）

＊4 林淑美「芸術大衆化論争における大衆」（『講座昭和文学史　第一巻』有精堂出版、一九八八年二月）

＊5 小田切秀雄編『現代日本文学論争史　中巻』（未来社、一九五六年七月）「政治と文学論争」「社会主義リアリズム論争」

＊6 臼井吉見『近代文学論争　下巻』（筑摩書房、一九七五年一一月）「「政治と文学」論争」

＊7 奥野健男『新編　文学は可能か』（冬樹社、一九七〇年五月）

三島由紀夫作品を読むための事典⑦

核と文学

川口隆行

二〇世紀に登場した核・原爆は、人間や社会や自然のありかたを大きく変えた。それは関係する文学表象を生み出すとともに思想的課題をも呈出した。三島由紀夫の実験的SF小説「美しい星」(「新潮」一九六二年一月～一一月)もそのひとつである。核のカタストロフィが現実化されかねなかった六〇年前後。無為と不如意の生活を送っていた大杉一家は、空飛ぶ円盤を目撃したことをきっかけにして自分たちを地球の危機を救うために火星から遣わされた宇宙人だと信じるようになる。彼らは核戦争を回避するために平和運動に尽力し、やはり自分たちを宇宙人だと信じる羽黒一派との間で、地球の将来について論争を繰り広げる。

この小説については、発表当初から現在まで多くの批評・研究があるが、「核と文学」という問題構成から論じられるのは二〇〇〇年代以降である。そもそも人文・社会の諸領域において、原爆体験や核の問題を論じる批評・方法意識が展開を迎えるのはポスト冷戦期に入った九〇年代のことである。「戦後」の再審という社会的課題を契機とし、現代思想や批評理論の導入による新たな動向は文学研究とも無縁ではなく、長岡弘芳や黒古一夫らの「原爆文学」研究の蓄積を批判的に継承する試みとして二〇〇一年に原爆文学研究会が発足、翌年には機関誌「原爆文学研究」が創刊された。総じて言えばそれは「原爆文学」を固定的に捉えるのではなく、ジャンルや地域の越境、横断を不断に繰り返しつつ再構築されるものと理解し、その名のもとに核・原爆に関する文学・文化の堆積を批評的に浮かびあがらせる実践であった。三島由紀夫における「核と文学」という問題構成もこうした広い研究動向と連動しつつ「発見」された。

「美しい星」について言えば、核戦争の危機という冷戦期の文脈を問題化した及川俊哉「『美しい星』読解の仮案――破綻の証明とその積極的評価――」(「言文」四八号、二〇〇一年一月)、山﨑義光「二重化のナラティブ――三島由紀夫『美しい星』と一九六〇年の状況論――」(「昭和文学研究」四三集、二〇〇一年九月)を経て、梶尾文武「三島由紀夫『美しい星』論――核時代の想像力――」(「日本近代文学」八一集、二〇〇九年一一月)や「原爆文学研究」八号(二〇〇九年一二月)の小特集「原爆表象の六〇年代と三島由紀夫」に至り、ようやく「核と文学」の問題が正面から論じられるようになった。上記小特集に寄稿したのは山﨑義光、野坂昭雄、柳瀬善治であるが、なかでも柳瀬は以前から「原爆文学」研究と三島研究を意識的に結びつける議論を展開しており、その成果は『三島由紀夫研究──「知的概観的な時代」のザインとゾルレン』（創言社、二〇一〇年九月）にまとめられた。以下、柳瀬らの研究成果に依拠しつつ、「美しい星」さらには三島における「核と文学」の問題を整理したい。

　三島は『小説家の休暇』に収められた一九五五年七月一九日の日記において、ビキニの水爆実験に触れ、「一方には、水爆、宇宙旅行、国際連合をふくめた知的概観的世界像があり、一方には肉体的制約に包まれた人間の、白血球の減少があり、日常の生活の問題があり、家族があり、労働があるのだ」と述べる。高度に抽象化された鳥瞰的な世界認識（＝「知的概観的世界像」）と、すぐ身近にある日常的な現実との非対称性という問題は、「美しい星」執筆直前に書かれたエッセイ「終末観と文学」（「毎日新聞」一九六二年一月四日）においても繰り返され、原爆投下者の視点と被爆地の人々の現状との隔絶とも説明される。

> ある人間が、頭の中で、地球儀のやうな、一望の下に見渡される図式的な世界像を即座に描き出せるといふこと、どんな凡庸な人間にもそれが可能だといふことには、ゾッとするやうなものがあるからだ。この種の世界認識は、あたかも原爆を載せた飛行機に乗つた軍人が、機上から見下ろした一枚の地図のやうな広島市の景色に似てゐて……そこへ原爆を落つことすことは、まるで大したこととは思はれぬからだ。

いわゆる「原爆文学」が原爆を投下された「被災者」としての現実を記述するのに対して、三島の関心は原爆を投下した側の人間に向けられる。六〇年代前半は、堀田善衛『審判』（「世界」一九六〇年一月〜一九六三年三月）、C・イーザリ／G・アンデルス『ヒロシマわが罪──原爆パイロットの苦悩の手紙』（筑摩書房、一九六二年八月。初出は「良心──立ち入り禁止」の題で「朝日ジャーナル」一九六一年一〇月一五日〜一二月三一日）、いいだ・もも「アメリカの英雄」（「新日本文学」一九六四年一月〜九月）といった、投下者の視点から原爆を描いた作品が次々と登場した時期でもある。

　しかしながら三島は、原爆投下者の視点についても世界を鳥瞰する特権的な視座と見なしているわけではない。「広島の原爆の被災者におけるよりも、あの原爆を投下した人間に、かうしたアンバランスはもつと強烈に意識されたはずであつた」「おそらくいくばくの技術と科学知識にめぐまれてゐた投下者は、巨大ならざる自分の感受性を、あの知的な概観的な世界像の下に押しつぶすことを知つてゐた」と言うように、三島が強調するのは、「知的概観的世界像」と日常的な現実の「アンバランス」それ自体であり、その「アンバランスに直面して、一瞬、目をつぶつて、「小さな隠蔽」、「小さな抑圧」を犯すことに馴れてしまつた」（『小説家の休暇』）現代という時代そのものであった。三島は、投下者／非投下者、いずれも相対的な優劣しかないことを直視し、そうした状況を表象することに現代小説の困難な課題を見出そうとした。

三島は投下する側の世界認識を、「今日の小説の問題」、現代文学の条件として考えている。しかも「概括的概観的なメカニックな世界認識を前提として」いる「水爆戦争をそのカタストローフとする終末観」を、三島は、それを受け入れたら、「すべての具体性は死に絶え」「文学が崩壊」してしまい、かといって受け入れなければ「路傍の石のやうな、世界から見離された、孤立した具体性に変貌してしま」うような「背理」としてとらえている。（柳瀬前掲書二六四頁）

こうした世界認識の「背理」を小説化したのが「美しい星」にほかならない。それは核戦争に関する小説後半の対話の場面（物語内容）に対応するだけでなく、山﨑義光が「二重化のナラティブ」と呼ぶ物語の叙法によって描き出されている。「二重化のナラティブ」とは、「登場人物たちの意味の欠如感とともに、突如あらわれた啓示としてUFO出現の経緯が語られる。しかしながら、他方で戯画的な形象化や、脇役的人物の視座を用意すること等によって、アイロニックに地球人にすぎないこと」を含意もする、「物語られている登場人物の視点と、それを受け取る読み手の視点とで、二重化された異なる意味を派生する」（山﨑論文二〇〇二）叙法である。

三島が呈出したこうした問題は、三・一一以降の現代を生きる私たちとも無縁ではない。フィンランドでは十万年先まで放射性廃棄物を完ぺきに貯蔵管理すると称する「オンカロ」という施設が建設されている。未来の人類あるいは知的生命体に、「オンカロ」の危険性を知らせるには太古の形象文字や絵画、モニュメントのようなものでなくてはならない、という議論さえ行われている。科学技術と合理性の盲信というべきだが、遠い将来を見渡そうとする「知的概観的世界像」の一方で、放射能の数値を意識せざるをえない日々の生活が存在している。多層的な時間によって織りなされる未来について、内実あるかたちで語りえる言葉や表現がいま求められているのだ。

「美しい星」以降、三島は、小説において「核」を直接描きはしなかったが、エッセイなどでは頻繁に言及している。「民族的憤激を思ひ起こせ――私の中のヒロシマ」（『週刊朝日』一九六七年八月一一日）では、自分は直接体験者ではないので原爆を文学に描くことはないと断ったうえで、原爆投下を知った時の「世界終末観」を「私の文学の唯一の母体」と語る。さらに「おのれの傷口を誇りにする〝ヒロシマ平和運動〟」と「東京オリンピックに象徴される工業力誇示」では「民族的憤激は解決」されず、それを「正当に表現した文字は、終戦の詔勅の「五内為ニ裂ク」という一節以外に、私は知らない」と言い放ち、原爆を「良心の呵責なしに作りうるのは、唯一の被爆国・日本以外にない」と核武装の夢を紡いだ。「美しい星」の強靭な相対化の志向は、「民族」「天皇」という概念の本質化と結びついてしまう。

「反革命宣言」（「論争ジャーナル」一九六九年二月）では、「日本における朝鮮人問題、少数民族問題は欺瞞である」「フィクション」であると断じる。「日本では一つでも疎外集団を見つけると、それに襲ひかかつて、それを革命に利用しようとする」といい、その例として「原爆患者」を挙げて次のように述べる。「原爆患者は確かに不幸な、気の毒なひとたちであるが、この気の毒な、不幸な人たちに襲ひかかり、たちまち原爆反対の政治運動を展開して、彼らの疎外された人間としての悲しみにも、その真の問題にも、一顧も顧慮することなく、たちまち自分たちの権力闘争の場面に連れていつてしまふ」。「原爆患者」の「不幸」を政治的動員する運動の論理への批判としては全く正しい。ただし、「原爆患者」の「疎外された人間の悲しみ」に立ち入ろうとしない三島自身が、「日本における朝鮮人問題、少数問題」が「フィクション」であるという「フィクション」を立ち上げるために「原爆患者」を利用してしまっていることは見逃せない。

三島由紀夫作品を読むための事典⑧

ジェンダー

武内佳代

ジェンダーとは社会制度や文化によって形作られている女性・男性に関する決まり事のことを言う。この性別二分法に従って形成される個々人のジェンダー・アイデンティティやジェンダー役割は、多くの場合、異性愛主義的な恋愛とそのゴールとされる結婚によって支えられ強化される。たとえば青年が恋人や妻を持つと「一人前の男性」としての自信を覚えたり、少女が結婚すると「一人前の女性」として率先して妻役割を担ったりという風に。だが面白いことに、三島由紀夫の実生活はひとまず措いて、その文学作品に限って言えば、異性愛の表象は必ずしもジェンダー規範を強化するものとして機能していない。三島の代表的な作品では、男性としてのジェンダー・アイデンティティの危機と、女性のジェンダー役割からの逸脱という二点が際立っているからだ。

男性というジェンダー・アイデンティティの危機については『仮面の告白』(一九四九年)と『金閣寺』(一九五六年)を例に挙げてみよう。

『仮面の告白』では、男主人公「私」が幼い日に周囲から「一人の男の子であることを、言はず語らずのうちに要求され」、「心に染まぬ演技」として「戦争ごつこをしようよ」と口にしたことが回想される。ここには男性ジェンダーにコミットできない「私」の感覚がよく表れているが、こうした感覚を抱く以前、「私」はさらにジェンダー・アイデンティティが曖昧だった。

「私」はある日、母の衣装箪笥から拝借した「いちばんごてごてした・きらびやかな着物」を身に着け、祖母の居間を「狂ほしい可笑しさ・うれしさにこらへきれず」、「『天勝よ。僕、天勝よ』と云いながらそこら中を駆けまは」る。女中に取り押さえられ、「この不埒な仮装を剥がされ」るものの、「私」はなお懲りずに今度は「妹や弟を相手に、クレオパトラの扮装に憂身をやつし」始めたとある。この「天勝」や「クレオパトラ」の女装を好んでした「私」には、美しい女性にもなってみたいというジェンダー・アイデンティティの曖昧さを見て取れるが、先にも触れたように、やがて周囲からの無言の「要求」によって自らを男性としてジェンダー化していかねばならなくなる。

ところで、長らくこの一人称回想形式の小説で告白される「私」の同性愛願望には、三島その人の性欲望のあり方と相まって読者の注目が集まってきた。だが二〇〇六年にいたって本作が必ずしも同性愛に焦点化した小説ではないことが論じられるようになった。[*1] なぜなら後半部のほとんどが園子との恋愛問題に費やされ、そこでは同性愛に比肩するほど異性愛をめぐる苦悩が告白されるからだ。「私」が園子と接吻し、肉体関係を結び、結婚すること。それをめぐる異性愛の苦悩とはしかし、幼時の男性性獲得の苦心を踏まえるなら、戦時中、兵役の資格がなかったばかりか同性愛の欲望をも抱えていた「私」の、「一人前の男性」になれない焦燥感によるものとも読み直せよう。[*2] つまり本作には同性愛の苦悩ばかりでなく、男性性をめぐる危機と苦悩も描きこまれているのである。

『金閣寺』も同様の読み取りが可能である。吃音で虚弱体質のため疎外感を抱く主人公の溝口が殊更に金閣の美や女性の肉体に対して欲望を傾け続けるのは、それらを得ることで実父や兵士たちと同等の男性性を獲得できるためだとも読めるからだ。この文脈からすれば、結末で「徒労」と知りながら金閣に火を放つのも、男性性の獲得のためではないかと解釈されてくる。[*3] 加えて有元伸子氏によれば、溝口によって理想化された金閣には、父と母、すなわち男性性と女性性の双方が象徴化されているとも読める。[*4] この読みを敷衍するなら、それらを欲してやまない溝口の男性性の危機には、『仮面の告白』の「私」と同様、ジェンダー・アイデンティティの潜在的な揺らぎを指摘できるかもしれない。

以上のような男性性の危機の物語は、男性性なるものが生来備わった本能ではなく、社会的に構築された属性にすぎないことを改めて知らせるものである。その意味で三島文学には、男性ジェンダーの規範に対する鋭い批評性を指摘できる。

では、女性ジェンダーからの逸脱はどのように描かれているか。

三島の評論「女ぎらいの弁」（「新潮」一九五四年八月）は、「大体私は女ぎらいといふよりも、古い頭で、「女子供はとるに足らぬ」と思つてゐるにすぎない。女性は劣等であり、私は馬鹿でない女（略）にめつたに会つたことがない。」、「構成力の欠如、感受性の過剰、瑣末主義、無意味な具体性、低次の現実主義、これらはみんな女性的欠陥」といった典型的なウーマン・ヘイティングが見られることで知られている。さらにエッセイ「作家と結婚」（「婦人公論」一九五八年七月）では、「僕は文学がわかるやうな顔をする女は女房には持ちたくないと日頃から云つてきた。自分の作品だつて読まない方がいいくらゐだ。」とも述べており、三島が女性蔑視的・女性（女性読者）排除的とも言える父権的なジェンダー規範の持ち主だったことが窺える。だが、そうはあれ三島によって〝書かれた〟ものとしての女性表象は、女性のジェンダー規範から逸脱し、ジェンダー／フェミニズム批評の観点から見て評価できる面もある。作家の思想と、作家によって〝書かれた〟文学作品には多かれ少なかれ乖離がつきまとう宿命なのだ。

『愛の渇き』（一九五〇年）はその典型例と言える。本作では、夫に生前酷い目に遭わされていた寡婦の悦子が、大阪府郊外にある義父の邸宅に身を寄せている。悦子は義父に体を許しているものの、胸中は一八歳の園丁である三郎を愛している。そのため三郎に贈り物をしたり、三郎の子供をみごもった若い女中を追い出したりするが、ある晩、肉体関係を迫ってきた三郎に思わず鍬を振り上げてしまう。「鍬のよく洗はれた白い鋼は、肩を外れて三郎の頸筋を裂いた。／若者は何かちひさな抑圧された叫びを咽喉のあたりであげた。彼が前へよろめいたので、次の一打が、彼の頭蓋を斜めに割つた。三郎は頭を抱へて倒れた」。こうして悦子は愛しているはずの三郎に「抑圧された叫び」をあげさせ、彼を殺害する。悦子は義父に「かうなつたのは、あたくしを苦しめた当然の報い」だと述べるが、悦子を本当に「苦しめた」のが三郎というよりも亡夫や義父だったことを考えれば、このあまりに身勝手で不可解な殺害は悦子にとって、三郎その人への攻撃というよりも、彼女の心身を暴力的に抑圧してきた亡夫や義父といった男性たちへの復讐と理解されてこよう。言い換えれば、妻、嫁としての献身にかかる家父長的抑圧への復讐に他ならないのだ。それゆえ殺害後、悦子は安心してぐっすりと眠りにつくことになる。この悦子の表象には、三島の言うところの「構成力の欠如、感受性の過剰」が見られるかもしれない。だがそれは女性ジェンダーからは逸脱した、家父長制への恐るべき抵抗の形でもあると言えよう。[*5]

『純白の夜』（一九五〇年）では、若い人妻の郁子が夫以外の男性に心惹かれながらも頑なに貞操を守る。にもかかわらず、ふいに同居していた別の男と一夜限りの肉体関係を結んでしまい、〈貞淑な妻〉というジェンダー規範だけでなく、〈道ならぬ恋に溺れる女〉という規範をも逸脱していく。当時は既婚女性の不倫を禁じた姦通罪の廃止からわずか三年後にあたる。同時代に大岡昇平の『武蔵野夫人』（一九五〇年）が、道ならぬ恋をした人妻が最終的に夫への貞淑に殉じる姿を描いたことを考えれば、『純白の夜』の斬新さは言うに及ぶまい。[*6]

極めつけは『豊饒の海』四部作（一九六五〜七一年）である。男女の儚くも美しい純愛を描いた第一巻と、若者の瑕瑾なき男らしさを打ち出した第二巻では、いずれも極めてジェンダー化された男女が登場する。だが、第三巻『暁の寺』になるとジェンダー配置は一変する。あたかも女性の肉体を対象化する本多繁邦の視線への反逆であるかのように、結末近くではジン・ジャンと久松慶子のレズビアン関係が本多の目に衝撃とともに飛び込む。[*7]『天人五衰』の結末にいたっては門跡となった聡子が「松枝清顕さんといふ方は、どういふお人やした？」と本多に問いかけ、清顕の存在と本多の記憶によって紡がれた〈男たちの絆に拠って立つ転生物語〉をなし崩しにしてしまう。[*8] つまり『豊饒の海』の後半には、女たちが男たちの欲望や物語を圧倒し破壊する、ジェンダーの力学の逆転劇が配されているのだ。

紙幅の都合上、ここでは限られた作品にしか触れられなかったが、以上のように三島文学作品には、男女のジェンダー規範や両者のジェンダー配置を揺るがし転倒させる要素が多分に秘められていると言える。

注

＊1　佐藤秀明「仮面の告白（三島由紀夫）――動くセクシュアリティ」（『ジェンダーで読む愛・性・家族』東京堂出版、二〇〇六年一〇月）、井上隆史『三島由紀夫――虚無の光と闇』（試論社、二〇〇六年一一月）、久保田裕子「『仮面の告白』――セクシュアリティ言説とその逸脱――」（『三島由紀夫研究③』鼎書房、二〇〇六年一二月）。

＊2　有元伸子「三島由紀夫文学における性役割――男性性を中心に――」（『金城国文』一九九二年三月）。同論文で有元氏は糞尿汲取人や近江に対する同化願望にも「私」の男性性獲得の願望を読み解いている。

＊3　有元伸子「三島由紀夫「金閣寺」論――〈私〉の自己実現への過程」（『国文学攷』一九八七年六月）、武内佳代「三島由紀夫『金閣寺』の終わりなき男同士の絆――〈僧衣〉と〈軍装〉の物語――」（『国文』二〇〇七年一二月）。

＊4　有元伸子「『金閣寺』再読――母なる、父なる、金閣――」（『三島由紀夫研究⑥』鼎書房、二〇〇八年七月）

＊5　実際三島によれば、悦子は「男」のつもりで描いたとされる（三島由紀夫・大岡昇平「対談　犬猿問答――自作の秘密を繞って」「文學界」一九五一年六月）。

＊6　武内佳代「性規範からの逸脱としての『純白の夜』『恋の都』『女神』『永すぎた春』――一九五〇年代の女性誌を飾った三島由紀夫の長編小説」（「ジェンダー研究」二〇一一年一二月）

＊7　武内佳代「レズビアン表象の彼方に――三島由紀夫『暁の寺』を読む――」（「人間文化創成科学論叢」二〇〇八年三月）

＊8　結末の聡子が本多に対してジェンダー配置を逆転させることについては、有元伸子『三島由紀夫物語る力とジェンダー――『豊饒の海』の世界』（翰林書房、二〇一〇年三月）に詳しい分析がある。

セクシュアリティ／クイア

黒岩裕市

一九九三年の学術誌の三島由紀夫特集の「セクシュアリティ」の項目で、川村湊は、「三島由紀夫の作品世界におけるセクシュアリティを論じるには対象作品があまりに厖大過ぎる。『仮面の告白』から『美徳のよろめき』や『獣の戯れ』、『禁色』や『豊饒の海』に至るまで三島由紀夫の小説からセクシュアリティを無視することは、ほとんどその文学としてのエッセンスを味わわないことだ」と述べている（「セクシュアリティ――肉体の教育」「国文学――解釈と教材の研究」一九九三年五月）[*1]。セクシュアリティを切り口に三島を読む場合、確かに多くの作品から多岐にわたる論点が浮かんでくる。そこで本項目では、近年のセクシュアリティに関する議論を確認し、二〇〇〇年代以降のいくつかの示唆的な三島論をたどることで、作品の読みとセクシュアリティ研究を具体的につなぐ一つの窓口の役割を果たしたい。

そもそも「セクシュアリティ」を明確に定義することは難しい。現在の意味合いで「セクシュアリティ」が流通するようになったのは、ミシェル・フーコーの『性の歴史』によるところが大きいといわれるが、同書では「セクシュアリティ」の訳語に「性」「性現象」「性行動」「性的欲望」などいくつかの日本語が当てられており、統一されてはいない。こうした状況を踏まえつつ、竹村和子はセクシュアリティを「快楽、性実践、性アイデンティティをふくむエロスの意味づけ――性にまつわる心的反応、肉体的反応、アイデンティティ形成――をさす」と広範囲の意味を包摂するものとして説明し、近代市民社会を構成する「〔ヘテロ〕セクシズム」を俎上にのせる。（『愛について――アイデンティティと欲望の政治学』岩波書店、二〇〇二年）。

「ヘテロセクシズム」とは、「異性愛主義」と訳される言葉で、男性と女性の性的な結びつきのみを自然なものとみなす考え方だが、近代社会を支える男性同士の社会的な絆（ホモソーシャリティ）がミソジニー（女性嫌悪）とホモフォビア（同性愛嫌悪）を基盤とすることが示すように、竹村はセクシズム（性差別）とヘテロセクシズム（異性愛主義）が別々に存在しているのではなく、「近代の性力学を推進する言説の両輪をなす」ことを強調するために括弧付の表記を用いる。そしてその「〔ヘテロ〕セクシズム」が要請する異性愛とは、すべての異性愛ではなく、「終身的な単婚《モノガミー》を前提として、社会でヘゲモニーを得ている階級を再生産する家庭内のセクシュアリティ」であり、それが「正しいセクシュアリティ」として規範化されるというのである。この議論のように、セクシュアリティ研究においては、私的で自然なものだと考えられがちなセクシュアリティが社会的で文化的なものであるということが前提になる（『愛について』）。

「正しいセクシュアリティ」という規範を「科学」的に補完したのが一九世紀後半の西洋の精神医学や性科学である。フーコーが指摘するように、精神医学においては、「正しいセクシュアリティ」ではないセクシュアリティが詳細に分類され、周縁化されることで、「正しいセクシュアリティ」の輪郭が規定された。日本でも、一九一〇年代のクラフト＝エビングの翻訳『変態性欲心理』（一九一三年）や羽太鋭治・澤田順次郎共著の『変態性欲論』（一九一五年）の出版などを通して、精神医学や性科学の見解は社会に浸透した。*2 そこで重要なのは、セクシュアリティが個人内部の素質や性質に起因すると解釈され、偶発的な行為ではなく、アイデンティティを構成するものとみなされるようになった点である。その結果、自己のセクシュアリティを語ることが、自分自身を語ることになったのである（『性の歴史Ｉ――知への意志』新潮社、一九八六年／原著一九七六年）。

三島由紀夫が活動した時期は精神医学や性科学の見解が社会に定着した後のことであるため、*3 三島作品でセクシュアリティ規範がいかに反復され、また、いかにずれていくのかという問題が論点の一つとなる。久保田裕子「『仮面の告白』――セクシュアリティ言説とその逸脱――」（『三島由紀夫研究』第三号、二〇〇六年）によると、『仮面の告白』の「私」はマグヌス・ヒルシュフェルトの見解など西洋の「性科学がもたらした言説のコードに忠実に従って自らを定位していった」のだが、それはかつての「私」に見られた多様なセクシュアリティが、過去を再編成する「私」の語りによって「男色」に収束される過程に他ならない。したがって、性科学言説を内面化した「私」の語りからこぼれ落ちるものを掬い取ることで、『仮面の告白』というキャノンの読みなおしの可能性が開かれることになる。同時に、そうした読みは、「私」の語りを支える性科学言説そのものへの問いなおしにもつながるものである。

このような読みの対象となるのはキャノン化された作品だけではない。武内佳代「〈幸福な結婚〉の時代――三島由紀夫『お嬢さん』『肉体の学校』と一九六〇年代前半の女性読者――」（『社会文学』第三六号、二〇一二年）は、女性誌に連載された『お嬢さん』や『肉体の学校』といった作品に、性＝愛＝結婚の三位一体としてのロマンチック・ラブ・イデオロギーへの批判が織り込まれていた点に光を当てる。特に『肉体の学校』において、「女性誌における三島のロマンチック・ラブ・イデオロギーおよびその支柱にある女性のジェンダー／セクシュアリティ規範への批判は極点に達する」と指摘され、さらには規範への懐疑を女性読者が感受した可能性も示唆される。ロマンチック・ラブ・イデオロギーを読者として想定される女性に啓蒙する役割を担う女性誌に掲載された作品であるからこそ、その批評性は際立つというのである。

さて、セクシュアリティ規範をラディカルに問いなおす試みにクィア理論がある。大橋洋一によれば、「クィア」(queer) という言葉は、「「おかま」「変態」を意味する侮蔑語だが、それをあえて引き受けることで自己主張する集団・運動・ファッション・批評理論が一九九〇年代に登場」した。批評理論としての「クィア」は「安易な二項対立を認めない横断的思考」に基づくもので、イギリス文学を題材に友情やライヴァル関係といった男性のホモソーシャリティに、そこにあってはならないはずの性愛的な欲望を読み取ったイヴ・コゾフスキー・セジウィックの『男同士の絆——イギリス文学とホモソーシャルな欲望』(名古屋大学出版会、二〇〇一年/原著一九八五年) はその代表的な取り組みである (「〈キイワード〉解説」『〝ポスト〟フェミニズム』作品社、二〇〇三年)。友情と性愛の境界を横断するセジウィックの読みは、村山敏勝が語るように、「一見固定した性的枠組みが機能している場所に斜めの線を引き、アイデンティティの機能を書き換えていくこと」、「見ること、批評することを通じて、いわば動詞的に「クィアする」とでもいうべき介入を通じて、見えない欲望を引き出し、新たな解釈を生産すること」に他ならない (『(見えない) 欲望へ向けて——クィア批評との対話』人文書院、二〇〇五年)。

それでは、三島由紀夫を「クィアする」とどうなるだろうか。出雲まろう「デスパレートな存在形態/男優・三島由紀夫試論」(『監督と俳優の美学』岩波書店、二〇一〇年) では、『からっ風野郎』と『憂国』という対照的な二つの映画のなかの俳優三島由紀夫に目が向けられる。これらの映画で「権力と政治の頂上に君臨する男の規範に断固として従う「男の身体」を駆使して、ヘテロセクシズムの説明要求に立ち向かった姿のようにも見える」三島は、「クィアな視線にとっては、ガラスのクローゼットのように明々白々な公然の秘密のレトリックと深く切り結ばれているように思える」と述べられる。特に、『憂国』の陶器の動物たち、神棚、「至誠」の掛け軸といった小道具から、規範的異性愛の称揚の影に「三島が最も隠さねばならなかった騒々しい夢」が、連想ゲームの手法をも用いつつ開示される読みは非常に刺激的である。論者の「クィアな視線」によって見えない欲望が引き出されるのである。[*4]

三島をいかにクィアに読むかという点について、「死亡兵ではなく脱走兵として——三島由紀夫におけるキッチュとキャンプ」(「国文学——解釈と鑑賞」二〇一一年四月) と題されたインタビューのキース・ヴィンセントの見解も示唆に富むものである。ヴィンセントは三島に関する望ましい問いの立て方は、「彼はゲイなのか？」ではなく、「私たちが三島について話すとき、私たちは他者とどういった種類の関係を構築しているのか？」であると述べ、キャンプという概念に言及する。キャンプの美学とは遊び心を用いて内容よりもスタイル、自然よりも技巧、道徳的真面目さよりも皮肉を重視するもので、ゲイ男性がホモフォビアの重圧から逃れるために使った戦略なのだが（スーザン・ソンタグ「《キャンプ》についてのノート」一九六四年）、キャンプにはその感覚を共有することで他者とコミュニティを形成する効果がある。ヴィンセントは三島の「受け取られ方」のなかにキャンプの感覚の共有を見出す[*5]。こうした指摘は三島論の読みなおしを促すだけではなく、現在もさまざまに試みられている三島の二次創作を読み解く際にも手がかりとなるだろう。

注

*1　この論考では『肉体の学校』が主に取り上げられ、セクシュアリティの商品化が論じられる。

*2　二〇〇〇年代以降、日本の性科学（性欲学）文献の復刊も進んでいる。『近代日本のセクシュアリティ』シリーズ（ゆまに書房、二〇〇六—〇九年）、『変態性欲論』は『性と生殖の人権問題資料集成』シリーズ（不二出版、二〇〇〇—〇三年）に収録されている。また、当時の変態性欲論や変態心理学については、竹内瑞穂『「変態」という文化——近代日本の〈小さな革命〉』（ひつじ書房、二〇一四年）に詳しい。

*3　日本の戦後のセクシュアリティの歴史研究では、小山静子・赤枝香奈子・今田絵里香編『セクシュアリティの戦後史』（京都大学学術出版会、二〇一四年）が刊行されている。

*4　「「至誠」の掛け軸↓西郷隆盛↓西郷と月照の心中未遂↓男同士の情死とその誓い↓恋する少年と男の死の誓い↓神棚（絶対者＝少年）に捧げる軍人の切腹」といった連想が展開される。

*5　たとえば、ヴィンセントは、三島のセクシュアリティを暴露した記事への、一見すると異性愛主義的な反論にクィアに介入し、その反論のなかにもキャンプの感覚を指摘する。

肉体

九内悠水子

　三島の肉体論とでもいうべき評論『太陽と鉄』で彼は、「集団といふものは肉体の原理にちがひないといふ直感は正しかつた」と述べている。「肉体」を持たぬがゆえに「集団」の一員となることができなかった者が、これを手に入れ、他人の陶酔ではなく自分のそれに身を委せることができるようになった、そしてその結果、忌避していた「集団」への同一化を志向していくという一連の過程は、三島由紀夫の文学と彼の人生についての非常に分かりやすい解説である。この書によれば、三島の死は、「肉体」の原理たるところの「集団」を高みに登らせるための苦痛（同苦）、すなわち「集団の悲劇性」を志向した結果であると総括できるのだが、彼が本当に「集団」というものにたどり着き、これと同一化できたのかについては、甚だ疑問が残る。

　三島と「肉体」との関係を彼の幼少期に立ち返って見てみると、「太陽」から遠ざけられた学習院初等科時代の体験にたどり着く。彼は「主治医の主義にて日光に当るを忌みしに、学校へ行きては『日に当たること不可然』とて、日かげ〳〵とえらみゐしが、級友ども蒼白なるを併せあだ名して『蠟燭』とこそ名付けけれ」、と当時のことを述懐している。自らの「肉体」を、他人によって酷評されるという体験をした初等科の六年間は、三島にとって「たのしき思い出なんどの一としてのこれるなし」という「暗黒の時代」であった。しかし一方で彼は、このような「太陽」の持つ「光輝と栄誉のイメージ」から疎外されているという劣等感を、自身の創作活動に利用した、とのちに告白している。「自分を言葉の側に置き、現実・肉体・行為を他者の側に置」き、その間の距離を「人為的に作り出」すことで、「一種の悲劇的理念をつくり出した」三島は、『仮面の告白』や『禁色』といった作品でこういった図式を繰り返し用いた。そしてまた、このような両者の距離は、昭和二十六年、『禁色』第一部執筆後に出かけた初めての海外旅行にて「太陽とふたたび和解の握手」をするまで、彼の中で意識的に保たれ続けた。

　変化の契機は、アテネにおいて、古代ギリシャ人の、外面と内面は「左右相称」という価値観に触れたことによる。以後の彼は、長らく遠ざかっていた「現実・肉体・行為」を獲得すべく、自ら少しずつ歩み寄りを始める。帰国後書かれた、『禁色』第二部では、美しい「肉体」を持つ悠一を、醜い精神を持つ俊輔から解放し、現実界へと送り出す。またそれは俊輔の側から言えば、死と引き替えの、一度きりの、「精神と自然との交合の瞬間」、すなわち、精神と「肉体」との和解であった。このように実生活より一足早く、作品の中では「肉体」の存在感が高まりつつあったが、彼自身がそれを手に入れることに成功したのはもう少し先のことになる。

三島がスポーツを始めたのは三十歳の年の夏であった。突然の「福音」と、本人が言うところのボディ・ビルとの出会い、それが、彼の人生と価値観とを大きく変えていく。乗馬以外にスポーツらしいスポーツをしてこなかった三島だったが、美しい「肉体」に対する「強い憧憬、意志、情熱、努力」が実を結び、見事、念願だった姿に変身することに成功した。この頃の彼は、「一旦体力に自信がつけば、知的な領域にそれだけ深く没入することができる」、「肉体的健康の透明な意識こそ、制作に必要なものであつて、それがなければ、小説家は人間性の暗い深淵に下りてゆく勇気を持てないだらう」といったような発言をしている。獲得した、美しい「肉体」は、中期の順調な創作活動を支えた一つの要因でもあった。

「太陽」と「鉄」によって、理想の「肉体」を手に入れた三島は、幼少期に「恐怖に近い歓び」を以て眺めた御輿の担ぎ手たちの陶酔の側に自ら立つことができるようになった。彼はそれまで「他人の陶酔に接すると、自分だけはその陶酔から隔てられてゐる」と、また「陶酔を内側から生きることは、自分には終生不可能」だと、思っていたが、「肉体」を手に入れたことで、「他人の陶酔を黙つて見てゐることはできない」、「あらゆる種類の陶酔に身を委せよう」と考えるに至る。

このような「他者」との同一化を描いた作品として、『十日の菊』、『帽子の花』などを挙げることができるだろう。例えば『帽子の花』において〈私〉は、世界の終わりの風景を前に、満ち足りた気持ちになり、そしてそういった幸福感は、「私一人の感情ではなく、ここに停止し、死んでゐるすべての人たちの胸のなかに、同時に浮んだ感情」だと思い込む。他方『十日の菊』では、クーデターの際、裸身をさらして自分を守った菊の、唾を吐きかけられながらも誰も犯すことの出来なかった神々しい「肉体」と、絶頂に達した己の栄光とが同一であることが、森重臣によって語られる。しかし、それらがいずれも錯覚、ないし幻に過ぎなかったという点は重要である。『帽子の花』の〈私〉が感じた同一化は、薄汚い身なりの男女によってあっさりと否定されたし、『十日の菊』の森も、抜け穴から脱出していたために至高の瞬間を見ることは出来なかったのである。

そもそも、「他者」ないし「集団」に同一化できないことは、「肉体」改造の過程で既に明らかであった。「三十年の劣等感が一年で治」ったと自信をつけた三島は、さらにより激しいスポーツを求め、ボクシングに手を出すが、結局これは一年あまりでやめてしまい、その後、剣道、居合、空手などの練習に励むこととなる。はじめから彼は、コミュニケーションを必要とする団体競技ではなく、個人で鍛錬を積むような競技を選んでいたし、才能を必要とするものや、勝負にこだわるようなものは上手く回避していった。三島は「スポーツは行ふことにつきる。身を起し、動き、汗をかき、力をつくすことにつきる」のだと述べているが、彼にとって、スポーツとは美しい「肉体」と、創作を行うための体力を維持するための一つの手段に過ぎなかったのだろう。ボディ・ビルのコーチであった鈴木智雄は三島の死後、「三島さんの目的は、肉体の表面を美しく見せるにはどうしたらいいかといったものだけで、体育の本質には迫らず、本物を追求する精神はなかったようです」、とそのもどかしい思いを語っている。なお、ボクシングやオリンピックの観戦記には、スポーツ経験者としての体感がある程度活かされているが、取材ノートなどを見る限り、勝負に一喜一憂し共に歓び、あるいは泣き、といった一体感よりも、全体を俯瞰する冷静な眼差しのほうがより強いように思われる。

石原慎太郎が「三島さんは本質的に肉体というものを錯覚しちゃったし、その嘘にはやがて当人が気付いていたと思うね」、「だから結局ああいう死に方をする以外なかったんじゃないかと思うね。王様は裸だと言われる前に、あの人は聡明な人だから、自分で気が付いたんだよ」と指摘するように、おそらく三島自身、「肉体」を媒介とした「他者」や「集団」への同一化の不可能性に気づいていたはずである。しかし最終的に彼は、なかば強引に、自分と「集団」との間を、(「肉体」の)「苦痛」という概念で繋ごうとした。本来個々のものであるはずの「苦痛」を「同苦」にすり替え、同一化の証明にしようとする彼の試みは、『憂国』の麗子を書くことで既に試されている。彼女は、良人と同様の「苦痛」を自分も味わうことができる、またそのことによって「夫の既に領有している世界に加はる」ことができるのだとして、喉元へ刃先をあてた。市ヶ谷駐屯地での三島事件における「苦痛」や「陶酔」がいかなるものであったかは当事者たる三島にしか分からない。しかしながら、「世界のどこかから、きっと小生というものをわかってくれる読者が現れると信じ」るとして書き上げた遺作『豊饒の海』における、本多の、清顕への同一化願望が聡子によって否定されるという結末が示唆するものは少なくない。

なお、三島が「肉体」について語るとき、そのほとんどは男性の「肉体」を対象としている。一方女性の「肉体」について言えば、「妻の肉体の裏返しにされた怖ろしい部分は、事実、陶器以上のものだつた」(『禁色』)、「女を抱くとき、われわれは大抵、顔か乳房か局部か太腿かをバラバラに抱いてゐるのだ。それを総括する『肉体』といふ観念の下に」(『鍵のかかる部屋』)、「女性は心ばかりか、肉体もまた、とらへがたいのであらうか？」（『反貞女大学』）、「女の肉体はいろんな点で大都会に似てゐる」、「そこにはあらゆる美徳、あらゆる悪徳が蔵されてゐる。そして一人一人の男はそれについて部分的に探りを入れることはできるだらう。しかしつひにその全貌と、その真の秘密を知ることはできないのだ」（『音楽』）といったように、恐れ、到達することができない未知のもの、として捉えられている。そしてまたこれは、初期から後期にいたるまで、ほとんど一貫している。この他、女の「肉体」に限りなく近づこうとする男を描いた『女方』のような作品もある。真女方の歌舞伎役者佐野川万菊の「肉体」から発せられる「魔的」な凄味に圧倒された増山は、当初、自分は万菊が演じる舞台上の、様式美によって造型された、いわば女の理想像に魅了されていたのだと思っていた。しかしながら彼は、舞台をおりたあとの万菊にも執着している自分に気づき愕然とする。三島自身「女形の真骨頂は仮面劇にあるのであつて、歌舞伎の女形といへども、変成男子の神秘性を失つてはならない」、「舞台の上で女形であること自体に、堂々たる男性的威厳を発揮する」べきだなどと述べているように、やはり彼の「肉体」観の前提にあるのは、男性のそれだった。

【参考文献】
山内由紀人『三島由紀夫の肉体』（河出書房新社、二〇一四年八月）
有元伸子「『女方』におけるクィアな身体」（『三島由紀夫研究15』二〇一五年三月）
洪潤杓「三島由紀夫『十日の菊』における同一化への眼差し――〈見られる〉肉体の美学――」（『日本語と日本文学47』二〇〇八年八月）
小埜裕二「悲嘆と苦痛――三島由紀夫『憂国』論――」（『上越教育大学研究紀要27』二〇〇八年二月）

三島由紀夫作品を読むための事典⑪

美術

宮下規久朗

三島は生涯にわたって美術を愛し、美術への興味を表明した。彼の小説には小道具として美術作品がしばしば登場するし、スペイン風の自邸をロココ趣味の調度品や美術骨董で満たしたのもよく知られている。また彼は、一九五一年に欧米に渡り、『アポロの杯』にその経緯を記したが、これは単なる旅行記ではなく、西洋の文化や美術を全身で受け止め、その本質を文章で表そうと試みたものであった。さらに、『芸術新潮』に自らが愛する青年像を八点選んでコメントするなど、美術評論も多く遺している。

もっとも、三島の詳細な評伝を書いたジョン・ネイスンは、「三島は生涯を通じて美術には皆目無知だった」とし、「それは三島におけるアキレスの腱のごときものであった」と述べている。そうだとすれば、三島の美術への強い興味と感受性はいかなるものだったのだろうか。

三島がもっとも好んだ美術作品は青年像である。実際に青年を愛した彼の同性愛的な趣向を物語るものだといってよい。これは、三島が『仮面の告白』の挿絵であると述べるグイド・レーニの《聖セバスティアヌスの殉教》と、ヴァチカンで感銘を受けたという《アンティノウス像》に代表される。

父の書斎でこの聖セバスティアヌスの複製図版を見つけ、それによってはじめて自瀆を覚えたという『仮面の告白』の記述にあるとおり、グイド・レーニの《聖セバスティアヌスの殉教》という絵が三島の性を目覚めさせたのであろう。この絵はジェノヴァのパラッツォ・ロッソにあるが、ほぼ同じ構図の画面がローマのカピトリーノ美術館にあり、後に三島は後者を実見している。豊かな肉体をもつ若い殉教者が恍惚として天を見上げるこの作品については、三島に見出される以前から同性愛者のイコンとして有名であった。

三島は、グイド・レーニの絵との出会い以降、聖セバスティアヌスという人物にも強い興味を抱き続けた。一九六六年には池田弘太郎とともにダヌンツィオの戯曲『聖セバスチァンの殉教』を翻訳出版し、その長大な跋文でこの聖人への思いのたけを開陳する一方、海外ではこの聖人の複製画や複製を買い漁ったというが、この翻訳書にも「名画集　編　三島由紀夫」と題して自選の五〇点ものセバスティアヌス像を掲載している。この聖人は、三世紀後半のローマの軍人であり、近衛兵の隊長であった。キリスト教徒であることがわかって射殺されたが、蘇生したため、長らく疫病の守護聖人として崇敬を集めた。

しかし、裸体で矢を受けるその姿がエロティックなものと見なされ、近代になって同性愛者の守護聖人にもなった。三島以前にも、オスカー・ワイルドもフランスで自らの筆名をセバスティアンとし、ジェノヴァでグイド・レーニの絵を見て、「かつ見たなかでもっとも美しい絵だ」とたたえている。

聖セバスティアヌスは、三島にとっての守護聖人にして彼の芸術に霊感を与えた美神であっただけでなく、彼がそうありたいと願った理想的自画像でもあった。同じ一九六六年、三島はグイド・レーニの絵の聖セバスティアヌスに扮して篠山紀信に撮影させている。

アンティノウスについては、三島は『アポロの杯』において、ヴァチカンでこの像に対面したときの感激を綴っている。この像に惚れ込んで、二度も見に行ったという。ヴァチカン美術館には胸像と全身像の他に、バッカスに扮したアンティノウスの立像もある。アンティノウスは、ローマのハドリアヌス帝に寵愛された少年で、ナイル川に身を投げて死んだ。ハドリアヌス帝が死を命じたのか、帝から逃れようとしたのか、厭世的になったのか、あるいは事故死だったのか、死の理由はわかっていない。ハドリアヌス帝は嘆き悲しんで、その後アンティノウスの像を繰り返し造らせた。エジプトの神の姿としても造らせているが、何度も造られているうちに、次第に神格化と理想化が進み、バッカスに扮した立像などはただのアポロ像のようになっている。この立像は、三島も一回目にヴァチカンに来た時には気づかずに見逃しており、もっとも実体に近いのは胸像のほうである。

アンティノウスには「青春の憂鬱がひそんで」おり、彼は「キリスト教の洗礼を受けなかった希臘の最後の花であり、羅馬が頽廃期に向う日を予言している希臘的なものの最後の名残である」と三島は記している。三島は聖セバスティアヌスについても、『聖セバスチァンの殉教』の跋文において、「キリスト教内部において死刑に処せられることに決っていた最後の古代世界の美、その青春、その肉体、その官能性を代表していたのだった」と書き、アンティノウスと似たような位置づけを与えている。つまり三島は、アンティノウスやセバスティアヌスのうちに古典古代の黄昏を見ようとするのだが、それは彼の個人的な思い入れにすぎず、芸術として作品を批評したものとはほど遠い。

『芸術新潮』で選んだ「青年像」にもその傾向が表れている。「闘志」「勝利」「苦悩」「理智」「悲壮」「安逸」「英雄」「憂鬱」という表題で《円盤投げ》からギュスターヴ・モローの《青年と死》まで八点の青年像を選んでいるが、それは芸術性というよりは「青年期の諸特性」を代表させたものだという。三島の関心はつまり、青年を表した芸術作品の造形的特質というよりは、表された青年そのものに向かっていたのである。

近現代の美術の多くは、文学性や主題が払拭されて造形性が表面化したものだが、三島はこうした純粋な美術にはほとんど関心を示さなかった。ニューヨーク近代美術館を訪れたときも、ピカソの《ゲルニカ》やダリの絵のように主題が顕著でわかりやすい作品にしか関心を払っていない。三島は『アポロの杯』の中で、「絵画は十九世紀中葉の浪曼派時代まで文学とはっきり袂を分つにいたっていない。絵画が文学に訣別し、純粋絵画を志すにいたったのは、周知のとおり印象派以降のことであるから、私は印象派について語ることを文学者として潔しとせず、剰え勝手に去って行った女房を追懐するような真似はしまいという、滑稽な亭主の威厳の如きものを、保ちたいと考えているのである」と書く。白樺派から小林秀雄にいたるまで、日本の文学者がゴッホやセザンヌを熱烈に賛美して批評してきたことを思うと、三島のこうしたスタンスは特異である。

澁澤龍彦の影響もあるのだろうが、三島はマニエリスムや世紀末芸術、モンス・デジデリオの廃墟画や芳年の血みどろ絵を讃え、グイド・レーニやモローのような「二流芸術」こそがすばらしいと何度も記している。セザンヌや抽象絵画のように、主題よりも造形性が前景化したモダニズムの美術を、三島は文学と袂を分かったものと見なし、その批評は文学者の任ではないとするが、文学性などとは無縁の純粋な造形美を言葉で表現することこそが真の美術批評にほかならない。三島は自ら、文学臭のない美術を分析する能力も興味もないと表明しているのである。

しかしながら三島は、評論「俵屋宗達」においては、主題や内容ではなく、モチーフの配置や構図といった造形的な特質を見事に言い表している。《舞楽図》のように一見装飾的な宗達の作品が、「構図の奇抜さ、大胆さ、破調が、色彩や細部の工夫によって補われて」いるとか、「金地と緋いろの対比が、金地と白、金地と紺いろの対比などとそれぞれ照応して、音楽的な色彩構成を成立せている」などと指摘し、「装飾主義をもう一歩というところで免れた危険な作品」であるとする。

また、アントワーヌ・ワトーの《シテール島への船出》について書いた長文の評論では、ワトーについて、「いつも偶然に支配された任意のある瞬間が定着され、すべてはさだめなくたゆたい、当然また、人生の関心は任意の些事に集中され、主題は恋の戯れの他のものを負わないのである」と評している。これは作品の造形的特質ではなく、三島の好む落日や終焉の美の世界へのオマージュといってよいものだが、同時にワトーの本質を突いた見事な評論であり、三島の感性と審美眼の確かさを示すものにほかならない。

「美に逆らうもの」という評論では、香港のタイガーバーム・ガーデンの俗悪でキッチュな造形のうちに「美

①

②

③

④

①グイド・レーニ《聖セバスティアヌス》1615年頃　ジェノヴァ、パラッツォ・ロッソ

②《アンティノウス像》2世紀　ヴァチカン美術館

③俵屋宗達《舞楽図屏風》17世紀　京都、醍醐寺三宝院

④ワトー《シテール島への船出》1717年　パリ、ルーヴル美術館

に背致したもの」を見て、その様相や要因を分析している。「それはグロテスクが決して抽象へ昇華されることのない世界であり、不合理な人間存在が決して理性の澄明へ到達することのない世界である」という観察は、鋭敏な美意識と表現力を示すものであり、三島の美術評論の白眉となっている。

美術に対する三島の評価基準は、以上のように大まかに二種類に分けられると思われる。ひとつは、個人的嗜好、とくに青年への性的な嗜好や思い入れに基づくものであり、もうひとつは美的・芸術的な評価に基づくものであるが、後者はきわめて希少であった。やはり三島は芯から文学者であり、美術に対しては、本人も気づいていたように、純朴なディレッタントであり続けたということができよう。

国語教科書教材

喜谷暢史

教科書教材に採用されている三島由紀夫作品は、芥川龍之介、夏目漱石、森鷗外など定番教材を持つ作家に比べると少ない。それでも、いくつかの作品が長年採用されており、現行国語教科書でも、ある重要な位置を占めている。*1

では、国語教育の現場で、三島作品を扱うことの意義とは何か。

長編小説としては『金閣寺』などが抄録されている。ただし、教科書教材には採用に際し暗黙の了解があり、性的な描写や、ハンディーキャップに関わるもの、犯罪や差別表現などは極力避けられる傾向にある。

例えば『金閣寺』では、溝口が放火を決意する舞鶴の場面が採られている。しかし、他の部分の注釈として、柏木の内翻足、和尚の祇園での遊蕩、有為子との性的な邂逅、はては〈語り手〉溝口自身の吃音でさえ、全く補足がなされていない。いわば、作品の根幹に関わる部分が脱色された形での、抜粋である。いわゆる「名作」の一部分に触れる、「近代の文章」を味わうという程度の位置づけでしかない。これでは三島の小説の価値は駆動しないだろう。

これに比して、短編小説を収録する意義は大きい。ストーリーを読むだけでなく、作品がどう語り語られる相関関係で成り立っているか。（短さゆえに）その作品全体を相手に包括的に議論できるからである。しかも、単にストーリーを読むだけでは解き明かせない、三島作品のエッセンスが短編には詰まっている。

そして、格好のレッスンとなる教材が『美神』（「文芸」一九五二年一二月）である。過去には右文書院、尚学図書、明治書院、現行でも大修館書店など数社に渡って、採用されている。

『美神』は、臨終の床にある古代彫刻研究の権威R博士が、研究対象であるアフロディテ像への偏愛を語る物語である。Rはローマ近郊で像を発見したが、その美に魅せられ「個人的な秘密」を分かつため、その高さを「三センチ多い尺数」である「二・一七メートル」と偽って公表する。この秘密を、美術愛好家の医師N博士に「いまわの懺悔」だと告白し、彼に尺数を測ることを指示する。しかし、何度測り直しても像の高さは、Rにとっては「三センチ多い」「二・一七メートル」でしかない。R博士は「裏切りおったな」と怨嗟の言葉をうめき、絶命する。

「文豪ミステリ傑作選」などのアンソロジーにエンター

テインメント小説として収められ、[2]しばし、伸びるはずのない像が伸びた怪奇譚として扱われる。また研究史的には、極めて低い評価も根強い。[3]

しかし、教室においては、アフロディテ像が果たして伸びたのか、伸びないのかという伸長問題は、議論の対象となりうる。また「裏切りおったな」というRの断末魔の意味などを問うことによって、小説を読む楽しみを体感し、豊かに展開されることが期待される。授業で扱った場合、単なる怪談、不思議な話というだけでは、決着がつかない。当然、「伸びた」という事象をどう捉え返すかということが課題となる。

筆者はかつて「石像は決して伸びないという、いわば質量保存の法則や現実世界の約束事に、像が伸びるという虚構（「おはなし」）が強固に支えられることによって、悲劇の劇性《ドラマ》は成り立っている。」と論じた。[4]R博士の世界では、このとき確かに像は伸びており、そのことが質量保存の法則に裏打ちされ悲劇が誕生したと捉えていた。

しかしこの場合、もう一方の「二・一七メートル」のままのNの世界（あるいは他の学者の書籍に記された見解）を、どのように考えるべきか。また〈語り手〉によって語られるRとNの二つの世界の、相関関係をどう読むべきだったのか、再び考えてみたい。

Rは「古代彫刻の権威」で「半世紀の間」「学究を以てきこえていた」人物であり、その名声は研究の「精確」さ、「独断」を排す客観性、「ペイタア流の甘い主観的な美学」を憎む態度によって成り立っていた。臨終前とはいえ、病室に像を運んで愛でるという、「特例」が許されているのは、その業績ゆえである。

しかし、像について語るRの著書の記述は、「かくてわがアフロディテについて語る段階に至ったことは、著者の無上の悦び」「この無上の美については、ただわが目に見た者だけがこれを知り、いかなる言葉を以てしても、それが与える感動を他人に伝えることは不可能」などと、「精確」というよりはむしろ「独断」的である。先に規定された人物像とは真逆で、客観性を大いに欠く書きぶりである。そして末期では、「主観的な美学」そのままに三センチ違いの像の高さを公表し、「いまわの懺悔」だと称してその秘密を暴露する。この矛盾そのものがRの「二・一四メートル」の世界を形作っていた。

一方Nは、〈語り手〉によって「若い真摯な」「美術愛好家」だと語られている。そこには、Rを陥れるような小細工が入り込む余地は一切ない。Nの側にも、「二・一七メートル」を確固とする世界がある。

田中実は、『美神』の作品世界では、Rの「二・一四メートル」とNの「二・一七メートル」の二つの軌道が回っていると捉え、Rの伸びたという「超現実」とNの「現実」に、「二人はそれぞれ別の円の軌道にあった」と論じている。[5]Nや、他の学者がその著作に記した「二・

一七」が「現実」であり、それを伸びたと捉えたRの方は「超現実」というわけである。

さすれば、「現実」的な問題としても、他の学者たちが「二・一七」を測り間違えたということは想定しにくい。またRの著作からの「引用」だけで、彼以外に「誰一人自分で測ってみた者はおらんのだ」ということも常識的には考えられない。いわば、それが「現実」であり、そこから像が伸びたからこそ「超現実」がせり出してくる。

この世界の中で両者は並存しており、それぞれがそれぞれの軌道を生きるしかなかった。にもかかわらず、その両方の世界にまたがって生きようとしたRの世界は、末期で決壊している。

したがって、Rが何度も像を測らせる最期は、Nにとっては「故しれぬ恐怖」「錯乱の兆」であり、「現実」の側からすれば「この明白な錯乱のほうが、信ずるに易かったのである」と語られるのである。

筆者は先に、アフロディテという絶対的な〈美〉（了解不能性）によって、Rの捉えていた世界が崩壊したと捉えていたが[*6]、作品に内包される了解不能性は、実はNとRの「現実」と「超現実」の相関がそれにあたっていた[*7]。

そこには、それぞれの「真実」や世界を人は生きるしかないという運命が語られている。この世界をそれぞれの主体が〈生きる〉ということが、如実に語られている教材であると評価できよう。

最晩年に書き継がれた小説論『小説とは何か』（「波」一九六八年五月〜七〇年一一月）は「超現実が現実を犯」すメカニズムが語られている。現行の教科書でも採用され続け、三島作品としては『美神』と同じく定番化している。引かれているのは、いずれも「八」の柳田国男『遠野物語』二十二話、幽霊の下りである。この部分は田中論でも問題とされている。

死んだ老女の幽霊が、通夜の晩に現れる。これだけでは、よくある怪談である。我々が生きる世界と幽霊の領域という「現実と超現実は併存」しており、前者の「現実」は動かない。しかし、その幽霊が通り過ぎて行くとき「裾にて炭取りにさはりしに、丸き炭取りなればくるくると回りたり」とあり、この「炭取りの回転」により亡霊という「超現実が現実を犯し」「認識世界は逆転して」、亡霊の方が「現実」になってしまうと、作家はこの二十二話を評言する。

これが三島のいう「小説の厳密な定義」である。幽霊の登場までは「現実と超現実」は「併存状態」であるが、「炭取り」の回転によって「現実の転位」が起こり、「現実」は変容する。

この定義に反し、「現実」と「超現実」の関係性だけでなく、「現実」の中だけで、そこに現出する事象をとらえようとすると、どうなるのか。

例えば『美神』では、伸長問題を「現実」の中の約束事だけで処理しようとすると、像の台座の車輪や絨毯までを問題にし、測り間違いの可能性が大真面目に論じられてしまう。「超現実」の側の伸びるという事態が、「現実」との「併存状態」を超えて、それを揺さぶるところに、小説的な価値があるのに「現実」が微動だにしなければ、それは小説たり得ない。

　言葉により「現実」が構成されるが、その言葉によって、またその「現実」が変容する。このダイナミズムが駆動することが、小説的なるものの要となる。

「現実」とは何か、そこに〈生きる〉こととはいかなることなのか。あるいは、「現実」の変容を通し、この世界をどう捉えるのかと投げかけるこれら三島作品は、教科書教材として、格好のものであると言えよう。

『美神』以外の短編小説は、『復讐』（「別冊文藝春秋」一九五四年七月）*8、『海と夕焼』（「群像」一九五五年一月）『白鳥』（「マドモアゼル」一九四八年一月）などが過去採用されている。他にも、副読本に収録されている*9『翼―ゴーティエ風の物語』（「文学界」一九五一年五月）も『美神』と同様に「現実と超現実の併存状態」にとどまらない作品であり、教科書教材として採られても良い作品である。

　なお、他に評論その他エッセイでは『陶酔について』と、『文章読本』から『小説と文章』『文章の実際』、紀行文的な扱いで『外遊日記』『アポロの杯』からも、一部が採用されている。

注

＊1　高校教科書に採用された作品に関しては、網羅的なデータベースである阿武泉監修『読んでおきたい名著案内 教科書掲載作品 13000』（日外アソシエーツ、二〇〇八年四月）に詳しい。同書には一九四九年から二〇〇六年までに掲載された文学作品が整理されている。

＊2　『三島由紀夫集――文豪ミステリ傑作選』（河出文庫、一九九八年八月）、松田哲夫編『中学生までに読んでおきたい日本文学10　ふしぎな話』（あすなろ書房、二〇一一年三月）など

＊3　奥野健男の「文学的な志しが感じられない」という評価が、その最たるものであろう（『三島由紀夫伝説』新潮社　一九九三年五月）。海外での見聞を作品化した、いわゆる「お土産小説」という切捨て方である。

＊4　拙稿「孤絶の涯ての〈夢〉――三島由紀夫『美神』」（「国文学　解釈と鑑賞」二〇一一年七月）

＊5　田中実「現実は言葉で出来ている――『金閣寺』と『美神』の深層批評――」（「都留文科大学大学院紀要　第十九集」二〇一五年三月）

＊6　前掲書、＊4に同じ。本稿は、前掲書＊5の田

中論にある「『美神』という小説との具体的な対決が欠如」しているという、拙稿への批判に応える形で書かれている。

＊7　前掲書、＊5に同じ。「「言語論的転回」に匹敵する世界像の転換を体験している主体にとって、捉えられた客体の〈向こう〉に「一つの本物の世界（客観的世界）」など実在しません。〈こちら〉側に言葉によって造り出された現象・出来事があるだけです。」とある。

＊8　『復讐』は戦犯を押し付けた一家が、永遠にその恐怖から逃れられない運命を描いたものである。戦後の早い段階でその「永続性」が示された、今なお重要な作品である。

＊9　『読み解き　現代文選』（監修・中島国彦　明治書院　二〇〇五年一月）

古典

木谷真紀子

三島由紀夫は、自らを「古典主義者」（「空白の役割—青年の役割」「新潮」一九五五年六月）と述べ、その著作には、古典からの系譜に立つものが少なくない。処女作品集『花ざかりの森』（七丈書院、一九四四年一〇月）に収められた諸作は、「王朝日記」や「軍記物」などの「世界の模写」（「あとがき」『三島由紀夫作品集4』新潮社、一九五三年一一月）であり、遺作となった『豊饒の海』（新潮社、『春の雪』一九六九年一月、『奔馬』同年二月、『暁の寺』一九七〇年一月、『天人五衰』一九七一年二月）は『浜松中納言物語』が原拠である。ここでまず、〈古典〉の定義を考える必要がある。なぜなら三島に材を与え、作品となった〈古典〉は、「エウリピデスの悲劇『メーデア』に拠る」との副題が示す「獅子」（「序曲」一九四八年一二月）や「翼—ゴーティエ風の物語—」（「文学界」一九五一年五月）など、日本文学に留まらないからだ。さらにジャンルも多彩で、『近代能楽集』（新潮社、一九五六年四月）や、サドの著作の内容が多分に取り入れられた「サド侯爵夫人」（「文芸」一九六五年一一月）など、最も上演頻度の高い三島戯曲も〈古典〉をもとにしている。本項では、二〇〇〇年以降の研究を中心に、三島と古典との関わりを考察したい。

平岡公威にとって初めて作品発表の場となったのは、学習院文芸部の機関誌かつ中等科高等科の校友会・輔仁会の会誌「学習院輔仁会雑誌」であった。三島は初めこそ一文芸部員に過ぎなかったが、中等科卒業の年には編集長となる。杉山欣也『「三島由紀夫」の誕生』（翰林書房、二〇〇八年二月）によると、一九四一年当時の学習院では、学校の特殊性、すなわち「貴族の精神」が失われてきたことを憂慮する生徒が、学習院の「再建」をさかんに訴えていた。「輔仁会雑誌」の編集方針についても、平岡は同様の懸念を抱いていたのだろう、「編集後記」に「古典の吟味が今にちの身のあり方に至高の道標を与へる」（「輔仁会雑誌」一九四一年一二月）と寄せ、時局と重ねて〈学習院〉という学校で、古典を学ぶことの必要性を説いた。それ以前から先輩、東健（筆名、東文彦）への書簡にも、貴族精神を持たない一派の進出に危惧を示している。杉山は、結核に冒され長期欠席中であった東が、当時の平岡にとって文芸部の問題を率直に述べ、相談しやすい存在であったことを指摘。さらに植木朝子は、東宛の書簡から、戦中の平岡の古代歌謡への興味を明らかにしている（「三島由紀夫と古代歌謡」「同志社国文学」二〇〇七年一一月）。平岡と東が、「貴族精神」という言葉が含む古典文学への熱情を共有できていたからこそ、その書簡に文学的愛好や文学の指針が示されているのだろう。

同じ頃書かれた「王朝心理文学小史」（「輔仁会雑誌」一九七九年一月、「昭和十七年一月三十一日」記）は、学習院の図書館懸賞論文に入選した。日本文学を「心理文学」という側面から分析しようと、『万葉集』『古今集』、『竹取物語』『伊勢物語』『源氏物語』『更級日記』、さらに「王朝以後」の軍記物や隠遁者の文学についても触れられている。文中、三島は『更級日記』を「王朝日記の燦然たる終曲」と表現。作者の菅原孝標の女が『浜松中納言物語』の作者でもあることを記しており、後の『豊饒の海』の萌芽を感じさせる。また井上隆史は「王朝心理文学小史」を、三島が「ラディゲと古典をつなぐ枠組みを構築」した「成果」と述べた（「小説家・三島由紀夫の『出発』」（「三島由紀夫研究①　三島由紀夫の出発」二〇〇五年一一月）。

この「編集後記」や「王朝心理文学小史」が執筆される約半年前、平岡は学習院中等科の恩師・清水文雄の推挽で、「文芸文化」に作品を発表していた。作家〈三島由紀夫〉の誕生である。一九四一年九月、「花ざかりの森」第一回を掲載し、「後記」で同人の蓮田善明に「悠久な日本の歴史の請し子」と絶賛される。「文芸文化」は広島文理大の同窓生、清水、蓮田、池田勉、栗山理一らが同人となって起ち上げた雑誌であり、保田與重郎ら日本浪漫派の作家たちも多く寄稿していた。清水は和泉式部など平安文学の研究者として著名であり、三島が古典の薫陶を受けた存在とされている。また清水とともに、学習院での三島の文学的な師となった松尾聡は、日本古典文学大系『浜松中納言物語』（岩波書店、一九六四年五月）の注釈者でもある。「文芸文化」という新たな文学活動の場を与えられた三島は、その後、立て続けに「古今の季節」（一九四二年七月）、「伊勢物語のこと」（一九四二年一一月）、「うたはあまねし」（一九四二年一二月）、「寿」（一九四三年一月）を発表。「古典その他」など、『決定版　三島由紀夫全集』に新しく収められた未発表の文章や東宛を含む書簡などにも、古典に触れた内容が多いことに驚かされる。

島内景二は、『三島由紀夫—豊饒の海へ注ぐ—』（ミネルヴァ書房、二〇一〇年一二月）で、「日本文化の申し子」「和歌の申し子」という視点から三島由紀夫の作家生涯を考察。三島が先の「寿」に引用した『梁塵秘抄口伝集』「今様」に「春の雪」「松が枝」という語を、また十八年三月から連載された「世々に残さん」にも「春の雪」という語を見出し、「文芸文化」での活動が、「『豊饒の海』シリーズの世界と深く繋がっている」とまとめた。島内は「雑誌『文芸文化』の世界—古典は常に新しい」（「解釈と鑑賞」二〇一一年四月）でも、「伊勢物語のこと」が掲載された一九四二年十一月号「文芸文化」に、永福門院に関する評論と、蓮田善明による「神風連のこころ」という題が付された書評が掲載されていることを指摘。永福門院は『天人五衰』、神風連は『奔馬』に描かれている。

永田満徳は「熊本は三島の第二のふるさと」（「KUMAMOTO」第2号、二〇一三年三月）で、その少し前に、文学的愛好を共有した東文彦の祖父・石光真清が他界していたこと記す。東家は遺稿の活字化に努め、『城下の人』（文藝春秋、一九四二年七月）など四冊を自伝として発行。真清は熊本出身の軍人であり、幼い頃に経験した神風連の乱や西南戦争についても記していた。文彦は同書の表紙と挿絵を担当。頻繁に書簡の往復があった平岡に神風連を知る契機を与えたと考えられる。また清水文雄も蓮田善明も熊本出身だった。蓮田が学んだ熊本県立中学済済黌の教員・石原醜男は、父親が神風連の一員。乱に参加し、三歳の時に自決した父について、折りに触れ生徒たちに語ったとされる。この石原の著書『神風連血涙史』（大日社、一九三五年四月）こそ『奔馬』の作中作「神風連史話」の原拠と言われている。つまり三島由紀夫にとっての神風連は、文学的人生の最初に関わった「師」たちの〈実体験〉とつながる存在だったのだ。神風連が『奔馬』に描かれたのは、三島にとっては必然的なことであったのかもしれない。

同じ頃、平岡公威は歌舞伎の観劇日記を書いていた。「公威劇評集①」と書かれた一冊目は昭和十七年一月から十九年十一月まで、「平岡公威劇評集②」と書かれた二冊目は二十年二月から二十二年十一月までの記録である。六年弱に亘るその期間は非常時と重なっていたため、貴重な時代の証言としての側面も持つ。この「劇評集」を含む、〈三島由紀夫〉以前から、〈三島歌舞伎〉と称される作品まで、その生涯を歌舞伎という視点から分析した論考、木谷真紀子『三島由紀夫と歌舞伎』（翰林書房、二〇〇七年一二月）が発行された。『近代能楽集』が「シチュエーションのはうを現代化」（「あとがき」『近代能楽集』新潮社、一九五六年四月）して書かれたのとは違い、三島歌舞伎は「形式もセリフもことごとく歌舞伎に則つ」（「僕の「地獄変」」「毎日新聞　夕刊（大阪）」一九五四年九月一〇日）た擬古典の作品である。「鰯売恋曳網」（一九五四年一一月、歌舞伎座初演）が御伽草子、「熊野」（一九五五年二月、同）が詩曲「熊野」、「芙蓉露大内実記」（一九五五年一一月、同）がラシーヌ『フェードル』、「むすめごのみ帯取池」（一九五八年一一月、同）が山東京伝『桜姫全伝曙草紙』、『椿説弓張月』（一九六九年一一月、国立劇場初演）が曲亭馬琴『椿説弓張月』と、それぞれ材を得た作品が存在する。さらに歌舞伎化を依頼されて執筆した芥川龍之介「地獄変」（一九五三年一二月、歌舞伎座初演）は『古今著聞集』などの絵仏師良秀に関する説話、『フェードル』はエウリピデス『ヒッポリュトス』と、その源泉を連綿と遡ることも可能である。三島歌舞伎は、〈歌舞伎〉という芸能との関わりを示すだけではなく、洋の東西を問わず、三島が「いちばん感動した」（「戯曲を書きたがる小説書きのノート」「日本演劇」一九四九年一〇月）〈古典〉との結実があるのだ。

『近代能楽集』については、高橋和幸が『三島由紀夫の詩と劇』（和泉書院、二〇〇七年三月）で、「師を書く少年」であった三島がいかにして小説家になったかという視点から『近代能楽集』八曲を、能の原曲との関わり、また三島の戦後という時代への認識とあわせて分析。田村景子は、『三島由紀夫と能楽『近代能楽集』、また堕地獄者のパラダイス』（勉誠出版、二〇一二年一一月）で、『近代能楽集』の全曲に通底するテーマとして「生の否定」があることを指摘した。さらに二〇〇五年から発行されている、松本徹、佐藤秀明、井上隆史編『三島由紀夫研究』（鼎書房）では⑦で『近代能楽集』（二〇〇九年二月）、⑨で「歌舞伎」（二〇一〇年一月）が特集されたほか、三島由紀夫作品と古典との関連を示す論考が掲載されている。

海外の古典との関連では、林進『意志の美学―三島由紀夫とドイツ文学―』（鳥影社、二〇一二年九月）が、「力への意志」「仮面」「超政治」という三つの視点から、ニーチェ、トーマス・マン、ワーグナー、ハイデッガー、ヘルダーリンなどドイツ文学を通しての三島文学を分析。「わが友ヒットラー」（「文学界」一九六八年一二月）や『絹と明察』（「群像」一九六四年一～一〇月）などドイツとの関係性が明らかな作品のみではなく、『金閣寺』（「新潮」一九五六年一～一〇月）や『豊饒の海』にも、新たな視点を与えた。また清正人は『三島由紀夫におけるニーチェサルトル実存的精神分析を視点として』（思潮社、二〇一〇年二月）で、「ニーチェを読む三島由紀夫」という立脚点から、題が示す「実存的精神分析」を通して三島の思考を明らかにしようとしている。

三島由紀夫は、晩年ともいえる四十歳以降、日本の古典について再び論じるようになる。清水文雄の広島大学退官記念号に寄せた「古今集と新古今集」（「国文学攷」一九六七年三月）は「文芸文化」に掲載された「古今の季節」と同じく仮名序を引用し、「力をも入れずして天地を動かし」を「文学に携はらう」としていた自分にとっての「福音」と表現した。また死の為に未完に終わった「日本文学小史」（「群像」一九六九年八月～一九七〇年六月）で「各時代の文化意志の代表」とされた文学作品や、さらには『豊饒の海』の萌芽も、「輔仁会雑誌」や「文芸文化」に見られるのだ。

以上のように見てくると、三島由紀夫の作家人生は古典に始まり古典に終わったと言っても過言ではない。三島にインスピレーションを与え、三島文学となった古典と個々の作品については研究が進められているが、三島の作家人生を縦断的に俯瞰したうえで内外の古典との関わりを解明することが、今後の三島由紀夫研究の重要な課題となるだろう。

初期習作

田中裕也

文学研究にとって「初期習作」という言葉は、しばしば難しい問題を孕んでしまう。まず研究対象の作家の「初期」とは、いったいどこからどこまでを指すのかは曖昧であり、時間的で便宜的な区分に過ぎないことも多い。三島文学においても一般的には三島の十代を「初期」とすることが多いが、評論家・研究者よってては第二次世界大戦後数年間の三島もそこに含まれることもあり、期間は定かではない。また「習作」という言葉も、その作家にとっての「傑作」が存在する、という前提から逆照射された考え方の一つに過ぎない。もし三島の代表作と言われる『仮面の告白』（河出書房、一九四九年七月）や『金閣寺』（「新潮」一九五六年一月〜一〇月）が「傑作」だとするならば、それ以前や内容的にそれ以下のものはすべて「習作」とされなくてはならないのか。

このように「初期習作」という領域の問題は、時間の区分なのか内容の区分なのかもはっきりしないことが多い。しかも一般的に言われる三島の十代が「初期習作」の時代であるとしても、そのテクストが何らかの「完成」や「到達点」を示している場合、「初期習作」と呼ぶには些か躊躇われるものがあるのも事実である。このように三島文学における「初期習作」とは何なのか。未だにその解答が明確にでているとは言えないのが実情であろう。しかし一方で、三島の実人生において十代は家庭教育や学校教育の中でさまざまな知識を涵養し、それを創作に生かしていったこともまた事実であろう。ここではあくまでも通説的な三島の十代＝昭和十年代を「初期習作」の時代と措定して、二〇〇一年以降の研究の現状に触れつつ、その問題系を確認していきたい。

二〇〇一年以前の三島由紀夫の「初期習作」に対する論考の多くは、三島の日本浪曼派もしくはその派生雑誌「文芸文化」からの影響についての考察か、日本浪曼派の思想にも影響されない三島の本質についての考察が大半であったと言える。

平岡公威が作家・三島由紀夫として『花ざかりの森』（「文芸文化」一九四一年九月〜一二月）で雑誌「文芸文化」からデビューしたのは、学習院での恩師であり「文芸文化」の同人であった清水文雄の推薦があったからである。こうした経緯から三島文学の「初期習作」は、「文芸文化」強いてはその雑誌の背景にある日本浪曼派的な思想との距離感的な問題の中で語られてきたのである。例えば、相原和邦「三島由紀夫と「文芸文化」」（「文学研究」一九七一年六月）では、「初期習作」を三つの時期に分けている。①『花ざかりの森』以前②『花ざかりの森』以後③『夜の車』(「文芸文化」一九四四年八月)以後のこの三つである。相原は橋川文三の『日本浪曼派批判序説』を援用して、②の時期の三島作品に日本浪曼派的な受動的な「奇跡待望」の姿勢を看取する。ただし相原は③の時期以降の作品には、①の頃の要素(絢爛たる言語の駆使、現実疎外の自覚、期待と虚無・死の自覚など)が復活するとともに能動性や男色的な傾向が台頭してくると指摘し、戦後三島作品『煙草』(一九四六年六月)『岬にての物語』(「群像」一九四六年一一月)『仮面の告白』のみならず三島の劇的な自決へと繋がっていくと見ている。このように三島の「初期習作」は本質主義と形式主義の対立の中で語られてきたのである。

しかし一九九〇年代後半に三島の「初期習作」の研究が見直される契機があった。一九九九年に山中湖に三島由紀夫文学館が開館し、多くの資料が三島家から移管された。また三島没後三〇年前後に未発表原稿や書簡が雑誌や単行本で公表され、さらにはそれらの資料を含めた『決定版三島由紀夫全集』の刊行によって、十代の三島由紀夫の創作活動や日常の一端が明らかになったことである。そういった意味でも二〇〇一年以降、三島由紀夫文学において「初期習作」は新たな発見・成果が多かった分野である。

まず三島由紀夫と学習院の教員や学友との関わりについて見ていきたい。この分野の嚆矢としては杉山欣也『「三島由紀夫」の誕生』(翰林書房、二〇〇八年二月)がある。杉山の著書自体は、二〇〇一年以前から発表されてきた論考をも収録したものだが、未発表資料の公表の時期とも重なり、「初期習作」を研究する際の必読の書であると言える。杉山は「〈三島由紀夫の語る三島〉」を相対化するために、「〈三島が語らなかった三島〉」=平岡公威の部分に着目し、三島自身があまり語らなかった学習院という〈場〉を中心に調査・考察を行っている。特に学習院で発行していた「学習院輔仁会雑誌」や、三島の六つ年上で文芸部の先輩である坊城俊民との関係などから、三島の作品生成を考察している。

例えば三島『花ざかりの森』について、杉山は本書で三章に亘ってその成立背景を考察している。杉山は『花ざかりの森』が保田の「血統」の概念からの影響があったと認めつつも、坊城が記した小説『鼻と一族』(「雪線」一九三六年一〇月)の登場人物・俊彦が母方の祖先を語っていく姿勢や、「学習院輔仁会雑誌」に書かれた当時の学習院の特質である「貴族」性が作品成立の背景にあると論じている。

一方で『花ざかりの森』を日本浪曼派との関係性を、精読していく論考もある。梶尾文武「三島由紀夫『花ざかりの森』論――物語の読者――」(「国語と国文学」二〇〇七年七月)で梶尾は、保田の「血統」概念が古典文芸を

「系譜」化して現代まで繋がる文学史的な「血統」論であったものを、『花ざかりの森』では「物語の領域において導入する試みであった。」とする。また梶尾は『花ざかりの森』発表時には既に邦訳が刊行されていたアルベール・ティボーテ「小説の読者」（生島遼一訳『小説の美学』一九四〇年五月）の〈リズール〉の概念と、『花ざかりの森』の「わたし」が家に伝わる物語を「系譜」として特権的に解釈していく姿勢とに類似性を看取する。そして「本物の古典には回帰しえない、系譜のこの空虚な贋物ぶり」を指摘し、三島が日本浪曼派の思考を借りながらも「物語の創発」という近代的所産へと既に足を踏み入れていたことを指摘している。

また先に確認した相原の論考では、三島の短編小説『夜の車』発表時期周辺が、日本浪曼派の思想から離脱した時期だと考えられているが、これは昭和二十一年三月三日付の川端康成宛の書簡に三島自身が「戦争中、私の洗礼であつた文芸文化一派の所謂「国学」から、どんなにじたばたして逃げ出したか」と記していることでも裏付けられている（『川端康成・三島由紀夫往復書簡』新潮社、一九九七年一二月）。最近の論考では、三島の日本浪曼派からの離脱の時期や、その内容の再検討も行われている。

武内佳代「三島が遺した戦中の怪奇小説未発表短編――「檜扇」にみる日本浪曼派への迂回――」（「iichiko」二〇一二年一〇月）では、三島の生前未発表だった短編小説『檜扇』（※原稿の擱筆は一九四四年一月五日）が当初『夜の車』と連作として構想されていたことを三島のメモから確認し、「文芸文化」とは異なる幻想的で異国情緒な要素によって描かれていることを指摘している。また武内は『檜扇』の幻想的要素は、後期ドイツ・ロマン派のE・T・A・ホフマンの幻想小説、佐藤春夫『女誡扇綺譚』（「女性」一九二五年五月）、萩原朔太郎『猫町』（「セルパン」一九三五年八月）からの影響であると指摘する。ただし三島の佐藤『女誡扇綺譚』や萩原『猫町』からの影響は、「文芸文化」的ではないものの、日本浪曼派的であったとしているが作品分析には至っていない。

また拙稿「三島由紀夫「夜の車」の生成と変容――日本浪曼派美学からの訣別――」（「三島由紀夫研究」二〇一三年四月）では、『夜の車』のニーチェ受容と日本浪曼派との距離感について考察している。三島『夜の車』とニーチェの関係は、三島自身が手塚富雄との対談のなかで語っていることからしばしば論じてこられたが、拙稿ではニーチェ受容についてこれまで考察されてこなかった学習院の先輩である東文彦（※本名・東健）からの影響を指摘し、『夜の車』の「殺人者」はニーチェ『ツァラトゥストラ』の「超人」的な思想から造形されながらも、「超人」へと移行しない「殺人者」の微妙な位置を考察している。それは保田與重郎や清水文雄が古典文芸から続く「血統」の顕現としての「花」を欲望しているのに対して、三島『夜の車』の殺人者は退廃的で人工的な虚構の世界の中であらわれる室町将軍や遊女紫野、肺癆人などを殺害していきながら「花」をふたたび形而上的で概念的な「花」へと還元することを目的としていると考察している。『夜の車』は三島にとって一つの日本浪曼派への鎮魂歌だったと位置づけた。

このように最近の「初期習作」に対する論考は、三島の小説が日本浪曼派の思考を肯定／否定しているというような二項対立で考えるものは少なくなったようである。むしろ「初期習作」については、日本浪曼派の思考が用いられていることを前提としつつも、日本浪曼派以外の要素が三島の小説に流入していることを調査・分析することによって、日本浪曼派からズレが生じている部分、または生じてしまった部分を考察・読解している論考が多いと言えるだろう。

こうした三島由紀夫文学の「初期習作」について日本浪曼派との関係性、学習院との関係性以外に注目すべきものは、三島文学と童話との関係性である。しばしば三島の短編小説が童話的・寓話的であると評されることがある。三島『仮面の告白』を自伝として読むかは議論が多いが、登場人物の「私」が幼年期に「殺される王子」の童話を愛好していた話など、三島作品と童話は関わりが深い。しかし「初期習作」の時期の童話受容に関する考察はあまり多くなく、二〇〇一年以降では池野美穂の一連の論考がその少ない成果の一つであろう。池野「作家・三島由紀夫の出発点――『童話三昧』をめぐって――」では、生前未発表であった三島が十五歳の時に書かれた『童話三昧』に名が挙がっている、鈴木三重吉、グリム、アンデルセンなどと三島の蔵書目録との確認を行っている。しかし三島の童話受容が外界の遮断と内面世界の重視という、池野の結論は従来のものを出ない。作品と童話との細かな比較や、学習院という生活階層の中での童話教育などを見ていく必要もあるだろう。

「初期習作」については今後、さらに新資料が発見される可能性もあるが、現状の資料だけでも考察の余地が多くある。どのような時代・人物・作品などから影響を受けたのかだけでなく、その差異も丁寧に見ていく必要があるだろう。例えば東文彦は三島にニーチェに関する書物を紹介し、三島は『夜の車』でニーチェを用いて日本浪曼派との差異を自覚していくが、東自身はニーチェを受容しつつも日本浪曼派の「系譜」を個人を超越したもの、つまり超人的なものとして肯定的に捉えている。さらにはそれを「自己超克」＝「国家」として解釈している（東季彦編『浅間　東文彦遺稿集』一九四四年七月）。このように受容者によって、情報の受け取り方が異なるのだから単なる受容としてだけ確認するのではなく、各作家間の表現の差異を見ていく必要があるだろう。

三島由紀夫作品を読むための事典⑮

生成論

中元さおり

「生成論」とは、取材メモや構想メモが記された創作ノートや草稿といった手書きのプレテクスト、さらに活字テクストの異同などからテクストの生成過程に迫ろうとする方法である。草稿には決定稿にいたるまでの表現の揺れ動きの痕跡が残されている。草稿から浮かび上がるエクリチュール生成の動きには、決定稿に至るまでのさまざまなあり得たかもしれない表現のバリエーションをみることができる。また、活字化されたテクストに改変が施されることも多く、なおテクストは流動的な動きをみせる。もっとも、完成された活字テクストを読むことに慣れてしまった近代の読書行為からすれば、手書きの草稿は作品創造のための下書きでしかない。しかし、テクスト生成をめぐって混沌とした言葉が錯綜する草稿資料を眺めれば、書き手の息遣いなどが伝わり、活字テクストからは感じることのできないオリジナルの「アウラ」に直面する。それはまさに〈書く〉という作家の肉体的な行為が立ち上がってくるような体験でもある。言葉のせめぎあう表現模索の跡から生成過程に迫り、あり得たかもしれない表現の複数性をみていくことは、決定稿としての「本文」を相対化する視点となる。

近年、日本近代文学研究において「生成論」という方法が改めて注目されたきっかけは、松澤和宏『生成論の探求――テクスト・草稿・エクリチュール』(名古屋大学出版会、二〇〇三年六月)が刊行されたことだろう。松澤はフランス文学研究の生成論(ジェネティック)を基盤としながら夏目漱石や森鷗外、宮澤賢治などの草稿研究をおこなっている。最終稿に至るまでの加除された表現が残る草稿は「テクストが織り成されつつある動的な生成過程の一端を開示」しており、「草稿は最終稿の意味の起源としてではなく、最終稿が潜在的に孕んでいる複数の意味の明滅する場として顕れてくるのであり、エクリチュールの彷徨の劇がそこに展開されている」と述べ、また、「同じことをめぐってつねに別様に書きうるという言語の無限性」が展開された場として草稿を捉えている。

以上、松澤の論を参照しながら生成研究について大まかにまとめたが、次に三島由紀夫における草稿などの資料の状況をみておきたい。三島由紀夫文学館(山梨県山中湖村)には直筆原稿や異稿、創作ノート、手帳の類から断片的な紙片まで膨大な数の草稿資料が所蔵されている。直筆原稿は、「潮騒」「金閣寺」「豊饒の海」など主要作品のものが集められており、モノクロコピーでの閲覧が可能となっている。文学館が所蔵している原稿や草稿群については、資料の内容についての整理・検討が進められ、その結果、『決定版三島由紀夫全集』には多くの数の創作ノートや原稿・異稿が新資料として収録された。また、『決定版全集』以降も、新たに資料が多く公開されており、三島作品の生成過程を検討するための素地が整ってきた。『決定版全集』の編者の一人である佐藤秀明「三島由紀夫」（『近代文学　草稿・原稿研究事典』八木書店、二〇一五年二月）の解説によると、一部の作品の原稿は出版社などが持っているようだが、未だに多くの小説や戯曲、評論などの原稿の所在は不明だそうだ。いずれにせよ、原稿だけでなく、創作ノートや紙片など生成過程を明らかにするような資料が今後も新たに公開されることを期待する。

近年の三島研究では、『決定版全集』に収録された新資料などから作品の生成過程を考察するものが目立つようになってきた。まずは、『豊饒の海』の「創作ノート」や直筆原稿から生成論を展開したものが挙げられる。三島の死後すぐに、取材メモや構想、プランを綴った「『豊饒の海』ノート」が「新潮」一九七一年一月臨時増刊号や「波」一九七三年一～五月号で公開され、『豊饒の海』論で言及されてきたが、掲載された内容はノートの一部にとどまり限定的なものだった。二十三冊にものぼる「創作ノート」は、一九九九年に三島文学館へ収蔵され、『決定版全集』第一四巻（二〇〇二年一月）には新たな翻刻が収録された。なお、『決定版全集』にも収録されなかった未翻刻部分のノートは、井上隆史・工藤正義・佐藤秀明によって整理され、研究誌「三島由紀夫研究」④（二〇〇七年七月）以降に継続して掲載されている。

『決定版全集』の編集に携わった井上隆史は『三島由紀夫　虚無の光と闇』（試論社、二〇〇六年一一月）で、創作ノートの記述には、「天人五衰」の構想の核心である「小説をいかに構成したとき、そこに世界と生が包摂されうるか」という三島の問題意識があらわれていることを指摘している。さらに『三島由紀夫　幻の遺作を読む　もう一つの『豊饒の海』』（光文社新書、二〇一〇年一一月）では、創作ノートで繰り返し検討された「天人五衰」のもう一つの構想が放棄された経緯を検討し、幻の第四巻を仮構するという実験的な試みを通して、執筆当時の三島が抱えていた虚無を問い直している。

『豊饒の海』の原稿調査をおこなったものとしては、有元伸子「三島由紀夫「天人五衰」の原稿研究——結末部を中心に」（「表現技術研究」、二〇〇九年三月）がある。また、『三島由紀夫　物語る力とジェンダー——『豊饒の海』の世界』（翰林書房、二〇一〇年三月）ではさらに詳しく「天人五衰」の生成過程について検討した論稿が、先の論と合わせて収録されている。氏による直筆原稿の調査によって、作品全体にわたって細かな手入れや、大幅な加筆削除がなされていたことが明らかにされた。創作ノートの記述から、結末の聡子の登場シーンをめぐる三島の模索のあとを指摘し、あわせて直筆原稿の手入れからも「聡子を物語と思想展開の切り札としていかに「効果的」に使うか」という作者の試行を浮き彫りにしている。

　創作ノートや直筆原稿の手入れを丹念に検討するという地道で実証的な作業から立ち上がってくるのは、テクストが内包している表現のダイナミズムと、混沌としたテクスト生成の現場である。さまざまな言葉の取捨選択が重ねられていくなかで、構想もまた表現と絡み合いながら変容していく。われわれがテクストとして読んでいる完成版が、複数の表現のせめぎ合いのなかから成立したものであることがわかる。そして、その完成版テクストの背後には、草稿資料が示すあり得たかもしれない幾つものバージョンが潜んでいることに気づかされる。このように生成過程を丹念にみていく作業は、完成版テクストを相対化し、新たな読みを生み出すような契機となることが、これらの研究成果からみえてくる。

　ところで、三島は最後の一行に向かって書き進めていくようなタイプの作家であるとはよく言われることだが、そのような〈書く〉行為を支えたものとして、綿密な取材や構想が書き留められた「創作ノート」の存在は大きい。また、直筆原稿には、〈主題〉を求めて試行錯誤する表現のせめぎ合いがうかがえる。三島は、自身の執筆過程について次のように明かしている。

　書きはじめるのと同時に、今までのすべての準備、すべての努力は一旦御破算になる。あれほど明確に掌につかんでゐた筈の主題は、再びあいまいになり、主題は一旦身を隠し、すべての細部に地下水のやうにしみ入つて行く。最後に滝になつてなだれ落ちるために。

（略）

　ここへ来てはもう方法論もクソもない。私は細部と格闘し、言葉と戦つて、一行一行を進めるほかはない。そして物語の展開に行き詰つたとき、いつも私を助けるのは、あの詳細なノオトに書きつけられた、文字による風景のスケッチである。

　それは文字をとほして、それを見たときの感動を私の中によみがへらせ、今、私は再びその風景に直面して、そこから何か或る「具体的なもの」を収穫《とりいれ》るのである。それが、地下を流れながら監視してゐる気むづかしい「主題」を満足させたときに、小説はふたたび動きはじめ、呼吸《いき》を吹きかへし、……かうして、何十度、何百度となく、死からよみがへりつつ、一路、終末へ向つてゆくのである。

「わが創作方法」（「文学」一九六三年一一月）

三島が明かす〈書く〉行為の現場は、結末へと直線的に向かうものではない。表現の一つ一つに立ち止まり、また度々創作ノートへと立ち戻っていくという無数の振幅運動のなかでテクストが生成されていく過程がみえてくる。

生成論としては、ほかに「金閣寺」の草稿を扱った、有元伸子・中元さおり・大西永昭連名による「三島由紀夫『金閣寺』の原稿研究――柏木、老師、金閣」(「広島大学大学院文学研究科論集」二〇〇八年一二月)および「草稿研究――『金閣寺』を実例に」(「国文学　解釈と鑑賞」二〇一一年四月)がある。『金閣寺』の直筆原稿にみられる手入れの調査から、溝口によって書かれた「手記」であるという設定を前景化するような補筆がなされていることを指摘している。また、溝口の語りにおける「小説」という言葉の削除や詩的表現を抑制するような手入れの跡には、「「小説」たらんとする衝動と、素人の「手記」として抑制しようとする衝動との戦いの跡が刻まれている」ことを読み取っている。さらに、語りの「現在」をめぐる手入れについても検討し、「小説」としての『金閣寺』と、語り手である溝口が書く「手記」としての『金閣寺』という「二つの異なった位相のせめぎあう場」が草稿のなかにみられることを指摘した。

『決定版全集』に収録された創作ノートや異稿などの新資料を扱った論稿としては、初期の短編小説「サーカス」の生成過程を検討したものも興味深い。田中裕也「三島由紀夫「サーカス」成立考――執筆時期と改稿原因をめぐって」(「昭和文学研究」二〇〇八年九月)は、異稿と決定稿の執筆時期を明らかにし、『仮面の告白』の構想の影響を指摘している。また中元さおり「三島由紀夫　二つの「サーカス」――虚構性への欲望」(「国文学攷」二〇〇九年九月)は、異稿と決定稿の比較を行い、異稿に近似した作品として加藤まさをの少女小説『消えゆく虹』(一九二九年九月)があることを指摘した。そして異性愛が描かれた異稿から、死と同性愛の物語へと決定稿で変化していったことを論じた。

その他の作品では、井迫洋一郎「三島由紀夫「煙草」論:異稿からみた《罪》と《裏切り》についての一考察」(「阪神近代文学研究」二〇一二年九月)や、「英霊の声」の異稿とされる「悪臣の歌」との比較検討をおこなった中元さおり「三島由紀夫「英霊の声」論――「悪臣の歌」からみる語りの〈移行〉と〈重層化〉」(「近代文学試論」二〇〇六年一二月)、井上隆史「「英霊の声」と「悪臣の歌」」(「三島由紀夫研究」二〇〇九年八月)などがある。

生成論は、三島作品への新たなアプローチの方法として今後もさらに注目される。また、今後の研究の進展のためにも、原稿や草稿資料へアクセスするための環境がより一層充実したものとなることを期待したい。なお、生成過程を検討するうえで貴重な情報となる三島が使用した原稿用紙の種類等については、前掲『近代文学　草稿・原稿研究事典』の項目「三島由紀夫」での佐藤秀明による解説に詳しいので参照されたい。

三島由紀夫作品を読むための事典⑯

旅行記／ツーリズム

杉山欣也

1

『アポロの杯』（朝日新聞社、一九五二年一〇月）に書かれた世界旅行で、三島由紀夫はなにを見て・なにを書かなかったのか。その解明を目的としてここ数年ブラジルを調査している。

『アポロの杯』は一九五一年一二月二五日より翌年五月一〇日まで約半年間に及ぶ海外旅行の紀行文である。旅行中に日本へ書き送った紀行文を取捨選択し、書き下ろしを加えて『アポロの杯』は成立している。

現在の日本とは異なり、一九五一年の海外旅行はちょっとした思いつきで実現できるものではない。サンフランシスコ平和条約・日米安全保障条約の成立を意識してか、三島は少なくとも一九五一年初頭には海外旅行を考えていたらしく、「檀一雄の悲哀」（『文学界』一九五一年二月）で「きけば氏は近々、捕鯨船に乗組んで南氷洋を見るために出発されるさうである。この春、私はその計画を考へてゐたが、挫折した。」と書いている。当時の三島がこのように海外旅行への希望を示すことには、複合的な要因を考えてみなければならないだろう。

「檀一雄の悲哀」では、檀の「色彩的な文章」が「南への旅にも、不思議な倦怠、情熱、豪奢、平穏の海の遊動を、巨細に書きつづけるにちがひない」と想像する。「檀氏が海にさらされ、海に蝕まれることを考へるのは、わるい想像ではない」と三島は続けるが、それは三島自身の期待であったはずである。それは『アポロの杯』の世界旅行における「太陽」のモチーフに直結し、後年の「私の遍歴時代」（『東京新聞』、一九六三年一月一〇日〜五月二三日）にある「内心の怪物」を克服したのちの指向とも符合する。

ここに、別種の要因を付け加えてみたい。海外旅行熱が高まっていた一九五一年に、三島は「夏子の冒険」（『週刊朝日』八月五日〜一一月二五日）を発表している。「夏子の冒険」は、修道院に入ろうと思い立ったヒロイン・夏子が北海道を舞台にくりひろげるラブコメディの趣をもつ小説であるが、当時まだ日本国内における〈外地〉として認識されがちであった北海道をエキゾチックに、やや強い表現で言えばオリエンタリズムのまなざしで表象している。また、『アポロの杯』の旅から帰国した直後に発表した「にっぽん製」（『朝日新聞』一九五二年一一月一日〜翌年一月三一日）が「日本回帰」の先駆とされる（『三島由紀夫事典』勉誠出版、二〇〇〇年一一月）ように、先述の内的モチーフと同様に、海外あるいは世界との関係において日本を認識し、表現する必要性を三島は感じていたようだ。

「潮騒」（新潮社、一九五四年七月）は、伊勢湾に存在する島を舞台とする素朴な純愛物語と一般に読まれがちであるが、ヒーローの新治が乗り組む歌島丸の危機を救い、ヒロインである初江との結婚を許されるきっかけとなる冒険が、沖縄・運天港沖の海上であることには注意が必要である。那覇で乗組員は上陸を許されず、ぼんやり「鮮やかな瀝青の光沢」を放つ米軍家屋と「打ちひしがれて、つぎはぎのトタン屋根が風景に醜い斑をゐがいてゐる」民家との対比を眺めている。当時、三島が沖縄へ行ったという記録はなく、これら描写は想像力の産物であるが、沖縄の状況を巧みに表現した描写である。

結局、上陸を許されるのは一等航海士ただひとりである。志願して海に飛びこむ新治だが、言うまでもなくその目的は沖縄上陸ではない。しかし、冒険を成し遂げてみごと船主の入り婿になると決まった新治は初江に「一等航海士になる」という夢を語る。この夢は、作中の表現にしたがえば、米軍占領下の沖縄への上陸を可能にする立場になるという意味を有する。

たとえばこういう表現に、三島の日本認識＝表現欲求を読み取ることは可能であろう。『アポロの杯』の旅前後の三島には、日本と世界をめぐる問題意識の存在がある。『アポロの杯』にそういう側面はほとんど描かれないが、それを「書かなかったこと」のひとつと考えてみたいのである。

2

話題をブラジルに絞る。三島は一九五二年一月二七日未明、サントス・ドゥモン空港よりリオ・デ・ジャネイロに降り立つ。二月五日にサンパウロへ移動、クラリッジホテルに滞在した。同月一一日よりサンパウロ州にあるリンスに行き、東久邇稔彦の三男で、バウルー総領事だった多羅間鉄輔と養子縁組して農場経営者となっていた多羅間俊彦の邸宅に滞在した。そして同月二〇日、リオに戻り、カーニバルを体験して、三月二日ジュネーブに到達する。

当時の日本語新聞からは三島には関する記事をいくつか見出すことができる。それらは『アポロの杯』ではリオと比べてそっけない印象のサンパウロにおける三島の動向を浮き彫りにする。たとえば、三島来伯（伯…ブラジル＝伯刺西爾の意）の第一報は阿部知二が「日伯毎日新聞」に宛てた書簡によってもたらされ、それが一九五二年一月一五日の同紙紙面に掲載されたことで知られていた。そのためか、サンパウロ到着と同時に三島は各紙の取材を受けており、はるばるやってきた日本人芸術家として歓待されたことがよくわかる。当時、ブラジル日本人移民社会では、鶴見祐輔らを招こうといった運動が起こり、日本から映画撮影のロケ隊が来る(『コロニア芸能史』〈同編さん委員会、一九八六年五月〉に詳述されている)といった話題で持ちきりとなっていた。

戦中に日本語と日本語メディアを禁じられたことから勝ち組・負け組に分断され、テロが頻発したブラジル日本人社会では、各新聞もまた勝ち組・負け組に分かれ、対立していた。一九五二年当時、日本人移民の多いサンパウロで発行されていた日本語新聞には、現在でも刊行されている「サンパウロ新聞」「パウリスタ新聞」「日伯毎日新聞」(現在の「ニッケイ新聞」)のほか「昭和新聞」「伯剌西爾時報」などがあった。事態はそう単純ではないが、おおまかに言っていま掲げたうち前三紙がいわゆる負け組よりの新聞で、後二紙が勝ち組新聞である。各紙はそれぞれ反目し、批判を繰り返していた。

勝ち組・負け組問題について、三島は帰国後に「遠眼鏡の旅人」(「週刊朝日」、一九五二年六月)で簡単に紹介しているが、創作では短篇小説「不満な女たち」(「文藝春秋」、一九五三年八月)にすこし触れられている程度で、『アポロの杯』でも取り上げていない。しかしそれはこの問題に関する三島の無知を意味しない。こうして各紙記者たちのインタビューに応じている以上、頻繁に彼らの訪問を受けていたはずである。彼らの目的のある程度は自陣営への囲い込みにあるはずで、この日本人社会を揺るがす大問題に気づかないことはあり得ない。前述した映画への協力を求められた三島が器用にかわしているインタビュー(「伯剌西爾時報」一九五二年二月一一日)を読むと、この対立に巻き込まれまいとする三島の意識を感じる。

また、三島はサンパウロ退去前に「昭和新聞」の取材を受け、サンパウロには「サムライが沢山居る」という言葉を遺しているが、この問題へのコミットや、そもそも現地日本人との応接が煩わしかったという事情があるのだろう。そして日本人移民の少ないリオでカーニバルに参加し、自己を解放するのである。

一方、三島は『サンパウロ新聞』創立者の水本光任と親交を結んだ。ご令嬢のエレーナ水本氏によれば、しばしば東京から国際電話がかかってきて長時間話し込み、水本やその家族が日本を訪問したときには会食したり、三島邸に泊まったりした。『決定版三島由紀夫全集』には水本光任氏宛の書簡二通が収められているが、その数以上に親密な交際を生涯にわたって継続した。この証言から前章の問題意識を敷衍させれば、「天皇帰一論」を唱え、日本人社会の抗争を鎮静化させた「サンパウロ新聞」社主との交際は、海外あるいは世界との関係において日本を考えようという三島にとって大切な意味をもったはずである。これらも『アポロの杯』その他の文章に三島が「書かなかったこと」のひとつである。

なお日本語新聞の記事を読むと、サンパウロへ到着した当初、三島が奥地マットグロッソに行こうと夢想し、ブラジルの次には隣国アルゼンチンのブエノスアイレスへ行こうと考えていたことがうかがえる。アルゼンチン行きは『アポロの杯』に書かれた「言葉の死ぬところ」という映画に興味をそそられた結果かもしれない。これも「書かなかったこと」のひとつかもしれない。これらの計画はリンス滞在とリオのカーニバルに替えられたようだ。カーニバル見物は多羅間氏も三島に勧めた由、ご本人よりうかがった。

交友といえば、三島がブラジルで交友を深めたひとりに画家のマナブ間部がいる。多羅間農園で間部と会った三島は「白地の和服に帯を締め下駄ばき姿」で、「ブラジルに来て僕はとても気分がいい。米国にも立ち寄ったが、日系人が米国人の下にいる。借家にいるようでがっかりした。ところがここではブラジル人を雇っているじゃないですか」と言ったという。さらに、終戦直後に毒をあおって自殺した移民の話を「膝を乗りだすようにして聞き、「その話はもっと聞きたい。いずれ日本に来たときに詳しく」と念を押されたが、「結局そのままになってしまった」という(『コーヒー園に雨が降る　マナブ間部自伝画文集』日本経済新聞社、一九九四年九月)。ここにも『アポロの杯』に書かなかった日本と海外をめぐる問いが見え隠れする。

3

本稿では、三島の旅行記について『アポロの杯』のブラジル、しかもサンパウロに絞り、さらに三島が「見て・書かなかった」ことのうち、たった一点について述べた。三島のブラジル体験について論じるならば、リオのプラザ・パリスにおける内的体験の意味を説き明かすべきだし、佐伯彰一氏やジョン・ネイスン氏が述べているような性的な体験についても論じるべきであろう。それらの問題は別稿を用意したい。

付言すれば、旅行記に「書かれたこと」は旅行のごく一部であり、全体像はその旅行者しか知り得ない。書きたくないことは書かないものだし、書かなければ旅のできごとは人に知られずに終わる。まして自由渡航の不可能な時代であり、前述の通り三島は「サムライ」を避け、その行動を読者に隠している。それは『アポロの杯』における三島の戦略であろう。しかし、研究者の端くれとしてはその戦略を外側から確認してみたいと思う。実地調査を踏まえて「見て・書かなかったこと」を考察することは、三島の旅行の全容を明らかにするには遠くとも、その戦略を明らかにすることは可能かもしれない。

※本研究はＪＳＰＳ科研費(課題番号：25580054)の助成を受けたものです。

三島由紀夫作品を読むための事典⑰

エンターテインメント

小松史生子

かつて花田清輝は、三島由紀夫の『金閣寺』を評して、「中身はありふれたホーム・ドラマであるにもかかわらず、そのなかに金閣寺をもちこんで、灰いろの日常を、金色さんらんたるヴェイルで、ふんわりとつつみこんでしまうので、なんとなく意味ありげにみえるだけのはなしである」と断じた。[*1] 辛辣な批評に聞こえるが、この評価は三島由紀夫の小説をエンターテインメント文学、すなわち大衆文学として眺める場合に、非常に的確な示唆を与えてくれる。花田はまた、同評論の別の箇所で、三島の戯曲『女は占領されない』に対し「すでに大衆の頭の中にちゃんとできあがっているメロドラマの女主人公のイメージを踏まえて、そいつをあざやかに近代化してみせたところに、三島由紀夫のウデがあるのだ」とも述べ、さらに『鏡子の家』を例に引きつつ、「わたしには、三島由紀夫の作品が、どれもこれも、お伽話のような気がしてならないのだ」と結論づけた。繰り返しになるが、この花田の評言は決して三島作品の否定ではない。むしろ（こんな言い方が許されるならば）エンターテインメント性を志向する小説の一つの明快な在り方を示すテクストとして、積極的に言を述べたいという姿勢の表れである。

三島由紀夫の作品には、当時の世相風俗、時事問題、流行をモチーフに取り扱った、いわゆる際物的関心がみとめられる小説が多くある。たとえば、世間を騒がせた実際の事件をモデルにしたものでは、青年僧による金閣寺放火事件を扱った『金閣寺』を筆頭に、戦後最大の詐欺事件である光クラブ事件を題材にした『青の時代』、プライバシー裁判を引き起こした『宴のあと』などが挙げられるし、アプレゲールの若者風俗を描くものとしては『鏡子の家』などがあり、さらには、一九六〇年代における〈空飛ぶ円盤〉の世界的関心の高まりを背景にSF設定を採用したとみなされる『美しい星』という特異な作品まで生み出した。そして、これらの小説はどれも当時の一般読者をして、「さすがは三島由紀夫である」という賛嘆のまなざしのもと、時代の最先端をテーマとした話題性のある小説として大衆に受容されていった。このあたりの事情を、橋本治は次のように解説する。

> 三島由紀夫は、掛け値なしのスターだったのである。文壇に属するということは「えらい人」であるということで、えらくて、才能があって輝いていて、それが話題性という形で大衆に放射されたら、もうスターであることは決まっているのである。作家の

三島由紀夫が大衆向けの作品を一度だって書いたことがあるかと言えば、そんなことはない。彼の「エンターテインメント」と称する作品群は、ある意味で、彼の純文学作品より難解で、大衆の理解を拒絶するようなおもしろさに満ちている。(中略)作家としての三島由紀夫は、自分であることにしか貪婪ではない、いたって吝嗇な作家だった。彼は、大衆の方になんかちっとも顔を向けていないのである。*2

これは、前出の花田清輝評と反対のことを言っているかのようにみえて、実は同じことを述べている。すなわち、右のような当世風俗・時事世相を扱った、一見、多様で多彩なテクスト群にみえる三島由紀夫の小説には、そうした大衆受けする際物の題材を採用しながら、その実は題材は題材でしかなく、作品のテーマは作者の青春の観念の「客観化」をどこまでも目論む、金太郎飴のごとき観念小説そのものであるということだ。現実社会の題材をモデルとみなして中村光夫の言葉を借りるならば、「モデルを(三島由紀夫——引用者注)氏の観念が支えているのでなく、氏の観念がモデルに支えられている」*3という倒錯した図式がそこに存在する。しかし、そうした作家個人の観念小説であるところのテクストが大衆受けし、多数の読者を獲得するという事態からは、世にエンターテインメント文学・大衆文学と総称される作品がどのように読者の期待の地平を満たしているのかという問題系が浮上してこよう。この間の事情を、具体的な作品を例に挙げて以下に解説してみる。

「新潮」一九六二年一月号〜十一月号に連載された『美しい星』は、冒頭からUFOや宇宙人が何の理論的前提も無しに作品世界に導入されるという点で、三島由紀夫の作品群の中でも極めてインパクトの強い——というよりも、呆気にとられるほど異色のテクストである。しかし、重要なのは、UFOや宇宙人を題材に扱ったこの『美しい星』を、SF小説として一括りにするような単純な論は、当時も今もほとんど無いという事態だ。この小説は、埼玉県飯能市に住む大杉家の家族が、ある日突然「自分達は本当は地球人ではない、太陽系の惑星からそれぞれ地球に円盤に乗ってやってきた、宇宙人である」と覚醒するところから始まる。彼らは、自分達のその宇宙人としての覚醒を自明のものとして受け取り、なんら疑いを持たないし、UFOの存在について客観的なデータ分析で追跡する描写も無い。畢竟、この小説は、題材としてUFOや宇宙人を扱いながらも、テーマは井辻朱美が指摘するように「別世界による現実世界の救済」*4の寓話であり、その意味で、花田清輝が指摘するところの「お伽話」なのである。一九六〇年代、新興ジャンルとしてのSF小説文壇は新しい展開を求めて激しい論争の季節だった。安部公房や小松左京の時代を経て、一九五九年に相次いで創刊された「宇宙塵」や「SFマガジン」といった専門誌上で、柴野拓美や福島正実、山野浩一、石川喬司といった世代を中心に、SFの定義／再定義が熱く語られ、科学と文学の言説交錯の場をめぐる先鋭的な議論が重ねられている事態を思えば、『美しい星』のあまりにもあっけらかんとした題材の扱い方、無頓着さは、この小説がむしろアンチSFであることの証左とも考えられなくはない。しかし、そのまた一方で、この時期、海外でSF小説界にSFの大衆化と共に〈新しい波〉が押し寄せ、SFテーマの重点が外宇宙から内宇宙へと転回し、「対象を人間に絞り始め、具体的には心理学や精神分析学を援用し（中略）「科学小説」から「思索小説」への転換を提唱」[*5]しつつあった世界規模の文壇状況と照らし合わせると、『美しい星』はにわかにコンテンポラリーなニュー・ウェーヴSF作品として位置するようにもみえるのだ。いわく、三島作品の持つエンターテインメント性としての特徴は、こうしたところに求められるのではなかろうか。SFのコア読者ならば、『美しい星』というテクストがみせる無頓着なUFOや宇宙人の扱い方には一家言もよおしたくもなろうが、ライトな一般読者層にとってはUFOや宇宙人の知識はそれほどコアなものでなくともよく、むしろUFOや宇宙人の存在感の緻密なリアリティ設定よりも、そうした題材を利用して語られる観念的な、それ故に普遍的な、或いは時に通俗的な人間心理の描かれ様にこそ関心が集まるのだ。『美しい星』が今日、遠く原発事故の放射能に脅かされる現代日本社会を先取りして語っているテクストとして宣伝されている[*6]のも、以上のような極めて観念的な題材の扱い方の手捌き《テクニック》に、実は逆接的な要因がある。

　そして、おそらくは同じ事が、三島の代表作『金閣寺』にも実は生じているのだとも言える。同事件を扱った水上勉『金閣炎上』と比較すると、その間の事情がよくわかる。現実の犯人像へ現実に残された資料を丹念に跡付ける作業から肉薄していった水上勉の小説構想に対し、三島由紀夫は詳細な創作ノート・取材ノートこそ付けるものの、何よりもまず主題ありきで物語の結構を組み立てようと欲望する。犯人である青年僧へ向けられたまなざしと造形化の過程において、青年僧の生きた現実よりも、彼が生きようとした観念世界の方へと主題の舵を切ったのが、三島の『金閣寺』であったと言えよう。こうした姿勢で生み出された小説が、大衆の注目する作品となって文壇の話題にもなる。

　いったいにして、大衆文学は何をもって大衆文学と成り得るのか？一般読者層が一個の小説にエンターテインメント性をみとめるのは、どういった点に対してなのか？三島由紀夫自身は森鷗外を論じた際、鷗外の無造作な語り口で繰り広げられるペダンティズムを「小説の薬味」とし、滝沢馬琴の作品の大衆性と同等のものとみなした。おそらくは、この見方は慧眼であろう。読者を幻惑するペダンティズムは、大衆の知的好奇心を快く刺激し、小説を読む喜びを実利的に与えてくれる。実のところ、社会派ミステリや企業小説、経済サスペンスの類の作品がベストセラー上位にのぼる現象は、こうした大衆読者の実利主義な期待の地平と共鳴する部分があるからなのだ。大衆読者の知的好奇心を快く刺激するペダンティズムの文体を巧みに操り、しかして物語内容自体においてはむしろ観念的な寓話の体裁を採って普遍の哲学を希求せんとするテクストの戦略――三島文学における〈エンターテインメント小説の極意〉はそこに在る。

注

＊1 花田清輝「魔法の鏡」（『文芸読本　三島由紀夫』河出書房新社　一九八三年三月）

＊2 橋本治「「三島由紀夫」とはなにものだったのか」（「新潮十一月臨時増刊　三島由紀夫没後三十年」二〇〇〇年十一月）

＊3 中村光夫「『金閣寺』について」（前出『文芸読本　三島由紀夫』）

＊4 井辻朱美「二重性の恩寵」（前出『文芸読本　三島由紀夫』）

＊5 巽孝之「序説　日本ＳＦの思想」（『日本ＳＦ論争史』勁草書房　二〇〇〇年五月）

＊6 『美しい星』新潮文庫（二〇一三年版）帯の惹句より。

演劇

木谷真紀子

演劇批評誌「シアターアーツ」は、一九九四年、創刊記念特集「戦後戯曲の五十年」で、国際演劇評論家協会日本センターに所属する全員を対象にアンケートを実施した。「戦後戯曲の代表作と思われる戯曲を一人二十本ずつ」列挙する形式で、一位に選ばれたのが、三島由紀夫「サド侯爵夫人」（「文藝」一九六五年一一月）である。『近代能楽集』（新潮社、一九五六年四月）や「鹿鳴館」（「文学界」一九五六年一二月）も三十位までにランクインし、三島は劇作家別の得票でも一位を獲得した。[*1] 本項では二〇〇一年以降の上演記録を中心に、三島演劇の現況を明らかにしたい。

二〇〇一年、「単独では実現が難しい演劇作品」を「全国の公共ホールが共同で」「製作」[*2]する事業が発足、「サド侯爵夫人」（1・12～21、静岡・静岡芸術劇場ほか）が第一作となった。二〇〇二年には平幹二朗と佐久間良子が、「鹿鳴館」（5・17～6・2、ル・テアトル銀座ほか）で離婚後、初共演する。また美輪明宏は、三島に主演を依頼され、演出プランまで話し合いながら実現できずにいた経緯を明かし[*3]「卒塔婆小町」（「群像」一九五二年一月）「葵上」（「新潮」一九五四年一月）（4・5～29、パルコ劇場）を、翌年には「黒蜥蜴」（「婦人画報」一九六一年一二月）（3・5～30、ル・テアトル銀座）を上演した。再演を「一生続け」、「折々の若人の方々に」三島の「珠玉の作品をリアルタイムで感じて頂く」ことこそ「自分の生命」と語り、演出、主演、音楽、衣装などすべてを務めている。[*4] 二〇〇四年、三島歌舞伎「椿説弓張月」（「海」一九六九年一一月）が歌舞伎座で始めて上演（12・3～26）される。同作は国立劇場の開場三周年を記念して書き下ろされ、広い舞台をいかした演出が眼目であったため、[*5] この公演で他劇場の上演が可能であることが示された。

没後三十五年の二〇〇五年、蜷川幸雄が「卒塔婆小町」「弱法師」（「声」一九六〇年七月）を再演（6・1～19、彩の国さいたま芸術劇場大ホールほか）。二十歳の俊徳を演じる藤原竜也が二十三歳になり、無垢ゆえに周囲を振り回す二〇〇〇年、二〇〇一年公演での俊徳から、全てを計算して行動する俊徳へと演出が変化。「三島自身と重なる演出意図」を「以前にも増して明確」にし、「〝藤原版〟の決定版」[*6]と評価された。また東京国立博物館での「サド侯爵夫人」の公演は（11・4～13）、「本館の建物正面や前庭も三島の生涯を振り返る映像や音楽で彩」り、周辺を「ミシマ一色に染」める「ユニーク」な試みとなった。[*7]

二〇〇六年は、劇団四季による「鹿鳴館」が、「ストレートプレーで」は「初めて」[8]、「異例のロングラン」[9]（1・14～6・10、自由劇場、8・12～9・3、新名古屋ミュージカル劇場、9・11～10・9、京都劇場）となる。翌年は、豊島区立舞台芸術交流センターが柿落とし公演で「朱雀家の滅亡」（「文芸」一九六七年一〇月）（12・4～16）を上演。二〇〇八年は、新派百二十年を記念した水谷八重子「鹿鳴館」（6・6～29、新橋演舞場）、十朱幸代「綾の鼓」（「中央公論文芸特集」一九五一年一月）「弱法師」（9・25～10・13、国立劇場）、また男優のみの「サド侯爵夫人」（10・17～26、東京グローブ座）が話題を呼ぶ。この公演は、「俳優さんがとちらずに喋るかと」「息を詰めて」観劇するこれまでとは異なり、「笑いが起き」て同作の客層が「広くなった」[10]ことを実感させた。二〇〇九年一月、「歌舞伎座さよなら公演」が始まり、二〇〇一年、二〇〇五年に続いて「鰯売恋曳網」（「演劇界」一九五四年一一月）（1・1～25）が再演された。

二〇一〇年は没後四十年を迎え、「鹿鳴館」のオペラ化（6・24～27、新国立劇場中劇場）、「鰯売恋曳網」の文楽化（国立劇場小劇場」9・4～20）、三島自身をテーマにしたバレエ「M」（12・18～19、東京文化会館）など、新しい〈ジャンル〉での上演が相次ぐ。また翌年の神奈川芸術劇場柿落とし公演、宮本亜門演出「金閣寺」（「新潮」一九五六年一～一〇月）（1・29～2・14）や、男優ばかりの同一キャストで「サド侯爵夫人」と「わが友ヒットラー」（「文学界」一九六八年一二月）を交互上演する蜷川幸雄演出「ミシマダブル」（2・2～3・2、シアターコクーン）も発表される。宮本が「ありとあらゆる要素を入れて創[11]」ったと語る「金閣寺」は、「高度な技術を惜しげもなく見せつけ」つつも「三島作品にふさわしいアプローチ[12]」をした「見事な演出[13]」と好評を博す。「ミシマダブル」ついては、モントルイユ夫人を演じた平幹二朗が、「サド侯爵夫人」は男性だけで演じた方が良いと考えてきたこと、三島自身から「わが友ヒットラー」の出演依頼を受けながらできなかったこと、両作の「交互上演」を三島夫人に相談していたこと、蜷川に「折りにつけ」上演を「焚きつけてき[14]」たことなど公演実現への想いを明かしている。一二年は野村萬斎が「言葉の緊縛[15]」をテーマに「サド侯爵夫人」（3・6～20、世田谷パブリックシアター）を演出。宝塚歌劇団月組公演では「春の雪」（「新潮」一九六〇年九月～一九六二年一月）が、生田大和演出でミュージカル化された（10・11～22、宝塚バウホール）。

話題の公演に併せて演劇雑誌でも特集が組まれる。「三島由紀夫と『サド侯爵夫人』」（「劇場文化」7、二〇〇一年一月）、「今、甦る三島由紀夫」（「テアトロ」二〇〇七年一〇月）、「特集　三島由紀夫」（「悲劇喜劇」二〇一一年四月）などである。論考としては「三島由紀夫研究④　三島由紀夫の演劇」（二〇〇七年七月）で、代表的な戯曲を網羅。さらに同誌⑦で「近代能楽集」（二〇一〇年二月）の特集が組まれる。この二冊は『決定版　三島由紀夫全集』以降の上演記録や初期の戯曲に関する貴重な資料、関係者のインタビューなどを掲載し、三島由紀夫の演劇を研究する上での必読書と言えよう。他に高橋和幸『三島由紀夫の詩と劇』（和泉書院、二〇〇七年三月）、田村景子『三島由紀夫と能楽『近代能楽集』、また堕地獄者のパラダイス』（勉誠出版、二〇一二年一一月）は『近代能楽集』諸作を、三島歌舞伎については木谷真紀子『三島由紀夫と歌舞伎』（翰林書房、二〇〇七年一二月）が全作品を分析、検討している。堂本正樹『回想　回転扉の三島由紀夫』（文春新書、二〇〇五年一一月）や村松英子『三島由紀夫　追想のうた――女優として育てられて』（阪急コミュニケーションズ、二〇〇七年一〇月）は、演劇を通して三島と深く関わった当人のみが知る事実を伝えた。

　浅利慶太は、三島が文学座を離れる原因となった「喜びの琴」（「文芸」一九六四年二月）を、自らが経営に参画していた日生劇場で演出するなど、「親しい」[*16]友人であった。美輪明宏や平幹二朗も三島から出演を打診され、生前は叶わなかった上演を〈責務〉として果たそうとした。その世代と共演した東山紀之が「日本の財産ともいえる」三島戯曲を「僕らが演じることで、次の世代にその素晴らしさが伝わるといい」[*17]と語ったように、次世代への〈継承〉を志すようになる。実際、三島作品の客席には、三島の愛読者と思われる年配の男性と、人気俳優ファンと見られる若い女性が共存する。つまり舞台でも客席でも世代の移行が行われ、両者とも三島の演劇世界に引き込まれているのだ。

　十五年間での上演回数は、「卒塔婆小町」「弱法師」と『近代能楽集』の作品に「サド侯爵夫人」が続いた。公園や部屋など一場で展開し、僅かな小道具で上演できることも、三島戯曲が様々な形で再演される理由であろう。一方で、柿落とし公演や新事業など、特別な企画での三島作品の上演頻度も高く、三島文学が挑戦すべき〈傑作〉として〈古典化〉されてきたことが示される。

「サド侯爵夫人」には、「日本の近代化の到達点を、戯曲という形で結晶させた」[*18]、「傑作として」[*19]の高い評価が定着。また「鹿鳴館」も「この百年間に、日本人の手で書かれた戯曲の中で、数作に入る」[*20]と評される。さらに〈戯曲〉だけではなく、「金閣寺」など〈小説〉の舞台化も再演を重ねている。

　三島由紀夫の〈演劇〉は、舞台上に確固たる地位を築き、今なおその世界を拡大しているのである。

注

＊1　扇田昭彦「創刊記念アンケート特集　演劇評論家が選ぶベスト20　戦後戯曲の五十年　1945～1994」（「シアターアーツ」1、一九九四年一月）

＊2　「財団法人地域創造　平成12年度　公共ホール

演劇製作ネットワーク事業　サド侯爵夫人　三島由紀夫作　原田一樹演出　日本初、7地域共同——舞台創りの新しい鼓動」（「劇場文化　特集＝三島由紀夫と『サド侯爵夫人』」7、二〇〇一年一月）

＊3　美輪明宏「演出にあたって」（「近代能楽集より葵上・卒塔婆小町」一九九八年四月）

＊4　美輪明宏「演出にあたって」（「黒蜥蜴」二〇一五年四月）なお、美輪演出による「黒蜥蜴」は九三、九四、九七、二〇〇三、〇五、〇八、一三、一五年と計八回上演されている。

＊5　三島由紀夫「弓張月の劇化と演出」（「国立劇場プログラム」一九六九年一一月）

＊6　田中聡「近代能楽集　藤原竜也　表現力増し『決定版』」（「読売新聞　夕刊（東京）」二〇〇五年六月八日）

＊7　多葉田聡「博物館を彩る名画　舞台『サド侯爵夫人』上演」（「読売新聞　夕刊（東京）」二〇〇五年一一月四日）

＊8　無署名「日本語の美しさ、俳優も魅了　三島由紀夫の名作『鹿鳴館』　劇団四季が上演へ」（「読売新聞　夕刊（大阪）」二〇〇六年九月六日）

＊9　祐成秀樹「鹿鳴館＝劇団四季　せりふの芸術、異例のロングラン」（「読売新聞　夕刊（東京）」二〇〇六年三月二九日）

＊10　小田切一雄　山下悟　高田正吾「演劇時評」（「悲劇喜劇」二〇〇九年一月）の山下の発言。

＊11　宮本亜門「魂のある劇場を育てる　KAAT神奈川芸術劇場柿落とし『金閣寺』ができるまで」（「悲劇喜劇」二〇一一年四月）

＊12　野田学　内田洋一　今村麻子「演劇時評」（「悲劇喜劇」二〇一一年五月）の野田の発言。

＊13　＊12に同じ。内田の発言。

＊14　「平幹二朗」（「シアターコクーンレパートリー2011ミシマダブル」二〇一一年二月）

＊15　野村萬斎「きょう．げん．き!!　サド」（「朝日新聞　夕刊（東京）」二〇一二年三月九日）

＊16　浅利慶太「演出家への12の質問」（「鹿鳴館」二〇〇六年一月）

＊17　東山紀之談。（山口宏子「三島戯曲　せりふと格闘」（「朝日新聞　夕刊（東京）」二〇一一年一月二八日）

＊18　大笹吉雄「三島の世界生かせぬ演出」（「朝日新聞　夕刊（東京）」二〇一二年三月一五日）

＊19　平野啓一郎　鐘下辰男対談「今日的『サド侯爵夫人』考」（「シリーズ『現在へ、日本の劇』④『サド侯爵夫人』」二〇〇三年五月）

＊20　＊16に同じ。

三島由紀夫作品を読むための事典⑲

映像

瀬崎圭二

　三島由紀夫の作品は頻繁に映像化されており、三島自身も映画出演を果たすなど、三島と映像との関わりは深い。既に山内由紀人編『三島由紀夫　映画論集成』（ワイズ出版、一九九九年一一月）に三島の映画論が整理され、『決定版　三島由紀夫全集　42』（新潮社、二〇〇五年八月）にも「放送作品目録」「映画化作品目録」「音声・映像資料」が掲げられているのでその概要を見渡すことは容易だ。

　これらの目録を参照すると、三島の作品の多くが発表直後に映画化されていることが分かるが、映画そのものへのアプローチは意外に難しい。現在ＤＶＤ化され、比較的手に入りやすいものは、「永すぎた春」（一九五七年　監督田中重雄　出演若尾文子ほか）や、「金閣寺」を映画化した「炎上」（一九五八年　監督市川崑　出演市川雷蔵ほか）、「剣」（一九六四年　監督三隅研次　出演市川雷蔵ほか）、「獣の戯れ」（一九六四年　監督富本壮吉　出演若尾文子ほか）、「複雑な彼」（一九六六年　監督島耕二　出演田宮二郎ほか）など、極一部に過ぎない。

　むろん、三島作品の映像化はこの限りではなく、発表からある程度時間を経て制作されたものも数多い。同様に、現在ＤＶＤ化され、比較的手に入りやすいのは、「潮騒」（一九六四年　監督森永健次郎　出演吉永小百合ほか）や、「愛の渇き」（一九六七年　監督蔵原惟繕　出演浅丘ルリ子ほか）、「音楽」（一九七二年　監督増村保造　出演黒沢のり子ほか）、「金閣寺」（一九七六年　監督高林陽一　出演篠田三郎ほか）、物語の舞台をイギリスに変えた「午後の曳航」（一九七六年　監督ルイス・ジョン・カルリーノ　出演サラ・マイルズほか）などだ。近年話題になった「春の雪」（二〇〇五年　監督行定勲　出演妻夫木聡ほか）については言うまでもないだろう。

　三島の場合、自身が出演した映画「からっ風野郎」（一九六〇年　監督増村保造）や、監督をこなした「憂国」（一九六六年）もあり、これらもＤＶＤ化されている。「憂国」については、『三島由紀夫全集　決定版　別巻』（新潮社、二〇〇六年四月）にも収録されているので、容易に視聴できよう。

　現在ＤＶＤとして入手できない映画も、近年テレビで放映されたり、映画館で上映されたりするケースが多くなった。例えば、二〇〇六年四月八日から五月一二日までキネカ大森で開催された「三島由紀夫映画祭二〇〇六」や、二〇一一年五月一四日から六月三日まで角川シネマ有楽町で開催された「三島由紀夫を【観る】」といった映画祭では、そうした貴重な映画も上映された。

　また、三島由紀夫自身を取り上げたドキュメンタリー「みやび　三島由紀夫」（二〇〇五年　監督田中千世子　出演平野啓一郎ほか）や、映画「11・25自決の日　三島由紀夫と若者たち」（二〇一二年　監督若松孝二　出演井浦新ほか）も制作されており、いずれもDVD化されている。映画出演で見せたパフォーマンスは表現に対する三島の幅広い関心をうかがわせるが、そうした三島自身が物語の対象となっていく傾向を、これらの映像作品は端的に示していよう。

　三島と映画をめぐる情報を列挙していくと、その関係はいくつかのレベルに整理することができる。作品発表直後に映画化されたものは、映像という結果が原作の受容のあり方を示していると考えることもでき、原作のどのような要素が強調され、省略されているのかを問いかける素材として措定することが可能だ。原作の発表からある程度時間を経過して映画化されたものについても同様だが、この場合は映画制作の時点をも考慮する必要があろう。つまり、原作が発表された時点と、その映画化の時点や状況、環境とを併せて問いかける視点が求められるということだ。

　三島の映画出演、映画制作、映画論については近年研究が進み、松本徹・佐藤秀明・井上隆史編『三島由紀夫研究2　三島由紀夫と映画』（鼎書房、二〇〇六年六月）や、山内由紀人『三島由紀夫、左手に映画』（河出書房新社、二〇一二年一一月）などが刊行されている。特に「憂国」についてはこれまでに書かれた論文も多く、当時の関係者の証言も含めた実証的な研究や、原作、映像双方に亘る分析が蓄積されている。三島の作家／俳優としてのパフォーマンスが高度経済成長期という社会状況の中で受容され、その表象としてのパフォーマンスが三島その人を物語化しようとする欲望を呼び起こし、三島をめぐる表象が生じていくという意味で、三島の映画出演と、三島その人の映画化はコインの表裏のようなものであろう。

　一方、映画同様に、三島の作品は発表直後から多くラジオドラマ化、テレビドラマ化もされてきたが、これらについての研究はほとんど手付かずのままである。というのも、それらにアプローチするのは映画以上に困難で、保存されているケースなどほぼ皆無だからだ。例えば、放送番組の収集や保存、一般公開を行っている横浜市の放送ライブラリーでも、三島関連のテレビドラマは、テレビ東京から一九九三年六月二八日と七月五日に前後編に分けて放送された「美徳のよろめき」が見つかる程度だ。これは、テレビ番組を史料として保存しようとする価値観が生まれるのに時間がかかったためであり、三島関連のテレビドラマに限ったことではない。

　ただし、山中剛史「三島原作の映像、ラジオ作品から「決定版三島全集以後」のための覚書」（「江古田文学」二〇〇六年二月）も示唆するように、当時のテレビドラマについて調査することは可能だ。当時の脚本が残存している場合は、映画同様に原作からの変容について考察することができるし、放送当時の新聞のテレビ欄には番組の紹介記事が掲載されるケースも多く、話題作であれば文化欄で取り上げられることもあろう。放送後には記者の番組評や視聴者の感想が新聞紙上に掲載されることもある。さらには、当時の映画情報誌やテレビ情報誌が番組を紹介したり、評したりするケースもあるので、これらを丹念に調査してテレビドラマにアプローチすることはできよう。こうした作業はかなりの労力を伴うであろうが、その中に三島文学の受容や消費のあり様が浮かび上がることもあるだろう。

そのような意味で、特に原作発表直後の映画化、テレビドラマ化は現象として重要であるように思われる。文学研究においては、文学作品の映像化は二次的な表象として捉えられる傾向にあるが、映画やテレビドラマを受容する観客や視聴者には原作の一次性など考慮されていないケースも多いだろうし、そもそも三島が活躍した高度経済成長期は、一次性と二次性との区別や、オリジナリティとコピーとの区別を希薄化した表象が氾濫していった状況にある。そうした状況の中で、原作の一次性に拘泥する意味がどれほどあるのだろうか。精緻な語彙の選択によって美的に構築されたあの三島の文学表現を根こそぎ削ぎ落とし、プロットの大枠のみを利用して伝達された映像表現が同時に受容されていたことの意義を改めて問い直すべきであろう。そのような映像表現を三島の文学として受け止める受容のあり方は、決して少数のものではないはずだ。

ところで、三島自身が映画出演を果たしていたのと同様に、生前の三島はテレビにも多く出演していた。前述したように、三島関連のテレビドラマは全くと言って良いほど保存されていないが、三島が出演したテレビ番組については多少保存されており、その一部については視聴可能だ。例えば、各地のＮＨＫ放送局など全国五八か所の施設に設置してある番組公開ライブラリーでは、川端康成がノーベル賞を受賞した際の特別番組「川端康成氏を囲んで」（ＮＨＫ、一九六八年一〇月一八日放送）で、伊藤整と共に川端にインタビューする三島の映像を確認することができる。

現在視聴可能なこうしたテレビ番組における三島の身体も、映像と三島との関係を考える上での材料となるのではないだろうか。映像に映し出される三島の口調や、その発話で選ばれる語彙、それと共にある身ぶり、視線の方向、身に纏っているものも含めた肉体のあり様は、表象としての三島由紀夫に対する分析の欲望を禁じ得ない。三島はテレビ出演を頻繁に行っており、その事実は戦後の日常を構成する映像の中に、表象としての三島由紀夫が浸透していたことを表してもいよう。三島がテレビというメディアを論じた形跡はあまりないが、テレビ文化が定着していった時期と三島の作家としての活動期とが大きく重なっていることは言うまでもないし、そのような視点からの研究も可能であろう。とは言え、例えばＮＨＫに保存されている三島の出演番組で公開されているものは、ほんの一部に過ぎないので、こうした状況が今後変わることがその必要条件ではある。

これまでに述べてきたような作業をふまえて映画やテレビにおける三島由紀夫という表象について考えることは、おそらくあの最期を考えることにも連なるはずだ。三島の死についても当時のニュース報道などの映像が残されているが、表象が蔓延する状況に対する残余として語り継がれるあの身体性は、皮肉にも、ある一時代を画する表象として反復、消費されているし、あの死そのものが、観客や視聴者に見られることへの欲望の上に成り立つものであると言えなくもない。

ともあれ、三島と映像との関連を問うことは、数ある論点の一つであるというよりも、三島やその文学そのものを問うことであるようだ。原作の映画化、テレビドラマ化をめぐる研究は、作品の精読をめぐる研究と結びつくであろうし、三島の映画、テレビ出演をめぐる研究は、三島由紀夫その人をめぐる研究と結びつきやすい。これまでの研究の蓄積をふまえた広い視野と様々な研究方法の実践、そしてそれらを総合していく運動の中に、三島と映像とをめぐる研究が立ち上がってくることになろう。本稿で取り上げたものの他にも三島に関連する映像は多く残されており、現在、その一部はインターネット上で手軽に視聴することもできるが、そこには手軽さ以上のものが孕まれているのである。

三島由紀夫作品を読むための事典⑳

出版メディア

中野裕子

昭和という時代と共に疾走した三島由紀夫は、作家としての文名を欲しいままにしながら、一方で出版メディアを巧みに取り込んで、映画での自作自演、ボディビル、剣道、写真集、楯の会、自衛隊での最期などを演出する「サブカルチャーの帝王」（「新潮」二〇〇〇年十一月・座談会「三島由紀夫不在の三十年」における島田雅彦の言葉）として一九六〇年代に君臨した。それらの多才な活動は、オスカー・ワイルドの言葉を借りれば「人生こそは最高の芸術作品である」というべき芸術家と実生活の二項対立の葛藤において、三島の作品解釈の手がかりになると共に、世の中にあふれる三島由紀夫像の最大公約数を知ることにもなるだろう。限られた紙面であるが、文学的活動の足跡（全集）、同時代評（雑誌）、一般読者の反応（週刊誌）を含めた三島像を探る一方法の参考とされたい。

まず全集についてだが、戦前、早くも三島は十六歳から十八歳までの五篇を収めた処女短篇集『花ざかりの森』（一九四四年十月）を出す。その自作解説は、後の『三島由紀夫作品集』（全六巻、新潮社、一九五三年七月〜一九五四年四月）の第四巻「あとがき」で読むことができる。ところで一九五〇年代、出版界は空前の文学全集ブームを迎えた。（ＰＤＦ「時代と出版」日本書籍出版協会、二〇〇六年）その流れの口火をきった角川書店の『昭和文学全集』（全五十八巻＋別巻、一九五二年〜一九五五年）では、二十三巻に「大岡昇平・三島由紀夫」集、また同時期、「戦後の日本文学全集のキャノンを示す」（斎藤美奈子、「文藝」二〇一五年二月）と評価の高かった『現代日本文学全集』（全九十七巻、別巻・文学史・年表、筑摩書房、一九五三年〜五九年）では大岡昇平、武田泰淳等と抱き合わせの第八十三巻で、戦後をときめく代表的作家としての位置を確立した。三十代前半から編まれた『三島由紀夫選集』（全十九巻、新潮社、一九五七年十一月〜一九五九年七月）は「花ざかりの森」から「橋づくし」までを収録し、巻末に収録作品の評論、新聞評、週刊誌の書評を再収録した本格的全集の形をとっている。「大衆文学と純文学の垣根を外し」（『講談社七十年史戦後篇』講談社、一九八五年六月）た独自性で勝負した講談社の『現代長篇小説全集』（全五十二巻、一九五八年〜一九五九年）の第五巻「三島由紀夫集」では「美徳のよろめき」「永すぎた春」で好評を博した。同じく講談社の純文学寄りの『日本現代文学全集』（全一〇八巻・別巻、一九六〇年〜一九六九年）第一〇〇巻では「仮面の告白」「金閣寺」「女方」などを収録、純文学と大衆文学を股にかけた幅広い読者を持つ三島の人気ぶりがうかがえよう。また講談社の『三島由紀夫短篇全集』（全六巻、一九六五年三月〜八月）における三島の自作解説・「あとがき」は、同全集の「月報」（一九七一年、田中美代子）と共に、十代の初期作品における三島文学の源泉、後年の長編へのエスキス、短篇小説における芸術上の理想を知る上で必見である。

没後、まもなく出された『三島由紀夫十代作品集』（新潮社、一九七一年一月）には単行本未刊作の「玉刻春」が収録、「『春の雪』の萌芽」（単行本の帯）という視点から東文彦宛書簡『三島由紀夫十代書簡集』（新潮社、一九九九年十一月）も見逃せない。三島の死後三年後より『三島由紀夫全集』（全三十五巻＋補巻一、新潮社、一九七三年〜一九七六年）の刊行が始まった。この二十数年後に、『決定版　三島由紀夫全集』の刊行を見るわけだが、二つの全集の編纂に携わった田中美代子は「波」（二〇〇三年十二月）でその意義を総括している。この旧『三島由紀夫全集』未収録作品に関しては、『三島由紀夫事典』（松本徹、佐藤秀明、井上隆史編、勉誠出版、二〇〇〇年十一月）に詳しい。没後三十年の年に刊行が始まった『決定版三島由紀夫全集』（全四十二巻＋補巻・別巻、新潮社、二〇〇〇年〜二〇〇六年）だが、これは瑤子夫人の死後（一九九五年没）、平岡家から三島由紀夫文学館へと移管された二千数百枚の未発表原稿を整理し、ほぼ全てを収録、詩歌、書簡、書誌の巻を設け、『豊饒の海』等の多くの創作ノートを含み、三島の肉声のCD、「憂国」のDVDをも網羅した三島の総合芸術的全集となった。またこれらの新資料はいずれも三島の文学作品に新たな解釈を加える上でも、その生成過程を知る上でも第一級の資料となっている。

八十年代以降のニューメディア（主に書籍の電子化）の時代に伴って、大型の全集市場は狭まる中、日本文学に限らずテーマ別アンソロジーで好評を博した『ちくま文学の森』（全十五巻、別巻一、筑摩書房、一九八八年〜八九年）では文庫本版第七巻「悪いやつの物語」で三島の「中世に於ける一殺人常習者の遺せる哲学的日記の抜粋」が、続く『新・ちくま文学の森・一・恋はきまぐれ』（一九九四年十月）では「志賀寺上人の恋」が採られている。『日本幻想文学集成』（全三十三巻、国書刊行会、一九九一年〜九五年）では第二巻で「ミランダ」、「志賀寺上人の恋」他、「女方」などが収録されている。

一九五〇年代後半の週刊誌ブーム、続いて相次ぐ雑誌の時代の到来に、三島作品も数多くの女性誌連載で紙面を賑わせた。各雑誌を意識した題材・作品からは、三島の、女性読者獲得のための戦略という一面も見えてくる。例えば実用的な主婦向け雑誌から脱し女性としての目覚めをうたって昭和四〇年代全盛期を迎える「婦人倶楽部」には、男女の婚約期間を描いて流行語を生んだ「永すぎた春」（一九五六年一月〜十二月）や、「愛の疾走」（一九六二年一月〜十二月）を、また独身女性のファッション誌、恋愛講座を得意とする「マドモアゼル」には「肉体の学校」（一九六三年一月〜十二月）、「夜会服」（一九六六年九月〜一九六七年八月）を連載している。「雨のなかの噴水」（「新潮」一九六三年八月）が「女性自身」に転載（同年十一月十一日号）された経緯からは、当時の恋愛観・社会的価値観を加味することで新たな編集部と作家との共通意識を読み取ることが可能である。「婦人公論」には「純白の夜」（一九五〇年一月〜十月）、「音楽」（一九六四年一月〜十二月）を連載、一九五九年一月号の別冊付録である三島の「文章読本」は谷崎、川端に続く文章家・三島のアイコンを作った。同時にこの付録以上の付録である「文章読本」は教養派の読者を想定した同誌の「読者と執筆者と編集部とを結ぶ」（『婦人公論の五十年』、中央公論社、一九六五年十月）姿勢と切り離せない試みといえよう。

男性誌における三島のイメージは、「平凡パンチ」の編集に携わった、椎根和が『完全版　平凡パンチと三島由紀夫』（河出書房新社、二〇一二年十月）の中で映画、写真と、大衆消費文化におけるメディアスターとしての三島の様子を伝えている。当時を知る横尾忠則が、週刊誌のグラビアを飾る三島の姿を回想して「彼の創作とメディアへの露出は」「芸術と実生活の一体化だった」（「文学界」二〇一〇年十二月）と言及したコメントは、今なお新鮮に三島のペルソナの謎を伝える。

死の半年前に特集を組んだ「国文学」（一九七〇年五月臨時増刊号）の三好行雄と三島との対談では、行動家・三島の死を予感させる。没後は、「新潮」（一九七一年一月臨時増刊号、同年二月号）での村松剛などの同時代評を始め、「群像」（一九七一年二月）、「文藝春秋」（一九七一年二月）での当時の防衛庁長官・中曽根康弘の証言他、週刊誌各紙も三島の追悼号を組み、三島事件に対するマスコミ、文壇の反応、対談を集めている。

書簡類で注目すべきは瑤子夫人の死後、川端康成と三島由紀夫の往復書簡集が「新潮」（一九九七年十月）に掲載された。（のち『川端康成・三島由紀夫往復書簡』新潮文庫、二〇〇〇年十月）三島が二十歳で『花ざかりの森』を川端に送った初々しさの残る文学的出発から、自衛隊での死を予感させる遺書めいた最後の書簡まで、川端との濃密な師弟関係のやり取りは、必読である。三島の没後三十年には各紙が特集を組んだが、中でも特筆すべきは「新潮」（二〇〇〇年十一月臨時増刊号）に発表された「扮装狂」の存在であった。前年の三島由紀夫文学館開館に伴って、多くの未発表原稿が日の目を見るのだが、中でも「扮装狂」は『仮面の告白』の試作として、彼の趣向、学習院の学生生活を知る重要な資料である。また、同誌の「『金閣寺』創作ノート」（校訂・佐藤秀明）もその後の金閣寺論に大きな影響を与えた。映画「憂国」の演出家で三島と交流があった堂本正樹「回想・回転扉の三島由紀夫」（「文学界」二〇〇〇年十一月、のち文春文庫、二〇〇五年十一月）も当時の切腹ごっこを伝えるセンセーショナルなものだった。また、裏の『憂国』ともいうべき「愛の処刑」が近年、三島の作品と確定された経緯は『決定版三島由紀夫全集』の補巻を参照にされたい。

近年では「三島由紀夫研究」（鼎書房、二〇〇五年十一月〜、松本徹、佐藤秀明、井上隆史編）が年に一回刊行され、現在、第十五巻が刊行中である。同誌発行の年は没後三十五年にあたり、三島と同時代を生きた人々の「貴重な証言、生きた記憶」（刊行のことば）を記録して「研究の基礎固め」とすることを目的に編集されている。証言者と編者との対談や、「『決定版三島由紀夫全集』初収録作品事典」として解題をつけていく作業、また山中湖の三島由紀夫文学館所蔵の「豊饒の海」創作ノートの未発表部分の翻刻、最新号では未発表「オリンピック取材ノート」の翻刻等、『決定版三島由紀夫全集』の未収録箇所を補う形で研究者にはありがたい。

昨年七月の「皇后美智子さま秘録」（工藤美代子「週刊新潮」二〇一四年七月十七日、二十四日）における三島と美智子妃のお見合いの真相や、昨年秋に出た「女性セブン」（二〇一四年十月九日）での三島と「楯の会」のメンバー五人との最後の晩餐の記事なども、その時期の三島の足跡を知るには補助線となる事実だろう。同時代の人々の証言が年々取りにくくなっていく中で、それらを整理していくことは急務であり、改めて三島神話を実像に変えるための原動力になるはずである。

海外における受容

稲田大貴

海外における三島由紀夫受容については、各国で出版された翻訳書の調査や、研究の状況、映画上映や演劇の公演についてなど、これまで実に様々な調査研究がなされてきた。しかしインターネット全盛の現在、情報へのアクセスが容易になったことで、「受容」の伝達経路はより複雑になったと言える。例えばYouTubeで「Yukio Mishima」を検索すると約一〇六〇〇件の動画がヒットする（二〇一五年四月現在）。中には日本では未公開、DVDなども販売されていないポール・シュレイダー監督「Mishima: A Life In Four Chapters」（1985）、フィリップ・グラスが手がけたその映画音楽、それをまとめた「String Quartet No.3 Mishima」（1985）などもアップされており（許諾を得ているかは不明）、インターネット環境さえあれば、世界中どこからでも見ることができる。つまり、三島由紀夫受容とは、単に三島作品の受容のみを指すのではなく、もっと複雑な様相を持っている。そのことを断ったうえで以下、松本徹他編『三島由紀夫事典』（勉誠出版二〇〇〇年八月）「海外の研究動向」、イルメラ・日地谷＝キルシュネライト編『MISHIMA!』（昭和堂二〇一〇年一二月）に拠りながら、三島作品の翻訳状況、舞台、映画、評伝等を視座として、海外における三島受容について粗描してゆく。

現在、三島作品は三八言語（中国語と台湾語、カスティーリャ語とカタルーニャ語は区別）に翻訳され、点数は一五〇〇点に近い（再刊含）。この様相から三島文学は世界において幅広く読まれていると言えるだろう。（久保田裕子「三島由紀夫翻訳書目」（前掲『三島由紀夫事典』）、「三島由紀夫のアジアにおける受容とアジアイメージの形象」（二〇〇六年度～二〇〇七年度科学研究費補助金（基盤研究（C））研究成果報告書二〇〇八年三月）、ならびに国際交流基金日本文学翻訳書誌検索（http://www.jpf.go.jp/JF_Contents/InformationSearchService?ContentNo=13&SubsystemNo=1&HtmlName=search.html）（二〇一五年四月一〇日閲覧）を基に算出）

英語圏において最も早く単行本のかたちで出たのは一九五六年『潮騒』（メレディス・ウェザビー訳）で、翌年にはドナルド・キーン訳『近代能楽集』が刊行された。それから現在まで一七〇もの翻訳がなされ（再刊含）、三島作品の殆どを英語で読むことができる（角地幸男が指摘する（前掲『三島由紀夫事典』「海外の研究動向 英語圏」）ように『鏡子の家』などいくつは未翻訳）。特にキーンの翻訳を通じて『近代能楽集』は舞台化され、欧米、オーストラリア・メキシコでも上演された。三島は生前、英語以外の翻訳に関しては、英語からの重訳を望んだとされる。キーンはその理由について、三島は「英語への鋭い感覚というものを彼は持っていたのですが、例えばフランス語などに対してはまったくだめでした」と述べ、「長い間ヨーロッパには日本語の文学作品を翻訳できる学者が少なかった」とも述べている（前掲『MISHIMA!』「三島由紀夫の作品と人生を語る」）。

英語での翻訳は六〇、七〇年代に最も多く翻訳がなされ、二〇〇〇年以降だけでも一九タイトルが訳されていることから、今日も高い評価を得ていることが窺われる。それは三島と深い交遊のあったキーンを始め、エドワード・サイデンステッカー、ジョン・ネイスン、アイヴァン・モリスら優れた翻訳者があったこその評価であろう。

またドナルド・キーン“Mishima Yukio”（1971）、ヘンリー・ミラー“Reflections on the Death of Mishima”（1971）、ヘンリー・スコット＝ストークス“The Life and death of Yukio Mshima”（1974）、ジョン・ネイスンの“MISHIMA: A biography”（1975）、アイヴァン・モリス“The Nobility of Failure”（1975）などの評伝も発表された。キーン、ストークス、ネイスンといった直接三島を知る人物の手によることが特徴的だが、作品を超えて、三島由紀夫という存在に関心が向けられていることは興味深い。

フランスにおいてはまず一九六一年、マルク・マクシミリアン訳で『金閣寺』が刊行され、現在までに一〇〇の翻訳が出ている（再刊含）。また没後の翌年一九七一年には、三島監督作品「憂国」の上映を主とした「パリ憂国忌」（詳細は竹本忠雄『パリ憂国忌――三島由紀夫VSヨーロッパ』日本教文社二〇〇二年八月）が開催された。

辻宏子は、自決により三島はフランスにおいてスキャンダラスな作家という評価をされたが、一九八〇年に入って、『豊饒の海』の翻訳、ジョン・ネイスン、アイヴァン・モリスによる三島評伝の翻訳の仏語訳が出たことと、マルグリット・ユルスナール“Mishima ou la vision du vide”（1981）が刊行されたことで再評価の機運が高まったと述べる（前掲『三島由紀夫事典』「海外の研究動向フランス」）。ユルスナールは『近代能楽集』の翻訳（一九八四）も手がけ、翌年にはモーリス・ベジャールによって上演された。最近では、ジェニフェール・ルシェールによる評伝“MISHIMA”（2011）が刊行。本書はネイスン並びに、一九八五年に仏語訳されたストークスの評伝に大きく依拠したものである。三島を直接知らない若い評伝作家によって書かれた本書は、「余計なバイアス」がかかっていない評伝という触れ込みで邦訳された（二〇一二年）。

イタリアでは初めに一九五九年『仮面の告白』の翻訳がなされた。ヴァージニア・シーカは、イタリアにおいて三島の名が知られはじめたのは、一九六一年に三島が二度目のイタリアを訪れ、英語からの翻訳が相次いだ頃と述べる（前掲『三島由紀夫事典』）。それから今日まで実に一五〇以上の翻訳が刊行されている（再刊含）。演劇についてはシーカの報告に詳しい（前掲『三島由紀夫事典』、『MISHIMA!!』「海外の研究動向 イタリア」）。八〇年代半ばから、演劇作品が高い評価を受け始め、『わが友ヒットラー』『サド侯爵夫人』のほか、「葵上」、「班女」がよく知られている。二〇〇九年九月のミラノの国際フェスティバルでは「班女」が細川俊夫のオペラ劇で上演された（初演は二〇〇四年フランス）。

また二〇〇一年四月には「ローマ憂国忌」が開催された（詳細は宮崎正弘「イタリアの三島由紀夫――「豊饒の海」はローマ中の書店で山積み……いまイタリアで何故？――「ローマ憂国忌」報告」（『諸君』二〇〇一年八月））。

またドイツで最も早く翻訳されたのは『近代能楽集』であった。単行本としては一九五八年の刊行だが、それ以前の五六年に"Oriens Extremus"誌に発表されており、それから現在までに六九の翻訳がなされている（再刊含）。『近代能楽集』刊行と同年、「葵上」「班女」は舞台化され、ドイツを巡業公演している。また二〇一〇年三月にはイルメラ・日地谷＝キルシュネライトのコーディネイトで、国際シンポジウム"MISHIMA!! WORLDWIDE IMPACT AND MULTI-CULTURAL ROOTS"（会場：ベルリン自由大学、ベルリン・ブランデンベルグ学術アカデミー）が開催された。本会は三島の受容と影響について、世界各国からの報告がなされ、三島文学の広がりとともに、日本からだけでは見えない三島の多面性を明らかにする試みであったように思う。

ロシアでは三島の翻訳は大きく遅れた。一九八八年のグラスノスチ以前、三島は右翼イデオローグと見做されていたため、タブー視された作家であった。その様子はボリス・アクーニン「ロシアの作家ミシンカ」（前掲『MISHIMA!!』）に詳しい。八八年、アクーニンは「憂国」を翻訳。これが初めてのロシア語翻訳である。さらに翌年には『金閣寺』を訳出。アクーニンはほかに『仮面の告白』、『サド侯爵夫人』なども訳している（翻訳は全て本名のグリゴーリイ・チハルチシヴィリ名義）。アクーニンによれば、ロシアにおいて三島は非常に近しいものとして受容されている。それは、国粋主義的イデオローグとして、である。翻訳は繰り返し再版され、「ミシンカ」「ミシミッチ」といった愛称で呼ばれることもあるという。すでに三島の翻訳をやめたアクーニンは、その状況を苦々しく思っているようである。

東欧では、チェコ・スロバキア・ハンガリーで五〇、六〇年代にはすでに『潮騒』、『近代能楽集』が翻訳されている。国家体制が当時のソ連と近似していながら訳出された理由を、トゥンマン・典子は「思想的に問題の少ないものであったためだろうか」と推測し、しかしポーランドだけは例外とも述べている（前掲『三島由紀夫事典』「海外の研究動向 ロシア・東欧・北欧」）。ポーランドでは七〇年代に「憂国」『午後の曳航』が訳されている。またポーランドでは一九九四年、クラクフのスタリ劇場でアンジェイ・ワンダが『近代能楽集』のうち「綾の鼓」「班女」「葵上」「道成寺」を上演している（詳細は西野常夫「アンジェイ・ワンダ演出の「近代能楽集」関係資料について」（『三島由紀夫研究⑩』二〇一〇年一一月）。

東アジアでは台湾における受容が早い時期になされ、六〇年には「復讐」、六八年に『愛の渇き』が訳出されている。韓国でも六〇年に「新聞紙」、六二年には『潮騒』『不道徳教育講座』が訳されている。中国ではやや遅れて、七一～七三年にかけて『豊饒の海』が翻訳された。テレングト・アイトルは三つの地域の受容・研究状況に対して、「戦前日本に拠って負の歴史」を被らされたことの影響を見、台湾が最もリベラルに受容し、韓国、中国の順に三島文学を政治と結びつける度合いが高かったことを指摘している（「三島文学のグローバル化：あるいはその研究と展望」（『北海学園大学人文論集（五二）』二〇一二年三月））。また近年のこととして、金世一主催の演劇団体「世amI」が日本と韓国で「葵上」を上演（二〇一三年八月：カマコル小劇場《密陽夏公演芸術祝祭二〇一三》、釜山チョンチュンナビ小劇場）。また同劇団は「邯鄲」も手がけ、韓国公演を準備しているという（日本では二〇一四年三月、タイニイアリスにて上演）。

ここまで各国における受容状況を概観してきたが、それを通じて見えるのは、三島作品の場合、単純な作品受容に収まりきれない問題を有しているということである。三島とその作品とが分かちがたく結びついているように受け止められているのである。三島の政治的イデオロギーと作品とは時に人びとを熱狂させる。それゆえに受容の障害となることもあった。しかしそれを越えて受容した多くの地域から照射される「三島由紀夫」像はより多面的な様相を示している。冒頭に述べたように、インターネットの普及は世界中での三島受容を容易にしつつあり、今後より多面的な三島像が展開されることが予測される。

三島由紀夫文学館

稲田大貴

山梨県山中湖畔にある、山中湖文学の森の一隅に佇む三島由紀夫文学館は、一九九九年七月三日の開館以来、十六年目を迎えた。本稿では三島由紀夫文学館の成立と現在までの歩みを見ながら、今後期待する点について述べてゆく。

文学館設立の第一の要件は、展示すべき資料があることである。熱心な誘致により、山中湖村が三島家より所蔵資料の殆どを購入。これが三島由紀夫文学館設立の礎となり、現在では寄贈・寄託資料を含め、現在では約三〇〇〇〇点の資料を有する。

運営は山中湖村教育委員会が行っており、初代館長は佐伯彰一氏が務め（二〇〇八年三月まで）、現在は松本徹氏がその任を継いでいる。また開館以前から今日まで佐藤秀明氏、井上隆史氏が研究員の任にある。学芸員は工藤正義氏（退職後、現在は顧問）、太田一直氏（退職）が務め、現在は高村明成氏がその職にある。

館の設計は大宇根建築設計事務所（東京）が手掛け、一階部分はエントランス、常設展示室があり、二階には資料閲覧室を備える。また中庭には、三島邸にあったアポロ像のイメージ再現が設置されている。

資料の閲覧については書籍等の一般資料は、申請書と身分証明書の提示で当日申込可能。特別資料は十日前までの事前申込制となっている。

常設展示は二〇一四年一月にリニューアルされた。展示構成と主な展示物は以下の通り。

・三島由紀夫の足跡（年譜・初版本展示）

1・平岡公威から三島由紀夫へ――十代の文学熱――

幼年時代の図画帳、学習院初等科時代の作文原稿、「彩絵硝子」「花ざかりの森」「中世」原稿など。

2・プロフェッショナルの道――二十代の苦闘――

昭和二〇年二月付遺言状、「煙草」原稿、「盗賊」創作ノート、「仮面の告白」序文原稿、「愛の渇き」原稿・創作ノート、「禁色」構想ノート・原稿、「潮騒」取材手帳・原稿、「熊野」原稿など。

3・拡大する活動領域――三十代の若き大家――

「金閣寺」創作ノート、「鏡子の家」原稿、創作・取材ノート、「宴のあと」ノート、「美しい星」ノート、「喜びの琴」ノートなど。

4・文武両道――四十代の挑戦――

「F104」ノート、「太陽と鉄」ノート、「豊饒の海」ノート・原稿、「激」など。

5・死後成長する作家――没後――

三島死去の反響に関する資料や死後に刊行された著作など。

・三島由紀夫作品マップ

・三島作品の評価と普遍化

・映像で知る三島由紀夫（プロデューサー：藤井浩明）

第一部　生涯と作品（上映時間：三〇分）

第二部　豊饒の海（上映時間：二四分）

・書斎再現展示

この常設展示のリニューアルについては、三島由紀夫という作家の現代の位相が関わっている。言うまでもなく三島は著名な作家であり、生前より多くメディアに露出したことと、その死によってさらに広く世間にその名を知られた。しかし死後四五年を経た今日、特に若い世代においてその知名度が下がりつつある現状もある。それは入館者数にも表れており、開館以来徐々に減少していると聞く。それに対応するため、これまでの三島を知っている層に向けた展示から、三島を新しく知ってもらうための展示に方向転換したという。以前の展示については工藤正義「三島由紀夫文学館」（『三島由紀夫事典』勉誠出版 一九九九年一一月）に詳しいが、三島の小説や戯曲などその著作に焦点化したものであった。それに比して、リニューアルされた展示では三島の生涯を追いながら、それぞれの年代に著された作品に関する資料を展示するという方法を採り、作家の全体像を理解しやすい展示構成となっている。

さてここからは三島由紀夫文学館の現在の状況と、今後期待する点について、博物館（文学館含む）の四大機能（資料収集、整理保管、調査研究、教育普及）を視座として考えてゆく。

三島由紀夫文学館のような個人を取り扱う文学館の場合、資料収集はその作家に関連するものに限定され、収集方針は明確である。今後は三島の書いた手紙や、何らかの事情で外部に流出した原稿類などがその対象となるだろう。また三島に関する著作は研究書はじめ、毎年数多く出版されている。また三島に関する雑誌、新聞記事も多く書かれている。これら三島に関する言説を収集・集積することで、今後貴重な資料となると思われる。

整理保管に関しては三島家からの購入資料が大部分を占め、その整理には人的、時間的、金銭的なコストが膨大にかかり、今日もなお整理作業が続いている。今後の進捗に期待をしたい。

調査研究に関しては、専門の研究者である佐藤秀明氏、井上隆史氏が研究員を務め、着実に成果を挙げている。また、工藤正義氏らの尽力で、未発表原稿、ノート類の翻刻などが新潮社『決定版 三島由紀夫全集』に提供・掲載された。また、佐藤・井上・工藤の三氏は、「三島由紀夫研究④」（鼎書房二〇〇七年七月）から、全集未収録分の「豊饒の海」創作ノートの翻刻を発表し、一五号（鼎書房二〇一五年三月）には未発表の「オリンピック」取材ノートの翻刻を発表している。

また外部の研究利用では有元伸子・大西永昭・中元さおり「草稿研究――『金閣寺』を実例に――」（「國文学解釈と鑑賞」二〇一一年四月）などの研究成果がある。しかし、この論のなかで触れられているように、資料保護・著作権保護の観点から、外部利用者はモノクロの複写での閲覧となっており、複写・撮影は禁止されている。確かに現物資料を閲覧に供すのは資料保存の観点からは好ましくないが、資料の有効活用という視点からは幅広く閲覧に供すべきであり、ここに資料をめぐる問題が生じている。そこで資料のデジタル化が考えられる。原資料ではなく、デジタルデータを閲覧に供することで、資料の劣化を避けることができる。また、デジタル化された資料からは、拡大など、データを操作することで肉眼では捉えられない情報を得ることも可能である。デジタル化には多大なコストがかかるが、三島の自筆資料にはそれだけの価値があると思う。

普及教育については、主に企画展・開催イベントについて紹介する。これまでに三島由紀夫文学館で開催された企画展は以下の通り。開催会場は全て、隣接する徳富蘇峰館。

・**三島由紀夫『映画・演劇資料収蔵展』**
二〇〇八年三月二五日～現在継続中

・**三島由紀夫の学生時代――作文・絵画を中心に（ミニ収蔵品展）**
二〇一〇年六月一日～六月三〇日

・**没後四〇年記念特別展示『三島由紀夫の衣服』**
二〇一〇年八月一日～八月三一日

・**〈収蔵品展〉三島由紀夫『近代能楽集』展**
二〇一一年三月一日～二〇一三年一月二七日

・**収蔵品特別展示『鹿鳴館』――「俳優芸術のための作品」展**
二〇一一年七月二日～九月二五日

・**三島由紀夫出演映画展――俳優としての三島由紀夫――**
二〇一一年一〇月一日～二〇一二年二月一九日

・**収蔵品特別展「三島由紀夫の学習院時代」**
豊饒な作品世界の源泉――第一部「酸模」誕生まで――
二〇一二年二月二八日～六月二四日

・**収蔵品展「サド侯爵夫人展」**
日本編：二〇一二年六月三〇日～二〇一三年一月二七日

世界編：二〇一三年二月五日〜六月三〇日
・**企画展「『潮騒』の60年」**
二〇一三年七月二日〜二〇一四年一月一九日
・**「酸模」から「花ざかりの森」へ――三島由紀夫の学習院中等科時代――**
二〇一四年一月二八日〜六月二九日
・**戦時下の三島由紀夫――学習院高等科時代――**
二〇一四年七月一日〜五月一七日
・**終戦前後の三島由紀夫――東大・大蔵省時代――**
二〇一五年五月一九日〜二〇一六年五月一五日（予定）

小説のみならず演劇脚本家、映画俳優などさまざまな顔も持つ三島のあり方を捉えようとする企画が組まれており、常設展では踏み込めない深部を明らかにしようとする意図が見える。二〇一四年からは学習院時代の企画が続いているが、この時代は三島研究のなかでも比較的手薄な領域であり、その補完の試みであるように思われる。今後は時系列に沿って時代ごとの三島を掘り下げる企画が催されるだろう。個人記念館という特性上、三島由紀夫個人に関する企画が中心だが、今後は三島を立体的・複眼的に捉える試み、たとえば他の作家との交流・影響関係を見据えた展示などにも期待したい。

また二〇〇五年には生誕八〇年・没後三五年を記念し、神奈川近代文学館との共催で〈三島由紀夫ドラマティックヒストリー〉展（四月二三日〜六月五日）が開催され、三島由紀夫文学館からは約二〇〇点の資料が出品。また、鎌倉文学館の開館二五周年を記念して開催された、〈川端康成と三島由紀夫　伝統へ、世界へ〉展では、関連資料約四〇点を出品している。このような、他館での展覧会は三島由紀夫という作家のネームバリューを考えればもっと行われてよいと感じる。鎌倉文学館の例のように三島と関連のある作家を取り扱う館が、出品依頼を行うことは今後も多いと思うが、三島由紀夫展をいわゆるパック展のかたちで作り、全国の文学館を巡回する試みなどは、各地の文学・三島由紀夫ファンにとって大いに楽しめるのではないだろうか。

続けて三島由紀夫文学館で催されたイベントについてだが、開館に先立って「三島文学シンポジウム」（一九九六年九月二二日）が行われた。開館以後は、「山中湖フォーラム〈挑発する三島由紀夫〉」として一九九九年から五回開催されたが二〇〇三年に開催されたのを最後に廃止となった。この背景は予算の都合という（工藤正義「三島由紀夫文学館 退職にあたって」（『三島由紀夫研究⑩』鼎書房二〇一〇年一一月））。しかし二〇〇四年には規模こそ縮小したものの「三島由紀夫文学館・レイクサロン」として再出発。翌年には開催予算を獲得し、現在まで年一回、一〇月〜一一月の間に開催されている。また、二〇〇九年には講座「三島由紀夫の調べ方」が開催されている。一般になじみのない文学館という施設の利用方法を周知する必要を感じさせる企画である。そして二〇一二年からは「こころで聴く三島由紀夫」としてリーディングイベントを開催。研究の面だけでなく、三島文学を体感できるイベントを実施している。

三島の資料の殆どを所蔵する三島由紀夫文学館は、言うまでもなく三島研究の中心地であり、今後もその役割を果たしてゆくだろう。また、文学館は研究機関であると同時に普及・教育のための機関でもある。三島由紀夫文学館が今後さらに、そのための企画をどのように打ち出してゆくのかを楽しみにしたい。

※本稿の執筆にあたり、三島由紀夫文学館に情報提供の便宜を図っていただいた。記して御礼を申し上げる。

基本情報

三島由紀夫文学館
〒四〇一-〇五〇二　山梨県南都留郡山中湖村平野五〇六-二九六　（山中湖文学の森内）
TEL：〇五五五-二〇-二六五五
FAX：〇五五五-二〇-二六五六
HP：http://mishimayukio.jp

【入館料】
一般：五〇〇円（団体：四五〇円／身障者二五〇円）
高・大学生：三〇〇円（団体二五〇円／身障者一五〇円）
小・中学生一〇〇円（団体五〇円／身障者五〇円）
※団体は一〇名以上　※身障者の方は身障者手帳を提示

【開館時間】
一〇：〇〇～一六：三〇（入館は一六：〇〇まで）

【休館日】
月曜日（月曜が祝日の場合、翌日休館）、年末年始（一二／二九～一／三）、資料点検日（不定期）
※但し四／二八～五／六は開館
（情報は二〇一五年七月一〇日現在のもの）

研究動向

中元さおり

本書の各論考でも、それぞれの作品やテーマの研究史について触れられていることと思うが、ここでは主に二〇〇〇年代に入ってからの三島由紀夫研究の全体の動きについて概観する。三島をめぐる動きは、没後三十年、三十五年などといったメモリアルイヤーに定期的にブームのようなかたちで盛り上がりをみせてきたが、今なお三島への関心は尽きず、いまだアクチュアルな存在であるといえる。

没後三十年であった二〇〇〇年には『決定版三島由紀夫全集』（全42巻・補巻・別巻、新潮社）が二〇〇〇年十一月から二〇〇六年四月にかけて刊行された。この『決定版全集』について特筆すべき点は、膨大な数の新資料が収録されたことである。主に十代の頃に書かれた作品や、創作ノート、異稿・草稿、書簡などが新たに収録されたほか、長らく視聴が困難な状況であった映画「憂国」が『決定版全集』別巻にDVDで収録されたことも話題となった。さらに、改題や年譜などもより詳細に整理され、三島作品を論じるための土台が整備された。また、三島由紀夫文学館（一九九九年開館、山梨県山中湖村）による原稿や草稿資料等の収集・整理も進み、原稿はコピーでの閲覧が可能となるなど、三島文学の輪郭がより明確になった。また文学館ではイベントなども開催され、三島研究の拠点となっている。さらに、三島の仕事の全体像や三島研究についてまとめた『三島由紀夫事典』（松本徹・佐藤秀明・井上隆史編、勉誠出版、二〇〇〇・一一）の刊行や、研究誌「三島由紀夫研究」（鼎書房、二〇〇五・一一〜）がスタートするなど、三島研究は幅広い展開をみせている。

まず、研究動向として注目されるのは、『決定版全集』の編集に携わった研究者らによる論考が多く刊行されたことである。長年の三島論の成果がまとめられているだけでなく、新資料を積極的に扱ったものもみられ、『決定版全集』以降の新たな研究状況を牽引している。まず、松本徹『三島由紀夫の最期』（文藝春秋、二〇〇〇・一一）では三島の最期への足跡を明らかにし、同『三島由紀夫　エロスの劇』（作品社、二〇〇五・五）では三島文学におけるエロスの本質が追求されている。また同『あめつちを動かす　三島由紀夫論集』（試論社、二〇〇五・一二）では、三島の天皇論について本格的に論じている。佐藤秀明『日本の作家100人　三島由紀夫　人と文学』（勉誠出版、二〇〇六・二）では、新資料や証言に目を配りながら多面的な三島の活動をとらえており、三島ガイドとして最適の書である。同『三島由紀夫の文学』(試論社、二〇〇九・五)では「仮面の告白」「金閣寺」「鏡子の家」「憂国」などの作品論が展開されている。例えば「金閣寺」の手記という方法についての考察では、読み手としての柏木の存在について論じており示唆に富む。井上隆史『三島由紀夫　虚無の光と闇』(試論社、二〇〇六・一一)は、三島が抱えたニヒリズムの内実を検証している。また、「鏡子の家」の「創作ノート」の考察では、新資料から作品を読み解いてみせる。草稿資料の検証を通して作品生成の過程を論じた『三島由紀夫　幻の遺作を読む　もう一つの『豊饒の海』』(光文社新書、二〇一〇・一一)では、「豊饒の海」の「創作ノート」の詳細な検討作業だけでなく、生成過程からみえてきた別ヴァージョンを創作してみせるという画期的な論を展開している。その他には、綿密な調査と資料をもとにした評伝『豊饒なる仮面　三島由紀夫』(新典社、二〇〇九・五)がある。田中美代子『三島由紀夫　神の影法師』(新潮社、二〇〇六・一〇)は、『決定版全集』に収録された新資料と作品の関係を論じたうえで、三島文学の全体像を再考し、総括的にとらえている。

つぎに、主な作品ごとに研究状況を概括しておく。まず、「豊饒の海」については、井上隆史・工藤正義・佐藤秀明の翻刻による「未発表「豊饒の海」創作ノート」(「三島由紀夫研究」二〇〇七・七〜)の公開により、創作段階の状況が明らかにされたことは大きい。有元伸子『三島由紀夫　物語る力とジェンダー——『豊饒の海』の世界』(翰林書房、二〇一〇・三)は、「天人五衰」の草稿の丹念な調査からテクスト生成を考察しているほか、ジェンダー論の視点から「豊饒の海」を新たに分析している。また、松本徹「究極の小説『天人五衰』——三島由紀夫の最後の企て」(「文学界」二〇一一・一)や佐藤秀明「生きながらえた三島由紀夫の最終章」(「国文学　解釈と鑑賞」二〇一一・四)が、「天人五衰」の最終場面をとりあげ論じている。そのほか、女性登場人物を中心に考察したものは、奈良崎英穂「隠蔽された転生者——『暁の寺』における転生の表象」(「昭和文学研究」二〇〇三・三)、高松さなえ「白い仮面の女、蓼科——三島由紀夫『豊饒の海』研究(二)」(「弘前大学国語国文学」二〇〇七・三)、同「綾倉聡子と『天人五衰』結末解釈——三島由紀夫『豊饒の海』研究(三)」(同、二〇〇八・三)、武内佳代「三島由紀夫『暁の寺』にみるサロメ表象——月光姫(ジン・ジャン)再考の機縁として」(「国文」二〇〇五・一二)、同「レズビアン表象の彼方に——三島由紀夫『暁の寺』を読む」(「人間文化創成科学論叢」二〇〇八・三)などがあげられる。謡曲との関連について論じた中沢明日香「『豊饒の海』における『松風』・『羽衣』の効果」(「国文白百合」二〇〇二・三)、作品空間の対立を指摘した高寺康仁「『春の雪』の作品空間——男性原理と女性原理の対立劇」(「湘南文学」

二〇〇三・三）のほか、佐藤秀明「ある「忠誠」論——「昭和七年」の『奔馬』」（「三島由紀夫研究」二〇〇五・一一）、同「〈嘘〉の物語——『豊饒の海』読解」（「近畿大学大学院文芸学研究科紀要　渾沌」二〇〇八・三）など多数の論考がある。また、「暁の寺」執筆時の三島の取材状況等の精査からタイ表象を検討した久保田裕子「『暁の寺』の二つの時代——三島由紀夫のタイ国取材の足跡から」（『九州という思想』松本常彦・大島明秀編、花書院、二〇〇七・五）、同「王妃の肖像——三島由紀夫『暁の寺』におけるタイ国表象」（「福岡教育大学国語科研究論集、二〇一一・二」」も新たな視点からの論である。

「金閣寺」については、金閣が隠喩するものを読もうとする平野啓一郎「『金閣寺』論」（「群像」二〇〇五・一二）や久保田裕子「模型という比喩——三島由紀夫『金閣寺』」（「三島由紀夫研究」二〇〇八・七）、語りの方法について論じた吉澤慎吾「三島由紀夫『金閣寺』の形成」（「二松学舎大学人文論叢」二〇〇二・一）、稲田大貴「『金閣寺』論——不能者のエクリチュール」（「九大日文」二〇〇七・一〇）、同「手記の向こう側へ——三島由紀夫『金閣寺』再論」（「九大日文」二〇一四・三）がある。ジェンダー批評から男性性について考察したものは、武内佳代「三島由紀夫『金閣寺』の終わりなき男同士の絆（ホモソーシャリティ）——〈僧衣〉と〈軍装〉の物語」（「国文」二〇〇七・一二）、黒岩裕市「『金閣寺』における男性性構築とその揺らぎ」（「三島由紀夫研究」二〇〇八・七）、有元伸子「『金閣寺』再読——母なる、父なる、金閣」（同）が示唆に富む。また、「金閣寺」の草稿を調査・検討した有元伸子・中元さおり・大西永昭による「三島由紀夫『金閣寺』の原稿研究——柏木、老師、金閣」（「広島大学大学院文学研究科論集」二〇〇八・一二）、同「草稿研究——『金閣寺』を実例に」（「国文学　解釈と鑑賞」二〇一一・四）では、加筆削除の跡から語りの「現在」や「作者」の書記意識について論じ、井上隆史「『金閣寺』論——想像力の問題」（「三島由紀夫研究」二〇〇八・七）では『決定版全集』に収録された創作ノートを参照し論じるなど、「金閣寺」においても生成過程の検討は新たな論点となっている。

「仮面の告白」研究では、草稿資料から執筆時の三島の意識を探った井上隆史「新資料から推理する自決に至る精神の軌跡　今、三島を問い直す意味——『仮面の告白』再読」（中条省平編『続・三島由紀夫が死んだ日』実業之日本社、二〇〇五・一一）、同「仮面の恩寵、仮面の絶望——『決定版三島由紀夫全集』収録の新資料を踏まえて読む」（「三島由紀夫研究」二〇〇六・一二）が「同性愛という観念に沿うように自己のアイデンティティーを再構成しようとした」が頓挫せざるを得なかった過程を考察している。また、同じく「扮装狂」や「会計日記」などの新資料を手掛かりにして考察した中野裕子「『仮面の告白』論——終わりのないダンス」（「信州豊南短期大学紀要」二〇〇九・三）がある。「仮面の告白」研究で近年最も論じられているのは、書き手としての「私」の存在についてである。加藤典洋「『仮面の告白』と「作者殺し」――テクストから遠く離れて（3）」（「群像」二〇〇三・九）、九内悠水子「三島由紀夫「仮面の告白」論――作家による告白、その二重構造」（「近代文学試論」二〇〇三・一二）、佐藤秀明「自己を語る思想――『仮面の告白』の方法」（「国語と国文学」二〇〇六・一一）、梶尾文武「三島由紀夫『仮面の告白』論――書くことの倒錯」（「日本近代文学」二〇〇七・五）、稲田大貴「「作者」という仮面――三島由紀夫『仮面の告白』論」（「九大日文」二〇一〇・三）、などがあげられる。また、同性愛表象やセクシュアリティを検討したものでは、太田翼「三島由紀夫『仮面の告白』論――仮構された告白」（「文化継承学論集」二〇〇六・三）、久保田裕子「『仮面の告白』――セクシュアリティ言説とその逸脱」（「三島由紀夫研究」二〇〇六・一二）、武内佳代「三島由紀夫『仮面の告白』という表象をめぐって――1950年前後の男性同性愛表象に関する考察」（「F-GENSジャーナル」二〇〇七・九）などが目についた。そのほか、杉本和弘「『仮面の告白』論――園子との物語をめぐって」（松本徹・佐藤秀明・井上隆史編『三島由紀夫論集2　三島由紀夫の表現』勉誠出版、二〇〇一・三）、高原英里「不完全な青年と押し隠された少年――三島由紀夫『仮面の告白』から（1）青年、（2）少年」（「群像」二〇〇一・一二、二〇〇二・一二）、池野美穂「三島由紀夫の原点――『仮面の告白』に引用された童話」（「国文白百合」二〇〇七・三）、また「仮面の告白」の論理展開を整理したうえで、晩年の三島を解読するための原型的な思考を考察した平野啓一郎「『仮面の告白』論」（「新潮」二〇一五・二）などがある。

「美しい星」に関する論考も集中的に登場した。梶尾文武「三島由紀夫『美しい星』論――核時代の想像力」（「日本近代文学」二〇〇九・一一）では、「現代小説の条件」として「現実世界と架空世界の分割線そのものを無化するような狂気の世界」という「核時代の狂気」が描かれていることを指摘している。九内悠水子「三島由紀夫「美しい星」論――円盤飛来地の意味するもの」（「近代文学試論」二〇〇九・一二）では、円盤飛来地として描かれた空間の検証から、三島の戦後批判を考察している。雑誌「原爆文学研究」（二〇〇九・一二）では「原爆表象の六〇年代と三島由紀夫」というテーマを掲げ、野坂昭雄「六〇年代の三島由紀夫――『美しい星』から『豊饒の海』へ」、山﨑義光「純文学論争、SF映画・小説と三島由紀夫『美しい星』」、柳瀬善治「『破綻としての原初』あるいは『分配される終末』――三島由紀夫の文学＝自由観と「小説の終焉」について」の三本の論考により、多角的に六〇年代における三島の問題性を論じた。そのほか、山﨑義光「『金閣寺』から『美しい星』へ」（「三島由紀夫研究」二〇〇八・七）がある。

そのほかの長編小説としては「禁色」「潮騒」「鏡子の家」についての論考もみられた。まず、「禁色」については、矢島道弘「『禁色』執筆過程の裏側――伝統文学への反噬」（「国文学　解釈と鑑賞」二〇〇〇・一二）、松永恵理子「「足」と「火事」の意味するもの――三島由紀夫「禁色」のあるアスペクト」（「国文目白」二〇〇八・三）、九内悠水子「三島由紀夫「禁色」論――記紀への遡及」（「広島女学院大学日本文学」二〇〇九・七）などがある。「三島由紀夫研究」（二〇〇八・一）では「禁色」が特集され多くの論考が掲載されたが、同時代における同性愛をめぐる状況と作品との関係を検証した山中剛史「『禁色』の中の禁色――〈モデル〉というフィクションのリアリティー」や、日高佳紀「交換と模倣――『禁色』における《対話》の回路」などが新たな視点を提供した。

「潮騒」については、異性愛物語の内実を考察した論として有元伸子「三島由紀夫『潮騒』論」（「広島大学大学院文学研究科論集」二〇〇六・一二）と武内佳代「三島由紀夫『潮騒』と『恋の都』――〈純愛〉小説に映じる反（アンチ）ヘテロセクシズムと戦後日本」（「ジェンダー研究」二〇〇九・三）がある。同時代の文脈との接続を試みた杉山欣也「『潮騒』の語り手と戦後社会」（「iiciko」二〇一二・一〇）のほか、梶尾文武「三島由紀夫『潮騒』論――可視性の領界」（「東京大学国文学論集」二〇一一・三）、稲田大貴「不在の「作者」と造反する語り手――三島由紀夫『潮騒』論」（「九大日文」二〇一一・三）などがある。

「鏡子の家」については、有元伸子「三島由紀夫『鏡子の家』におけるジェンダー化した〈語り〉」（「鈴峯女子短期大学人文社会科学研究集報」二〇〇一・一二）、同「友永鏡子のために――三島由紀夫『鏡子の家』における〈聴き手〉と〈時代〉」（「昭和文学研究」二〇〇二・三）、梶尾文武「三島由紀夫『鏡子の家』とその時代――戦争体験と戦後社会」（「文学」二〇〇八・三）、中元さおり「古層に秘められた空間の記憶――「鏡子の家」における戦前と戦後」（「三島由紀夫研究」二〇一一・九）などがそれぞれの視点から作品と時代との関わりを論じている。さらに、「三島由紀夫研究」（二〇一四・五）では特集され、ニヒリズムという側面から『鏡子の家』と三島の最期を論じた鈴木啓二「二つの鏡――『鏡子の家』と11・25」のほか、井上隆史「『鏡子の家』論――「古き良き昭和」という幻影」、松本徹「『鏡子の家』その方法を中心に」がある。

次に短編小説について論じたものを概括しておく。「憂国」を論じたものが特に多くみられる。久保田恭子「三島由紀夫「憂国」論――〈孤忠〉と〈嫉妬〉」（「百舌鳥国文」二〇〇六・三）、上里黎子「三島由紀夫『憂国』における時間と空間の考察――麗子を中心として」（「福岡大学日本語日本文学」二〇〇六・一二）、洪潤杓「三島由紀夫

「憂国」におけるズレ――一九三六年と一九六〇年の断絶と連続」（『文学研究論集』二〇〇六・七）小埜裕二「悲嘆と苦痛――三島由紀夫「憂国」論」（『上越教育大学研究紀要』二〇〇八・二）、中元さおり「模倣としての「憂国」――コピーし／されていく物語」（『国文学攷』二〇一一・一二）、稲田大貴「二つの「物語」と「不可解」な顔――『決定版三島由紀夫全集』収録「憂国」の本文校訂をめぐって」（『近代文学論集』二〇一二・二）などがみられた。また、他作家との比較や影響から論じたものとしては、ブシマキン・バジム「三島由紀夫の「憂国」と大江健三郎の「セブンティーン」――見る主人公と見られる主人公」（『人間社会環境研究』二〇一二・三）、木田隆文「ひそやかな共同創作――「憂国」と武田泰淳」（『三島由紀夫研究』二〇一二・六）がある。また、映画「憂国」について論じたものとしては守安敏久「三島由紀夫の映画『憂国』――書／器官／仮面／楽土」（『宇都宮大学教育学部紀要』二〇一〇・三）や佐藤秀明「肯定するエクリチュール――「憂国」論」（『三島由紀夫研究』二〇〇六・六）、山中剛史「自己聖化としての供犠――映画「憂国」攷」（『三島由紀夫研究』前掲）、長谷川明子「能舞台上の割腹――三島由紀夫、映画「憂国」について」（『東京藝術大学美術学部紀要』二〇一二・一二）などがあった。

　これまで手薄だった短編小説についての論考も多くみられるようになってきた。ここではごく一部をあげるにとどめるが、小林和子「三島由紀夫の戦後短編に関する一考察――見捨てられた短編「人間喜劇」について」（『茨城女子短期大学紀要』二〇〇二・二）、築山尚美「三島由紀夫「卵」論」（『昭和文学研究』二〇〇五・九）、小埜裕二「真らしいいつはりの自伝――三島由紀夫「ラディゲの死」論」（『イミタチオ』二〇〇六・二）、佐藤秀明「「美神」論」（『国文学　解釈と鑑賞』二〇〇八・七）、田中裕也「三島由紀夫「サーカス」成立考――執筆時期と改稿原因をめぐって」（『昭和文学研究』二〇〇八・九）、中元さおり「三島由紀夫　二つの「サーカス」――虚構性への欲望」（『国文学攷』二〇〇九・九）、新井正人「「肖像画家」に託された戦略――三島由紀夫「貴顕」における「芸術対人生」の問題系」（『昭和文学研究』二〇一三・九）などがそれぞれ多彩に論じている。また、『三島由紀夫研究』（二〇一五・三）が短編小説を特集し、「スタア」「剣」「女方」「真夏の死」他に関する論考を掲載している。

　そのほか、戦後のメディア状況との関連を論じたものとして、加藤邦彦「冷感症の時代――三島由紀夫『音楽』と「婦人公論」」（佐藤泰正編『三島由紀夫を読む』笠間書院、二〇一一・三）、武内佳代「一九五〇年代前半の女性誌と三島由紀夫」（『社会文学』二〇一一・二）、同「性規範からの逸脱としての『純白の夜』『恋の都』『女神』『永すぎた春』――１９５０年代の女性誌を飾った三島由紀夫の長編小説」（『ジェンダー研究』二〇一一・一二）、同「〈幸福な結婚〉の時代――三島由紀夫『お嬢さん』『肉体の学校』と一九六〇年代前半の女性読者」（「社会文学」二〇一二・二）、杉山欣也「三島由紀夫・昭和三十年代エンターテイメント系小説群における語りの問題」（「社会文学」前掲）などが、新たな論点を提示している。また、現代において三島を読むことの意味について論じた佐藤秀明「「私的」なものと「公的」なもの――「3・11」後から見た三島由紀夫」（「述：近畿大学国際人文科学研究所紀要」二〇一三・三）も目にとまった。

　二〇〇〇年代の研究で特筆すべきは、戯曲に関する論考が多くなったことである。『近代能楽集』に関しては、高橋和幸『三島由紀夫の詩と劇』（和泉書院、二〇〇七・三）、田村景子『三島由紀夫と能楽：「近代能楽集」、または堕地獄者のパラダイス』（勉誠出版、二〇一二・一二）、三島歌舞伎に関しては木谷真紀子『三島由紀夫と歌舞伎』（翰林書房、二〇〇七・一二）がこれまでの論考をまとめた集大成となっており、押さえておくべき論考である。また、「三島由紀夫研究」でも4号（二〇〇七・七）では「三島由紀夫の演劇」、同誌7号（二〇〇九・二）では「近代能楽集」、同誌9号（二〇一〇・一）では「三島由紀夫と歌舞伎」と、三島戯曲についての特集が頻繁に組まれ、研究論文だけでなく、近年の上演目録や関係者による証言などが収録され多くの貴重な資料を提供している。また、「悲劇喜劇」（二〇一一・四）でも三島演劇の特集がされ、近年盛んに上演された三島演劇の状況を伝えている。ほかに、久保田裕子「三島由紀夫の演劇論――『サド侯爵夫人』と『鰯売恋曳網』から」（「国文学　解釈と教材の研究」二〇〇〇・九）、有元伸子「三島由紀夫「葵上」論――心の闇、眠りの力」（「表現技術研究」二〇〇六・三）、由紀草一「待つ女のドラマツルギー――「サド侯爵夫人」論」（「演劇学論集」二〇〇七・一一）、有元伸子「三島由紀夫「薔薇と海賊」論――〈眠れる森〉の眠らない童話作家」（「国文学攷」二〇〇八・三）、森居晶子「三島由紀夫の作劇――一対の作品「わが友ヒットラー」と「サド侯爵夫人」」（「法政大学大学院紀要」二〇一一・三）、山中剛史「超現実との照応――三島由紀夫「葵上」再読のために」（「文芸研究：明治大学文学部紀要」二〇一四）などがある。

　また、海外での三島研究では、二〇一〇年三月にドイツでシンポジウムが開催された（イルメラ・日地谷＝キルシュネライト編『MISHIMA!――三島由紀夫の知的ルーツと国際的インパクト』（昭和堂、二〇一〇・一二）として刊行）。国際的な三島の影響力の大きさが改めて確認される。三島受容については、イルメラ・日地谷＝キルシュネライト「世界の文学と三島」、テレングト・アイトル「アジアにおける三島文学――自決後四十周年によせて」、洪潤杓「韓国における三島由紀夫の受容」（すべて前掲本に収録）、村上智子「ソ連における三島由紀夫の受容――ペレストロイカ期・革命のアイコンとしてのミシマ」

(「近代文学　第二次　研究と資料」二〇一四・三)などがまとめている。仏人作家ジェニフェール・ルシュールによる『三島由紀夫(ガリマール新評伝シリーズ)』(祥伝社新書、二〇一二・一二)では、外国人からみた三島像が描かれており、三島への関心の高さがうかがえる。そのほか久保田裕子『三島由紀夫のアジアにおける受容と作品に見られるアジアイメージの形象』(文部科学省科学研究費補助金研究成果報告書、二〇〇八・三)、同「翻訳者・三島由紀夫と村上春樹の戦略」(「日本文学」二〇〇八・一一)、同「三島由紀夫と松本清張の東南アジア――「創作ノート」という方法」(「三島由紀夫研究」二〇一〇・一一)などが国際的視野から三島文学をとらえた新しい視点を提示している。

三島を論じた単行本の刊行も枚挙にいとまがないが、研究書から評伝、身近な人による証言など主だったものを次に挙げておく。橋本治『「三島由紀夫」とはなにものだったのか』(新潮社、二〇〇二・一、後に新潮文庫二〇〇五・一一)、松本健一『三島由紀夫の二・二六事件』(文春新書、二〇〇五・一一)、堂本正樹『回想　回転扉の三島由紀夫』(文春新書、二〇〇五・一一)、伊藤勝彦『最後のロマンティーク　三島由紀夫』(新曜社、二〇〇六・三)、椎根和『平凡パンチの三島由紀夫』(新潮社、二〇〇七・三)、杉山欣也『「三島由紀夫」の誕生』(翰林書房、二〇〇八・二)、清眞人『三島由紀夫におけるニーチェ』(思潮社、二〇一〇・二)、遠藤浩一『福田恆存と三島由紀夫　1945～1970上・下』(麗沢大学出版会、二〇一〇・四)、柳瀬善治『三島由紀夫研究――「知的概観的な時代」のザインとゾルレン』(創言社、二〇一〇・九)、宮下規久朗・井上隆史『三島由紀夫の愛した美術』(新潮社、二〇一〇・一〇)、山内由紀人『三島由紀夫VS司馬遼太郎　戦後精神と近代』(河出書房新社、二〇一一・七)、島内景二『ミネルヴァ日本評伝選　三島由紀夫――豊饒の海へ注ぐ』(ミネルヴァ書房、二〇一〇・一二)、林進『意志の美学　三島由紀夫とドイツ文学』(鳥影社、二〇一二・九)、富岡幸一郎『最後の思想　三島由紀夫と吉本隆明』(アーツアンドクラフツ、二〇一二・一一)、山内由紀人『三島由紀夫、左手に映画』(河出書房新社、二〇一二・一一)、同『三島由紀夫の肉体』(河出書房新社、二〇一四・八)、南相旭『三島由紀夫における「アメリカ」』(彩流社、二〇一四・五)。リストのような列挙となったが、いずれも新たな視点や問題点を提示しており必読である。

以上、二〇〇〇年から二〇一五年春にかけての三島研究を概括した。冒頭で述べたように、三島研究は『決定版全集』以降多様な視点から論じられ、豊かな展開をみせている。本稿では紙幅の都合上、近年の三島研究の大まかな動きを抑えるにとどまり、それぞれの論考について詳しく紹介することができなかった。また、本稿で触れられなかった論考が多くあったことをお許しいただきたい。なお、二〇〇〇年以前の研究状況については、「三島由紀夫参考文献目録」(「国文学　解釈と鑑賞」二〇〇〇・一一)、柳瀬善治「三島由紀夫」(「文学・語学」二〇〇一・三)のほか、『三島由紀夫事典』(勉誠出版、二〇〇〇・一一)に詳しい。また、二〇〇〇年代に入ってからの研究動向については、高寺康仁「三島由紀夫研究の展望」(「三島由紀夫研究」二〇〇五・一一)、佐藤秀明編「主要参考文献目録」(『決定版全集補巻』二〇〇五・一二)、武内佳代「三島由紀夫の新局面」(「三島由紀夫研究」二〇〇九・一二)、同「三島由紀夫研究の展開」(「三島由紀夫研究」二〇一〇・一一)、山中剛史「研究動向　三島由紀夫」(「昭和文学研究」二〇一一・九)、山口基編著『三島由紀夫研究文献総覧』(出版ニュース社、二〇〇九・一一)らが詳細にまとめており、研究状況を把握するうえで有効なガイドである。これらも合わせて参照されたい。

執筆者一覧（あいうえお順）

有元伸子（ありもと・のぶこ）広島大学文学研究科教授。三島由紀夫研究、女性作家研究、ジェンダー批評。『三島由紀夫――物語る力とジェンダー』（翰林書房）、「〈作者〉をめぐる攻防」（『日本近代文学』八八集）。

石川　巧（いしかわ・たくみ）一九六三年生。立教大学教授。日本近代文学。主著に『「国語」入試の近現代史』（講談社メチエ）、『「いい文章」ってなんだ』（ちくま新書）、『高度経済成長期の文学』（ひつじ書房）など。

稲田大貴（いなだ・だいき）一九八一年生。北九州市立文学館学芸員。三島由紀夫研究、北九州の文学研究。『宙《ソラ》のかけらたち――詩人・宗左近展』（北九州市立文学館）、「二つの「物語」と「不可解」な顔」（「近代文学論集」三八号）。

井上隆史（いのうえ・たかし）一九六三年横浜生。白百合女子大学教授。『豊饒なる仮面』（新典社）、『三島由紀夫　幻の遺作を読む』（光文社）など。

梶尾文武（かじお・ふみたけ）一九七八年生。神戸大学大学院人文学研究科准教授。昭和期日本文学・思想。『否定の文体　三島由紀夫と昭和批評』（鼎書房）。

金井景子（かない・けいこ）早稲田大学教育・総合科学学術院教授。日本近現代文学研究、ジェンダー批評、音声言語教育を軸とした国語教育。共著『幸田文の世界』（翰林書房）、「残余のシスターフッド――増田みず子『月夜見』を読む」（『始更』一三号）。

川口隆行（かわぐち・たかゆき）広島大学教育学研究科准教授。原爆文学研究、戦後文化運動研究。『原爆文学という問題領域』（創言社）、「『われらの詩』における詩作品――その詩学と政治学――」（『われらの詩』復刻版解説）。

喜谷暢史（きたに・のぶちか）一九七〇年生。法政大学第二中・高等学校教諭。近・現代文学。国語教育。共著『〈教室〉の中の村上春樹』（ひつじ書房）、共編著『千年紀文学叢書第7集』（皓星社）。

木谷真紀子（きたに・まきこ）同志社大学日本語・日本文化教育センター准教授。『三島由紀夫と歌舞伎』（翰林書房）、「『道草』が描いた家族――明治三十年代から大正初頭を視座として」（『『道草』論集　健三のいた風景』）（和泉書院）。

九内悠水子（くない・ゆみこ）比治山大学現代文化学部言語文化学科准教授。三島由紀夫研究。「『美しい星』論」（『近代文学試論』四七号）、「『帽子の花』論」（『三島由紀夫研究』一五号）。

久保田裕子（くぼた・ゆうこ）福岡教育大学教育学部教授。三島由紀夫研究、現代女性作家研究、日本文学におけるタイ表象研究。「三島由紀夫

「月」論――雑誌「世界」とビート・ジェネレーション」（『三島由紀夫研究』一五号）。

黒岩裕市（くろいわ・ゆういち）フェリス女学院大学ほか非常勤講師。日本近現代文学研究、ジェンダー／セクシュアリティ研究。『言葉が生まれる、言葉を生む』（ひろしま女性学研究所、共著）。

小松史生子（こまつ・しょうこ）金城学院大学文学部教授。江戸川乱歩研究、ミステリー研究、大衆文化研究。『探偵小説のペルソナ――奇想と異常心理の言語態――』（双文社出版）、『乱歩と名古屋　地方都市モダニズムと探偵小説原風景』（風媒社）。

佐藤秀明（さとう・ひであき）一九五五年生。近畿大学教授。三島由紀夫研究など。『三島由紀夫――人と文学』（勉誠出版）、『三島由紀夫の文学』（試論社）、「『パンドラの匣』の「民衆」」（『太宰治研究23』和泉書院）。

柴田勝二（しばた・しょうじ）東京外国語大学国際日本学研究院教授。夏目漱石・三島由紀夫を中心とする近現代文学研究。『三島由紀夫　魅せられる精神』（おうふう）、『夏目漱石　「われ」の行方』（世界思想社）など。

杉山欣也（すぎやま・きんや）一九六八年生。金沢大学歴史言語文化学系教授。三島由紀夫研究、文学とメディア研究。『「三島由紀夫」の誕生』（翰林書房）、「昭和改元前後における『改造』の変容」（『改造社のメディア戦略』双文社出版）。

瀬崎圭二（せざき・けいじ）広島大学文学研究科准教授。文化研究、文化史。『流行と虚栄の生成　消費文化を映す日本近代文学』（世界思想社）、『海辺の恋と日本人　ひと夏の物語と近代』（青弓社）。

武内佳代（たけうち・かよ）日本大学准教授。三島由紀夫研究、女性作家研究、ジェンダー研究。「性規範からの逸脱としての『純白の夜』『恋の都』『女神』『永すぎた春』」（『ジェンダー研究』一四号）など。

田中美代子（たなか・みよこ）一九三六年生。文芸評論家。決定版『三島由紀夫全集42巻』（新潮社）編集委員。著書に『小説の悪魔――鷗外と茉莉』（試論社）『三島由紀夫　神の影法師』（新潮社）など。

田中裕也（たなか・ゆうや）龍谷大学文学部特別任用講師。三島由紀夫研究、検閲研究。「三島由紀夫「親切な機械」の生成」（『日本近代文学』八四集）「三島由紀夫「夜の車」の生成と変容」（『三島由紀夫研究』一三号）。

田村景子（たむら・けいこ）和光大学表現学部専任講師。「近代・現代文学と能楽」研究を軸に、三島由紀夫、石牟礼道子から現在の演劇までを扱う。『三島由紀夫と能楽』（勉誠出版）、『文豪の家』（エクスナレッジ）など。

中野裕子（なかの・ひろこ）信州豊南短期大学兼任講師。日本近現代文学・三島由紀夫研究・児童文学研究。『児童文学の愉しみ・20の物語・明治から平成へ』（翰林書房）、「『橋づくし』論――〈様式〉の意味」（熊坂敦子編『迷羊のゆくえ』、翰林書房）。

中村三春（なかむら・みはる）北海道大学大学院文学研究科教授。日本近代文学・比較文学・表象文化論。『物語の論理学』『花のフラクタル』『係争中の主体』（翰林書房）、『フィクションの機構』1・2（ひつじ書房）。

中元さおり（なかもと・さおり）広島経済大学・比治山大学・広島工業大学・広島大学非常勤講師。日本近現代文学研究、三島由紀夫研究。「戦争の記憶の行方――「足の星座」から「英霊の声」へ」（『三島由紀夫研究』一五号）。

花﨑育代（はなざき・いくよ）立命館大学文学部教授。日本近現代文学。『大岡昇平研究』（双文社出版）、「三島由紀夫と大岡昇平」（『三島由紀夫研究』一二号）、「大岡昇平における〈不条理〉」（『昭和文学研究』六五集）。

松本常彦（まつもと・つねひこ）九州大学大学院教授。日本近代小説研究。「「西方の人」――遺言の神話化作用に抗して」（『芥川龍之介と切支丹物』翰林書房）、「影の風景・「表象詩人」の故郷」（『松本清張研究』一五号）、「『新釈諸国噺』の扉の絵」（『太宰治研究㉒』和泉書院）。

松本徹（まつもと・とおる）三島由紀夫文学館々長。三島由紀夫研究編集委員。『三島由紀夫の最期』（文芸春秋）、『三島由紀夫エロスの劇』（作品社）『三島由紀夫の生と死』（鼎書房）、『小栗往還記』（文芸春秋）など。

南　相旭（ナム・サンウク）仁川大学日語日文学科助教授。三島由紀夫研究、戦後日本文学及び文化における「アメリカ」表象研究。『三島由紀夫における「アメリカ」』（彩流社）、「미시마유키오의 문화방위론」（『文化防衛論』の韓国訳、자음과모음）など。

宮内淳子（みやうち・じゅんこ）日本近代文学研究者。『谷崎潤一郎――異郷往還』（国書刊行会）、『岡本かの子論』（ＥＤＩ）、編著『有吉佐和子の世界』（翰林書房）、共著『上海の日本人社会とメディア』（岩波書店）。

宮下規久朗（みやした・きくろう）一九六三年生。神戸大学人文学研究科教授。美術史。『カラヴァッジョ――聖性とヴィジョン』（名古屋大学出版会）、『食べる西洋美術史』（光文社）、『モチーフで読む美術史』（筑摩書房）など。

柳瀬善治（やなせ・よしはる）一九六九年生。静宜大学外語学院副教授。三島由紀夫研究、文学・文化理論。『三島由紀夫研究』（創言社）、『近代の夢と知性』（翰林書房）、『日本サブカルチャーを読む』（北海道大学出版会）。

山﨑義光（やまざき・よしみつ）一九六九年生。秋田大学教育文化学部准教授。モダニズム、三島由紀夫など、二十世紀の日本近代文学研究。「純文学論争、ＳＦ映画・小説と三島由紀夫『美しい星』」（『原爆文学研究』八号）。

山中剛史（やまなか・たけし）一九七三年生。中央大学大学院他で非常勤講師。「三島由紀夫研究」編集委員、三島由紀夫文学館研究員。共著に『同時代の証言三島由紀夫』（鼎書房）、『決定版三島由紀夫全集42』（新潮社）、『映画と文学』（弘学社）など。

21世紀の三島由紀夫

発行日	2015年11月16日　初版第一刷
編　者	有元伸子 久保田裕子
発行人	今井　肇
発行所	翰林書房
	〒101-0051 東京都千代田区神田神保町2-2
	電 話 (03)6380-9601
	FAX (03)6380-9602
	http://www.kanrin.co.jp/
	Eメール●Kanrin@nifty.com
装　釘	須藤康子＋島津デザイン事務所
印刷・製本	メデューム

落丁・乱丁本はお取替えいたします

ISBN978-4-87737-391-7